LUIGI PIRANDELLO

Gesammelte Werke
in sechzehn Bänden

Herausgegeben von
MICHAEL RÖSSNER

Band 12/1

PROPYLÄEN

LUIGI PIRANDELLO

DER MENSCH, DAS TIER UND DIE TUGEND UND ANDERE STÜCKE

PROPYLÄEN

Aus dem Italienischen übersetzt von
Ingvelde Geleng, Georg Richert und Michael Rössner
Überarbeitet von Michael Rössner und Maria Sommer

Mit einem Nachwort von Michael Rössner

INHALT

DAS VERGNÜGEN, ANSTÄNDIG ZU SEIN
(IL PIACERE DELL' ONESTÀ)

Komödie in drei Akten

Aus dem Italienischen von Georg Richert
Überarbeitet von Michael Rössner
und Maria Sommer

Uraufführung: 27. November 1917, Turin

PERSONEN

ANGELO BALDOVINO
AGATA RENNI
MADDALENA, ihre Mutter
MARCHESE FABIO COLLI
MAURIZIO SETTI, sein Cousin
Der Pfarrer von Santa Maria
MARCHETTO FONGI, Börsenmakler

<table>
<tr><td>1. Aufsichtsrat
2. Aufsichtsrat
3. Aufsichtsrat
4. Aufsichtsrat</td><td>} (stumme Rollen)</td></tr>
</table>

Zimmermädchen
Diener
Die Amme (stumme Rolle)

Ort: Eine italienische Provinzstadt
Zeit: Gegenwart

Angelo Baldovino: etwa vierzigjährig, gemessen, rötliche, nicht sehr gepflegte Haare, kurzer, borstiger, rötlicher Bart, durchdringender Blick. Ziemlich langsame Sprechweise mit tiefer Stimme. Brauner Anzug aus schwerem Tuch. Fast immer hat er die Brille in der Hand. Das vernachlässigte Äußere, der Gesichtsausdruck, die Art zu sprechen, zu lächeln deuten auf einen Menschen, der im Leben gescheitert ist, der tief in sich, verborgen, sturmbewegte und sehr bittere Erinnerungen bewahrt, aus denen er sich eine seltsame Philosophie zurechtgemacht hat, die voller Ironie, zugleich voller Nachsicht ist. Das zeigt sich vor allem im ersten und teilweise im dritten Akt. Im zweiten erscheint er, wenigstens äußerlich, verändert: zurückhaltend elegant, ungezwungen, aber würdig: ein Herr. Seine Haare und sein Bart sind gepflegt, er nimmt nicht mehr die Brille in die Hand.

Agata Renni: siebenundzwanzig Jahre alt, stolz, nahezu schroff durch die Anspannung, mit der sie gegen den Zusammenbruch ihres guten Rufs ankämpfen muß. Im ersten Akt ist sie verzweifelt und rebellisch, später ergibt sie sich stolz und aufrecht in ihr Schicksal.

Signora Maddalena: zweiundfünfzig Jahre alt, eine elegante Erscheinung, noch schön, aber ihrem Alter entsprechend. Sie liebt ihre Tochter leidenschaftlich und betrachtet alles nur mit deren Augen.

Marchese Fabio Colli: dreiundvierzig Jahre alt, sympathisch, rechtschaffen, von jener Unbeholfenheit, die manche Männer zum Unglück in der Liebe verurteilt.

Maurizio Setti: achtunddreißig Jahre alt, elegant, ungezwungen, beredt, ein Weltmann und ein Abenteurer.

Marchetto Fongi: fünfzigjährig, ein alter Fuchs. Kleine, unheimliche, schiefe Erscheinung – aber gewitzt, nicht ohne Geist und von einem gewissen herrenhaften Auftreten.

ERSTER AKT

Eleganter Salon bei Renni. Im Hintergrund der Haupteingang, rechts ebenfalls eine Tür. Links Fenster.

Erste Szene

Maurizio Setti, Zimmermädchen, dann Signora Maddalena.

Wenn der Vorhang aufgeht, ist die Bühne leer. Die Tür im Hintergrund öffnet sich, das Zimmermädchen erscheint und läßt Maurizio Setti eintreten.

ZIMMERMÄDCHEN: Bitte. Ich melde Sie sofort. *(Rechts ab, kurz darauf kommt durch dieselbe Tür ängstlich und aufgeregt Signora Maddalena herein.)*

MADDALENA: Guten Tag, Setti. Nun?

MAURIZIO: Er ist hier. Heute morgen mit mir angekommen.

MADDALENA: Und ... alles abgemacht?

MAURIZIO: Alles.

MADDALENA: Und alles ganz offen erklärt?

MAURIZIO: Alles, alles. Machen Sie sich keine Gedanken.

MADDALENA: *(zögert)* Aber ... ganz offen – wie?

MAURIZIO: Mein Gott, ich habe ihm gesagt ... ich habe ihm gesagt, wie es ist.

MADDALENA: *(schüttelt den Kopf, bitter)* Wie es ist ... nun ja!

MAURIZIO: Das mußte ich doch, Signora!

MADDALENA: Ja, gewiß ... aber ...

MAURIZIO: Keine Sorge, das ändert sich doch alles, je nach der Art der Menschen, der Situationen, der Umstände ...

MADDALENA: Ja eben, gerade deshalb.

MAURIZIO: Seien Sie beruhigt, ich habe ihm das genau erklärt.

Maddalena: Unsere Verhältnisse? Wer meine Tochter ist? Und ... er ist darauf eingegangen? Ohne Schwierigkeiten?

Maurizio: Ohne Schwierigkeiten, Sie können beruhigt sein.

Maddalena: Ach! Beruhigt, mein Freund? Wie könnte ich ruhig sein! – Aber wie ist er? Sagen Sie mir wenigstens, wie er ist?

Maurizio: Nun – er sieht gut aus. Lieber Gott – ich will nicht sagen ein Adonis – aber ein gutaussehender Mann ... Sie werden sehen. Gutes Auftreten, eine Aura von natürlicher Würde. Er stammt aus einer Aristokratenfamilie. Ein Baldovino.

Maddalena: Aber sein Charakter? Mir geht's um seinen Charakter.

Maurizio: Hervorragend, glauben Sie mir, ganz hervorragend.

Maddalena: Und wie spricht er? Ich meine, weiß er, wie man zu sprechen hat ...?

Maurizio: Oh, in Macerata, in den ganzen Marken, wird ein ausgezeichnetes Italienisch gesprochen, glauben Sie mir.

Maddalena: Ich meine, ob er den richtigen Ton findet! Verstehen Sie, daran hängt im Grunde alles. Ein unechter Ton, ohne dieses gewisse ... *(Sie flüstert die letzten Worte, als ob ihr das Aussprechen Mühe machte.)* Dieses gewisse ... mein Gott, ich weiß wirklich nicht, wie ich mich ausdrücken soll. *(Weint ins Taschentuch.)*

Maurizio: Sie müssen sich zusammennehmen, Signora!

Maddalena: Das wäre für meine arme Agata wie ein Schlag ins Gesicht!

Maurizio: Nein, in dieser Hinsicht können Sie ganz beruhigt sein, Signora. Nie wird ein Wort aus seinem Munde kommen, das nicht völlig korrekt wäre. Das garantiere ich. Er ist äußerst zurückhaltend und beherrscht. Ein Herr, sage ich Ihnen. Und er begreift auch sehr schnell. Was das anbelangt, brauchen Sie nichts zu befürchten. Das garantiere ich.

MADDALENA: Lieber Setti, glauben Sie mir, ich finde mich nicht mehr zurecht. Ich fühle mich ganz ... verloren, ich bin wie betäubt ... plötzlich vor einer solchen Situation zu stehen! Es kommt mir vor wie ein Unglücksfall, einer von denen, wissen Sie, bei denen die Tür offen bleibt, so daß jeder Fremde hereinkommen und sie begaffen und seine Neugier befriedigen kann.

MAURIZIO: Nun ja, es gibt im Leben...

MADDALENA: Und meine Tochter, meine arme Tochter ... Sie hat soviel Herz! Sie müßten sie sehen, sie hören ... Es ist ein Jammer!

MAURIZIO: Ich kann es mir vorstellen. Glauben Sie mir, Signora, ich habe mich von ganzem Herzen bemüht...

MADDALENA: *(unterbricht ihn, drückt ihm die Hand)* Ich weiß, ich weiß ... und merken Sie nicht, wie ich mit Ihnen spreche? Weil ich weiß, daß Sie zur Familie gehören: Sie sind mehr als ein Cousin, Sie sind ein Bruder unseres Marchese.

MAURIZIO: Ist Fabio nebenan?

MADDALENA: Ja, nebenan. Man kann sie vielleicht noch nicht allein lassen. Man muß sie im Auge behalten. Als sie hörte, Sie seien gekommen, stürzte sie zum Fenster.

MAURIZIO: O Gott! Meinetwegen?

MADDALENA: Nein, nicht Ihretwegen! Sondern weil sie weiß, aus welchem Grunde Sie nach Macerata gefahren und mit wem Sie von dort zurückgekehrt sind.

MAURIZIO: Aber gerade das ... entschuldigen Sie ... ich meine...

MADDALENA: Nein – im Gegenteil! Sie weint, sie wehrt

sich. Sie ist in einem Zustand von Verzweiflung, daß man Angst bekommt.

MAURIZIO: Aber ... Verzeihung, war es nicht so verabredet? Hatte sie selber nicht zugestimmt?

MADDALENA: Ja, natürlich. Aber gerade deswegen.

MAURIZIO: *(bestürzt)* Will sie nicht mehr?

MADDALENA: Nein! Was heißt wollen! Kann sie das denn wollen? Sie muß es, muß es notgedrungen: Sie ist gezwungen, es zu wollen.

MAURIZIO: Dann muß sie sich auch damit abfinden.

MADDALENA: Ach, Setti, mein Kind wird daran zugrunde gehen.

MAURIZIO: Aber nein, Signora! Sie werden sehen, daß...

MADDALENA: Sie geht daran zugrunde! Wenn sie nicht schon vorher irgendeine Dummheit begeht! Ich habe ihr zu oft nachgegeben, das wird mir jetzt klar. Aber ich habe mich verlassen, ich habe mich darauf verlassen, daß Fabio vorsichtiger sein würde. Sie breiten die Arme aus? Nun ja, es bleibt jetzt in der Tat nichts übrig, als die Arme auszubreiten, die Augen zu schließen und die Schande hereinzulassen.

MAURIZIO: Aber nein, so dürfen Sie nicht reden, Signora. Wir sind doch schon dabei, dafür zu sorgen, daß die Sache...

MADDALENA: *(bedeckt das Gesicht mit den Händen)* Nein, Sie ... Sie dürfen das um Gottes willen nicht sagen. Es ist schlimmer! Glauben Sie mir, Setti, was zuerst nur Schwäche war, ist jetzt zur Gewissensqual geworden. Ich schwöre es!

MAURIZIO: Das glaube ich Ihnen, Signora.

MADDALENA: Aber Sie können es nicht verstehen. Sie, Sie sind ein Mann, und Sie sind nicht einmal Vater. Sie können nicht begreifen, welche Qual es für eine Mutter ist, mitanzusehen, wie ihre Tochter in die Jahre kommt und anfängt, die erste Jugendblüte zu verlieren. Man hat dann nicht mehr den Mut, so streng zu sein, wie es die Klugheit rät ... und mehr noch, sage ich, wie es der Anstand fordert. Anstand – ah, lieber Setti, in gewissen Augenblicken klingt das wie Hohn. Eine Mutter, die – gut oder schlecht – im Leben gestanden ... die geliebt hat ... kann kein Wort mehr über die Lippen bringen vor den Augen der Tochter, die sich zu ihr wenden, als wollten sie um Mitleid flehen. Und dann tut man, als ob man nichts merkte, um nicht offen einzuwilligen. Diese Vorspiegelung und dieses Schweigen, die machen sich mitschuldig, mitschuldig, bis es ... bis es schließlich so weit kommt ... Aber ich habe doch gehofft, das sage ich noch einmal, daß Fabio vorsichtig sein würde ...

MAURIZIO: Ach, die Vorsicht, liebe Signora ...

MADDALENA: Ich weiß, ich weiß!

MAURIZIO: Wenn er gekonnt hätte, er selbst ...

MADDALENA: Ich weiß ... ich sehe es ja ... Auch er ist ja wie vor den Kopf geschlagen, der Ärmste. Und wäre er nicht der Ehrenmann, der er ist, glauben Sie, das alles wäre passiert?

MAURIZIO: Ja, Fabio ist ein so guter Mensch.

MADDALENA: Wir wußten ja, wie unglücklich er war nach der Trennung von dieser schrecklichen Frau. Sehen Sie, dies, ebendies hätte verhindern müssen, daß es so weit kommt, und statt dessen ist es gerade darum passiert. Sie sind doch auch überzeugt – sagen Sie es mir auf Ehre und Gewissen – daß Fabio, wenn er frei gewesen wäre, meine Tochter geheiratet hätte?

MAURIZIO: Ja, ohne Zweifel.

MADDALENA: Sagen Sie es mir, sagen Sie es mir ganz aufrichtig, um Himmels willen.

MAURIZIO: Aber sehen Sie denn nicht selbst, liebe Signora,

wie verliebt er ist? In welchem Zustand er sich jetzt befindet!

MADDALENA: Ist es so? Ist es so? Sie glauben gar nicht, wie tröstlich auch eine kleine Bestätigung in so einem Augenblick ist.

MAURIZIO: Aber was sagen Sie da, Signora! Wo denken Sie hin! Ich habe für Sie und Signorina Agata den größten Respekt, eine ganz aufrichtige, tief empfundene Hochachtung.

MADDALENA: Danke! Ich danke Ihnen.

MAURIZIO: Ich bitte Sie, mir zu glauben. Sonst hätte ich niemals solchen Anteil an allem genommen.

MADDALENA: Ich danke Ihnen, Setti. Da ist ein armes, junges Mädchen so viele Jahre hindurch anständig geblieben, hat auf einen Gefährten für das Leben gewartet und ihn nicht gefunden, und endlich begegnet ihr ein Mann, der ihre ganze Liebe verdienen würde, und sie weiß, daß dieser Mann von einer anderen Frau gequält, gekränkt und schändlich beleidigt worden ist – glauben Sie, da kann man der natürlichen Regung nicht widerstehen, ihm zu zeigen, daß nicht alle Frauen so sind, sondern daß es auch eine gibt, die Liebe mit Liebe zu vergelten und das Glück zu schätzen weiß, das die andere da mit Füßen getreten hat.

MAURIZIO: O ja! Mit Füßen getreten, der arme Fabio! Sie haben recht, Signora. Das hatte er nicht verdient.

MADDALENA: Die Vernunft sagt: »Nein, das kannst du nicht, das darfst du nicht.« Und sagt es nicht nur dem Herzen des Mädchens, sondern auch dem des Mannes – sofern der anständig ist – und dem der Mutter, die beide sieht und sich grämt. Man schweigt eine Weile, man hört auf die Vernunft, man unterdrückt die Qual –

MAURIZIO: – und schließlich kommt der Augenblick –

MADDALENA: – er kommt, ah, er kommt heimtückisch! Ein wundervoller Maienabend. Die Mutter steht am Fenster. Draußen Blumen und Sterne. Drinnen die Angst, die allertraurigste Zärtlichkeit. Und die Mutter ruft sich selber zu: »Aber sie sollen auch für meine Tochter sein, einmal wenigstens, alle die Sterne und alle die Blumen.« Und sie bleibt da, im Dunkel und hält Wache bei einem Vergehen, zu dem die ganze Natur rings umher auffordert und das morgen die Menschen und das eigene Gewissen verurteilen werden, aber in diesem Augenblick ist sie glücklich, daß sie es geschehen läßt, mit einer sonderbaren Befriedigung auch der eigenen Sinne, mit einem Stolz, der dieser Verurteilung trotzt, auch wenn morgen mit Qualen dafür gebüßt werden muß. So ist es, mein lieber Setti. Entschuldigen kann man mich nicht, aber Mitgefühl haben. Eigentlich dürfte man danach nicht weiterleben. Aber so leicht stirbt man nicht. Das Leben geht weiter, und um sich zu behaupten, braucht es all das, was wir in einem Augenblick weggeworfen haben.

MAURIZIO: Ja, Signora, so ist es. Und Sie brauchen jetzt, mehr als alles andere, Gelassenheit. Sie werden doch zugeben, daß bis jetzt Sie alle drei, Sie einerseits, Fabio und die Signorina Agata andererseits, sich zu sehr vom Gefühl haben leiten lassen.

MADDALENA: Ah, zu sehr, zu sehr, viel zu sehr.

MAURIZIO: Nun gut. Jetzt muß das Gefühl beherrscht werden, es muß zurücktreten und dem Verstand Platz machen, nicht wahr?

MADDALENA: Ja, ja.

MAURIZIO: Und etwas Notwendiges tun, das keinen Aufschub duldet! Daher ... ach, da ist Fabio.

Zweite Szene

Marchese Fabio, die Vorigen.

FABIO: *(von rechts, verzweifelt und aufgeregt, herein. Zu Maddalena:)* Ich bitte Sie, gehen Sie, gehen Sie hinein! Lassen Sie sie nicht allein!

MADDALENA: Ja, ich gehe. Aber mir scheint, daß...

FABIO: Gehen Sie, ich bitte Sie.

MADDALENA: Ja, ja. *(Zu Maurizio:)* Entschuldigen Sie. *(Rechts ab.)*

Dritte Szene

Fabio und Maurizio.

MAURIZIO: Ja, hör mal ... du kommst auch mit so einem Gesicht daher...

FABIO: Um Himmels willen, Maurizio, erzähl mir nichts! Du, du glaubst, du hättest das Heilmittel gefunden? Weißt du, was du getan hast? Ich werde es dir sagen. Du hast nur einem Kranken Schminke aufgelegt!

MAURIZIO: Ich?

FABIO: Ja, du! Und behauptest nun, er sei gesund!

MAURIZIO: Aber du hast doch selbst darum gebeten! Oh – daß wir uns recht verstehen – Ich möchte hier nicht den Retter spielen!

FABIO: Ich leide. Ich leide, Maurizio, dieses armen Geschöpfes und auch meinetwegen. Ich leide Höllenqualen. Und die kommen von deinem Heilmittel, das ich für richtig halte, doch gerade weil ich es für richtig halte, verstehst du? Aber es ist ein äußerliches Mittel, das nur den Schein retten kann und nichts anderes.

MAURIZIO: Zählt das jetzt gar nichts mehr? Vor vier Tagen warst du verzweifelt, weil du diesen Schein retten wolltest. Und jetzt, da du es kannst...

FABIO: ... spüre ich, wie weh es tut. Ist das nicht natürlich?

MAURIZIO: Nein, mein Lieber. Denn so rettet ihr ihn nicht mehr. Der Schein soll gewahrt werden? Dann müßt ihr dafür sorgen! Du siehst dich ja nicht, aber ich sehe dich. Und ich muß dich wachrütteln, muß dich hochreißen, muß dich gesundschminken, wie du das nennst! – Er ist hier. Ich habe ihn mitgebracht. Wenn jetzt schnell gehandelt werden muß...

FABIO: Ja, ja ... Aber sag, sag mir ... ach, es hat keinen Sinn. Hast du ihn darauf vorbereitet ... daß er von mir keinen Centesimo dafür bekommt?

MAURIZIO: Das habe ich.

FABIO: War er damit einverstanden?

MAURIZIO: Er ist doch mitgekommen! Aber um in der Lage zu sein, die Verpflichtungen zu erfüllen, die er für dich übernimmt, verlangt er (und das erscheint mir gerechtfertigt), daß seine Vergangenheit bereinigt wird. Er hat einige Schulden.

FABIO: Wie viele? Große? Oh, ich kann es mir denken.

MAURIZIO: Nein, nur kleine. Zum Donnerwetter, möchtest du auch noch, daß er schuldenfrei ist?! Sie sind gering. Aber ich muß hinzufügen – er selbst hat mir das ans Herz gelegt –, daß sie so unbedeutend sind, läge nicht am Mangel an Willen auf seiner Seite, sondern am Mangel an Kredit bei den anderen.

FABIO: Das ist ja großartig!

MAURIZIO: Ein ehrliches Bekenntnis. Du verstehst, wenn er woanders noch Kredit hätte...

FABIO: *(legt den Kopf zwischen die Hände)* Hör auf, hör auf, um Gottes willen. Erzähle mir, was du ihm gesagt hast. – Wie ist er? Schlecht angezogen? Heruntergekommen?

MAURIZIO: Ich fand ihn etwas verkümmert, seit ich ihn zuletzt gesehen habe. Aber dem kann man ja abhelfen, zum Teil habe ich's schon getan. Weißt du, er ist ein

Mann, bei dem die geistige Haltung viel vermag. Die Unkorrektheiten, zu denen er sich genötigt sah...

FABIO: Spielt er? Betrügt er? Stiehlt er? Was tut er überhaupt?

MAURIZIO: Er hat gespielt. Aber seit einiger Zeit läßt man ihn nicht mehr. Er war verbittert, herzbewegend. Ich bin mit ihm eine ganze Nacht auf dem Weg um die Stadtmauer gelaufen. Bist du schon mal in Macerata gewesen?

FABIO: Nein.

MAURIZIO: Ich sag' dir, für mich war es eine phantastische Nacht, mit dem Glitzern von Myriaden von Glühwürmchen auf diesem Weg, neben diesem Mann, der mit einer geradezu erschreckenden Aufrichtigkeit zu mir sprach. Und wie diese Glühwürmchen vor den Augen, so ließ er vor dem Geist unvermutete Gedanken aus den finstersten Tiefen der Seele aufblitzen. Mir war, ich weiß nicht, als sei ich nicht mehr auf der Erde, sondern in einer fremden, düsteren, geheimnisvollen Traumlandschaft, in der er als Herrscher umherschweifte und in der sich die seltsamsten, die unwahrscheinlichsten Dinge ereignen und ganz natürlich und vertraut erscheinen konnten. Er merkte das – so wie er alles merkt –, lächelte und sprach zu mir über Descartes.

FABIO: *(verblüfft)* Über wen?

MAURIZIO: Über Cartesius. Denn er ist, du wirst sehen, sehr gebildet, besonders philosophisch. Er sagte, daß Cartesius...

FABIO: Mein Gott, was nützt mir jetzt Cartesius!

MAURIZIO: Laß mich ausreden. Du wirst sehen, er *wird* dir nützen Er sagte mir, daß Cartesius, als er über die Erkenntnis der Wirklichkeit nachdachte, einen der furchtbarsten Gedanken hatte, die je in einem Menschenhirn entstanden sind: Wenn unsere Träume regelmäßig kämen, könnten wir den Schlaf nicht mehr vom Wachsein unterscheiden. Hast du schon je diese merkwürdige Beunruhigung empfunden, wenn der gleiche Traum mehrmals wiederkehrt? Da wird es beinahe unmöglich, daran zu zweifeln, daß wir es hier mit einer Wirklichkeit zu tun haben. Denn unsere ganze Erkenntnis der Welt ist an diesem einen haarfeinen Faden aufgehängt: der Re-gel-mä-ßig-keit unserer Erfahrungen. Wir, die wir an diese Regelmäßigkeit gewöhnt sind, wir können uns nicht vorstellen, was alles wirklich oder wahrscheinlich für jemanden sein kann, der außerhalb jeder Regel lebt wie dieser Mann. An einem bestimmten Punkte unseres Gespräches war es mir ganz leicht, ihm unseren Vorschlag zu unterbreiten. Er redete von gewissen Plänen, die er sehr aussichtsreich fand und die mir so wunderlich und undurchführbar erschienen, daß dagegen mein Vorschlag – verstehst Du? – wie etwas Selbstverständliches wirkte, wie etwas, was man sich klarer und logischer gar nicht vorstellen kann, von einer Vernünftigkeit, daß jeder ihn hätte annehmen können. Und nun höre und staune! Nicht i c h mußte als erster über diese finanzielle Bedingung mit ihm sprechen, er war es, der sogleich gereizt protestierte. Von Geld keine Rede, er wolle es nicht mal von weitem sehen. Und weißt du, warum?

FABIO: Nun?

MAURIZIO: Weil es viel leichter ist – behauptet er – ein Held zu sein als ein anständiger Mensch. Ein Held muß man nur einmal sein – ein anständiger Mensch immer. Und das ist nicht leicht.

FABIO: Ah! *(Unruhig, erregt und finster beginnt er im Zimmer auf und ab zu gehen.)* Er ist … er ist also ein Mann, der Geist hat, wie es scheint.

MAURIZIO: Ja, sehr viel sogar.

FABIO: Dann hat er offenbar schlechten Gebrauch davon gemacht.

MAURIZIO: Sehr schlechten, sehr schlechten. Schon als junger Mensch. Ich sagte dir ja, wir waren zusammen im Internat. Mit seiner Begabung hätte er erreichen können, was er wollte. Er beschäftigte sich immer nur mit dem, was ihm gefiel, was ihm aber nicht sehr nützen konnte. Er meinte, die Bildung sei die Feindin der Weisheit, denn sie mache so vieles notwendig, auf das man, um weise zu sein, verzichten sollte. Er erhielt die Erziehung eines großen Herrn, was Geschmack, Gewohnheiten, Bedürfnisse betrifft, auch Laster ... Dann – wie das Leben spielt – der finanzielle Zusammenbruch des Vaters ... und ... das ist nicht weiter verwunderlich.

FABIO: *(geht wieder auf und ab)* Und ... und er sieht auch gut aus, hast du gesagt?

MAURIZIO: Ja, eine gute Erscheinung – wieso? *(Lacht.)* Sag mal, fängst du an, so ein ganz bißchen zu fürchten, daß ich zu gut gewählt haben könnte?

FABIO: Ich bitte dich! Ich sehe ... ich sehe nur viel Überflüssiges dabei, das ist alles! Geist, Bildung...

MAURIZIO: ... philosophische Bildung! Die kann doch nicht überflüssig sein in unserem Fall, scheint mir.

FABIO: Maurizio, um Gottes willen, mach jetzt keine Scherze! Ich stehe auf glühenden Kohlen! Ich hätte es gern etwas kleiner gehabt, das ist es. Einen bescheidenen, ordentlichen Mann...

MAURIZIO: Einen, den man gleich durchschaut? Der nicht das nötige Auftreten hat? Na, hör mal! Man muß doch daran denken, in was für eine Familie er kommt. Irgend so ein Durchschnittsmensch, nicht mehr jung, das wäre verdächtig. Wir brauchen einen Mann von Ansehen, der Respekt und Wertschätzung hervorruft, kurz, einen, bei dem die Leute sich morgen vorstellen können, warum die Signorina Renni sich für ihn entschieden hat. Ich bin sicher, daß...

FABIO: ... daß?

MAURIZIO: Daß sie ihn nicht nur nehmen, sondern daß sie mir auch dankbar dafür sein wird ... etwas mehr wenigstens, als du es im Augenblick bist.

FABIO: Ja! Sehr dankbar! Du hättest sie hören sollen! Hast du ihm gesagt, daß alles sehr schnell gehen muß?

MAURIZIO: Natürlich. Und du wirst sehen, daß er sogleich den richtigen Weg finden wird, ihr Vertrauen zu gewinnen...

FABIO: Was soll das heißen?

MAURIZIO: Mein Gott – soviel, wie ihr ihm erlaubt, natürlich.

Vierte Szene

Zimmermädchen, die Vorigen, dann die Signora Maddalena.

ZIMMERMÄDCHEN: *(rechts herein)* Signor Marchese, die Signora möchte Sie einen Augenblick dort sprechen.

FABIO: Aber ich kann jetzt nicht. Ich muß mit meinem Cousin fortgehen. *(Zu Maurizio:)* Ich muß ihn sehen ... mit ihm sprechen. *(Zum Mädchen:)* Sagen Sie der Signora, sie möge ein wenig Geduld haben, ich kann jetzt nicht.

ZIMMERMÄDCHEN: Ja. Signor Marchese. *(Ab.)*

MAURIZIO: Er ist drüben im Hotel. Aber so, wie du jetzt...

FABIO: Ich werde wahnsinnig ... ich werde wahnsinnig! Dort im Zimmer sitzt sie und weint, und du hier, du sagst mir...

MAURIZIO: Hör mal, bis jetzt ist noch nichts festgemacht, und wenn du nicht willst...

FABIO: Ich will ihn sehen, sag' ich dir, mit ihm sprechen!

MAURIZIO: Also los, gehen wir, ich sag' dir ja, er ist hier, es sind nur ein paar Schritte.

MADDALENA: *(plötzlich aufgeregt herein)* Fabio! Fabio! Kommen Sie! Lassen Sie mich nicht allein in diesem Augenblick, um Himmels willen!

FABIO: Mein Gott! Mein Gott!

MADDALENA: Sie ist in einem furchtbaren Zustand. Kommen Sie, ich flehe Sie an!

FABIO: Aber ich muß…

MAURIZIO: Nein – geh nur, geh jetzt hinein.

MADDALENA: Ja, um Gottes willen, Fabio!

MAURIZIO: Soll ich ihn hierher bringen? Ohne Verpflichtung für dich. Du kannst hier mit ihm sprechen. Vielleicht ist das sogar besser, auch für die Signorina selbst.

FABIO: Ja, geh nur, geh! Aber vergiß nicht – ohne jede Verpflichtung. Erst muß er mit mir gesprochen haben. *(Rechts ab.)*

MAURIZIO: *(ruft ihm nach)* Ja, natürlich! In zwei Minuten: Ich gehe und komme mit ihm hierher. *(Mitte ab.)*

MADDALENA: *(ruft ihm nach)* Mit ihm? Hierher? *(Will zur rechten Tür, aber plötzlich treten Agata und Fabio ein.)*

Fünfte Szene

Agata, Fabio und Maddalena.

AGATA: *(völlig aufgelöst, wie besessen, reißt sich von Fabio los)* Nein, laß mich! Laß mich! Laß mich gehen! Ich will fort!

MADDALENA: Aber Kind, wo willst du denn hin!

AGATA: Ich weiß nicht. Fort!

FABIO: Agata! Agata! Um Himmels willen!

MADDALENA: Das ist doch Wahnsinn!

AGATA: Laßt mich! Verrückt werden oder sterben – es gibt keinen Ausweg mehr für mich. *(Sinkt auf einen Stuhl.)* Ich kann nicht mehr!

MADDALENA: Aber warte erst ab, bis Fabio ihn wenigstens sieht und mit ihm spricht! Und bis auch du ihn siehst!

AGATA: Nein! Ich? Nein! Aber begreift ihr denn nicht, was mich so entsetzt? Begreift ihr nicht, wie ungeheuerlich das ist, was ihr mit mir vorhabt?

MADDALENA: Aber was denn? Du selbst, mein Kind...

AGATA: Nein! Ich will nicht! Ich will nicht!

FABIO: *(verzweifelt, entschlossen)* Gut, dann nicht. Wenn du nicht willst, dann nicht! Dann will auch ich nicht. Ja, es ist ungeheuerlich. Mich entsetzt es auch. Aber hast du dann auch den Mut, mit mir alles durchzukämpfen?

MADDALENA: Um Himmels willen, was reden Sie da, Fabio! Sie sind ein Mann, Sie können sich über den Skandal hinwegsetzen. Wir sind zwei arme, alleinstehende Frauen, die ganze Schande wird über uns kommen! Jetzt können wir nur zwischen zwei Übeln das kleinere wählen. Zwischen der Schande vor allen Leuten...

AGATA: *(schnell)* ... und der Schande vor einem Menschen allein, nicht wahr? Nur meiner Schande! Aber ich muß ja dann mit diesem Mann leben! Ich soll ihn vor mir sehen! Diesen Mann, der erbärmlich sein muß, erbärmlich, wenn er sich d a z u hergibt! *(Springt auf und will zum Ausgang, wird aber zurückgehalten.)* Nein, nein, ich will nicht! Ich will ihn nicht sehen! Laßt mich gehen, laßt mich gehen!

MADDALENA: Aber wohin denn? Und was willst du tun? In den Skandal hineinrennen? Wenn du das willst, dann ... dann...

AGATA: *(umarmt sie, bricht in Schluchzen aus)* Nein ... deinetwegen, Mama! Nein ... nein ... deinetwegen...

MADDALENA: Meinetwegen? O nein! Meinetwegen – sagst du? Ach, Kind, an mich darfst du jetzt nicht denken. Keiner von uns kann der anderen Schmerz ersparen. Und wir können auch nicht davonlaufen. Wir drei müssen hierbleiben und alle drei gemeinsam leiden und versuchen, uns den Kummer zu teilen, denn verursacht haben wir das Übel zu dritt.

AGATA: Du nicht, Mama – du nicht!

MADDALENA: Mehr als du, mein Kind! Und ich schwöre dir, ich leide mehr als du.

AGATA: Nein, Mama, denn ich leide auch deinetwegen.

MADDALENA: Und ich nur deinetwegen und daher um so mehr! Ich teile ihn nicht, meinen Kummer, weil ich ganz in dir bin, mein Kind! Warte ... warte ... wir wollen erst einmal sehen...

AGATA: Es ist entsetzlich! Entsetzlich!

MADDALENA: Das weiß ich. Aber zunächst sehen wir ihn uns an.

AGATA: Ich kann nicht. Ich kann nicht, Mama.

MADDALENA: Aber wir sind doch hier bei dir. Es ist kein Betrug dabei! Wir verheimlichen nichts. Wir bleiben hier, Fabio und ich, an deiner Seite.

AGATA: Aber er wird hier sein, kannst du dir das vorstellen? Hier, immer, zwischen uns, Fabio? Jemand, der weiß, was wir vor den Leuten verbergen.

FABIO: Auch er wird Interesse daran haben, es zu verbergen, seinetwegen und auch vor sich selbst – und er wird den Vertrag erfüllen. Wenn nicht – um so besser für uns. Beim ersten Anzeichen, daß er sich nicht mehr daran halten will, hab' ich einen Anlaß, ihn rauszuwerfen. Wir brauchen ihn dann ja ohnehin nicht mehr.

MADDALENA: Verstehst du? So ist es. Warum für immer? Vielleicht nur für kurze Zeit.

FABIO: Für kurze, für ganz kurze Zeit. Es wird an uns liegen, daß es nur für kurz ist.

AGATA: Nein, nein, wir werden ihn immer vor Augen haben!

MADDALENA: Warten wir doch erst ab, bis wir ihn kennenlernen. Setti hat ausdrücklich versichert...

FABIO: Es wird sich was finden. Es wird sich was finden.

MADDALENA: Er ist sehr intelligent und ... *(Klopfen an der Mitteltür. Alle sind bestürzt.)* Ah – da ist er. Das wird er sein.

Sechste Szene

Das Zimmermädchen, die Vorigen.

AGATA: *(springt auf und klammert sich an die Mutter)* Komm, Mama, fort! Mein Gott! *(Zieht die Mutter zur rechten Tür.)*

MADDALENA: Gut, dann soll e r mit ihm sprechen. Wir gehen, wir gehen dort hinein.

FABIO: Sei ganz ruhig. *(Maddalena und Agata rechts ab.)* Geht nur.

ZIMMERMÄDCHEN: *(an der Mitteltür)* Signor Setti mit einem Herrn.

FABIO: Ich lasse bitten. *(Zimmermädchen läßt eintreten und geht ab.)*

Siebte Szene

Maurizio, Baldovino, Fabio.

MAURIZIO: *(im Hereinkommen)* Also, Fabio – hier stelle ich dir meinen Freund Angelo Baldovino vor. *(Fabio verbeugt sich. Maurizio zu Baldovino:)* Mein Cousin, Marchese Fabio Colli. *(Baldovino verbeugt sich.)*

FABIO: Nehmen Sie bitte Platz.

MAURIZIO: Ihr habt miteinander zu reden. Ich lasse euch allein. *(Gibt Baldovino die Hand.)* Wir sehen uns nachher im Hotel, nicht wahr? – Auf Wiedersehen, Fabio.

FABIO: Auf Wiedersehen. *(Maurizio durch den Haupteingang ab.)*

Achte Szene

Baldovino, Fabio.

BALDOVINO: *(hat Platz genommen, setzt sich die Brille auf die Nasenspitze und legt den Kopf zurück)* Vor allem bitte ich Sie um einen Gefallen.

FABIO: Sagen Sie, sagen Sie.

BALDOVINO: Daß Sie offen mit mir reden, Signor Marchese.

FABIO: Aber ja, ja ... nichts lieber als das.

BALDOVINO: Danke. Aber vielleicht verstehen Sie das Wort »offen« anders, als ich es verstehe.

FABIO: Aber ... ich weiß nicht ... »offen« ... in aller Aufrichtigkeit ... *(als Baldovino mit einem Finger ein abwehrendes Zeichen macht)* ... ja, wie denn sonst?

BALDOVINO: Das ist nicht genug. Sehen Sie, Signor Marchese, es ist unvermeidlich, daß wir uns jetzt konstruieren. Ich will das erklären. Ich trete hier ein und werde sofort bei Ihrem Anblick zu dem, der ich sein muß, zu dem, der ich sein kann; ich konstruiere mich, das heißt, ich zeige mich Ihnen so, wie es für die Beziehung, die ich zu Ihnen aufnehmen muß, geeignet erscheint. Und dasselbe machen auch Sie, der mich empfängt, mit sich. Aber im Hintergrund, im Inneren unserer Konstruktion, die wir voreinander aufgerichtet haben, hinter den Jalousien und den Fensterläden bleiben unsere geheimsten Gedanken, unsere innersten Gefühle, gut versteckt, all das, was wir für uns selbst sind, außerhalb der Beziehungen, die wir jetzt eingehen wollen. – Habe ich mich verständlich gemacht?

FABIO: Ja, ja – sehr gut. Ah, sehr gut. Mein Cousin hat mir gesagt, Sie seien sehr intelligent.

BALDOVINO: Je nun, und jetzt glauben Sie vielleicht, daß ich Ihnen eine Probe meiner Intelligenz geben wollte.

FABIO: Nein, nein, ich sagte das weil ... Ich bin Ihrer Meinung, ich bin ganz Ihrer Meinung über das, was Sie eben so ausgezeichnet gesagt haben.

BALDOVINO: Dann will ich also, wenn Sie erlauben, anfangen, offen zu Ihnen reden. Seit einiger Zeit, Signor Marchese, empfinde ich tief in mir einen unsagbaren Widerwillen gegen die verwerflichen Konstruktionen meiner selbst, die ich Beziehungen vorausschicken muß, welche aufzunehmen ich mich gezwungen sehe, Beziehungen zu Leuten ... sagen wir meines Genres ... wenn Sie das nicht kränkt.

FABIO: Nein, bitte ... reden Sie, reden Sie nur ...

BALDOVINO: Ich sehe mich, ich sehe mich unaufhörlich, Signor Marchese, und sage mir: Wie gemein ist das, wie würdelos ist das, was du jetzt tust?

FABIO: *(verwirrt, verlegen)* Mein Gott ... aber nein, warum?

BALDOVINO: Warum? Weil es so ist, darum. Sie könnten mich höchstens fragen, warum ich es trotzdem tue. Weil ich oft durch eigene, oft durch die Schuld anderer – oder wie jetzt durch die Sachzwänge – nicht anders handeln kann. So sein zu wollen, oder anders, Signor Marchese, das ist schnell entschieden ... aber dann kommt es darauf an, ob wir die sein können, die wir gern wären. Wir sind nicht allein. Wir: Das sind wir selbst und das Vieh ... das Vieh in uns, auf dem wir reiten. Prügeln Sie es, soviel Sie wollen: Zur Vernunft ist das Vieh nicht zu bringen. Versuchen Sie den Esel zu überreden, daß er nicht hart am Abgrund entlangklettern soll: Er nimmt Schlagen und Peitschen und Stoßen hin – aber er trottet weiter, weil er gar nicht anders kann. Und wenn Sie ordentlich geprügelt und getreten haben, dann schauen Sie ein wenig in seine schmerzerfüllten Augen. Fühlen Sie dann kein Mitleid? – Ich sage Mitleid – nicht Verzeihen! Der Verstand, der dem Vieh verzeiht, wird selber tierisch.

Aber Mitleid mit ihm haben – das ist etwas anderes. Meinen Sie nicht auch?

FABIO: Ja, gewiß ... gewiß ... wollen wir nun auf uns kommen?

BALDOVINO: Das tun wir ja schon, Signor Marchese. Ich habe Ihnen das gesagt, um Ihnen verständlich zu machen, daß ich außer dem Empfinden für das, was ich tue, auch ein gewisses Selbstwertgefühl habe, und es ist mir daran gelegen, es mir zu erhalten. Ich kann es mir aber nur erhalten, wenn ich offen rede. Sich verstellen wäre schändlich und außerdem widerwärtig und sehr vulgär. Wahrheit!

FABIO: So ist es, ja, ganz klar. Versuchen wir also, uns zu verständigen.

BALDOVINO: Dann also, wenn Sie gestatten, werde ich Sie befragen.

FABIO: Wie bitte?

BALDOVINO: Ich möchte einige Fragen an Sie richten, wenn Sie gestatten.

FABIO: Bitte sehr.

BALDOVINO: *(zieht ein Notizbuch aus der Tasche)* Hier habe ich die wesentlichen Fakten der Situation. Da wir eine ernste Sache vorhaben, ist das für Sie und mich das beste. *(Er öffnet das Notizbuch, blättert darin und fragt dabei wie ein wohlwollender Richter:)* Sie, Signor Marchese, sind der Geliebte der Signorina ...?

FABIO: *(fährt auf, will die Frage und die Sucherei im Notizbuch sofort unterbinden)* Aber nein! Entschuldigung ... So...

BALDOVINO: *(ruhig, lächelnd)* Sehen Sie! Schon bei der ersten Frage bäumen Sie sich auf.

FABIO: Ja, natürlich. Weil...

BALDOVINO: *(schnell, streng)* Weil es nicht wahr ist? Sie sagen, es ist nicht wahr? Also dann ... *(steht auf)* Entschuldigen Sie mich bitte, Marchese. Ich habe Ihnen gesagt, ich habe ein Selbstwertgefühl. Zu einer erbärmlichen und erniedrigenden Komödie könnte ich mich nicht hergeben.

FABIO: Wie das? Ich finde eher, daß ... so wie Sie es machen wollen...

BALDOVINO: Sie irren. Mein Selbstbewußtsein – wie immer es sein mag – kann ich mir nur unter der Bedingung erhalten, daß Sie mit mir so sprechen wie mit Ihrem eigenen Gewissen. Entweder so, Signor Marchese, oder wir geben die ganze Sache auf. Für unanständige Täuschungsmanöver bin ich nicht zu haben. Wahrheit! Wollen Sie mir nun antworten?

FABIO: Also gut. Aber suchen Sie um Gottes willen nicht in diesem Notizbuch herum. Sie spielen auf die Signorina Agata Renni an?

BALDOVINO: *(unnachgiebig, sucht weiter, findet, wiederholt)* Agata Renni. Richtig. – Siebenundzwanzig Jahre?

FABIO: Sechsundzwanzig.

BALDOVINO: *(schaut ins Buch)* Das ist sie am Neunten des vorigen Monats geworden. Also im siebenundzwanzigsten Lebensjahr. Und ... *(Sieht wieder ins Notizbuch.)* Eine Mutter gibt es auch?

FABIO: Aber entschuldigen Sie!

BALDOVINO: Es ist Gewissenhaftigkeit. Glauben Sie es, nichts als Gewissenhaftigkeit bei mir, und für Sie ist es eine Sicherheit mehr. Sie werden sehen, ich bin immer so genau, Signor Marchese.

FABIO: Na gut, ja, die Mutter gibt es.

BALDOVINO: Und bitte – wie alt ist sie?

FABIO: Tja ... ich weiß nicht ... Einundfünfzig ... zweiundfünfzig...

BALDOVINO: Erst? Nämlich, weil ... ich sage ganz offen, es wäre besser, wenn es keine gäbe. Eine Mutter – das ist eine unveränderbare Konstruktion. –

Aber ich wußte, daß es sie gab. Runden wir auf, sagen wir: dreiundfünfzig. Sie, Signor Marchese, werden etwa in meinem Alter sein. Ich bin ziemlich verbraucht und sehe älter aus. Ich bin einundvierzig.

FABIO: Oh, dann bin ich noch älter. Dreiundvierzig.

BALDOVINO: Ah, ich gratuliere. Sie wirken viel jünger. Wissen Sie, vielleicht regeneriere ich mich jetzt auch etwas. Also dreiundvierzig sind Sie. – Ich muß nun noch, verzeihen Sie, ein anderes, sehr delikates Thema berühren.

FABIO: Meine Frau?

BALDOVINO: Sie leben getrennt. Durch Verschulden ... ich weiß, Sie sind ein absoluter Ehrenmann, und wer nicht fähig ist, Unrecht zu tun, der ist dazu verurteilt, es zu erleiden. Durch Verschulden Ihrer Frau also. Und Sie haben sich hier getröstet. Aber das Leben, dieser ruchlose Wucherer, läßt sich das bißchen Gute, das es gewährt, hundertfach mit Kummer und Unglück bezahlen.

FABIO: Leider!

BALDOVINO: Ich weiß, wovon ich rede. – Für Ihre Tröstung müssen Sie nun die Rechnung begleichen, Signor Marchese. Vor Ihnen steht das drohende Gespenst eines Wechselprotestes ohne Stundung. Jetzt komme ich, setze meine Unterschrift unter Ihren Wechsel und übernehme es, ihn einzulösen. Sie können sich gar nicht vorstellen, Signor Marchese, welches Vergnügen mir diese Rache bereitet, die ich an der Gesellschaft nehme, die meiner Unterschrift jeden Kredit verweigert. Jetzt diese Unterschrift zu geben, zu sagen: So – da hat sich jemand vom Leben das genommen, was er nicht sollte, und ich bezahle nun für ihn. Zahlte ich nicht, so wäre hier die Anständigkeit verloren und dort die Ehre einer Familie zerstört. Für mich, Signor Marchese, ist das eine schöne Genugtuung – eine Revanche! Glauben Sie mir, ich tue es aus keinem anderen Grunde! Sie zweifeln daran? Sie haben jedes Recht dazu, denn ich bin ... gestatten Sie mir einen Vergleich?

FABIO: Aber bitte, reden Sie nur, reden Sie.

BALDOVINO: ... ich bin wie jemand, der in einem Lande, das nur Papiergeld hat, klingendes Gold in Umlauf setzt. Sogleich ist man mißtrauisch gegen das Gold, das ist natürlich. Auch Sie sind gewiß in Versuchung, es zurückzuweisen, nicht wahr? Aber Sie können sicher sein, Signor Marchese, es *ist* Gold. Ich konnte es nicht durchbringen, weil ich es im Geist und nicht in der Tasche habe. Sonst...

FABIO: Sehr schön. Das ist es. Ausgezeichnet! Nichts anderes suche ich, Signor Baldovino. Die Anständigkeit! Die Lauterkeit der Gesinnung!

BALDOVINO: Ich habe auch das Angedenken an meine Familie. Unanständig zu handeln, das hat mich Opfer gekostet, an Selbstgefühl, an endlosen Bitternissen, an Abscheu und Ekel. Welchen Preis soll ich für die Anständigkeit bezahlen? Sie fordern mich ... ja, ich möchte sagen, zweifach zur Hochzeit auf. Zum Schein schließe ich die Ehe mit einer Frau, in Wirklichkeit aber einen Bund mit der Anständigkeit.

FABIO: Nun ja – und damit genug. Mir reicht das!

BALDOVINO: Genug? Ihnen erscheint das genug? Verzeihung, Signor Marchese – und die Folgen?

FABIO: Wieso? Das verstehe ich nicht.

BALDOVINO: Nun, ich sehe, daß Sie – wahrscheinlich weil Sie in meiner Gegenwart leiden und sich große Gewalt antun müssen, um diese peinliche Situation zu ertragen, um über sie hinwegzukommen – die Angelegenheit sehr leichtfertig behandeln.

FABIO: Nein, nein: ganz im Gegenteil! Wieso, leichtfertig?

BALDOVINO: Erlauben Sie? Meine Anständigkeit, Signor

Marchese – soll es die nun geben oder soll es sie nicht geben?

FABIO: Natürlich soll es die geben! Das ist die einzige Bedingung, die ich Ihnen stelle.

BALDOVINO: Gut. In meiner Gesinnung, in meinem Wollen und in all meinem Handeln. Da ist sie – ich empfinde sie so. Ich will sie. Ich werde sie beweisen. Nun also?

FABIO: Was heißt nun also? Ich habe Ihnen gesagt, daß mir das genügt.

BALDOVINO: Aber die Konsequenzen, pardon, Signor Marchese! Schauen Sie: Die Anständigkeit, so, wie Sie die von mir erwarten – was ist das? Denken Sie ein wenig darüber nach. – Nichts. – Eine Abstraktion. – Eine reine Form. – Sagen wir: das Absolute. – Wenn ich nun – verzeihen Sie – so anständig sein soll, dann muß ich sozusagen diese Abstraktion leben, dann muß ich der reinen Form einen Inhalt geben, dann muß ich diese abstrakte und absolute Anständigkeit tatsächlich empfinden. Und welche Folgen ergeben sich daraus? Vor allem, schauen Sie, die eine: I c h m u ß e i n T y r a n n w e r d e n.

FABIO: Ein Tyrann?

BALDOVINO: Zwangsläufig! Ohne es zu wollen. Verstehen wir uns recht: im Hinblick auf die reine Form. – Alles andere geht mich nichts an. – Aber der reinen Form wegen werde ich – um so anständig zu sein, wie Sie mich haben wollen und wie ich es will – notgedrungen ein Tyrann sein müssen, das sage ich schon jetzt. Ich werde mit äußerster Gewissenhaftigkeit den Schein aufrechterhalten. Das wird unabweisbar Ihnen, der Signorina und der Mutter sehr schwere Opfer auferlegen: eine beklemmende Einschränkung der Freiheit, die Rücksichtnahme auf die abstrakten Formen des gesellschaftlichen Lebens. Und … reden wir Klartext, Signor

Marchese, schon damit Sie sehen, daß ich von den entschiedensten Vorsätzen geleitet bin – wissen Sie, was bei alledem sofort herauskommen, sich uns aufdrängen und den anderen in die Augen springen wird? Daß, indem Sie sich mit mir einlassen – machen Sie sich keine Illusionen – anständig, wie ich sein werde – Sie alle zusammen die üble Tat begehen, nicht ich! Bei dieser ganzen unschönen Trickserei sehe ich nur das eine: die Möglichkeit, die Sie mir geben – und die ich akzeptiere – anständig zu sein.

Fabio: Nun gut … lieber Signor Baldovino … – Sie werden verstehen … und Sie haben es selbst schon gesagt … ich … ich bin im Augenblick nicht in der Verfassung, Ihnen so recht folgen zu können … Sie sprechen wundervoll; aber bleiben wir doch auf der Erde, um Gottes willen!

Baldovino: Ich? Auf der Erde? Das kann ich nicht!

Fabio: Verzeihung, wieso können Sie nicht? Was soll das heißen?

Baldovino: Ich kann es nicht – wegen der Situation, in die Sie mich bringen, Signor Marchese! Ich bin gezwungen, mich im Abstrakten zu bewegen. Wehe, wenn ich die Erde berührte! Die Realität ist nichts für mich, die behalten Sie sich vor. Da bleiben Sie dran. Sprechen Sie nur, ich höre Ihnen zu. Ich werde der Verstand sein, der nicht verzeiht, aber Mitleid hat –

Fabio: *(schnell, zeigt auf sich)* Mit dem Vieh?

Baldovino: Verzeihung: Das ist die Konsequenz.

Fabio: Aber ja! Aber ja! Sie haben recht. Genau so ist es. Dann also, na gut … ja, ich spreche, das Vieh spricht: ganz einfach auf der Erde bleibend, ganz einfach, wissen Sie? Und Sie hören zu und haben Mitleid. Damit wir uns recht verstehen …

Baldovino: Sie meinen, damit Sie sich mit mir verstehen?

Fabio: Mit Ihnen, aber ja. Mit wem denn sonst?

BALDOVINO: Nein, Signor Marchese. Zunächst müssen Sie sich mit sich selbst verstehen. Was mich betrifft, ich habe schon alles begriffen. Ich habe viel gesagt (dabei pflege ich sonst nicht viel zu reden, wissen Sie), weil ich möchte, daß Sie zu allem Nötigen imstande sein werden.

FABIO: Ich?

BALDOVINO: Ja. Sie. Denn ich bin es ja schon. Es ist ganz leicht. Was habe ich zu tun? Nichts. Ich stehe für die Form. Die Handlung – und keine schöne – begehen Sie: Die haben Sie schon begangen. Und ich mache sie wieder gut. Sie werden sie weiterhin begehen, und ich werde sie vertuschen. Aber damit ich das gut hinbekomme, ist in Ihrem eigenen Interesse und vor allem im Interesse der Signorina notwendig, daß Sie mich respektieren, und das wird Ihnen bei der Rolle, die Sie sich vorbehalten, nicht leichtfallen! Respektieren, sage ich, aber nicht mich persönlich, sondern das, was ich darstelle: den höchst ehrenwerten Ehemann einer vollendeten Dame. Sie würden das respektieren?

FABIO: Aber ja, natürlich.

BALDOVINO: Und Sie verstehen, daß diese Darstellung um so strenger und rücksichtsloser sein muß, je mehr Sie wünschen, daß meine Anständigkeit makellos sein soll, darum habe ich Ihnen gesagt, Sie müßten die notwendigen Folgen bedenken. Nicht meinetwegen, sondern um Ihretwillen. Denn mich, sehen Sie, läßt meine Philosophie durch die richtige Brille schauen. Und um unter diesen Umständen mein Selbstgefühl zu wahren, genügt es mir, in der Frau, die dem Namen nach die meine ist – eine Mutter zu sehen…

FABIO: Nun also, ja … sehr gut!

BALDOVINO: … und meine Beziehung zu ihr zu definieren durch das kleine Geschöpf, das kommen wird, das heißt durch die Pflicht, die ich zu erfüllen habe: eine reine, sehr noble Pflicht, ganz von der Unschuld des neugeborenen Knaben oder Mädchens bestimmt. Ist das gut so?

FABIO: Sehr gut, ja, ja, sehr gut!

BALDOVINO: Für mich, seien Sie sich darüber klar, ist es sehr gut, nicht für Sie! Je mehr Sie mir zustimmen, Signor Marchese, mit desto mehr Unannehmlichkeiten werden Sie konfrontiert werden.

FABIO: Aber, Verzeihung, wieso denn? Ich sehe alle diese Schwierigkeiten nicht, die Sie bemerken.

BALDOVINO: Ich halte es für meine Pflicht, sie Ihnen vor Augen zu führen, Signor Marchese. Sie sind ein Edelmann. Der Zwang der Verhältnisse, der Umstände, nötigt Sie dazu, wenig anständig zu handeln. Aber Sie können auf Anständigkeit nicht verzichten, und da man sie in dem, was Sie tun, nicht entdecken kann, suchen Sie sie bei mir. Ich muß sie verkörpern, Ihre Anständigkeit. Das heißt, den hochanständigen Ehemann einer Dame, die nicht *Ihre* Frau sein kann, den Vater eines Kindes, das nicht *Ihr* Kind sein darf. Ist das richtig?

FABIO: Ja, das ist richtig.

BALDOVINO: Aber wenn diese Frau die Ihre ist und nicht die meine, wenn das Kind Ihres ist und nicht meines, begreifen Sie dann, daß es nicht genügt, wenn ich allein anständig bin? Sie, Signor Marchese, müssen ebenfalls anständig sein, mir gegenüber. Notgedrungen! Ich anständig – alle anständig. Notgedrungen.

FABIO: Wie – was? Ich verstehe nicht. Warten Sie...

BALDOVINO: Sie verlieren den Boden unter den Füßen.

FABIO: Aber nein, ich meine nur ... wenn die Bedingungen geändert werden sollen...

BALDOVINO: Notgedrungen! Sie ändern sie! Den Schein zu wahren, Signor Marchese, gilt es nicht nur vor den Leuten. Es gibt noch etwas anderes hier, auch für Sie! Etwas, auf das Sie Wert legen und dem *ich* nun Gestalt geben soll: Ihre Anständigkeit! Denken Sie daran? Geben Sie acht, das ist nicht einfach.

FABIO: Aber wenn Sie das wissen...

BALDOVINO: Eben weil ich es weiß! Ich spreche gegen mein eigenes Interesse, aber ich kann nicht anders. Ich rate Ihnen, Signor Marchese, sich alles gründlich zu überlegen. *(Pause. Fabio steht auf und geht erregt auf und ab. Auch Baldovino erhebt sich und wartet.)*

FABIO: Jedenfalls ... – Sie werden verstehen, daß ... wenn ich...

BALDOVINO: Aber natürlich. Es wird gut sein, daß Sie noch etwas nachdenken über das, was ich gesagt habe, und es auch, wenn Sie meinen, der Signorina berichten. *(Schaut flüchtig zur rechten Tür.)* Vielleicht ist das aber gar nicht mehr nötig, denn...

FABIO: *(dreht sich zornig um)* Was glauben Sie denn?

BALDOVINO: *(sehr ruhig, ein bißchen traurig)* Ach, das wäre im Grunde nur zu natürlich! – Ich werde jetzt gehen. Sie werden mir im Hotel mitteilen oder mitteilen lassen, wie Sie entschieden haben. *(Will gehen, wendet sich aber noch einmal um:)* Natürlich können Sie, Signor Marchese, und die Signorina sich auf meine völlige Diskretion verlassen.

FABIO: Ich verlasse mich darauf.

BALDOVINO: *(langsam, ernst)* Ich bin, was mich betrifft, mit ganz anderer Schuld beladen; und hier sehe ich keine Schuld, nur ein Unglück. Wie Sie sich auch entscheiden mögen, Sie sollen wissen – ich werde meinem alten Schulkameraden tief innen immer dankbar bleiben, daß er mich für würdig gehalten hat, an diesem Unglück ehrlich Anteil nehmen zu dürfen. *(Verbeugt sich:)* Signor Marchese...

Vorhang

ZWEITER AKT

Luxuriöser Salon bei Baldovino. Einige Möbel stammen aus dem Salon des ersten Aktes. Haupteingang im Hintergrund, Türen rechts und links.

Erste Szene

Marchetto Fongi, Marchese Fabio.
Wenn der Vorhang aufgeht, steht Fongi mit Hut und Stock in der Hand und hält mit der anderen den Flügel der linken Tür auf. Er spricht zu Baldovino im Nebenzimmer. Fabio steht abwartend da, man hat den Eindruck, daß er von nebenan aus nicht gesehen und gehört werden will.

FONGI: *(zum Nebenzimmer hin)* Danke, Baldovino, danke. Ja. Aber was stellst du dir vor: ich und nicht zur Feier kommen! Danke. In einer halben Stunde bin ich mit den Freunden vom Aufsichtsrat wieder hier. Auf Wiedersehen. *(Schließt die Tür, dreht sich zu Fabio um, der auf Zehenspitzen näher kommt, blinzelt und nickt ihm spitzbübisch zu.)*

FABIO: *(leise, besorgt)* Ja? Glaubst du wirklich?

FONGI: *(nickt und blinzelt wieder)* Er ist uns auf den Leim gegangen! Er ist darauf reingefallen!

FABIO: Scheint mir auch so. Immerhin sind es schon sechs Tage!

FONGI: *(hält drei Finger hoch)* Drei ... dreihundert ... dreihunderttausend Lire! Hab' ich's dir nicht gesagt? Das konnte nicht schiefgehen. *(Hakt ihn unter und sagt im Abgehen:)* Das wird eine Komödie! Laßt mich nur machen! Laßt mich nur machen! Den werden wir ganz elegant am Kragen packen! *(Ab mit Fabio durch die Mitteltür.)*

Zweite Szene

Baldovino, Maurizio.

Die Bühne bleibt einen Augenblick leer. Dann öffnet sich die linke Tür, und Baldovino und Maurizio kommen herein.

MAURIZIO: *(sieht sich um)* Du hast dich hier ganz schön etabliert, weißt du?

BALDOVINO: *(zerstreut)* Ja. *(Lächelt zweideutig.)* Absolut comme il faut. *(Pause.)* Und du – sag, wo hast du dich herumgetrieben?

MAURIZIO: Ach, ein bißchen getummelt. Weg von den üblichen Routen.

BALDOVINO: Du?

MAURIZIO: Warum? Glaubst du das nicht?

BALDOVINO: Weg von den üblichen Routen? Also nicht Paris, Nizza oder Kairo? Wo bist du gewesen?

MAURIZIO: Im Lande des Kautschuks und der Bananen.

BALDOVINO: Im Kongo?

MAURIZIO: Ja. Im Urwald. Im richtigen, weißt du.

BALDOVINO: Und hast du Raubtiere gesehen?

MAURIZIO: Arme Neger im Kral.

BALDOVINO: Nein, ich meine, richtige Raubtiere. Tiger, Leoparden!

MAURIZIO: Ach was! Vielen Dank. – Donnerwetter, wie Deine Augen funkeln!

BALDOVINO: *(lächelt bitter, krümmt die Finger einer Hand und zeigt Maurizio die Nägel)* Siehst du, wie weit wir gekommen sind? Dabei schneiden wir sie uns nicht, um abzurüsten, im Gegenteil, damit sie zivilisierter aussehen, unsere Hände, das heißt, daß sie tauglicher sind für einen viel brutaleren Kampf, als ihn unsere barbarischen Vorfahren, die armen, mit bloßen Nägeln ausgetragen haben. Ich habe deshalb die wilden Tiere immer beneidet … Und du Unglücksrabe warst im Urwald und hast nicht mal einen Wolf gesehen?

MAURIZIO: Ach, hör auf damit! Reden wir lieber von dir. Wie geht es?

BALDOVINO: Was?

MAURIZIO: Na, ich meine, mit deiner Frau. Das heißt ... mit der Signora.

BALDOVINO: Wie soll es gehen? Ausgezeichnet.

MAURIZIO: Und ... deine Beziehungen zu ihr?

BALDOVINO: *(sieht ihn an, steht auf)* Wie sollen die sein!

MAURIZIO: *(ändert den Ton, mit neuem Anlauf)* Es geht dir doch aber gut, wie?

BALDOVINO: Ja, ich habe genug zu tun.

MAURIZIO: O ja! Ich weiß, daß Fabio eine Aktiengesellschaft gegründet hat.

BALDOVINO: Ja, um mich einzuspannen. Sie macht sehr gute Geschäfte.

MAURIZIO: Bist du nicht der Direktor?

BALDOVINO: Deshalb macht sie ja die guten Geschäfte.

MAURIZIO: Ja, ja, das habe ich gehört. Ich würde ganz gern dabei sein, aber es heißt, du seist entsetzlich genau.

BALDOVINO: Und ob. Ich lasse nichts durchgehen. *(Kommt näher und legt ihm die Hände auf beide Arme.)* Weißt du, durch meine Hände laufen Hunderttausende. Sie als Makulatur zu betrachten, sie nicht mehr nötig zu haben, nicht im geringsten...

MAURIZIO: Na, das muß dir doch ein großes Vergnügen sein.

BALDOVINO: Göttlich! Und weißt du, nichts ist danebengegangen! Aber arbeiten muß man natürlich. Arbeiten! Und alle müssen tun, was ich sage.

MAURIZIO: Eben ... das ist es...

BALDOVINO: Beklagen sie sich? Hm? Sag – schimpfen sie? Ballen sie die Faust in der Tasche?

MAURIZIO: Sie sagen ... sie sagen, du könntest ein bißchen weniger ... penibel sein, das ist's.

BALDOVINO: Ja, ich weiß – ich raube ihnen den Atem, allen! Jedem, der mit mir zu tun hat! Aber du verstehst – ich kann nicht anders. Seit zehn Monaten bin ich kein Mensch mehr.

MAURIZIO: So? Und was bist du dann?

BALDOVINO: Aber ich hab' dir's ja gesagt, sowas wie eine Gottheit. Du müßtest das verstehen. Mein Körper ist nur noch als Erscheinung da. Ich bin eingetaucht in Zahlen und Spekulationen, aber alles für die anderen, mir gehört davon nichts, und ich will auch keinen Centesimo haben. Ich lebe hier in diesem schönen Haus und sehe und fühle und berühre nichts. Ich wundere mich manchmal, wenn ich den Klang meiner Stimme höre und das Hallen meiner Schritte, wenn auch ich das Bedürfnis habe, ein Glas Wasser zu trinken oder mich auszuruhen. Ich lebe, verstehst du? – wun-der-bar im Absoluten einer rein abstrakten Form.

MAURIZIO: Du solltest etwas Mitgefühl mit den armen Sterblichen haben!

BALDOVINO: Das habe ich, aber ich kann nicht anders. Ich habe das schließlich gesagt, ich habe deinen Cousin, den Marchese, vorher darauf aufmerksam gemacht, und ich halte mich an unseren Vertrag.

MAURIZIO: Aber du hast doch ein teuflisches Vergnügen daran!

BALDOVINO: Nicht teuflisch, nein! Wie auf einer Wolke niedergelassen schwebe ich in der Luft: Das ist das Vergnügen der Heiligen auf Kirchenfresken.

MAURIZIO: Du wirst aber wohl begreifen, daß es so nicht mehr lange weitergehen kann.

BALDOVINO: *(finster, nach einer Pause)* Oh – das weiß ich! Es wird ein Ende haben. Und vielleicht bald. Aber die sollen sich in acht nehmen! Man wird schon sehen, was für eins! *(Sieht ihm fest in die Augen.)* Das sage ich im Interesse aller! Du solltest deinem Cousin die Augen öffnen. Es sieht so aus, als ob er nur allzusehr wünschte, mich so schnell wie möglich loszuwerden. – Du bist betroffen? Weißt du irgend etwas?

MAURIZIO: Nein. – Gar nichts.

BALDOVINO: Ah geh, sei doch aufrichtig. Ich hab' ja alles Verständnis. Es ist so natürlich!

MAURIZIO: Ich versichere dir – ich weiß wirklich nichts. Ich habe nur mit Signora Maddalena gesprochen. Fabio habe ich noch nicht gesehen.

BALDOVINO: Ich weiß doch, sie beide, Mutter und Cousin, werden sich gedacht haben: Wir verheiraten sie pro forma, und nach einiger Zeit schaffen wir ihn uns unter irgendeinem Vorwand vom Halse. – Das war ja auch wirklich am dringendsten zu erhoffen. Aber sie dürfen sich keine Hoffnungen machen. Auch darin waren sie von einer bedauerlichen Leichtfertigkeit.

MAURIZIO: Das nimmst du an. Wer hat dir das gesagt?

BALDOVINO: Immerhin haben sie von mir als Grundbedingung Anständigkeit gefordert.

MAURIZIO: Nun also – da siehst du ja!

BALDOVINO: Du bist aber naiv! Logik ist das eine, Herz das andere. Man kann mit logischer Konsequenz für etwas eintreten und mit dem Herzen etwas anderes erhoffen. Glaube mir, ich wäre heute bereit, Fabio und der Signora zuliebe einen Vorwand zu liefern, unter dem sie mich loswerden können. Aber sie sollen nicht darauf setzen, denn ich ... ja, ich könnte es tun – aber ich tue es nicht – ihretwegen – weil sie es unter keinen Umständen wünschen dürfen, daß ich so handle.

MAURIZIO: Bei Gott, du bist schrecklich! Du läßt ihnen

nicht einmal die Möglichkeit eines Wunsches, daß du irgend etwas Schlimmes tun könntest.

BALDOVINO: Schau: Angenommen, ich täte es. Zunächst würden sie aufatmen, sie hätten sich die drückende Last vom Hals geschafft, die ich für sie bedeute. Man könnte dann glauben, die Anständigkeit, an der ich es hätte fehlen lassen, wäre auf ihrer Seite – wenn auch nicht völlig, so doch mindestens teilweise. Die Signora bleibt eine verheiratete Frau, die von ihrem unwürdigen Ehemann getrennt lebt. Und in dieser Nichtswürdigkeit des Mannes könnte man eine Entschuldigung dafür finden, daß sie sich, jung wie sie ist, von einem alten Freund des Hauses trösten läßt. Was einem jungen Mädchen nicht erlaubt ist, kann man ohne weiteres einer Frau vergeben, die von jeder Pflicht zu ehelicher Treue entbunden ist. Habe ich recht? Nun könnte ich, der Ehemann, irgendeine Unanständigkeit begehen und mich hinauswerfen lassen. Aber ich bin hier nicht nur als Ehemann hergekommen. Als einfacher Ehemann wäre ich hier nie eingezogen, dafür hätte man mich nicht gebraucht. Man hat mich gebraucht, weil dieser Ehemann sehr bald Vater werden sollte, sehr bald, sage ich, sozusagen fristgemäß. Hier brauchte man den Vater. Und der Vater ... nun der Vater muß im Interesse des Signor Marchese unbedingt ehrenhaft sein. Denn wenn ich als Ehemann verschwinden kann, ohne daß ich meiner Frau damit schade – sie kann, wenn sie meinen Namen aufgegeben hat, ihren früheren wieder tragen; als Vater würde ich meinem Sohn durch eine schlechte Handlung natürlich schaden, denn er hat keinen anderen Namen als den meinen. Und je tiefer ich sinke, desto schlimmer wird es für ihn. Und das kann der Marchese doch bestimmt nicht wollen.

MAURIZIO: Ah, nein. Wirklich nicht.

BALDOVINO: Siehst du! Und ganz tief sinken, das würde ich

schon tun: Du kennst mich ja! Um mich für die Gemeinheit zu rächen, die sie mir antun würden, indem sie mich kläglich davonjagten, würde ich den Sohn verlangen, der dem Gesetz nach mir gehört. Zwei, drei Jahre würde ich ihn hierlassen, damit sie ihn liebgewinnen, dann würde ich beweisen, daß meine Frau mit ihrem Liebhaber Ehebruch treibt, würde ihnen den Jungen wegnehmen und ihn mit mir reißen, runter ... du weißt, daß in mir eine fürchterliche Bestie lauert, von der ich mich befreien wollte, indem ich mich auf diese Bedingungen einließ, die man mir hier angeboten hat. Sie müssen sie genauso respektieren, wie ich den festen Willen dazu habe, denn wer weiß, wo ich enden würde, wenn ich heute oder morgen nicht mehr an sie gebunden bin. *(Plötzlich in anderem Ton:)* Genug, basta ... Sag mal, du bist doch eben erst angekommen, haben sie dich gleich zu mir geschickt? Also, was sollst du aus mir herausholen? Beeil dich bitte. *(Sieht auf die Uhr.)* Ich habe dir schon mehr Zeit gewidmet, als ich gedurft hätte. Du weißt, daß heute vormittag das Kind getauft wird? Und ich habe vor dem Essen hier noch eine Sitzung mit den Aufsichtsräten, die eingeladen sind. Schickt dich dein Cousin? Schickt dich die Frau Mama?

MAURIZIO: Ja, es geht genau um die Taufe des Kleinen. Um den Namen, den du ihm geben willst.

BALDOVINO: Ah ja – ich weiß.

MAURIZIO: Entschuldige ... findest du ...

BALDOVINO: Ich weiß! Der arme Kleine! Ein viel zu pompöser Name. Der könnte ihn geradezu erdrücken.

MAURIZIO: *(betont die Silben)* Si – gis – mon – do!

BALDOVINO: Aber in meiner Familie hat der Name Tradition. Mein Vater hieß so, mein Großvater hieß so ...

MAURIZIO: Das ist doch für die kein besonderer Grund, nicht wahr?

Baldovino: Aber ich hätte auch nie daran gedacht, das weiß du. Verzeihung, ist das meine Schuld? Ein häßlicher Name, ja, grobschlächtig – besonders für so ein kleines Kind ... und ... ich gestehe – *(leise)* wenn es mein eigenes wäre, hätte ich es wahrscheinlich nicht so genannt.

Maurizio: Ah! Siehst du? Siehst du?

Baldovino: Was heißt siehst du? Das soll dir nur sagen, daß ich von diesem Namen jetzt nicht abgehen kann. Wir kommen immer darauf: Es geht nicht um mich, es geht um die Form. Und wegen der Form – du verstehst – da ich ihm einen Namen geben muß, kann es nur dieser sein. Es ist nutzlos, verstehst du, es ist völlig nutzlos, daß sie insistieren! Es tut mir leid, aber ich gebe nicht nach – das kannst du ihnen sagen! – Sie sollen mich arbeiten lassen, zum Donnerwetter! Das sind doch Lappalien! Es tut mir leid, mein Lieber, daß ich dich so empfange! Auf Wiedersehen, ja? Auf Wiedersehen!
(Gibt ihm eilig die Hand und geht links ab.)

Dritte Szene

Maurizio, die Signora Maddalena, Fabio.
Maurizio bleibt zurück, wie jemand, den man plötzlich sitzengelassen hat. Kurz darauf kommen von rechts nacheinander, sehr bedrückt, die Signora Maddalena und Fabio herein, ungewiß, was Maurizio ihnen zu sagen hat. Er sieht sie und kratzt sich mit einem Finger im Nacken. Zuerst drückt Maddalena, dann auch Fabio, durch eine Bewegung des Kopfes eine stumme Frage aus, sie mit einem erbarmenswerten Blick, er mit Stirnrunzeln, Maurizio antwortet mit einer verneinenden Kopfbewegung, schließt halb die Augen, hebt die Arme. Die Signora Maddalena läßt sich niedergeschlagen auf einen Stuhl sinken, bleibt dort so. Auch Fabio setzt sich, aber sehr beherrscht, die geballten Fäuste auf den Knien. Maurizio

nimmt ebenfalls kopfschüttelnd Platz und schnauft mehrmals hörbar durch die Nasenlöcher. Keiner der drei hat die Kraft, das bedrückende Schweigen zu brechen. Auf die durch die Nase geschnaubten Seufzer Maurizios antwortet Fabios Prusten aus vollem Mund. Die Signora Maddalena kann weder prusten noch schnaufen, sie schüttelt, mit herabgezogenen Mundwinkeln, bei jedem Geräusch, das die beiden von sich geben, bekümmert den Kopf. Die Schauspieler mögen sich nicht scheuen, diese stumme Szene lang auszuspielen. Plötzlich springt Fabio auf, geht erregt auf und ab und öffnet und schließt dabei die Fäuste. Kurz danach erhebt sich auch Maurizio, geht zu Maddalena, verbeugt sich vor ihr und gibt ihr die Hand, um sich zu verabschieden.

MADDALENA: *(leise, klagend, reicht ihm die Hand)* Sie gehen?

FABIO: *(dreht sich plötzlich um)* Lassen Sie ihn doch gehen! Ich weiß nicht, woher er noch den Mut genommen hat, sich hier sehen zu lassen! *(Zu Maurizio:)* Komm mir nicht mehr unter die Augen! *(Läuft wieder umher.)*

MAURIZIO: *(wagt nicht zu protestieren, wendet sich kaum zu ihm um. Zu Maddalena, deren Hand er noch hält, leise)* Wo ist Agata?

MADDALENA: *(leise, gleichsam klagend)* Dort – sie versorgt das Kind.

MAURIZIO: *(hält immer noch ihre Hand, leise)* Grüßen Sie sie von mir. *(Küßt ihr die Hand, dann öffnet er wieder die Arme:)* Sagen Sie ihr, sie ... möge mir verzeihen.

MADDALENA: Oh, Sie hat jetzt wenigstens ihr Kind!

FABIO: *(geht immer auf und ab)* Ja! Sie wird noch ihre Freude haben mit ihrem Kind! Wenn er erst anfängt, auch an ihm seine Schikanen auszulassen.

MADDALENA: Davor, eben davor habe ich Angst!

FABIO: *(läuft wieder umher)* Er hat ja schon angefangen – mit dem Namen!

MADDALENA: *(zu Maurizio)* Glauben Sie mir, seit zehn Monaten wagen wir kaum noch zu atmen!

FABIO: *(wie oben)* Man kann sich vorstellen, wie er es erziehen wird!

MADDALENA: Es ist schrecklich! ... Wir dürfen nicht einmal mehr Zeitung lesen!

MAURIZIO: Nein? Warum nicht?

MADDALENA: Er hat seine eigene Ansicht über die Presse!

MAURIZIO: Aber ... ist er zu Hause grob? Brutal?

MADDALENA: Ach was! Viel schlimmer ... Äußerst höflich! Er versteht es, Dinge, die für uns ganz hart sind, in einer Art zu sagen ... mit so unvermuteten und, wenn man sie anhört, so unanfechtbaren Argumenten, daß wir gar nicht anders können als zu tun, was er will! Er ist ein entsetzlicher Mensch, Setti! Entsetzlich! Ich habe keine Kraft mehr, nicht einmal mehr zum Aufmucken.

MAURIZIO: Liebe Signora – was soll ich dazu noch sagen! Ich bin ja selbst wie erschlagen! Nie hätte ich gedacht ...

FABIO: *(explodiert wieder)* Ich bitte dich! Ich kann jetzt nicht weg, der Taufe wegen, sonst ginge ich sofort! Aber du – geh! Geh! Geh! Verstehst du nicht, daß ich dich nicht so reden hören kann? Daß ich dich nicht mehr sehen kann?

MAURIZIO: Ja, du hast recht, ich gehe ... ich gehe.

Vierte Szene

Der Diener, die Vorigen.

DIENER: *(durch die Mitteltür)* Seine Hochwürden, der Pfarrer von Santa Marta ...

MADDALENA: *(steht auf)* Oh! Lassen Sie ihn eintreten. *(Diener ab.)*

MAURIZIO: Auf Wiedersehen, Signora.

MADDALENA: Sie wollen wirklich gehen? Wollen Sie nicht

zur Taufe bleiben? Sie würden Agata eine Freude machen! Nun, dann lassen Sie sich bald wieder sehen! Ich erhoffe so viel von Ihnen!

MAURIZIO: *(hebt abermals die Arme, verbeugt sich, sieht Fabio an, wagt nicht, sich von ihm zu verabschieden; schließlich geht er durch die Mitteltür ab, verbeugt sich vor dem Pfarrer, der im gleichen Augenblick vom Diener hereingeführt wird. Der Diener zieht sich wieder zurück und schließt die Tür.)*

Fünfte Szene

Der Pfarrer von Santa Marta, die Signora Maddalena, Fabio.

MADDALENA: Willkommen, Hochwürden. Nehmen Sie bitte Platz.

PFARRER: Wie geht es, Signora, wie geht es?

FABIO: Hochwürden...

PFARRER: Mein lieber Signor Marchese! Ich komme, um die letzten Dispositionen zu treffen.

MADDALENA: Vielen Dank, Hochwürden. Wir haben schon alles mit dem Meßdiener besprochen, den Sie uns geschickt haben.

PFARRER: Dann ist es ja gut.

MADDALENA: Ja, Hochwürden. Wir haben dort drüben alles vorbereitet. Auch mit den Meßgeräten, die er aus der Kirche mitgebracht hat. Oh, es ist zauberhaft geworden, wissen Sie! Schön, wirklich schön! Ich bringe Sie hin, daß Sie es sich anschauen!

PFARRER: Und die Signora?

MADDALENA: *(verlegen)* Ich lasse sie gleich rufen.

PFARRER: Aber nein, sie hat sicher zu tun. Ich wollte nur wissen, ob sie wohlauf ist.

MADDALENA: Danke, jetzt geht es ihr gut. Sie ist nur noch für das Kind da, verstehen Sie.

PFARRER: Oh, das kann ich mir denken.

MADDALENA: Sie trennt sich keinen Augenblick von ihm.

PFARRER: Und der Signor Marchese ist also Pate?

FABIO: So ist es ... ja ...

MADDALENA: Und ich Patin.

PFARRER: Und ... der Name ...? Bleibt es dabei?

MADDALENA: Leider! *(Ein tiefer Seufzer.)*

FABIO: *(wütend)* Leider!

PFARRER: Nun ... wissen Sie ... schließlich ... ist es ein großer Heiliger ... ein König! Ich beschäftige mich, ganz bescheiden, mit der Hagiographie.

MADDALENA: Oh, das wissen wir, Sie sind ein Gelehrter!

PFARRER: Nein, nein ... um Himmels willen, sagen Sie das nicht. Ich studiere leidenschaftlich ... ja ... der heilige Sigismund war König von Burgund, seine Frau war Amalberga, die Tochter Theoderichs. Als Witwer heiratete er dann unseligerweise eine ihrer Hofdamen, ein böses Frauenzimmer, das ihn durch niederträchtige Anstiftung dazu brachte, das ... hm, ja ... das scheußlichste Verbrechen zu begehen ... am eigenen Sohn!

MADDALENA: Mein Gott! Am eigenen Sohn? Und was hat er ihm getan?

PFARRER: Ach – *(Geste mit beiden Händen)* – er hat ihn erwürgt.

MADDALENA: *(fast mit einem Schrei, zu Fabio)* Haben Sie verstanden?

PFARRER: *(schnell)* Aber er hat bereut, wissen Sie! Gleich danach! Und zur Sühne unterzog er sich den strengsten Bußübungen, zog sich in ein Kloster zurück, nahm die Kutte, und seine Tugend und die Martern, die er mit frommer Ergebenheit ertrug, haben ihn zu einem unserer heiligen Märtyrer gemacht.

MADDALENA: Gemartert wurde er auch?

PFARRER: *(mit halbgeschlossenen Augen reckt er den Hals, beugt ihn und macht dann mit dem Finger die Geste des Köpfens)* Im Jahre 524, wenn ich nicht irre!

FABIO: Nicht schlecht! Ein schöner Heiliger! Erwürgt den eigenen Sohn – wird geköpft...

PFARRER: Aber oft werden die größten Sünder, Signor Marchese, die erhabensten Heiligen. Und dieser war außerdem ein Weiser, glauben Sie mir. Ihm schreibt man den Kodex von Burgund zu, die berühmte Loi Gombette! Diese These ist allerdings umstritten, aber ich schließe mich Savigny an, der sie verficht ... Ja, ja ... ja, ja ... ich schließe mich Savigny an!

MADDALENA: Für mich, Hochwürden, ist der einzige Trost, daß man den Namen abkürzen kann: Dino!

PFARRER: Dino? – Sigismondo ... Sigismondino ... Dino! Das geht, das geht ausgezeichnet! Für ein Kind – Dino – das paßt, das paßt wunderbar, nicht wahr, Signor Marchese?

MADDALENA: Ja! Aber wir werden sehen, ob er es erlaubt.

FABIO: Eben ... genau das...

PFARRER: Ja, schließlich ... wenn Signor Baldovino auf dem Namen seines Vaters besteht ... man muß eben Geduld haben. Also, wie verbleiben wir jetzt?

MADDALENA: Auch das muß er Ihnen sagen, Hochwürden. Warten Sie. *(Drückt eine elektrische Klingel an der Wand.)* Ich lasse ihn sofort verständigen. Haben Sie einen Augenblick Geduld. *(Der Diener tritt durch die Mitteltür ein.)*

Sechste Szene

Die Vorigen, der Diener.

MADDALENA: Sagen Sie dem gnädigen Herrn, daß Hochwürden hier ist. Wenn er für einen Augenblick kommen könnte ... er ist dort drüben ... *(Zeigt nach links. Der Diener verbeugt sich, geht durchs Zimmer, klopft an die linke Tür, öffnet und geht hinein.)*

Siebte Szene

Der Pfarrer, die Signora Maddalena, Fabio, Baldovino.

BALDOVINO: *(eilig durch die linke Tür herein)* Oh, Hochwürden, ich bin sehr geehrt durch Ihren Besuch. Bitte, bitte, behalten Sie doch Platz!

PFARRER: Geehrt fühle ich mich, Signor Baldovino, vielen Dank. Aber wir haben Sie gestört.

BALDOVINO: Aber ich bitte Sie! Ich bin ausgesprochen glücklich, Sie in meinem Hause zu sehen. Womit kann ich Ihnen dienen?

PFARRER: Sehr liebenswürdig, danke. Wir wollten zunächst die genaue Zeit der Taufe festlegen.

BALDOVINO: Aber das hängt von Ihnen ab, Hochwürden, wann Sie wollen. Die Patin ist hier, der Pate ist da, ich bin auch bereit. Zur Kirche ist es nur ein paar Schritte.

MADDALENA: *(erstaunt)* Wie bitte?

FABIO: *(unterdrückt mühsam seinen Zorn)* Wie bitte?

BALDOVINO: *(wendet sich ihnen zu, sieht sie an)* Was ist denn?

PFARRER: *(schnell)* Tja nun, Signor Baldovino ... es war doch vereinbart ... wie denn ... wußten Sie das nicht?

MADDALENA: Drüben ist doch alles schon vorbereitet!

BALDOVINO: Vorbereitet? Was denn?

PFARRER: Die Taufe. Sie zu Hause zu zelebrieren, damit die Feier besonders würdig wird.

FABIO: Hochwürden hat selbst ein paar Meßgeräte herübergeschickt.

BALDOVINO: Damit das Fest besonders würdig wird? Verzeihung, Hochwürden, ich hätte nicht gedacht, daß Sie so etwas sagen könnten?

PFARRER: Nein, also ... ich meine ... wissen Sie, es ist doch hier in der Stadt so üblich, daß die angesehenen Familien solche Feiern zu Hause abhalten.

BALDOVINO: *(lächelnd, einfach)* Und es wäre Ihnen nicht lieber,

Hochwürden, wenn einer ein Beispiel jener Demut gäbe, die weiß, daß vor Gott arm und reich nicht existiert?

MADDALENA: Aber niemand will doch Gott beleidigen, wenn er eine Taufe zu Hause feiert!

FABIO: Ach geh! Verzeihung – aber es sieht so aus, als ob du dir vorgenommen hättest, alles zu verderben durch ständiges Verhindern dessen, was die anderen vorschlagen! – Es ist merkwürdig, nicht wahr, daß du, ausgerechnet du, dich in diese Dinge einmischst und uns Lektionen erteilst.

BALDOVINO: Um Gottes willen, zwing mich nicht, deutlich zu werden, lieber Marchese. Möchtest du vielleicht mein Glaubensbekenntnis hören?

FABIO: Aber nein! Ich will gar nichts!

BALDOVINO: Wenn du glaubst, daß ich heuchle …

FABIO: Heucheln habe ich nicht gesagt. Ich halte es für Verbohrtheit.

BALDOVINO: Möchtest du dich in meine Gefühle versetzen? Was weißt du davon? Aber ich will annehmen, du glaubst, daß ich nach meinem Gefühl gar keinen Wert auf diesen Akt legen dürfte, den ihr jetzt alle vollziehen wollt, die Taufe. Na gut – dann aber erst recht: Wenn dieser Akt nicht meinet-, sondern des Kindes wegen stattfindet – und genau wie ihr erkenne ich an und stimme zu, daß er *seinetwegen* vollzogen wird –, dann wünsche ich aber, daß er so vollzogen wird, wie es sich gehört: Das Kind kommt in die Kirche zum Taufbekken, ohne irgendein Privileg, *das den Akt als solchen, den man an ihm vollzieht, herabsetzen würde.* Es erscheint mir allerdings seltsam, daß ihr mich zwingt, dies alles vor Hochwürden zu sagen, der unmöglich verkennen kann, wieviel größere Andacht, nicht wahr, und Feierlichkeit eine Taufe hat, die schlicht an ihrer eigenen würdigen Stätte zelebriert wird.

Pfarrer: Ja, sicher ... unzweifelhaft...

Baldovino: Übrigens bin ich ja nicht allein entscheidend. Da es sich um das Kind handelt – das vor allem zur Mutter gehört – wollen wir auch sie hören. *(Er drückt zweimal auf die elektrische Klingel in der Wand.)* Aber weder ihr noch ich werden mit ihr sprechen: Lassen wir Hochwürden reden.

Achte Szene

Das Zimmermädchen, die Vorigen, dann Agata.

Zimmermädchen rechts herein.

Baldovino: Bitten Sie die Signora, sich für einen Augenblick hierher zu bemühen. *(Das Zimmermädchen verbeugt sich und geht.)*

Pfarrer: Also ... ich, wirklich ... ich hätte es lieber, wenn Sie mit ihr sprächen, Signor Baldovino. Sie können so gut reden!

Baldovino: O nein, nein – im Gegenteil, schauen Sie: Ich ziehe mich zurück. Sagen Sie ihr, soweit Sie es für richtig halten, meine Gründe – und *(zu Maddalena und Fabio:)* ihr sagt die euren. Die Mutter wird entscheiden, auf diese Weise, in voller Freiheit. Und dann wird es so gemacht, wie sie entschieden hat. Da kommt sie.

Agata: *(von rechts herein, im eleganten Morgenrock. Sie ist blaß und starr. Fabio und der Pfarrer erheben sich. Baldovino steht.)* Oh, Hochwürden!

Pfarrer: Ich gratuliere Ihnen, Signora.

Fabio: *(verbeugt sich)* Signora...

Baldovino: *(zu Agata)* Es geht um die Vorbereitungen für die Taufe. *(Zum Pfarrer:)* Meine Verehrung, Hochwürden.

Pfarrer: Seien Sie gegrüßt, Signor Baldovino. *(Baldovino links ab.)*

Agata: Aber ist denn nicht alles schon vorbereitet? Ich weiß nicht...

Maddalena: Ja, nebenan ist alles fertig. Und so schön!

Fabio: Aber es gibt wieder mal was Neues.

Pfarrer: Ja – Signor Baldovino...

Maddalena: Er will nicht mehr, daß die Taufe im Hause stattfindet.

Agata: Und warum will er nicht?

Maddalena: Weil, so sagt er...

Pfarrer: Sie erlauben, Signora? In Wirklichkeit hat er nicht gesagt, daß er nicht will. Sie sollen entscheiden, Signora. Weil das Kind, so hat er gesagt, vor allem zur Mutter gehört. So daß also, wenn Sie möchten, daß die Taufe im Hause stattfindet...

Maddalena: Natürlich – wie es verabredet war!

Pfarrer: Ich finde wirklich nichts Schlechtes daran!

Fabio: Das ist doch in vielen Häusern so üblich!

Pfarrer: Und das habe ich auch gesagt, nicht wahr? Ich habe Signor Baldovino drauf aufmerksam gemacht!

Agata: Nun, und? Ich weiß nicht, worüber ich noch entscheiden soll.

Pfarrer: Ja, das ist es ... Signor Baldovino hat darauf hingewiesen – und durchaus, das muß man zugeben, mit einem Sinn für Ehrfurcht, den man hoch anerkennen muß –, daß die Taufe, die in der Kirche zelebriert würde, an ihrem eigenen, würdigen Ort, gewiß eine größere Feierlichkeit hätte, auch um nicht – und da hat er ein sehr schönes Wort gebraucht – »durch irgendein Privileg den Akt als solchen, den man an dem Kind vollzieht, herabzusetzen«. Es geht ums Prinzip ... ums Prinzip!

Agata: Ja, wenn Sie dem zustimmen...

Pfarrer: Nun – vom Prinzip her, Signora, kann ich unmöglich nicht zustimmen.

Agata: Dann machen wir es so, wie er will.

MADDALENA: Ach! Wie? Du bist auch einverstanden?

AGATA: Aber ja, natürlich bin ich einverstanden, Mama!

PFARRER: Ich sagte, vom Prinzip her, Signora. Aber sonst...

FABIO: Nirgendwo wäre da eine Herabsetzung!

PFARRER: Oh, natürlich nicht! Keine! Wieso Herabsetzung!

FABIO: Es ist nur die Lust, ein Fest zu verderben!

PFARRER: Aber wenn die Signora selbst so bestimmt...

AGATA: Ja, Hochwürden, ich bestimme so.

PFARRER: Dann ist ja alles in Ordnung. – Die Kirche ist nebenan, Sie brauchen mich nur zu benachrichtigen. – Meine Verehrung, Signora. *(Zu Maddalena:)* Signora...

MADDALENA: Ich begleite Sie.

PFARRER: Bitte, bemühen Sie sich nicht ... – Signor Marchese...

FABIO: Auf Wiedersehen.

PFARRER: *(zu Maddalena)* Keine Umstände, Signora.

MADDALENA: Aber nein, ich bitte Sie ... *(Beide ab.)*

Neunte Szene

Agata, Fabio.

Agata ist totenblaß. Sie will sich durch die rechte Tür zurückziehen.

FABIO: *(nähert sich ihr, bebend vor Zorn, und sagt leise, sehr erregt)* Agata! Um Himmels willen! Strapazier meine Geduld nicht bis zum Äußersten!

AGATA: Schluß! *(Deutet ernst, mehr mit dem Kopf als mit der Hand, zur linken Tür.)* Ich bitte dich!

FABIO: Also wieder ... wieder wie er will?

AGATA: Wenn das, was er will, wieder einmal das Richtige ist!

FABIO: Für dich ist immer alles richtig gewesen, was er gesagt hat, seit dem ersten Tage, an dem er uns angeschleppt wurde.

Agata: Wir wollen nicht wieder über das diskutieren, was damals gemeinsam beschlossen wurde.

Fabio: Doch nur, weil ich sehe, daß du es jetzt bist, du! Für dich kam es nur darauf an, den Schock des ersten Eindrucks zu überwinden. Das konntest du, weil du damals ungesehen mit angehört hast, was er sagte. Und heute steht es so mit dir: Du kannst dich seelenruhig an das halten, was damals ausgemacht wurde und womit ich nur einverstanden war, um dich zu beschwichtigen. Du bist es jetzt, du! Denn er weiß...

Agata: *(schnell, stolz)* Was weiß er?

Fabio: Siehst du? Siehst du? Um ihn geht es dir! Er soll wissen, daß seit damals zwischen uns nichts mehr ist.

Agata: Mir geht es um mich selbst!

Fabio: Nein, um ihn! Um ihn!

Agata: Meinetwegen kann ich es nicht ertragen, daß er etwas anderes vermutet.

Fabio: Ja, weil du möchtest, daß er Achtung vor dir hat! Als ob er sich nicht auf diesen Pakt mit uns eingelassen hätte!

Agata: So zu reden, heißt für mich nichts anderes, als daß seine Schande – wenn es eine gibt – auch unsere ist. Du willst sie auf ihn abwälzen, ich will nicht, daß ich sie tragen muß.

Fabio: Und ich will das, was mir gehört. Das, was mir noch gehören müßte, Agata! – Dich ... dich ... dich ... *(Er packt sie leidenschaftlich und will sie an sich reißen.)*

Agata: *(wehrt ihn ab, gibt nicht im mindesten nach)* Nein ... nein ... laß! – Laß mich! Ich habe dir gesagt – es geht nicht ... nie mehr, wenn es dir nicht gelingt, ihn fortzujagen.

Fabio: *(ohne sie loszulassen, immer ungestümer)* Das werde ich tun. Noch heute! Ich jage ihn wie einen Dieb davon – noch heute, noch heute!

AGATA: *(verblüfft, gibt ihren Widerstand auf)* Wie einen Dieb?

FABIO: *(preßt sie an sich)* Ja ... ja ... wie einen Dieb! Er ist in die Falle gegangen. Er hat gestohlen.

AGATA: Weißt du das genau?

FABIO: Ja! Ganz genau! Er hat schon mehr als dreihunderttausend Lire in seiner Tasche. Wir jagen ihn noch heute davon! Und du wirst wieder mir gehören, mir, mir...

Zehnte Szene

Baldovino, die Vorigen.

Die linke Tür öffnet sich, und Baldovino kommt herein, einen Zylinder auf dem Kopf. Er sieht die Umarmung, bleibt sofort stehen; überrascht.

BALDOVINO: Oh! Ich bitte um Verzeihung! *(Dann, mit einer Strenge, die durch ein sehr feines, ironisches Lächeln gemildert wird:)* Aber meine Herrschaften! Zum Glück bin ja nur ich hereingekommen. Und das hat nichts zu bedeuten; Aber bedenken Sie, es hätte der Diener sein können ... Ich empfehle, doch wenigstens die Tür abzuschließen...

AGATA: *(bebend vor Empörung)* Es gab wahrhaftig keinen Grund, die Türen abzuschließen!

BALDOVINO: Ich sage das nicht meinetwegen, Signora. Ich sage es dem Signor Marchese um Ihretwillen!

AGATA: Ich habe es dem Signor Marchese schon selbst gesagt. Er hat übrigens *(sieht ihn durchdringend an)* jetzt mit Ihnen zu reden.

BALDOVINO: Mit mir? Gern. Und worüber?

AGATA: *(verächtlich)* Fragen Sie sich selbst.

BALDOVINO: Mich selbst? *(Zu Fabio:)* Was gibt es denn?

AGATA: *(herrisch zu Fabio)* Reden Sie!

FABIO: Nein – jetzt nicht.

AGATA: Ich will, daß Sie es ihm jetzt, in meiner Gegenwart, sagen.

Fabio: Man muß damit noch warten.

Baldovino: *(schnell, ironisch)* Der Signor Marchese braucht vielleicht Zeugen?

Fabio: Ich brauche niemanden! Sie haben dreihunderttausend Lire unterschlagen!

Baldovino: *(lächelt ganz ruhig)* Nein – mehr, Signor Marchese! Viel mehr! Genau fünfhundertdreiundsechzigtausend ... einen Augenblick. *(Holt seine Brieftasche hervor, entnimmt ihr fünf Kärtchen mit ordnungsgemäß eingetragenen Abrechnungszahlen und liest die Endziffer vor:)* Fünfhundertdreiundsechzigtausendsiebenhundertachtundzwanzig Lire und sechzig Centesimi. Mehr als eine halbe Million, Signor Marchese. Sie unterschätzen mich.

Fabio: Wieviel auch immer. Das ist mir gleich. Sie können es behalten und gehen.

Baldovino: Nicht so stürmisch, Signor Marchese, nicht so stürmisch! Sie haben anscheinend Grund zur Eile, aber geben Sie acht: Der Fall ist gravierender, als Sie es sich vorstellen.

Fabio: Ach was, hören Sie jetzt auf mit Ihren Tiraden.

Baldovino: Tiraden? Nein ... *(Wendet sich an Agata:)* Ich bitte Sie, Signora, etwas näher zu treten und zuzuhören. *(Dann, nachdem sich Agata, stirnrunzelnd und frostig, genähert hat:)* Wenn Sie sich das Vergnügen machen wollen, mich einen Dieb zu nennen – können wir uns auch hierüber verständigen. Es ist sogar gut, wenn wir es von vornherein tun. Aber ich bitte Sie, zu berücksichtigen, daß es ungerechtfertigt ist, vor allem im Hinblick auf mich. Also – hier. *(Er zeigt ihnen die Kontenkarten, die er fächerförmig hochhält.)* In diesen Aufstellungen – Sie sehen es, Signor Marchese – sind die über fünfhunderttausend Lire als Ersparnisse und unvorhergesehene Einkünfte Ihrer Aktiengesellschaft eingetragen. Das will aber nichts sagen, dem kann man abhelfen, Signora. Ich hätte sie mühelos in die Tasche stecken können – wie Sie *(zeigt auf Fabio und meint auch dessen Freunde)* hofften, wenn ich in die Falle gegangen wäre, die Sie mir durch diesen schiefen Zwerg, den sie auf mich gehetzt hatten, legen ließen, durch diesen Signor Marchetto Fongi, der auch heute morgen zu mir gekommen ist ... Oh – *(zu Fabio:)* Ich gebe zu, daß Sie alle es nicht ungeschickt angefangen haben. *(Zu Agata:)* Auf solche Dinge verstehen Sie sich nicht, Signora, aber man hatte eine bestimmte Anlage so arrangiert, daß für mich allein ein überschüssiger Ertrag herauskommen mußte, den ich ohne weiteres hätte einstecken können, in der Gewißheit, daß niemand es merken würde. – Nur daß diejenigen, die diese Affäre eigens für mich arrangiert hatten, mich am Kragen gehabt hätten, wenn ich darauf hereingefallen wäre und das Geld eingesteckt hätte. *(Zu Fabio:)* Ist es nicht so?

AGATA: *(sieht mit kaum zurückgehaltener Empörung Fabio an, der nicht antwortet)* Haben Sie das getan?

BALDOVINO: *(schnell)* O nein, Signora! Sie dürfen ihm das nicht übelnehmen! Wenn Sie diese Frage mit solcher Unerbittlichkeit an ihn richten können, bedenken Sie, nicht er, sondern ich muß dann das Gefühl haben, daß alles schwankt. Denn das bedeutet, daß die Lage dieses Mannes wirklich unerträglich geworden ist. Und wenn die seine unerträglich geworden ist, wird es folglich auch die meine.

AGATA: Warum die Ihrige?

BALDOVINO: *(sieht sie lange an, senkt dann den Blick, verwirrt, wie tief beunruhigt)* Aber weil ... wenn ich ein Mann werde, Ihnen gegenüber ... ich ... ich ... könnte nicht mehr ... ach, Signora, für mich wäre es das Traurigste, was geschehen könnte ... daß man nicht mehr die Augen heben und den Blick der anderen aushalten kann. *(Fährt sich mit der Hand über die Augen, über die Stirn, wie um wieder zu sich zu kommen.)* Nein ... los ... los ... Hier muß ein Entschluß gefaßt werden, sofort. *(Bitter:)* Ich habe denken können, daß ich mir heute die Genugtuung verschaffen würde, mir diese Herren Aufsichtsräte, diesen Marchetto Fongi und auch Sie, Marchese, wie dumme Jungen vorzunehmen, weil Sie sich eingebildet hatten, einem Manne wie mir eine Schlinge legen zu können. Aber jetzt denke ich, wenn Sie zu diesem Mittel greifen konnten, mich als Dieb hinzustellen, um sie *(zeigt auf Agata)* von ihrer Zurückhaltung abzubringen, ohne Rücksicht darauf, daß diese Schande, mich im Beisein von fünf fremden Menschen von hier als Dieb wegzujagen, vor allem das neugeborene Kind getroffen hätte ... also ich denke, es müßte mir viel mehr Vergnügen bereiten, anständig zu sein. *(Reicht Fabio die Kontokarten, die er ihm gezeigt hatte.)* Die sind für Sie, Signor Marchese!

FABIO: Was soll ich damit!

BALDOVINO: Sie zerreißen. Sie sind der einzige Beweis für mich! – Das Geld ist in der Kasse, bis zum letzten Centesimo. *(Sieht Fabio fest in die Augen und sagt dann laut und verächtlich:)* Aber Sie müssen es stehlen!

FABIO: *(wie von einer Peitsche ins Gesicht geschlagen)* Ich?

BALDOVINO: Sie, Sie, Sie.

FABIO: Sind Sie wahnsinnig?

BALDOVINO: Wollen Sie auf halbem Wege stehenbleiben, Signor Marchese? Ich habe Ihnen doch auseinandergesetzt, daß daraus, daß ich anständig sein soll, sich unweigerlich ergeben mußte, daß Sie die schlechte Tat begehen würden. Stehlen Sie das Geld – ich werde für den Dieb gehalten werden und verschwinden, weil ich hier wirklich nicht mehr bleiben kann.

FABIO: Das ist doch heller Wahnsinn!

BALDOVINO: Nein, wieso Wahnsinn! Ich argumentiere für Sie und für alle. Ich sage ja nicht, daß Sie mich ins Zuchthaus bringen müssen. Das könnten Sie nicht. Sie werden nur an meiner Stelle das Geld stehlen.

FABIO: *(aufbrausend auf ihn zu)* Was reden Sie da?

BALDOVINO: Seien Sie nicht gekränkt, das ist nur ein Wort, Signor Marchese! Sie machen gute Figur dabei. – Sie holen das Geld für einen Augenblick aus der Kasse, um zu beweisen, daß ich es gestohlen habe. Dann legen Sie es sofort wieder zurück, denn Ihre Aktionäre dürfen natürlich nicht darunter leiden, daß sie mir Ihnen zuliebe Vertrauen geschenkt haben. Das ist klar. Und der Dieb bleibe ich.

AGATA: *(protestiert)* Nein! Nein! Auf keinen Fall! *(Reaktion der beiden Männer. Agata, um den Eindruck ihres Protestes zu verwischen, ohne ihn aber zurückzunehmen:)* Und das Kind?

BALDOVINO: Aber es ist notwendig, Signora.

AGATA: Nein! Ich kann und ich will das nicht zulassen!

Elfte Szene

Diener, die Vorigen, dann die vier Aufsichtsräte.

DIENER: *(an der mittleren Tür, meldet)* Die Herren Aufsichtsräte und Signor Fongi! *(Ab.)*

FABIO: *(schnell, fassungslos)* Wir wollen diese Unterredung auf morgen verschieben.

BALDOVINO: *(schnell, laut, herausfordernd)* Ich bin schon jetzt entschlossen und bereit!

AGATA: Und ich sage Ihnen, daß ich nicht will! Verstehen Sie? Ich will nicht!

BALDOVINO: *(unerschütterlich)* Aber deshalb mehr denn je, Signora!

FONGI: *(tritt mit den vier anderen Herren ein)* Gestatten Sie? … Gestatten Sie?

(Gleichzeitig kommen von rechts Maddalena – mit Hut – und die Amme in bändergeschmücktem Festtagsstaat herein. Die

Amme trägt das Kind in einem luxuriösen Steckkissen, mit einem himmelblauen Schleier verhüllt. Große Begrüßungen, Ausrufe, Gratulationen usw. Maddalena hebt vorsichtig den Schleier, um das Kind zu zeigen.)

Vorhang

DRITTER AKT

Arbeitszimmer Baldovinos, reich, mit schlichter Eleganz eingerichtet. Eingang im Hintergrund, eine andere Tür seitlich rechts.

Erste Szene

Baldovino, die Signora Maddalena.

Baldovino trägt denselben Anzug wie im ersten Akt. Er brütet vor sich hin, hat das Gesicht in den Händen, die Ellenbogen auf die Knie gestützt und schaut zu Boden. Maddalena redet, dicht bei ihm, atemlos auf ihn ein.

MADDALENA: Sie müßten doch verstehen, daß Sie nicht das Recht dazu haben. Es geht nicht mehr um Sie oder um ihn, nicht einmal um Agata. Es geht nur um das Kind. Um das Kind!

BALDOVINO: *(hebt den Kopf und sieht sie grimmig an)* Und was geht mich das Kind an?

MADDALENA: *(erschrocken, aber beherrscht)* O Gott, das ist wahr. Aber ich erinnere Sie an das, was Sie selbst über das Kind gesagt haben, wie man ihm geschadet hätte. Das waren geheiligte Worte, die sich dem Herzen meiner Tochter eingeprägt haben und die es heute – Sie müßten das verstehen – bluten lassen, jetzt, da sie nichts anderes mehr als Mutter ist, nur noch Mutter!

BALDOVINO: Ich verstehe jetzt nichts mehr, Signora!

MADDALENA: Das stimmt nicht! Sie haben ihn doch gestern selbst darauf aufmerksam gemacht!

BALDOVINO: Worauf?

MADDALENA: Daß er es des Kindes wegen nicht hätte tun dürfen!

BALDOVINO: Ich? Aber nein, Signora! Mich interessiert es nicht, was der Signor Marchese getan hat. Ich wußte ja, daß er es tun würde. *(Sieht sie mit mehr Widerwillen als Verachtung an.)* Übrigens wußten Sie es auch, Signora!

MADDALENA: Ich! Nein! Ich nicht! Ich schwöre es Ihnen.

BALDOVINO: Wieso nicht? Warum hätte er denn sonst diese Aktiengesellschaft gegründet?

MADDALENA: Warum? Ich nehme an, um Ihnen Arbeit zu geben...

BALDOVINO: Ja, und um mich aus dem Haus zu entfernen. Zweifellos, im Prinzip einfach deshalb: weil er hoffte, wenn er hier größere Freiheit hätte, während ich anderwärts beschäftigt wäre, daß Ihre Tochter...

MADDALENA: *(schnell, unterbricht ihn)* Nein ... Agata nicht! – Er sicher – ja, er wird es deswegen gemacht haben. – Aber ich kann Ihnen versichern, daß Agata...

BALDOVINO: *(hebt die Arme, bricht aus)* Mein Gott – dann sind also auch Sie so blind? Sie können mir diese Versicherung abgeben, Sie – mir?

MADDALENA: Es ist die Wahrheit.

BALDOVINO: Und darüber sind Sie nicht entsetzt? *(Pause.)* Begreifen Sie nicht, daß dies heißt, ich muß gehen; und daß Sie, anstatt hierher zu mir zu kommen, bei Ihrer Tochter bleiben und sie überzeugen sollten, daß es gut ist, wenn ich gehe.

MADDALENA: Aber wie denn, mein Gott, wie denn? Darauf kommt es doch an.

BALDOVINO: Ganz gleich, wie. Wichtig ist nur, daß ich gehe!

MADDALENA: Nein, nein! Sie wird Sie daran hindern!

BALDOVINO: Um Himmels willen, Signora! Bringen Sie mich nicht so weit, daß auch ich den Verstand verliere! Daß die Fähigkeit, die mir noch geblieben ist, schwindet: die Folgen zu erkennen, von dem, was die anderen blindlings tun. Blindlings, wohlgemerkt, nicht aus Mangel an Intelligenz, sondern weil jemand, der lebt, nur lebt und sich nicht sieht. Ich sehe, weil ich hierhergekommen bin, um nicht zu leben. Wollen Sie mich gewaltsam zum Leben erwecken? Nehmen Sie sich in acht, denn wenn das Leben mich wieder packt und auch mich blendet … *(Unterbricht sich, beherrscht dieses Einbrechen der menschlichen Natur, das, wenn es droht, ihm jedesmal ein geradezu wildes Aussehen verleiht, und beginnt dann wieder, mühsam, ruhig und fast frostig:)* Sehen Sie … sehen Sie, ich habe einfach den Marchese auf die Folgen dessen, was er getan hat, aufmerksam machen wollen: Nämlich, wenn er einen anständigen Menschen als Dieb hinstellen wollte – »anständig« meint nicht mich, verstehen Sie, sondern denjenigen, den er hier als anständigen Menschen haben wollte und den darzustellen ich mich hergegeben habe, um ihm zu demonstrieren, wie blind er war – wenn er den als Dieb hinstellen wollte, dann mußte er selber das Geld stehlen.

MADDALENA: Wieso wollen Sie, daß er es stiehlt?

BALDOVINO: Um mich als Dieb hinzustellen.

MADDALENA: Aber das kann er nicht! Das darf er nicht!

BALDOVINO: Ich sage Ihnen, er wird es nehmen – zum Schein. Wenn nicht, dann werde ich es tatsächlich tun. Wollen Sie mich wirklich dazu zwingen, es zu stehlen?

Zweite Szene

Die Vorigen, Maurizio.

Durch die rechte Tür kommt bestürzt Maurizio herein. Bei seinem Anblick bricht Baldovino in anhaltendes Lachen aus.

BALDOVINO: Ha, ha, ha, ha! Kommst du auch, um mich zu bitten, nicht »diesen Wahnsinn zu begehen«?

MADDALENA: *(schnell zu Maurizio)* Ja, ja, um Gottes willen, Setti, überzeugen Sie ihn.

MAURIZIO: Seien Sie unbesorgt, er wird es nicht tun! Er weiß ganz genau, daß alles nur eine Verrücktheit ist – und zwar Fabios, nicht die seine.

BALDOVINO: Hat er dich geschickt, die Sache schnell in Ordnung zu bringen?

MAURIZIO: Aber nein! Ich bin hier, weil du selbst mir geschrieben hast, ich solle kommen.

BALDOVINO: Ach ja! – Und hast du mir auch die hundert Lire mitgebracht, die ich dich gebeten habe, mir zu borgen?

MAURIZIO: Gar nichts habe ich dir mitgebracht.

BALDOVINO: Weil du – ein intelligenter Kopf – gemerkt hast, daß es sich nur um ein Täuschungsmanöver handelt? Ausgezeichnet. *(Faßt mit beiden Händen sein Jackett.)* Aber du siehst, ich bin schon angezogen, um abzureisen, wie ich dir geschrieben habe – ich trage dieselben Sachen, in denen ich gekommen bin. Einem anständigen Menschen in diesem Aufzug – siehst du –, dem fehlen nur gerade noch die hundert Lire, die er sich von einem sprichwörtlichen Jugendfreund borgen will, um auf anständige Weise zu verschwinden. *(Mit einer plötzlichen Aufwallung geht er auf ihn zu und legt ihm beide Hände auf die Arme.)* Schau – an dieser Fiktion festzuhalten bedeutet für mich ungeheuer viel.

MAURIZIO: *(verwirrt)* Was zum Teufel erzählst du da?

BALDOVINO: *(wendet sich um, sieht Maddalena und lacht wieder)* Was für große Augen die arme Signora macht! *(Liebenswürdig, doppelsinnig:)* Ich will es Ihnen jetzt erklären, Signora. Der Irrtum des Signor Marchese (ein – beachten Sie das bitte – höchst entschuldbarer Irrtum, der in meinen Augen die allergrößte Nachsicht rechtfertigt) bestand einfach darin, daß er glaubte, ich könnte wirklich in eine Falle gehen. Dieser Irrtum ist nicht irreparabel. Der Signor Marchese wird sich überzeugen müssen, daß dieses Spiel, an dem ich mich hier beteiligt habe und an dem ich Gefallen fand, bis zum Ende durchgehalten werden muß – bis zum Diebstahl. Jawohl, meine Herrschaften. Aber natürlich nicht im Ernst, verstehen Sie. Das heißt, daß ich mir die dreihunderttausend Lire, wie er glaubte – es sind mehr als fünfhunderttausend, Signora – in die Tasche stecken muß. Ich mache alles gratis, auch das nötige Drama um den Diebstahl, schon wegen des Spaßes, den ich mir geleistet habe! – Und fürchten Sie nicht, daß ich meine Drohungen, die ich ausgestoßen habe, um den Signor Marchese im Zaum zu halten, wahrmachen und mir das Kind nach drei oder vier Jahren holen werde. Unsinn! Was soll ich denn mit dem Kind anfangen! Oder fürchten Sie, ich wolle ihn erpressen?

MAURIZIO: Ach, hör doch auf damit! Niemand hier kann so etwas denken!

BALDOVINO: Aber wenn zum Beispiel ich daran gedacht hätte?

MAURIZIO: Ich sag dir, du sollst damit aufhören!

BALDOVINO: Nein, Erpressung nicht ... aber das Spiel so weit zu treiben, daß ich das exquisite Vergnügen auskosten kann, euch alle hier atemlos vor mir zu sehen, wie ihr mich beschwört, mich nun doch nicht zum Dieb werden zu lassen, indem ich mir das Geld nehme, nachdem er so eifrig daran gearbeitet hat, mich dazu zu bringen, daß ich es einstecke!

MAURIZIO: Aber wenn du es doch nicht genommen hast?

BALDOVINO: Bravo! Weil ich will, daß er es nimmt, mit eigener Hand! *(Er sieht Fabio totenbleich in furchtbarer Angst und Aufregung in der rechten Tür erscheinen.)* Und er wird es nehmen, da geb' ich euch Brief und Siegel.

Dritte Szene

Fabio, die Vorigen.

FABIO: *(geht bleich und bange auf Baldovino zu)* Ich werde es nehmen? Aber dann … o mein Gott! Haben Sie … haben Sie den Tresorschlüssel jemand anderem gegeben?

BALDOVINO: Nein, Signor Marchese. Warum?

FABIO: Mein Gott … mein Gott … und nun? Dann muß es jemand erfahren haben. Vielleicht durch eine Unvorsichtigkeit Fongis?

MAURIZIO: Fehlt das Geld in der Kasse?

MADDALENA: Mein Gott!

BALDOVINO: Aber nein, seien Sie unbesorgt, Signor Marchese. *(Schlägt auf seine Brusttasche.)* Hier ist es.

FABIO: Ach! Sie haben es genommen?

BALDOVINO: Ich habe Ihnen gesagt, daß es bei mir keine halben Sachen gibt.

FABIO: Aber was wollen Sie damit eigentlich erreichen?

BALDOVINO: Keine Angst. Ich wußte, daß ein Mann wie Sie sich scheuen würde, das Geld auch nur für einen Augenblick, selbst nur zum Schein, aus der Kasse zu nehmen. Deswegen habe ich es gestern abend selbst herausgenommen.

FABIO: Ah ja! Und zu welchem Zweck?

BALDOVINO: Um Ihnen, Signor Marchese, Gelegenheit zu der großen Geste zu geben: das Geld wieder in die Kasse hineinzulegen.

FABIO: Sie versteifen sich also auf diese Wahnsinnsidee?

BALDOVINO: Sie sehen ja, daß ich es wirklich genommen habe. Und wenn Sie jetzt nicht tun, was ich Ihnen sage, dann wird das, was noch eine Fiktion sein soll, so ernst werden, wie Sie es gewollt haben.

FABIO: Ich habe es gewollt! … Aber verstehen Sie nicht, daß ich jetzt nicht mehr will?

BALDOVINO: Aber jetzt will ich es, Signor Marchese!

FABIO: Was wollen Sie?

BALDOVINO: Genau das, was Sie vorhatten. Haben Sie nicht gestern abend zu Signora Agata gesagt, ich hätte das Geld in der Tasche? Nun gut, ich habe es in der Tasche.

FABIO: So! Aber damit haben Sie noch lange nicht mich in der Tasche!

BALDOVINO: Auch Sie! Doch, auch Sie, Signor Marchese! Ich gehe jetzt in die Aufsichtsratssitzung. Ich muß den Jahresbericht geben. Daran können Sie mich nicht hindern. Ich werde natürlich von diesem Überschuß nichts sagen, den der Signor Marchetto Fongi so geschickt für mich herausgeholt hat. Und ich gebe ihm die Genugtuung, mich beim Stehlen zu erwischen. Ah, keine Sorge, ich werde die Bestürzung des ertappten Diebes hinreißend vorführen können – Und dann bringen wir hier alles in Ordnung.

FABIO: Sie werden das nicht tun.

BALDOVINO: Doch, Signor Marchese.

MAURIZIO: Man kann sich doch nicht freiwillig als Dieb hinstellen lassen, wenn man keiner ist!

BALDOVINO: *(fest, drohend)* Ich habe euch gesagt, wenn ihr mich weiterhin daran hindern wollt, bin ich entschlossen, auch wirklich zu stehlen.

FABIO: Aber warum, um Gottes willen, warum? Wenn ich selbst Sie bitte zu bleiben?

BALDOVINO: *(düster, sehr ernst, schaut ihn an)* Und wie, Signor Marchese, soll ich jetzt noch hierbleiben?

FABIO: Ich sage Ihnen, daß es mir leid tut ... aufrichtig leid.

BALDOVINO: Was tut Ihnen leid?

FABIO: Das, was ich getan habe.

BALDOVINO: Aber das, was Sie getan haben, lieber Signor Marchese, braucht Ihnen nicht leid zu tun, denn es ist nur allzu natürlich. Was Sie nicht getan haben, das sollte Ihnen leid tun.

FABIO: Und was hätte ich tun müssen?

BALDOVINO: Was? Sie hätten bald, nach ein paar Monaten, zu mir kommen und mir sagen müssen, daß, wenn ich mich auch an unsere Abmachungen hielte – was mir nicht schwerfiel – und Sie daran festhalten wollten – wie es selbstverständlich war –, es doch immer noch jemanden hier gibt, über Ihnen und mir, dessen Würde und vornehme Gesinnung es nicht erlaubt hätten, sie zu befolgen – wie ich es Ihnen vorausgesagt hatte – und dann hätte ich Ihnen sofort bewiesen, wie absurd es war, anzunehmen, daß ein anständiger Mensch hierher käme um diese Rolle zu übernehmen.

FABIO: Ja, ja, Sie haben recht. Und ich habe mich deswegen auch über ihn *(zeigt auf Maurizio)* geärgert, daß er mir einen Mann wie Sie angeschleppt hat.

BALDOVINO: O nein, das hat er hervorragend gemacht, glauben Sie mir, daß er mich geholt hat. Sie wollten einen mediokren, anständigen Menschen haben, nicht wahr? Als ob es möglich wäre, daß ein Durchschnittsmensch eine solche Rolle annehmen würde, ohne ein Schurke zu sein! Nur ich konnte das tun, ein Mann, der – wie Sie sehen – sich nicht einmal davor scheut, als Dieb zu gelten!

MAURIZIO: Wieso? Warum?

FABIO: *(gleichzeitig)* Einfach so – weil es Ihnen Spaß macht?

MAURIZIO: Wer zwingt dich dazu? Niemand will das!

MADDALENA: Niemand! Wir alle sind hier, um Sie zu bitten!

BALDOVINO: *(zu Maurizio)* Du aus Freundschaft ... *(Zu Maddalena:)* Sie – wegen des Kindes ... *(Zu Fabio:)* Und warum Sie?

FABIO: Aus dem gleichen Grunde.

BALDOVINO: *(ganz nah, Aug' in Auge)* Und warum noch? *(Fabio antwortet nicht.)* Ich werde Ihnen sagen, warum noch. Weil Sie jetzt gesehen haben, was herausgekommen ist, bei dem, was Sie getan haben! *(Zu Maddalena:)* Der gute Name des Kindes, liebe Signora? Aber das ist doch nur eine Illusion! Er *(zeigt auf Maurizio)* weiß, daß leider ... meine Vergangenheit ... – Ja, mein jetziges – seit dem Morgen, an dem es hier begann – so musterhaftes Leben ... könnte vielleicht so manche traurige Dinge ... nachtschwarze ... aus meinem früheren Leben vergessen lassen. Aber er *(zeigt auf Fabio)* muß jetzt an ganz anderes denken als an das Kind, Signora. *(Er wendet sich auch an die anderen:)* Wollen Sie mich nicht zur Kenntnis nehmen? Meinen Sie, daß ich hier immer nur eine Leuchtfigur abgeben kann für Sie, und das war's dann? Schließlich bin auch ich aus Fleisch und Blut, Fleisch, das sich meldet, schwarzes Blut, das bitter ist von all dem Gift meiner Erinnerungen ... und ich habe Angst, daß es sich erhitzt. Gestern, als dieser Herr *(er zeigt auf Fabio)* mir vor Ihrer verehrten Frau Tochter den mutmaßlichen Diebstahl ins Gesicht schleuderte, da bin ich, blinder als er, blinder als alle, in eine neue und schlimmere Falle getappt, die mir insgeheim in den zehn Monaten, in denen ich hier lebe, neben ihr, eigentlich ohne zu wagen, sie anzuschauen – mein Fleisch heimlich gestellt hatte: Es hat sich Ihres kindischen Tricks bedient, Signor Marchese, um mich des Abgrunds gewahr werden zu lassen. Ich hätte schweigen müssen, verstehen Sie? Vor ihr die Beleidigung, als Dieb dazustehen, einstecken müssen, ja, vor ihr: dann Ihnen unter vier Augen sagen und beweisen müssen, daß es nicht wahr ist, und Sie heimlich dazu nötigen, daß wir einvernehmlich das Spiel zu Ende spielen. – Ich habe nicht schweigen können. Da war mein Fleisch. Haben Sie alle ... Sie ... Du ... jetzt noch den Mut, mich zurückzuhalten? Ich sage Ihnen, daß ich jetzt, um dieses alte Fleisch gebührend zu züchtigen, vielleicht gezwungen sein werde, wirklich zu stehlen!

(Alle sehen ihn stumm und bestürzt an. Pause. Aus der rechten Tür kommt Agata, sie ist blaß und entschlossen. Nach einigen Schritten bleibt sie stehen. Baldovino sieht sie an, er möchte sich zwingen, ihr gefaßt und ernst entgegenzutreten, aber in seinen Augen erkennt man durch Entsetzen hervorgerufene Verwirrung.)

Vierte Szene

Agata, die Vorigen.

AGATA: *(zur Mutter, zu Fabio und Maurizio)* Laßt mich mit ihm allein sprechen.

BALDOVINO: *(fast stotternd, mit gesenkten Augen)* Nein ... nein, Signora ... schauen Sie, ich...

AGATA: Ich muß mit Ihnen reden.

BALDOVINO: Es ... es ist zwecklos, Signora. Ich habe den Anwesenden hier alles gesagt, was ich zu sagen hatte.

AGATA: Und jetzt werden Sie hören, was ich Ihnen zu sagen habe.

BALDOVINO: Nein ... nein ... um Himmels willen ... es ist zwecklos ... Sie können mir glauben ... es ist genug ... es ist genug...

AGATA: Aber ich will es. *(Zu den anderen:)* Ich bitte euch, uns allein zu lassen. *(Maddalena, Fabio, Maurizio rechts ab.)*

Fünfte Szene

Agata, Baldovino.

AGATA: Ich komme nicht, um Ihnen zu sagen, Sie sollten nicht gehen. Ich komme, um Ihnen zu sagen, daß ich mit Ihnen gehe.

BALDOVINO: *(ist noch einen Augenblick sehr verwirrt, beherrscht sich mühsam und sagt dann leise)* Ich verstehe. Sie wollen mir nicht vom Kind reden. Eine Frau wie Sie fordert keine Opfer. Sie bringt sie.

AGATA: Aber es ist durchaus kein Opfer. Es ist das, was ich tun muß.

BALDOVINO: Nein, nein, Signora, das dürfen Sie nicht! Seinetwegen nicht – und Ihretwegen auch nicht. Und es ist meine Aufgabe, es zu verhindern, um jeden Preis!

AGATA: Das können Sie nicht. Ich bin Ihre Frau. Wollen Sie fort von hier? Sie haben recht. Ich finde es gut, und ich gehe mit.

BALDOVINO: Wohin? Aber nein, was sagen Sie da! Haben Sie Mitleid mit sich und mit mir ... und zwingen Sie mich nicht zu sprechen ... Sehen Sie es doch selbst ein, denn ich ... denn ich ... vor Ihnen ... kann ich nicht mehr ... kann ich nicht mehr reden...

AGATA: Worte sind jetzt nicht mehr nötig. Seit dem ersten Tage genügt mir das, was Sie gesagt haben. Ich hätte damals gleich hereinkommen und Ihnen die Hand reichen sollen.

BALDOVINO: Ah, hätten Sie es doch getan, Signora! Ich schwöre Ihnen, daß ich es gehofft habe. Einen Augenblick lang habe ich gehofft, Sie würden es tun – ich meine, hereinkommen. Dann wäre gleich alles zu Ende gewesen.

AGATA: Sie hätten sich zurückgezogen?

BALDOVINO: Ich hätte mich geschämt, Signora ... so wie ich mich jetzt schäme.

AGATA: Und warum? Weil Sie als anständiger Mensch gesprochen haben?

BALDOVINO: Das war leicht. Anständigkeit ist sehr leicht, solange es sich darum handelt, einen Schein zu wahren, verstehen Sie? Wenn Sie hereingekommen wären, um zu sagen, daß dieser Betrug für Sic nicht mehr möglich wäre, dann hätte ich keine Minute länger hierbleiben können. So wie ich jetzt nicht mehr bleiben kann.

AGATA: Sie haben also gedacht – ?

BALDOVINO: Nein, Signora, ich habe es erwartet. – Doch ich sah Sie nicht hereinkommen. Aber ich redete gerade, um ihm klar zu machen, daß es unmöglich sei, meine Anständigkeit zu verlangen, unmöglich nicht für mich, sondern für Sie alle. Sie müssen jedoch verstehen, daß jetzt, nachdem Sie die Bedingungen geändert haben, es für mich unmöglich sein wird: nicht, weil ich es nicht möchte oder wollte, sondern weil ich so bin wie ich bin ... wegen allem, was ich getan habe. – Schon allein diese Rolle, zu der ich mich hergegeben habe!

AGATA: Diese Rolle haben wir doch von Ihnen gefordert!

BALDOVINO: Und ich habe sie angenommen!

AGATA: Aber Sie haben ihm von vornherein gesagt, welche Folgen das haben würde, damit er sie nicht akzeptierte. Nun gut – ich habe sie akzeptiert.

BALDOVINO: Das durften Sie nicht, Signora, das durften Sie nicht. Denn (und das ist Ihr Irrtum) hier habe nicht ich gesprochen, niemals, sondern eine groteske Maske. Und warum? Da waren Sie, Sie alle drei, in Ihrer armen Menschlichkeit, die in der Freude schmachtet oder in der Qual ihres Lebens Genuß findet. Eine arme, schwache Mutter hatte das Opfer bringen können, zuzulassen, daß ihre Tochter außerhalb der bürgerlichen Gesetze liebte. Und Sie hatten, überwältigt von der Liebe zu einem guten Mann, fertiggebracht, nicht daran zu denken, daß dieser Mann unglücklicherweise an eine andere Frau gebunden war. Und das erschien Ihnen als weiß Gott was für eine Schuld? Das haben Sie schnell wiedergutmachen wollen, indem Sie mich hierherholten? Und dann bin ich gekommen und habe zu Ihnen in einer sterbenslangweiligen Sprache geredet, mit einer vorgetäuschten und widernatürlichen Anständigkeit, und Sie haben den Mut gehabt, sich dagegen aufzulehnen. Ich wußte sehr wohl, daß die beiden anderen auf die Dauer nicht mehr die Folgen würden tragen können. Ihre Natur mußte dagegen rebellieren. Ich habe das Wutschnauben Ihrer Mutter und des Marchese wohl bemerkt. Und es hat mir großen Spaß gemacht, glauben Sie mir, zu beobachten, wie sie mir jetzt diese Falle stellten, angesichts dieser ernstesten Konsequenz, die ich ihnen doch vorhergesagt hatte. Die wirkliche Gefahr, Signora: daß Sie die Konsequenzen bis ins letzte auf sich nehmen würden. Und Sie haben sie in der Tat auf sich genommen, Sie haben es gekonnt, weil in Ihnen, wohl oder übel, durch die Mutterschaft die Geliebte sterben mußte. Nun also – Sie sind jetzt nur noch Mutter. Aber ich, ich bin nicht der Vater Ihres Kindes, Signora! – Verstehen Sie, was das heißt?

AGATA: Ach! Also wegen des Kindes ... das nicht das Ihre ist?

BALDOVINO: Nein, nein, was sagen Sie da! Verstehen Sie mich recht! Durch die bloße Tatsache, daß Sie mit mir gehen wollen, machen Sie das Kind zu Ihrem, Ihrem allein, und daher wird es mir heilig sein, mehr als wenn es wirklich mein eigenes wäre, als ein Unterpfand Ihres Opfers und Ihrer Achtung.

AGATA: Nun – und?

BALDOVINO: Aber ich habe es gesagt, um Sie an meine Realität zu erinnern, Signora, weil Sie nur Ihr Kind sehen! – Sie sprechen noch zu einer Maske, die einen Vater darstellt!

AGATA: Nein, nein ... ich spreche zu Ihnen, zu Ihnen als Mensch.

BALDOVINO: Und was wissen Sie von mir? Wer bin ich?

AGATA: Der, der Sie sind. Ebender. *(Und da Baldovino be-*

schämt den Kopf senkt:) Wenn ich Sie anschauen kann, können auch Sie die Augen erheben. Denn vor Ihnen müßten wir alle hier die unseren niederschlagen, allein deshalb, weil Sie sich Ihrer Fehler schämen.

BALDOVINO: Nie hätte ich gedacht, das Schicksal könnte mir vergönnen, solche Worte zu hören. *(Als wolle er sich gewaltsam von einer Faszination befreien:)* Nein ... nein, Signora, lassen Sie! Glauben Sie mir, ich bin dessen nicht würdig. Wissen Sie, daß ich hier ... hier ... mehr als fünfhunderttausend Lire habe?

AGATA: Die geben Sie zurück – und dann gehen wir.

BALDOVINO: Was – ich müßte ja wahnsinnig sein. Ich gebe sie nicht zurück! Signora! Ich ... ge ... be ... sie ... nicht ... zurück!

AGATA: Das heißt also, daß ich und das Kind auch diesen Weg mit Ihnen gehen...

BALDOVINO: Sie würden mit mir gehen, auch wenn ich ein Dieb wäre? *(Wie erschlagen sinkt er auf einen Sitz, ein Schluchzen bricht aus ihm hervor. Er bedeckt das Gesicht mit den Händen.)*

AGATA: *(sieht ihn einen Augenblick an, geht dann zur rechten Tür und ruft hinaus)* Mama!

Sechste Szene

Maddalena, die Vorigen.

Maddalena kommt herein, sieht, daß Baldovino weint, und bleibt wie angewurzelt stehen.

AGATA: Du kannst den Herren sagen, daß sie hier nichts mehr zu suchen haben.

BALDOVINO: *(steht schnell auf)* Nein, warte ... das Geld! *(Zieht eine große Brieftasche aus dem Jackett.)* Nicht sie – ich selbst. *(Er versucht die Tränen zurückzuhalten, sich zu fassen, findet das Taschentuch nicht. Agata reicht ihm schnell das ihre.*

Er begreift die Geste, die sie, bei diesen Tränen, zum ersten Mal vereint, küßt das Taschentuch, führt es an die Augen und streckt die andere Hand nach Agata aus. Mit einem Seufzer der Erleichterung nimmt er sich zusammen und sagt:) Jetzt weiß ich, wie ich mit denen zu reden habe!

Vorhang

Pirandellos erster großer Publikumserfolg entstand im April/Mai 1917, noch während der letzten Arbeiten an *So ist es (wenn es Ihnen so scheint)* (enthalten in Band 8 dieser Edition) und war für den Schauspieler Ruggero Ruggeri konzipiert, der das Stück am 27. 11. 1917 in Turin mit großem Erfolg zur Uraufführung brachte. Eine sehr entfernte Ähnlichkeit besteht zu Pirandellos Novelle *Tirocinio* (»Lehrzeit«) von 1905. Ruggeri behielt das Stück mehrere Spielzeiten auf dem Spielplan. 1922 kam es als erstes Stück Pirandellos in Paris zur Aufführung, noch vor *Sechs Personen suchen einen Autor* (enthalten in Band 6 dieser Edition). 1924 wurde es an Reinhardts Berliner Bühnen unter Gerners Regie gespielt, 1925 brachte Pirandellos Teatro d'Arte das Stück auf der Deutschland-Tournee zur Aufführung. Nach dem Krieg blieb es ein immer wieder gespielter »Klassiker der Moderne« in Italien.

DER JUNGE TRIEB
(L'INNESTO)

Drama in drei Akten

Aus dem Italienischen von Michael Rössner

Uraufführung: 29. Januar 1919, Mailand

PERSONEN

Laura Banti
Giorgio Banti, ihr Mann
Signora Francesca Banti, ihre Mutter, zugleich die Mutter von
Giulietta
Rechtsanwalt Arturo Nelli
Signora Nelli
Doktor Romeri
Der Polizeikommissar
La Zena, eine Bäuerin
Filippo, der alte Gärtner
Ein Kammerdiener, ein Zimmermädchen, der Portier, zwei Polizisten (stumm)

Ort: Der erste Akt spielt in Rom, der zweite und dritte in einer Villa in Monteporzio.
Zeit: Heute

ERSTER AKT

Elegant möblierter Salon im Hause Banti. Haupteingang hinten, zwei weitere Türen auf der rechten und linken Seite (vom Schauspieler aus gesehen).

Erste Szene

Signora Nelli, Signora Francesca und Giulietta.
Wenn der Vorhang aufgeht, steht Signora Nelli, die einen Besuch macht, wartend an einem Tischchen und blättert in einer illustrierten Zeitschrift. Wenig später treten – ebenfalls mit Hut – von links Signora Francesca und Giulietta ein.

FRANCESCA: *(eine alte, zu Reichtum gelangte Provinzlerin, die in einem zu engen und zu eleganten Kleid steckt, das im Kontrast zu ihrer plumpen Art und Sprechweise steht. Dumm ist sie nicht; eher schon ein bißchen ungehobelt.)* Meine liebe Signora!

SIGNORA NELLI: *(elegant, aber schon vom Leben gezeichnet, mit einem Rest von kraftlosem Wollen, sich aufrechtzuhalten und noch weiter an einer Welt teilzuhaben, die nicht mehr die ihre ist)* Oh! Signora Francesca! Giulietta!

FRANCESCA: Sehen Sie? Wir warten auch die ganze Zeit.

SIGNORA NELLI: Ja, das sagte man mir.

FRANCESCA: Es wird wohl eine Stunde sein. Nein, mehr, viel mehr, was sage ich denn? Wenigstens zwei Stunden werden es sein.

GIULIETTA: *(sehr fein, mit gespielter Müdigkeit und einem kleinen Anflug von Überheblichkeit)* Es ist wirklich sehr sonderbar, glauben Sie mir. Ich mache mir Sorgen.

SIGNORA NELLI: Warum denn? Ist sie am Ende schon zu lange weg?

Giulietta: Aber ja! Seit heute morgen um sechs, stellen Sie sich vor!

Signora Nelli: Oh, um sechs? Um sechs Uhr ist Laura schon weggegangen?

Francesca: *(zu Giulietta, ärgerlich)* Wenn du so einfach »um sechs« sagst, mein Gott, was müssen da die Leute denken! Man muß doch sagen, daß sie mit dem Dingsda losgezogen ist, mit dem was weiß ich...

Giulietta: *(leise, verärgert, hilft ihr weiter)* Mit der Palette und dem Farbkasten.

Francesca: Ja, richtig. Mit dem Farbkasten.

Signora Nelli: Ah, sehr gut! Dann hat sie also wieder zu malen angefangen, die Laura?

Francesca: Jawohl, Signora. Seit drei Tagen. Sie geht hinaus in die Landschaft ... das heißt, ich weiß nicht, in einen Wald...

Giulietta: Wieso denn Wald! In den Park der Villa Giulia, Mama!

Francesca: Also ich bin mein Lebtag in Neapel gewesen, liebe Signora. Mit diesen Villen da kenn' ich mich nicht aus.

Giulietta: Na gut! Aber gestern und vorgestern, wissen Sie, da war sie um elf Uhr spätestens wieder zu Hause. Aber jetzt ist es schon gleich Abend, und...

Signora Nelli: Vielleicht wollte sie ihre Landschaftsskizze fertigmalen.

Francesca: Ja, eben! *(Zu Giulietta:)* Siehst du, das ist genau das, was ich auch denke.

Signora Nelli: Aber ganz sicher wird es so sein! Wenn sie mit dem Farbkasten ausgegangen ist, dann braucht man sich keine Sorgen zu machen. Das erklärt alles.

Giulietta: Nein, verzeihen Sie, das würde gar nichts erklären. Wer seit drei Tagen fast beim Morgengrauen aus dem Haus geht, der hat sich offenbar vorgenommen, gewisse … nun, ich weiß nicht, eben ganz bestimmte Lichteffekte des ersten Morgenlichts festzuhalten, die er zu einer späteren Tageszeit eben nicht mehr sehen kann.

SIGNORA NELLI: Ach, ist Giulietta auch Malerin?

GIULIETTA: Aber nein, Malerin, Gott bewahre!

FRANCESCA: Achten Sie nicht darauf; auch sie versteht was davon. Ach, liebe Signora, Bildung, Bildung, das war für mich immer das Höchste. Ich selbst habe ja nicht viel davon bekommen können, aber meine Töchter, die schon, Gott sei Dank, stets die besten Lehrer! Französisch, Englisch, Musik … und Laura, die das Talent dazu hatte, auch Malerei, mit Professor Dalbuono, wie Sie wissen, ein hochberühmter Mann! Giulietta wollte das nicht studieren, aber –

SIGNORA NELLI: – mit dieser Schwester an ihrer Seite hat sie wohl einiges mitbekommen –

FRANCESCA: Ja, eben! *(Zu Giulietta, die sich mit gekränktem Achselzucken entfernt:)* Was ist denn?

SIGNORA NELLI: *(tut, als verstünde sie nicht, daß dem Mädchen die Plumpheit der Mutter peinlich ist)* Ach, Signorina, machen Sie sich nicht so viele Sorgen! Sie haben ja recht; aber verzeihen Sie, könnte es Laura nicht in den Sinn gekommen sein, gleich noch ein weiteres Bild zu beginnen?

GIULIETTA: *(kühl, gibt aus Höflichkeit nach)* Ja, das ist wahrscheinlich.

SIGNORA NELLI: Ja, wenn sie wieder mit der alten Begeisterung bei der Sache ist …

GIULIETTA: Keine Spur! Von Begeisterung hat Laura keinen Funken mehr.

FRANCESCA: Na klar, wenn man heiratet! Das sind so Dinge, wie soll man sagen? Schmückendes Beiwerk, jawohl, schmückendes Beiwerk für junge Mädchen. Meinen Sie nicht? Aber mein Schwiegersohn will es so haben, wissen Sie! Man muß bei der Wahrheit bleiben, er ist es, der sie zum Malen antreibt, mein Schwiegersohn.

Signora Nelli: Recht hat er damit! O ja, sicher. Er hat ganz recht. Es wäre zu schade, wenn Laura, nach so vielen schönen Beweisen ihres Talents...

Giulietta: Aber deshalb tut er es nicht, mein Schwager. Vielleicht, wenn Laura bei ihrem Mann irgendeine Begeisterung für ihre Kunst erkennen könnte, dann ... Aber wissen Sie, er drängt sie ja nur zur Palette, wie er sie auch zu ... was weiß ich, zu irgendeiner anderen Beschäftigung drängen würde...

Francesca: Und findest du das so schlimm? Eine Beschäftigung muß der Mensch doch haben. Ach Signora, wenn man im Wohlstand aufgewachsen ist wie meine beiden Töchter ... Wissen Sie, was das ganze Unglück hier ist? Es sind keine Kinder da!

Signora Nelli: Um Himmels willen, Signora, seien Sie froh darüber! Wenn Sie wüßten, wie sehr ich Laura beneide! Sie hat zwei Jahre früher als ich geheiratet, vor sieben Jahren, nicht wahr? Und ich habe in fünf Jahren schon drei Kinder geboren...

Francesca: Naja, entschuldigen Sie, aber Sie haben sich auch sozusagen ohne Rücksicht auf Verluste da hineingestürzt!

Signora Nelli: *(lachend, mit vorgetäuschtem Grauen)* Aber nein! Was denn! Ich Arme! Die sind einfach so gekommen...

Francesca: Na, eines, meine ich, eines wenigstens, glauben Sie mir, ein Kind muß schon sein!

Signora Nelli: Aber mir scheint doch, Laura und ihr Mann verstehen sich auch so sehr gut...

Francesca: Ah ja, was das anbelangt ... *(Sie beugt sich zu Signora Nelli und flüstert ihr ins Ohr:)* Sogar zu sehr, Signora! Zu sehr! Viel zu sehr!

Signora Nelli: *(leise, erstaunt, aber auch ein wenig lächelnd)* Wie denn, zu sehr?

Francesca: Aber ja, denn ... wissen Sie, wie das ist? In der ersten Zeit, wenn die jungen Eheleute einander gerne haben und der Gedanke an ein Kind auftaucht, dann ist es vor allem der Mann, der ... der ... *(Sie macht eine sehr ausdrucksvolle Geste mit den Händen, indem sie die Finger vor der Brust verschränkt und den Oberkörper zurückbeugt, als wollte sie sagen: der sich sträubt.)* – Verstehen Sie? Weil er Angst hat, sein Frauchen nicht mehr für sich allein haben zu können.

Signora Nelli: Ach ja, ich weiß! Und dann vergeht ein Jahr, und dann noch eins, schließlich drei ... Wünscht er sich also ein Kind, der Signor Banti?

Francesca: Nein, Laura wünscht sich eines! Und wie! Giorgio sagt, er will es um ihretwillen.

Giulietta: Und natürlich will es Laura dann für sich selbst!

Francesca: Was redest du da? Warum sagst du das? Willst du vielleicht der Signora hier zu verstehen geben, daß Laura mit ihrem Mann nicht glücklich ist?

Giulietta: Aber nein, Mama! Das habe ich nicht gesagt! Wenn doch nicht drei, sondern fünf, ja sieben Jahre vergangen sind!

Francesca: Du verstehst gar nichts! Liebe Signora, die Frau, wenn es nach so vielen Jahren noch immer keine Kinder gibt, wissen Sie, was dann mit ihr passiert? Kaputt geht sie, das sage ich Ihnen. Und der Mann, der geht auch kaputt. Kaputt gehen sie, alle beide. Das muß ja so sein! *(Deutet auf Giulietta.)* Ich kann hier nicht reden. Aber es ist genau das Gegenteil von dem, was sich dieses Mädchen vorstellt. Denn der Mann kommt langsam von der Idee ab, in seiner Frau die Mutter von morgen zu sehen, und dann ... dann ... dann ... nun, Sie verstehen mich, nicht wahr?

Signora Nelli: O ja, ich verstehe, ich verstehe.

Francesca: Ach, diese Mädchen mit ihren Flausen! Weiß der Himmel, wie die sich das Leben zurechtträumen!

Giulietta: Ach, mein Gott, Mama! Du weißt doch genau, daß ich nicht träume!

Francesca: Jaja, sie träumt nicht! Und glaubst du, es wäre schön, wenn man nicht träumt? Ach, ich halte das nicht aus, liebe Signora, diese Mädchen von heute, mit ihren Allüren, die sind alle so ... so...

Signora Nelli: *(souffliert ihr lächelnd)* ... so fanée.

Francesca: Wie sagten Sie da eben?

Signora Nelli: So fanée.

Francesca: Ja, genau, so sind sie.

Giulietta: *(verächtlich)* Das ist so Mode.

Francesca: Ich kann nicht Französisch, aber das weiß ich: Gefallen tut mir diese Mode ganz und gar nicht.

Zweite Szene

Die Vorigen, das Zimmermädchen.

Zimmermädchen: *(stürzt in großer Erregung aus der Mitteltür)* Gnädige Frau! Gnädige Frau!

Francesca: Was gibt's denn?

Zimmermädchen: Mein Gott! Die Signora Laura! Kommen Sie! Kommen Sie schnell!

Francesca: Meine Tochter? *(Sie springt auf.)*

Signora Nelli: *(steht ebenfalls auf)* Mein Gott, was ist geschehen?

Zimmermädchen: Sie ist verletzt, sie tragen sie eben herauf!

Francesca: Verletzt? Wie!? Laura!

Giulietta: *(stößt einen Schrei aus, läuft zur Mitteltür)* Ich habe es doch gesagt!

Francesca: *(läuft auch hinzu)* Mein Kind! Mein Kind!

Dritte Szene

Die Vorigen, Laura, der Polizeikommissar, der Diener, der Portier, zwei Polizisten.

Laura, gestützt auf den Polizeikommissar und den Diener, erscheint auf der Schwelle, zusammengesackt, wie aufgelöst, Kleider und Haare durcheinander. Sie ist leichenblaß und blutet an der Lippe. Über den ganzen Hals ziehen sich lange, blutige Schürfwunden. Der Portier hält in der Hand den Hut und die Malutensilien. Die beiden Polizisten bleiben am Eingang stehen.

FRANCESCA: *(ist mit den anderen zur Tür gestürzt, weicht zunächst erschrocken zurück, als sie ihre Tochter in diesem Zustand erscheinen sieht. Dann stößt sie einen Schrei aus und geht auf sie zu.)* Ach! Laura! Was haben Sie mit dir gemacht? Meine Laura!

LAURA: *(wirft sich der Mutter an den Hals, geschüttelt von einem immer heftigeren Krampf, voller Ekel und Verzweiflung)* Mamma ... Mamma ... Mamma...

FRANCESCA: Bist du verletzt? Wo? Wo?

GIULIETTA: *(versucht ebenfalls, die Schwester zu umarmen)* Laura! Meine Laura! Was hast du? Was hast du?

SIGNORA NELLI: Aber wie ist es passiert? Wer ist es gewesen?

FRANCESCA: Wer hat dich verletzt? Mein Kind! Mein Kind! Wo bist du verletzt?

GIULIETTA: *(bringt einen Stuhl, schreit)* Hier, Mama ...!

FRANCESCA: Wo? Wo?

GIULIETTA: Nein, ich meine, laß sie hinsetzen! Siehst du nicht? Sie kann sich kaum auf den Beinen halten.

FRANCESCA: Ach ja, setz dich, Kind, setz dich ... Aber wer war das, welcher Mörder? Wer um alles in der Welt... *(Sie kann nicht weitersprechen, denn Laura, die auf den Stuhl sinkt, ohne die Arme von ihrem Hals zu lösen, zwingt sie, sich hinunterzubeugen.)*

Giulietta: Wer war es? *(Zum Polizeikommissar, laut:)* Sagen Sie es doch, wer ist es gewesen?

Polizeikommissar: *(verlegen, wobei er die Signora Nelli ansieht, als wolle er sich verständlich machen)* Nun, die ... die Signora ist das Opfer ... das Opfer einer ... jawohl, eines Überfalls geworden.

Signora Nelli: *(mit einem unterdrückten Schrei)* Oh!

Giulietta: *(kniet nieder und versucht, die Schwester mit den Armen zu umfangen)* Ach, Laura ... sag, sag ... wie?

Laura: *(löst die Arme vom Hals der Mutter und wehrt die Schwester in einer instinktiven Regung, jedoch bang und liebevoll ab)* Nein ... du nicht, Giulietta ... Du, geh ... geh ... geh...

Giulietta: *(setzt sich auf die Fersen, weicht zurück, erschüttert)* Warum?

Francesca: *(versteht, hebt die Hände und reißt die Augen auf)* Das? ... Mein Gott! ... – Das also? *(Zu Signora Nelli, der sie winkt, sie solle Giulietta hinausführen:)* Signora ... *(Dann, sich über Laura beugend:)* Aber wie denn? Mein Kind ... *(Noch einmal zu Signora Nelli:)* Signora, ich bitte Sie...

Signora Nelli: *(zu Giulietta)* Kommen Sie ... kommen Sie, meine Liebe. Gehen wir dort hinüber...

Giulietta: Aber warum? *(Dann sieht sie den Polizeikommissar an, begreift, daß sie hinausgehen muß, und bricht an der Schulter von Signora Nelli, die sie durch den Mitteleingang hinausführt, in lautes Schluchzen aus.)*

Laura: *(zeigt der Mutter ihren Hals.)* Schau ... schau...

Francesca: Aber wer war es? Wer?

Laura: *(kann nicht sprechen; der Krampf hat seinen Höhepunkt erreicht; dreimal ruft sie, während sie am ganzen Leib grauenhaft zittert und die Hände vor Scham und Ekel ineinanderpreßt, stoßweise aus)* Ein Vieh ... ein Vieh ... ein Vieh ... *(Und sie bricht in ein Jammern aus, das wie ein Wiehern aus dem verkrampften Inneren dringt.)*

Francesca: Mein Kind! *(Sie stürzt auf sie zu, und als sie spürt, wie*

Laura zusammenbricht, stützt sie sie mit Hilfe des Zimmermädchens.) Bringen wir sie dort hinein! *(Dann, indem sie sie zur linken Tür führt:)* Einen Arzt, schnell! Den Doktor Romeri!

DIENER: Er ist schon verständigt, Signora.

PORTIER: Ich habe ihn angerufen.

Francesca, Laura, Zimmermädchen durch die Tür links ab.

Vierte Szene

Die Vorigen, Doktor Romeri, dann Giorgio Banti, Arturo Nelli, Signora Nelli.

DIENER: *(zum Polizeikommissar)* Haben sie ihn erwischt?

(Der Polizeikommissar antwortet nicht; er öffnet die Arme zu einer Geste der Ratlosigkeit.)

PORTIER: Wo ist es denn passiert?

Durch die Mitteltür stürzt eilig Doktor Romeri herein.

DIENER: Ah, da ist ja der Herr Doktor!

ROMERI: Wo ist sie? Wo ist sie?

DIENER: Hier, Herr Doktor, kommen Sie!

(Er deutet auf die Tür links. Unterdessen hört man von innen die Stimmen Giorgio Bantis und Arturo Nellis, die rufen: »Doktor ...! Doktor ...!« *Doktor Romeri hält inne; er dreht sich um. Giorgio Banti, bleich, verstört; der Rechtsanwalt Nelli und Signora Nelli kommen herein.)*

GIORGIO: Ist sie verletzt? Ist sie verletzt?

ROMERI: Ich komme gerade erst herein.

GIORGIO: Kommen Sie, kommen Sie! *(Er läuft zur Tür links, gefolgt von Doktor Romeri.)*

Fünfte Szene

Die Vorigen, außer Giorgio und Romeri.

SIGNORA NELLI: *(zum Kommissar)* Aber wie ist es geschehen?

NELLI: *(zum Diener, zum Portier)* Gehen Sie, gehen Sie jetzt hinüber, alle miteinander! Herr Kommissar, diese Polizisten…

KOMMISSAR: *(zu den Polizisten)* Sie können abtreten.

(Die beiden Polizisten grüßen und gehen mit dem Diener und dem Portier ab.)

Sechste Szene

Nelli, Signora Nelli, der Polizeikommissar.

NELLI: Ein Überfall?

KOMMISSAR: Ja. In der Villa Giulia, wie es scheint.

SIGNORA NELLI: Da war sie zum Malen hingegangen.

KOMMISSAR: Ich weiß noch nichts Genaues. Ich bin mit den ersten Ermittlungen beauftragt worden.

SIGNORA NELLI: Sie ging seit drei Tagen dorthin.

NELLI: Immer an denselben Platz?

SIGNORA NELLI: So scheint's. Giulietta hat das gesagt. Jeden morgen um sechs.

NELLI: Wie denn das? Ganz allein?

KOMMISSAR: Ein Parkwächter der Villa Giulia fand sie auf dem Boden liegend…

SIGNORA NELLI: Ohnmächtig?

KOMMISSAR: Er sagte, sie habe kein Lebenszeichen von sich gegeben. Offenbar hatte er zuvor die Schreie der Signora gehört.

SIGNORA NELLI: Was, und da ist er nicht gleich hingelaufen?

KOMMISSAR: Er sagt, er wäre zu weit weg gewesen. Der Park der Villa ist immer menschenleer.

NELLI: Aber das ist doch Wahnsinn! Ganz allein dorthin zu gehen!

SIGNORA NELLI: Da ist der Farbkasten…

(Die anderen beiden drehen sich um und verharren gemeinsam mit Signora Nelli in der Betrachtung dieses Kastens mit der

Empfindung, die man hat, wenn man vor einem Gegenstand steht, der Zeuge eines eben erst geschehenen Dramas gewesen ist.)

KOMMISSAR: Ja, und der Hut … *(Pause.)* Beides wurde vom Parkwächter in großer Entfernung von dem Platz entdeckt, an dem die Signora lag.

NELLI: Ach! Dann ist also…

KOMMISSAR: Offensichtlich hatte die Signora versucht zu fliehen.

SIGNORA NELLI: War sie verfolgt worden?

KOMMISSAR: Ich weiß nicht! Eine unglaubliche Geschichte! Sie wurde rücklings zwischen den Dornen einer Brombeerhecke liegend aufgefunden.

SIGNORA NELLI: *(zuckt zusammen vor Entsetzen)* Ah! Vielleicht wollte sie drüberspringen!

KOMMISSAR: Vielleicht. Aber als sie hängengeblieben war…

SIGNORA NELLI: Sie ist ganz aufgerissen! Der Hals, der Mund! Zum Erbarmen!

NELLI: *(schüttelt den Kopf, mit bitterem Spott)* Ja, zwischen den Dornen…

KOMMISSAR: Ein Strolch. Der Parkwächter dürfte ihn gesehen haben.

NELLI: *(unruhig)* Ah ja?

KOMMISSAR: Jawohl, Signore. Als er von der Hecke heruntersprang. Ein Strolch, irgendein junger Landstreicher. Aber statt ihn zu verfolgen, wie es seine Pflicht gewesen wäre, dachte er nur daran, der Signora zu helfen, und … *(Er bricht ab und wendet sich zur linken Tür um, hinter der unterdrücktes Stimmengewirr zu hören ist.)*

Siebente Szene

Die Vorigen, Giorgio, Doktor Romeri, Francesca, dann Giulietta.

ROMERI: *(hinter der Bühne)* Und ich sage nein! Entschuldigen Sie! Ich bitte Sie…

FRANCESCA: *(hinter der Bühne)* Bitte, Giorgio! Ich bitte dich!

GIORGIO: *(kommt aus der Tür links, ganz durcheinander, mit lauter Stimme zwischen Schluchzen)* Aber ich habe doch ein Recht darauf, es zu erfahren! Ich muß, ich will es wissen!

ROMERI: *(auch er laut)* Sie werden es ja erfahren, zum Donnerwetter, aber alles zu seiner Zeit!

GIORGIO: Nein, jetzt! Jetzt!

ROMERI: Ich sage Ihnen, einstweilen dürfen Sie nicht nur sie nicht zum Sprechen bringen, sondern sich auch nicht vor ihr sehen lassen! *(Zu den anderen:)* Halten Sie ihn hier fest, bitte! *(Er geht durch die Tür links wieder zurück.)*

NELLI: Komm, Giorgio ... *(Und als Giorgio schluchzend Kopf und Hände an seine Brust legt:)* Armer Freund, armer, armer Freund!

FRANCESCA: *(zu Signora Nelli)* Ich bitte Sie, Signora, tun Sie mir die Liebe und begleiten Sie Giulietta nach Hause.

SIGNORA NELLI: Aber selbstverständlich, Signora! Wollen Sie, daß ich gleich...

FRANCESCA: Ja, seien Sie so gut! Sagen Sie ihr, ich bleibe noch hier ... solange ich kann ... mein Gott, es ist schon Abend, und ich muß mich um meinen armen Mann kümmern ... Sie wissen ja, in welchem Zustand er ist!

SIGNORA NELLI: Ja, ich weiß ... Wenn ich etwas tun könnte...

FRANCESCA: Nein, nein! Danke vielmals. Er läßt ja niemand sonst an sich heran ... Aber da ist sie ja, meine Giulietta ... *(Giulietta erscheint weinend in der Mitteltür hinten. Francesca winkt sie herbei.)* Du gehst mit der Signora hier nach Hause. Ich komme nach, sobald ich kann.

GIULIETTA: Und Laura?

FRANCESCA: Laura ist da drinnen.

GIULIETTA: Und ich darf sie nicht einmal sehen?

FRANCESCA: Was willst du denn sehen! Sie braucht jetzt vor

allem Ruhe. Geh, geh zu deinem armen Vater ... Aber erzähl ihm nichts, um Himmels willen!

GIULIETTA: Aber was ist es, was ist passiert?

FRANCESCA: Nichts, es ist gar nichts! Signora, nehmen Sie sie jetzt mit, bitte.

SIGNORA NELLI: Ja. Gehen wir, Signorina Giulietta.

GIULIETTA: *(geht entschlossen auf ihren Schwager zu)* Giorgio, erzählst du mir auch, daß nichts passiert ist?

GIORGIO: Ich?

GIULIETTA: Ich will es von dir hören!

GIORGIO: Ich ... was soll denn ich dir sagen? Ich weiß nicht ... ich weiß gar nichts...

FRANCESCA: Also jetzt geh schon, Kind! Wie stellst du mich denn hin ... Geh schon, geh mit der Signora! *(Ab durch die Tür links.)*

SIGNORA NELLI: *(führt Giulietta mit sich ab)* Gehen wir, meine Liebe, gehen wir. *(Ab durch die Mitteltür mit Giulietta.)*

Achte Szene

Nelli, Giorgio, der Kommissar.

GIORGIO: *(geht auf den Kommissar zu)* Was wissen Sie? Sagen Sie mir, was Sie wissen! Sie müssen ihn fassen, ihn mir ausliefern, mir übergeben, auf der Stelle! Denn bei so einem Verbrechen, wenn sie ihn erwischen, *(zu Nelli:)* sag du, was kriegt er da? Zwei, drei Jahre Gefängnis, nicht wahr? *(Zum Kommissar:)* Ich dagegen, ich habe das Recht, ihn zu töten! Wissen Sie das?

KOMMISSAR: Ich weiß gar nichts, lieber Herr. Ich bin hier, um die Ermittlungen zu führen.

NELLI: Aber es gibt doch nichts zu ermitteln!

GIORGIO: Wieso gibt es nichts zu ermitteln?

NELLI: Nichts, nichts zu ermitteln! Nichts zu untersuchen! Es ist doch schon genug, zum Donnerwetter!

GIORGIO: Wieso genug?

NELLI: Aber ja! Ich sage dir, es ist genug! Die Signora ist im Park einer Villa überfallen worden. Der Dieb...

GIORGIO: Dieb?

NELLI: Aber ja, der Dieb ... irgendein Hungerleider, der konnte nicht gefaßt werden, und genug damit ... damit ist die Sache vorüber! Wozu jetzt noch viel Wind machen?

GIORGIO: O nein, mein Lieber! Da täuschst du dich!

KOMMISSAR: Ich habe meine Befehle. Es handelt sich um ein von Amts wegen zu verfolgendes Delikt.

NELLI: Gut, dann wende ich mich direkt an den Bezirksrichter oder an Ihren Vorgesetzten. Sie können jetzt gehen. Hören Sie auf mich!

GIORGIO: Nein! Nein! Und ich? Für die anderen mag die Sache damit vorüber sein! Aber für mich?

NELLI: Du? Was willst du denn tun? Glaubst du, selbst wenn sie ihn finden, geben sie ihn dir in die Hand, damit du ihn umbringen kannst? Quatsch! Und was passiert sonst? Du hast es ja selbst gesagt! Jawohl, für ein Delikt, das du als Betroffener mit dem Tod bestrafen könntest, ohne daß du auch nur einen Tag ins Gefängnis gehst, sieht das Gesetz lediglich zwei oder drei Jahre Freiheitsstrafe vor. Willst du das haben? Und den Skandal einer öffentlichen Verhandlung? Das Urteil in vollem Wortlaut in den Zeitungen? Hör mir doch auf! *(Zu dem Kommissar:)* Gehen Sie, gehen Sie, Herr Kommissar.

KOMMISSAR: Nun, da der Arzt gesagt hat, man dürfe jetzt nicht mit ihr sprechen, kann ich mich wirklich zurückziehen.

NELLI: Ja, ja; machen Sie sich keine Sorgen, ich schaue dann bei Ihrem Vorgesetzten vorbei.

KOMMISSAR: Meine Verehrung! *(Verbeugt sich; ab durch den Mitteleingang.)*

Neunte Szene

Giorgio und Nelli.

NELLI: Das ist wirklich ein Verhängnis! Wenn man sie braucht, sind diese Leute nie bei der Hand. Aber dann krauchen sie dir unaufhörlich zwischen den Füßen herum, wenn das völlig überflüssig ist und nur noch mehr Schaden anrichtet!

GIORGIO: Aber was gehen mich die anderen an? Was sollen die mir denn ausmachen?

NELLI: Ja, heute nichts, ich weiß. Aber du wirst sehen, morgen machen sie dir schon was aus.

GIORGIO: Also erst einmal ist die Sache sinnlos, denn es wissen schon alle davon. Hier, dort, wo man sie gefunden hat ... aber selbst wenn niemand es wüßte, verstehst du nicht: Wenn ich es weiß, ist für mich alles zu Ende.

NELLI: Ich verstehe, Giorgio, was du in diesem Augenblick durchmachst, dieses Grauen. Aber du mußt versuchen, darüber hinwegzukommen, durch das Mitgefühl, das deine arme Frau wohl in dir erregt.

GIORGIO: Du sprichst zu mir von Mitgefühl?

NELLI: Willst du dich dem verschließen?

GIORGIO: Ich bin der Ehemann! Mitgefühl, das könnt ihr haben, jeder, der von dieser fürchterlichen Geschichte hört! Aber ich bin es, ich allein, der wirklich das Grauenhafte dieser Geschichte aushalten muß, das Grauenhafte, das nicht nur ihr allein zugefügt worden ist, sondern auch mir! Und kein anderer – nicht einmal sie – kann es lebhafter und entsetzlicher empfinden als ich – dieses Grauen!

NELLI: Ja, ich verstehe dich, Giorgio, ich verstehe dich. Es ist grausam, ja. Aber was willst du machen?

GIORGIO: Ich weiß es nicht ... ich weiß es nicht ... ich werde wahnsinnig ... Mitgefühl, sagst du? Weißt du denn, was für mich in diesem Augenblick wahres Mitgefühl wäre? Daß ich auf der Stelle dort hinüber ginge und sie auf ihrem Bett um meiner Liebe willen erwürgen würde, unschuldig, wie sie ist!

NELLI: Aber verzeih, das ist doch völlig irrational!

GIORGIO: Soll ich in dieser Situation rational überlegen?

NELLI: Du wirst es müssen!

GIORGIO: Ich weiß, ich weiß: Du mußt mir das sagen, ich weiß! Aber wenn die Sache dir passiert wäre? Würdest du rational überlegen?

NELLI: Aber natürlich würde ich das! Wenn es hier doch keine Schuld gibt, verzeih!

GIORGIO: Aber gerade das ist ja für mich das Grausame! Daß hier die brutalste Beleidigung geschehen ist, die man sich vorstellen kann, ohne daß es eine Schuld gibt! Das ist für mich schlimmer! Jawohl, schlimmer! Hätte sie Schuld, wäre meine Ehre verletzt; dann könnte ich mich rächen! Aber statt dessen ist meine Liebe verletzt! Und begreifst du nicht, daß es für meine Liebe nichts Grausameres geben kann als die Verpflichtung, Mitleid zu haben?

NELLI: Aber gerade deine Liebe, verzeih, die müßte dir doch Mitgefühl einflößen!

GIORGIO: Unmöglich! Die Liebe nicht!

NELLI: Aber dann wäre das ja noch grausamer…

GIORGIO: *(unterbricht ihn)* Ja, noch grausamer…

NELLI: *(setzt fort)* … als das, was deine arme Frau durchgemacht hat!

GIORGIO: Ja, ja! Genau das ist es! Wenn ich kein Mitleid hätte, wäre das grausam für sie; aber wenn ich Mitleid habe, ist es grausam für mich! Und je mehr du rational darüber nachdenkst, und je mehr ich anerkenne, daß deine Überlegungen richtig sind, desto grausamer wird es für mich! Ja, ich muß rational überlegen, natürlich!

Anerkennen, daß es hier keine Schuld gibt; daß sie noch stärker beleidigt wurde als ich, in ihrem eigenen Körper, und daß sie da zu leiden hat an der Gewalttat, der Schande, der Erniedrigung ... Und ich, was will ich? Worauf bin ich aus? Das Maß an Grausamkeit noch zu steigern? Sie in dieser Schande zurückzulassen? Sie zu verachten?

NELLI: Das wäre kleinherzig!

GIORGIO: Das wäre gemein!

NELLI: Siehst du? Du gibst es selbst zu!

GIORGIO: Gemein, jawohl, gemein! Aber wenn sich die Liebe als so gemein erweist, wenn sie so wie jetzt das Höchstmaß der brennendsten Eifersucht erreicht, was bleibt mir da noch übrig? Was bleibt mir übrig? *(Bricht in verzweifeltes Schluchzen aus.)*

NELLI: Ach geh, Giorgio, geh ... du quälst dich ganz unnötig. Das ist nur der erste Schock, glaube mir ...

GIORGIO: Nein! Es ist der Urwald! Noch immer der Urwald! Noch immer der des Urmenschen! Aber früher war da wenigstens noch der heilige Schauer vor diesem monströsen Ursprung, in der Natur, im wilden Tier ... und jetzt, der Park einer Villa mit ihren Wegen und Hecken und Bänken ... eine Dame, mit einem Hütchen, die da sitzt und malt ... und da ist das wilde Tier ... Aber bekleidet, o ja! Ordentlich angezogen. Ich sehe ihn geradezu vor mir! Wer weiß, vielleicht hatte er sogar Handschuhe an! Aber nein, er hat sie ja völlig zerkratzt! Spürst du nicht, wieviel schmutziger alles dadurch wird, wieviel gemeiner? Und ich, ich soll großherzig sein, und dabei brüllt das Gefühl in mir wie ein wildes Tier ... Großherzig! *(Plötzlich in anderem Ton:)* Nein. Das kann ich nicht. Das spüre ich. Ich muß fort. Ich gehe. Ich reise ab.

NELLI: Ja, wie denn? Wohin denn? Was redest du! Willst du sie wirklich so sitzenlassen?

GIORGIO: Ich wäre noch grausamer, wenn ich bliebe.

NELLI: Aber was willst du tun? Wo willst du hin?

GIORGIO: Davonlaufen wie ein Verrückter, um loszuwerden, was ich jetzt durch diese Schande empfinde!

Zehnte Szene

Die Vorigen, Signora Francesca, Doktor Romeri.

FRANCESCA: *(kommt angsterfüllt von links gelaufen, gefolgt von Doktor Romeri)* Giorgio ... Giorgio ... *(Plötzlich schluckt sie ihre ganze Angst hinunter, als sie die Erregung ihres Schwiegersohnes bemerkt.)* Was ist denn? Ach, mein Junge ... ja natürlich ... mein armer Junge ... ja ... ja ...

GIORGIO: Ich bitte Sie, kommen Sie mir nicht zu nahe! Reden Sie mich nicht an!

ROMERI: Signora, hören Sie doch auf mich ... Sehen Sie?

GIORGIO: Sie verstehen mich also, Doktor?

ROMERI: Aber sicher, ich verstehe, daß Sie in diesem Augenblick ...

FRANCESCA: Aber wenn sie doch da drinnen nach ihm ruft! Sie tut doch nichts anderes, als ihn zu rufen!

GIORGIO: *(wendet sich ab, voller Grauen)* Ich kann nicht ... oh, nein, ich kann nicht, ich kann nicht, ich kann nicht ...

ROMERI: Sehen Sie? Sie würden ihr nur noch mehr weh tun, Signora, glauben Sie mir! Auch er braucht ein bißchen Zeit, er sollte noch warten ...

GIORGIO: Worauf soll denn ich noch warten?

ROMERI: Nun, wenn ein bißchen Zeit vergeht ...

GIORGIO: *(höhnisch)* Dann findet man sich mit allem ab, was?

FRANCESCA: Warum sagst du das? »Sich abfinden«? Ja, aber dann ...

NELLI: Lassen Sie nur, Signora! Man muß dabei auch an ihn denken!

FRANCESCA: Ja, aber ich denke doch auch an dich, mein Junge, und wie sehr! Aber das einzige Mittel gegen das Leid, das euch beide getroffen hat…

GIORGIO: … ist Mitleid, was? Auch Sie! Aber freilich, so reden alle! Das Mitleid …!

FRANCESCA: … das einer mit der anderen hat, jawohl, und zwar augenblicklich. So verstehe ich das, ich, eine arme, ungebildete Person! Nicht ein »Sich-Abfinden« mit einem Übel, das es gar nicht gibt!

GIORGIO: Was heißt: Das gibt es nicht?

FRANCESCA: Es gibt es nicht! Es gibt es nicht! Und das müßte dir doch deine Liebe sagen, daß es dieses Übel nicht gibt! Wenn du meine Tochter wirklich liebst! Und wenn nicht, was liebst du dann? Was liebst du? Ist es nicht wahr? Sagen Sie es doch, Herr Doktor! Sagen Sie es, Herr Rechtsanwalt!

GIORGIO: *(bricht wiederum in Weinen aus, krampft sich zusammen, die Hände vor das Gesicht gepreßt)* Ich habe sie geliebt … Ich habe sie geliebt … so sehr, so sehr … aber eben, weil ich sie so sehr geliebt habe … Ihr versteht das nicht! Es kann der gelten, die ich geliebt habe, das Mitleid! Aber jetzt nicht mehr…

FRANCESCA: Jetzt liebst du sie nicht mehr? Und warum nicht?

GIORGIO: Aber wenn ihr doch wollt, daß ich Mitleid mit ihr haben soll? Welches Mitleid? Eures, meines, können die mir helfen? Grausam muß ich sein! Sie glauben, weil ich Ihre Tochter nicht mehr liebe? Nein, im Gegenteil! Eben weil ich sie liebe!

FRANCESCA: Das ist nicht wahr! Das ist nicht wahr! So liebst du sie nicht!

GIORGIO: Soll denn meine Liebe genauso sein wie die Ihre? Ist vielleicht für Sie das Geschehen dasselbe, was es für mich ist? Was ich fühle, das können Sie niemals fühlen!

Francesca: Gut! Aber wie, wie willst du jetzt grausam sein?

Giorgio: Wie? Ich habe gesagt, wie! Und wenn sie dort dasselbe fühlte wie ich, müßte sie noch froh darüber sein.

Francesca: Aber sie dort drinnen ruft dich. Was gedenkst du zu tun?

Giorgio: Ich denke gar nichts. Aber ich muß fort, ich muß fort!

Francesca: Und du willst sie so sitzenlassen?

Romeri: Aber ja, es ist besser so, Signora. Lassen Sie ihn gehen!

Francesca: Aber kann sie denn so allein bleiben, da drinnen, wenn sie weiß, daß er fort ist?

Romeri: Bleiben Sie hier.

Nelli: Ja ... das wäre das Beste ...

Francesca: Und wer soll es ihr sagen? Du, der du das Herz hast, es zu tun, du solltest auch das Herz haben, es ihr zu sagen!

Giorgio: *(entschlossen)* Wollen Sie, daß ich es ihr sage?

Romeri: Nein, um Himmels willen, Signora!

Francesca: Dann begreifen Sie also, daß sie daran zugrunde gehen könnte, meine Tochter, wenn sie sich so verlassen sieht, in diesem Augenblick, von dem Menschen, der ihr am nächsten stehen müßte, wenn er nur ein wenig Herz hätte?

Romeri: Nein, nein, das ist es nicht, Signora!

Nelli: Wenn er sich selbst in diesem ersten Augenblick nicht überwinden kann ...

Giorgio: Für mich ist es zu Ende! Zu Ende! Ich fühle, daß es für mich zu Ende ist! Ich kann so viel Mitleid aufbringen zu bleiben. Aber wie bleibe ich? Versteht ihr das nicht? Der Leute wegen, das ist es! Deretwegen bleibe ich. Aber das macht es noch schlimmer.

Nelli: Nein, nein. Du wirst sehen, Giorgio ...

GIORGIO: Was soll ich noch sehen!

NELLI: Du wirst sehen … Ich sage dir jetzt nichts, denn ich verstehe, daß im Augenblick jedes Wort dich verletzt. Hören Sie, Signora: Sie müssen sich doch um Ihren Mann kümmern? Gehen Sie nur.

FRANCESCA: Ja, wie denn?

NELLI: Gehen Sie; hören Sie auf mich, und seien Sie ganz ruhig. Giorgio bleibt hier.

GIORGIO: Der Leute wegen! Der Leute wegen!

NELLI: Na gut, ja, der Leute wegen! *(Zu Signora Francesca, mit Gesten und Augenzwinkern, um ihr zu bedeuten, daß es besser ist, wenn die Eheleute nun allein bleiben:)* Jetzt geht er sich umziehen, und dann verbringt er den Abend mit mir.

FRANCESCA: Und Laura?

ROMERI: Die Signora muß jetzt in Ruhe gelassen werden. Gehen Sie hinein und sagen Sie ihr, daß ich Signor Banti gebeten habe, sich noch eine Zeit fernzuhalten.

FRANCESCA: Aber so allein schnappt sie über!

ROMERI: Nein, nein, Signora. Sie werden sehen, mit dem Mittel, daß ich ihr zur Beruhigung gegeben habe, wird sie ein bißchen schlafen. Vielleicht schläft sie schon jetzt. Gehen Sie nur hinein und sehen Sie nach.

FRANCESCA: Ja gut, ich gehe, ich gehe hinein … *(Ab durch die linke Tür.)*

Elfte Szene

Die Vorigen ohne Signora Francesca.

ROMERI: Und ich gehe auch. *(Tritt zu Giorgio und drückt ihm die Hand.)* Ich verlasse mich auf Sie. Man muß immer stärker sein als das Unglück, das einen trifft.

GIORGIO: Für mich ist das schlimmer als ein Todesfall. Können Sie, Doktor, sie sich denn vorstellen, morgen, immer noch lebend, vor meinen Augen?

Zwölfte Szene

Die Vorigen und Signora Francesca.

FRANCESCA: *(kommt erfreut aus der linken Tür, den Hut wieder auf dem Kopf)* Ja, ja, sie schläft, sie schläft tatsächlich.

ROMERI: Hab ich's Ihnen nicht gesagt?

FRANCESCA: Gut, dann gehe ich wirklich. Ich kann gar nicht anders. Morgen früh bin ich wieder hier. *(Tritt zu Giorgio.)* Lebe wohl, Giorgio. Und ... nein, ich sage dir nichts ... ich sage dir gar nichts, mein Junge...

GIORGIO: Auf Wiedersehen.

NELLI: Ich komme auch mit Ihnen, Signora. *(Zu Giorgio:)* Soll ich dich dann wieder abholen kommen?

GIORGIO: Nein, nein ... wenn schon, dann komme ich später bei dir vorbei.

NELLI: Wann immer du willst. Ich bin zu Hause. Auf Wiedersehen. *(Zu Signora Francesca und dem Doktor:)* Gehen wir, gehen wir. *(Mit den beiden anderen durch den Mittelauftritt hinten ab.)*

Dreizehnte Szene

Giorgio allein, dann der Diener, endlich Laura.

GIORGIO: *(bleibt eine Zeitlang gedankenverloren sitzen, in sein Unglück versunken, wobei sein wechselnder Gesichtsausdruck die inneren Spannungen seiner Gefühle zeigt. Dann steht er auf, fährt sich mit den Händen übers Gesicht, wendet sich zur linken Tür und wiederholt:)* Ich kann nicht ... Ich kann nicht ... *(Er läutet, der Diener tritt auf.)* Sag Antonio, er soll den Wagen fertigmachen. Wir fahren aufs Land.

DIENER: Signore fahren allein?

GIORGIO: Jawohl, allein, und auf der Stelle. Du pack mir einstweilen den Koffer.

(Der Diener ab. Giorgio will sich schon zurückziehen, da er-

scheint Laura in der Tür links, bleich, in einem violetten Morgenmantel, mit einem schwarzen Schleier um den Hals. Kaum daß er sie sieht, hebt Giorgio die Hände, als wolle er das Mitleid aufhalten, das sie ihm einflößt, ein Klagelaut dringt aus seiner Kehle wie ein kurzes, dumpfes Grollen der Verzweiflung und der Qual. Laura blickt ihn an und tritt zu ihm hin, langsam, ohne etwas zu sagen, aber ihr Gesicht drückt aus, wie sehr sie ihn braucht, wie sehr sie sich danach sehnt, sich an ihn zu drücken; und während sie näher kommt, auch die Gewißheit, daß er nicht davonlaufen wird. Als Giorgio sie nahe bei sich sieht, bricht er in ein krampfhaftes Weinen aus und umarmt sie blind, in diesem Weinkrampf. Sie bewegt keinen Arm, aber sie ist da, sie gehört ihm. Nur das Gesicht hebt sie, wie in der tragischen Erwartung, er müsse die Schande, die sie zu töten droht, irgendwie tilgen, durch Liebe oder durch den Tod. Und als er, schon ergriffen von dem Rausch, den ihre Person ihm einflößt, immer noch schluchzend mit dem Mund nach den Wunden auf ihrem noch immer hochgereckten Hals sucht, lehnt sie mit geschlossenen Augen die Wange leidenschaftlich an seinen Kopf.)

Vorhang

ZWEITER AKT

Platz vor der Villa Banti in Monteporzio. Zur Linken steht die Villa mit einer Vorhalle in Art einer Loggia. Im Hintergrund und rechts zahlreiche Bäume. Es ist Herbst.

Erste Szene

Laura, der Gärtner Filippo.

Laura ist auf einem Liegestuhl ausgestreckt, blaß, ein bißchen angegriffen von der brennenden Wehmut einer nicht ausgelebten Leidenschaft; sie hört den Reden des alten Gärtners, der mit seinem Umhängesack, einem Bündel Zweige unter dem Arm und der Gießkanne in der Hand neben ihr steht, mit einem Interesse und einer gewissen Beunruhigung zu, die sie eigentlich lieber verbergen würde.

FILIPPO: Ja aber, gewußt wie, darauf kommt es an, Signora! Wenn du die Kunst nicht verstehst, dann versuchst du, eine Pflanze zum Leben zu erwecken, und die stirbt dir unter den Händen:

LAURA: Ach, sterben kann sie auch daran, die Pflanze?

FILIPPO: Na, und wie! Das ist doch bekannt! Du machst den Einschnitt – T-Schnitt, Querschnitt, Längsschnitt, Kopulationsschnitt, Triangulationsschnitt – ach, da gibt's so viele Arten! Du legst Rinde oder eine Knospe auf und steckst eines dieser Pfropfreiser hinein *(er zeigt einen der Zweige vor, die er unter dem Arm trägt),* du bindest ihn gut drauf, mit Bast, einem Band oder streichst Pech drauf, je nachdem; und nun denkst du, du hast die Pflanze veredelt; du wartest ... worauf wartest du? Umgebracht hast du sie, die Pflanze, umgebracht! Ja, gewußt wie, darauf kommt's an. Eine richtige Kunst ist das! Ach, vielleicht, weil sie so ein Waldschrat ausübt, ein Waldschrat wie ich, der dir weh tun kann, wenn er dich – Gott bewahre – mit seinen ungehobelten Pranken anfaßt? Tja, diese Pranken ... schau mal. *(Er nimmt einen großen Kübel, aus dem eine dichtbelaubte Pflanze hervorragt, und trägt ihn zu Laura hin.)* Da ist eine Pflanze. Schau sie dir an: Schön ist sie, ja; du hast Freude dran, aber nur mit den Augen, denn Frucht gibt sie keine! Dann komme ich Waldschrat mit meinen Pranken; und da haben wir's, schau her! *(Er beginnt die Blätter abzustreifen, um die Veredlung mit dem Pfropfreis vorzunehmen; er spricht und arbeitet gleichzeitig, wobei er sich alle Zeit nimmt, die er braucht, um die Veredlung fertigzubringen.)* Sieht so aus, als hätte ich dir in einem Augenblick die Pflanze ruiniert: Ich reiße ihr die Blätter aus, ich schneide, so – jetzt – hier schneide ich ab und hier schneide ich ein – warte nur mal – und ohne daß du etwas davon weißt, sorge ich dafür, daß du Frucht bekommst. – Und was habe ich getan? Ich habe eine Knospe von einer anderen Pflanze genommen und sie hier aufgepfropft. Haben wir jetzt August? Gut. Wenn der Frühling kommt, wirst du deine Frucht in Händen halten. Weißt du, wie diese Pfropfung genannt wird?

LAURA: *(traurig lächelnd)* Nein.

FILIPPO: Mit schlafenden Augen. Das ist die Okulation mit schlafenden Augen, die macht man im August. Dann gibt's noch die mit treibenden Augen, die man im Mai macht, wenn die Knospe sofort aufgehen kann.

LAURA: *(mit unendlicher Traurigkeit)* Und die Pflanze?

FILIPPO: Ach, die Pflanze, die Pflanze, die muß im Saft sein, Signora! Das natürlich! Wenn sie nicht im Saft ist, dann wächst der junge Trieb nicht an!

LAURA: Im Saft? Das versteh' ich nicht.

FILIPPO: Aber ja, im Saft! Wie soll ich das erklären ... na, voller Liebe muß sie halt sein! Sie muß ... sie muß die Frucht, die sie für sich allein nicht hervorbringen könnte, auch wollen.

LAURA: *(mit lebhaftem Interesse)* Liebe, um diese Frucht zu der ihren zu machen? Zur Frucht ihrer Liebe?

FILIPPO: Zur Frucht ihrer Wurzeln, die sie nähren müssen; zur Frucht ihrer Zweige, die sie tragen müssen.

LAURA: Zur Frucht ihrer Liebe, ihrer Liebe! Ohne daß sie noch etwas davon wüßte, ohne irgendeine Erinnerung daran, wo sie herkommt, diese Knospe, macht sie die Frucht zu der ihren, zur Frucht ihrer Liebe?

FILIPPO: Jaja, genau. Genauso. *(Man hört rechts in der Ferne Zenas Stimme »Filippo! Filippo!« rufen.)* Ach, da ist die Zena mit ihrem Sohn. Ich gehe ihnen aufmachen. *(Läuft zwischen den Bäumen nach rechts ab.)*

LAURA: *(bleibt ganz benommen zurück; dann steht sie auf, tritt zu der nun veredelten Pflanze hin und legt ihren Kopf in deren Blätter, wobei sie langsam für sich mit der Bangheit einer glühenden, verzweifelten Sehnsucht immer wieder die Worte wiederholt)* Zur Frucht ihrer Liebe ... zur Frucht ihrer Liebe ...

Zweite Szene

Die Vorigen und Zena.

FILIPPO: *(von hinter der Bühne)* Na komm schon! Wovor hast du Angst? *(Er tritt von rechts auf, gefolgt von Zena, die in der Art der Bäuerinnen der römischen Campagna gekleidet ist.)* Da ist sie. Die schämt sich, das dumme Weib.

ZENA: Aber nein, warum sollte ich mich schämen? Guten Tag, Signora.

LAURA: Guten Tag. *(Sieht sie an und bemüht sich, ihre Enttäuschung nicht zu zeigen.)* Ach, du bist also die Zena?

ZENA: Ja, das bin ich, Signora.

FILIPPO: Siehst du, wie alt und häßlich sie geworden ist?

LAURA: Aber nein, wieso denn?

ZENA: Wir sind arme Leute, Signora.

FILIPPO: Wie alt bist du? Du kannst doch nicht älter als fünfundzwanzig sein!

ZENA: Du schaust mich an, Signora? O ja, du weißt ja nicht, wie das ist, du wirst dich darüber wundern. Aber du, du häßlicher alter Krüppel, der sich da als Herr der Villa aufspielt, was willst du denn von mir? Willst du deine Mühsal gegen meine aufrechnen?

FILIPPO: Ho! Ho! Schreckliche Mühsal, na klar!

ZENA: Und die fünf Kinder, Signora, wer hat die zur Welt gebracht? Er vielleicht?

FILIPPO: *(bemerkt es erst jetzt)* Ja, was denn? Bist du ohne den Buben gekommen? Ich habe dir doch gesagt, du sollst ihn mitnehmen, die Signora will ihn kennenlernen.

ZENA: Ich hab ihn nicht mit, nein, Signora.

LAURA: Und warum nicht?

ZENA: Nun, weil ... er muß ja arbeiten, der Bub, mit dem Vater.

FILIPPO: Und konntest du ihn nicht für einen Moment rufen?

ZENA: Was denn, vor dem Vater sagen, daß die Signora ihn hier haben will?

FILIPPO: Und was ist da dabei?

ZENA: Nach all dem Gerede, das es gegeben hat?

FILIPPO: Ach was! Glaubst du, dein Mann denkt noch an das Gerede?

ZENA: Er denkt nicht mehr dran, solange ihn keiner dran erinnert. Und dann, was soll das mit dem Buben hier? Was wolltest du von dem Buben, Signora? Wir haben nicht mehr darüber geredet, seit damals nicht.

LAURA: Ich weiß, ich weiß, Zena. Ich habe dich rufen lassen, weil ich jetzt mit dir reden wollte. Allein.

ZENA: Und über was?

LAURA: Geh jetzt, Filippo. Geh an deine Arbeit.

FILIPPO: Ich gehe schon, Signora. Aber die Zena, ganz im Ernst – ich will das sagen, weil ich sie so ganz und gar nicht leiden kann – die Zena ... – Ich bin alt und weiß alles, die ganze Geschichte, von damals an, als sie hier bei den früheren Herrschaften war, keine Sechzehn war sie damals, und der junge Herr noch nicht zwanzig – es war nie sie, die geredet hat!

ZENA: Ja! Das ist wahr, Signora!

FILIPPO: Es war die Mutter, die Mutter war's.

ZENA: Aber daran denkt jetzt niemand mehr! Nicht einmal meine Mutter!

LAURA: Ich weiß, das sag' ich dir doch! Es ist nicht deshalb, Zena. Geh jetzt, Filippo, geh!

FILIPPO: Gut, gut, ich gehe, ich gehe schon. – Verzeih, Signora, wenn ich den Mund aufgetan habe. Ich gehe schon. *(Nach links ab.)*

Dritte Szene

Laura und Zena.

ZENA: *(plötzlich gekränkt)* Signora, hat dir vielleicht hinter meinem Rücken wer was über den Jungen erzählt?

LAURA: Nein, Zena, kein Mensch.

ZENA: Sag es mir ehrlich, Signora! Denn ich habe damals zu meinem Wort gestanden, als ich die Sache hätte ausnützen können, hätte ich kein Gewissen gehabt – ich allein, weißt du? Ich allein gegen alle anderen! – Und ich stehe auch jetzt zu meinem Wort.

LAURA: Aber nein, es war niemand bei mir, sei ganz ruhig. Mir selbst ist der Junge eingefallen, einfach so. Ich habe mich erinnert, daß vor unserer Hochzeit mein Mann hier auf dem Land, als er noch fast ein Junge war ...

ZENA: Aber was denkst du denn noch an diese Geschichten, Signora.

LAURA: Warte. Ich will wissen, was da war. Ich will mit dir reden, Zena. Setz dich hierher, neben mich. *(Sie deutet auf einen Schemel.)*

ZENA: *(setzt sich, verlegen)* Weißt du, Signora, das kommt mir vor, als ob du mir jetzt was von einer ganz anderen Welt erzählst.

LAURA: Ja, denn damals warst du ja noch fast ein kleines Mädchen.

ZENA: Ein wildes Mädel, ohne Verstand! Aber auch noch nicht so ... so...

LAURA: Das kann ich mir vorstellen. Du mußt schön gewesen sein.

ZENA: Na, ganz häßlich war ich nicht.

LAURA: Und verlobt warst du auch schon, nicht wahr.

ZENA: O ja, Signora. Mit dem Kerl, der jetzt mein Mann ist.

LAURA: Ach so?

ZENA: *(mit gesenkten Augen, zuckt ein wenig die Achseln und seufzt)* Ach, Signora, was soll man schon machen? *(Kurze Pause.)*

LAURA: *(fast schüchtern)* Und er wußte davon?

ZENA: *(frech, aber nicht unverschämt)* Wer? Der junge Signore?

LAURA: Ja; wußte er, daß du schon verlobt warst?

ZENA: Na klar, Signora, wie hätte er's denn nicht wissen sollen? Aber er war halt auch noch ein Junge, der junge Signore.

LAURA: Ja, aber sag mir...

ZENA: Signora, ich bin ein armes Weib, aber glaub mir – wenn ich damals was Böses getan habe, dann habe ich das nur mir selbst angetan, und ich habe nicht gewollt, daß es grundlos anderen angetan wird.

LAURA: Ich glaube dir, Zena. Ich weiß es wohl. Aber sag

mir … ja, das will ich wissen: Du hast »grundlos« gesagt. Warst du denn damals wirklich so sicher?

ZENA: Sicher? Daß das Kind nicht vom jungen Signore war?

LAURA: Ja, eben. Denn du weißt ja, oft und oft … du hättest dir ja selbst nicht sicher sein können.

ZENA: *(sieht sie an, überrascht, widerspenstig; dann steht sie auf)* Warum sagst du mir solche Sachen, Signora?

LAURA: Aber nein; warum regst du dich denn auf? Setz dich, setz dich…

ZENA: Nein, ich setze mich nicht mehr…

LAURA: Ich möchte es wissen, weil … weil ich … weil ich froh wäre, wenn du mir sagtest…

ZENA: *(sieht sie an, wiederum überrascht und widerspenstig)* Daß das Kind von dem jungen Signore war?

LAURA: Hast du nicht den geringsten Zweifel?

ZENA: *(sieht sie weiterhin böse an, als wolle sie Laura zu sich selbst zurückrufen)* Signora…

LAURA: *(drängend)* Sag … sag…

ZENA: Ich meine, du solltest zufrieden sein mit dem, was ich immer gesagt habe!

LAURA: Wenn du wirklich ganz sicher bist…

ZENA: *(wie oben)* Gib acht, Signora, die Armut ist eine schlechte Ratgeberin.

LAURA: Aber nein: Ich wende mich jetzt an dein Gewissen, Zena!

ZENA: Mein Gewissen laß in Ruhe. Das hat damals gesprochen, mein Gewissen, und da hat es alles gesagt, was es zu sagen hatte.

LAURA: War das wirklich dein Gewissen? Das möchte ich gern erfahren! Oder war es vielleicht aus Furcht…

ZENA: *(lacht, beinahe spöttisch)* Weißt du, daß du jetzt fast genauso sprichst wie damals meine Mutter, als sie hinter die Sache mit dem jungen Signore gekommen war? Genau das sagte sie damals: ein junges Mädchen ... unerfahren ... ob ich nicht wenigstens einen Zweifel hätte ... ob ich nicht aus Furcht leugnete ...

LAURA: Auch deine Mutter also, siehst du?

ZENA: Ja, aber von meiner Mutter versteh' ich das. Die Geschichte hatte ich mir ja selbst eingebrockt, mit dem anderen.

LAURA: Mit deinem Verlobten?

ZENA: Ja. Und der wußte auch, daß ich Mutter wurde, mein Verlobter. Aber Signora, weshalb kommst du jetzt plötzlich, nach neun Jahren, auf die Idee, mich wieder nach diesem Kind zu fragen?

LAURA: Weil ... weil ich weiß, siehst du ... weil ich weiß, daß dein Mann damals viel Geld verlangt hat, um dich zu heiraten.

ZENA: Ach, deshalb? Na freilich, Signora! Er war ja schließlich bettelarm ... Meine Mutter stachelte ihn noch auf, indem sie die Geschichte mit dem jungen Signore überall ausposaunte. Er wollte mich nicht mehr heiraten, obwohl er sehr gut wußte, daß es sein Kind war. Man konnte mit sowas Geld lockermachen, hier bei den Signori. Davon wollte er auch was haben. Und wehe, wenn er jetzt noch dahinterkäme, daß du froh darüber wärst *(sie sieht sie in zweideutiger, provozierender Weise an)* – w e r w e i ß w e s h a l b ... – wenn ich noch immer gewisse Zweifel hätte ...

LAURA: Ach, du bringst mich noch dahin zu bereuen, daß ich so offenherzig zu dir gesprochen habe, aus einer Regung heraus, die du nicht einmal verstehen kannst!

ZENA: Ach, wer weiß? Kann sein, ich verstehe dich sehr gut, Signora; bereue es nicht!

LAURA: Was willst du damit sagen?

ZENA: Ach, blöd sind wir nicht, wir Bauern! Ich sehe, du hättest es ganz gern, wenn dein Mann hier mit mir ein

Kind gezeugt hätte. Nun, ich sag dir nur das: Ich, die Bäuerin, hab' das Kind dem gegeben, der sein w a h r e r Vater ist. – Ach, da ist er ja, der junge Signore ... *(Sie zieht sich mit gesenktem Kopf zurück.)*

Vierte Szene

Die Vorigen und Giorgio.

LAURA: *(kaum, daß sie Giorgio sieht, springt Laura am ganzen Leibe zitternd auf und stürzt ihm in die Arme, klammert sich in einem Weinkrampf an ihn)* Giorgio! Giorgio! Ach, mein Giorgio!

GIORGIO: *(bestürzt, besorgt, ohne Zena zu beachten)* Was denn? Was ist dir denn?

LAURA: Nichts ... nichts ...

GIORGIO: Aber du weinst?

LAURA: Nichts ... nein ...

GIORGIO: Was denn, nein? Was ist denn geschehen?

LAURA: Nichts, sag ich dir ... Einfach so! Die Überraschung ... Ich hatte dich nicht so schnell zurückerwartet ...

ZENA: Ich gehe dann, Signora. Gott befohlen, hm?

LAURA: Ja, ja, geh nur, du kannst gehen, Zena! *(Zena nach rechts ab.)*

Fünfte Szene

Laura und Giorgio.

GIORGIO: *(überrascht, gekränkt)* Was denn? Du hast mit ... mit der da gesprochen? Wollte sie dir vielleicht was erzählen?

LAURA: *(rasch, vehement leugnend)* Nein, nein! Woher denn? Nichts! Die denkt gar nicht mehr daran!

GIORGIO: Und warum ist sie dann gekommen?

Laura: Sie ist nicht gekommen; ich habe sie rufen lassen.

Giorgio: Du? Und warum?

Laura: Aus einer Laune ... aus Neugier...

Giorgio: Das war nicht recht von dir, Laura! Das hättest du nicht tun dürfen.

Laura: Filippo hatte von ihr gesprochen ... nur so zufällig ... und da bekam ich Lust, sie kennenzulernen, einfach so, und den Jungen dazu. Aber den hat sie nicht mitgebracht! Als ich sie sah...

Giorgio: Hat sie dir vielleicht erzählt...

Laura: Nein, nichts! Du weißt doch, sie hat es immer geleugnet!

Giorgio: Na sicher! Erpressen wollten sie mich!

Laura: Sie nicht, das war die Mutter. Das hat sie mir erzählt, allerdings.

Giorgio: Und warum hast du dann geweint?

Laura: Nicht ihretwegen, nicht ihretwegen! Es war ... ich habe es dir ja gesagt ... ich weiß nicht warum, als ich dich so plötzlich vor mir sah ... es ist, weil ich fühle, Giorgio ... Und siehst du, jetzt lache ich wieder, jetzt, denn jetzt bist du wieder bei mir...

Giorgio: Und doch hast du selbst gesagt, du hättest mich nicht so schnell zurückerwartet...

Laura: Ja, das stimmt. Aber ich habe so gelitten, weißt du, als ich allein bleiben mußte! Ich brauche dich so sehr, so sehr! Du mußt mich festhalten, so, ganz fest, und nie wieder von mir fortgehen, nie wieder, nie wieder!

Giorgio: Aber ich bin ja um deinetwillen fortgegangen, meine Laura...

Laura: Ich weiß, ja, natürlich!

Giorgio: Siehst du, wie kalt deine Hände jetzt sind. Ich habe dir warme Sachen mitgebracht. Wir sind ja so Hals über Kopf losgefahren, und jetzt ist ein ganzer Monat vergangen. Es ist kalt geworden hier...

LAURA: Aber wir bleiben doch noch hier! Jetzt wird es viel schöner sein, ganz allein ... du hast doch keine Angst vor der Kälte, oder?

GIORGIO: Nein, Liebe.

LAURA: Wenn du mit mir bist, darfst du keine Angst haben...

GIORGIO: Aber ich habe ja deinetwegen Angst gehabt, Liebe!

LAURA: Sag nicht so »Liebe« zu mir!

GIORGIO: Wie soll ich denn zu dir sagen?

LAURA: Laura ... so wie nur du es sagen kannst.

GIORGIO: Nun gut, Laura...

LAURA: Ja, so! Ich schaue so gern auf deine Lippen, wenn du die Silben einzeln aussprichst.

GIORGIO: Wieso? Wie spreche ich sie denn aus?

LAURA: Ich weiß nicht ... so eben...

GIORGIO: Meine Laura...

LAURA: Ja, deine Laura, deine, ja! Ach, du weißt nicht, wie sehr ich deine Laura bin, jetzt! Und ich wäre es so gern noch viel mehr, aber ich weiß nicht wie!

GIORGIO: Noch mehr?

LAURA: Ja, noch mehr deine Laura! Aber es ist nicht möglich! Das weißt du doch, oder? Du weißt doch, daß mehr nicht möglich ist?

GIORGIO: Ja, Laura.

LAURA: Ja, du weißt es? Noch mehr, das wäre der Tod. Und doch möchte ich am liebsten daran sterben.

GIORGIO: Aber nein! Was sagst du?

LAURA: Ich meine: um nicht mehr ich zu sein ... ich weiß nicht, nichts mehr, das überhaupt noch das Gefühl hat, für sich selbst zu leben ... sondern etwas, was zu dir gehört, was du immer mehr zu dir gehören lassen kannst, ganz aus deiner Liebe, deiner Liebe, verstehst du? Ganz in dir, aus deiner Liebe, wie ich es bin!

GIORGIO: Ja, wie du es bist! Wie du es bist!

LAURA: Das spürst du, nicht wahr? Du spürst, daß ich so bin, ganz aus deiner Liebe, und daß ich für mich nichts mehr habe, nichts, weder einen Gedanken noch eine Erinnerung an irgend etwas ... nur dein, für dich, aus deiner Liebe?

GIORGIO: Ja! Ja! *(Laura, die diese letzten Worte mit einer immer stärkerem, gleichsam entrückten Intensität hervorgestoßen hat, die etwas von dem Saft der Pflanze an sich hat, von der der Gärtner gesprochen hat, wird plötzlich kreidebleich, mit einem Lächeln auf den Lippen, das in der Seligkeit einer Ohnmacht vergeht, und läßt die Stirn an seine Brust sinken.)* Laura!

LAURA: Hmm?

GIORGIO: O Gott! Laura! Was hast du?

LAURA: Nichts ... gar nichts ... *(Sie hebt lächelnd den Kopf.)* Siehst du? Gar nichts.

GIORGIO: Aber du bist ganz bleich geworden!

LAURA: Nein, es ist nichts.

GIORGIO: Du bist ja ganz kalt! Setz dich, setz dich nieder.

LAURA: Aber nein ... Du brauchst mir nicht zu helfen ... Du verstehst nicht...

GIORGIO: Was?

LAURA: Daß es so ist ... daß es so ist...

GIORGIO: Was ist so?

LAURA: Daß ich ganz aus deiner Liebe bin – so ist es!

GIORGIO: Aber ja, setz dich nur ... setz dich hierher...

LAURA: Ich habe es gespürt, da an deiner Brust ... ein Augenblick des Einsseins...

GIORGIO: Was?

LAURA: Ja, des Einsseins deiner Liebe und der meinen, für einen Augenblick an deiner Brust – das Leben.

GIORGIO: Aber was sagst du da?

LAURA: *(wird von einem heftigen Schauder geschüttelt, der sie zwingt, sich neuerlich an ihn zu klammern)* O Gott!

GIORGIO: *(stützt sie)* Aber du machst dich ja krank! Was hast du denn? ... Was hast du?...

LAURA: Nichts. Ein bißchen kalt ist mir. Ein bißchen erschöpft bin ich.

GIORGIO: Es ist alles zuviel, siehst du? Du hast dich zu sehr...

LAURA: *(rasch, mit geradezu heroischer Leidenschaft)* Ja, aber ich will es so!

GIORGIO: Nein, so ist das nicht gut! Nein. *(Er nimmt ihr Gesicht in seine Hände.)* Du bist meine ganze Liebe, aber ich will nicht, ich will nicht, daß du daran leidest!

LAURA: *(die Zärtlichkeit seiner Worte aufsaugend)* Nein?

GIORGIO: Nein, ich will es nicht! Siehst du? Deine Augen ... *(Er bricht ab, als er sieht, wie sie ihn auf eine Weise anschaut, die ihm die Stimme verschlägt.)*

LAURA: *(während sie ihn weiterhin – beinahe provozierend – anblickt)* Sag ... sprich, sprich...

GIORGIO: *(verzaubert)* Mein Gott, Laura...

LAURA: *(fröhlich lachend)* Meine Augen? Aber schau doch, schau doch ... Siehst du denn nicht: Da drinnen bist du!

GIORGIO: Ja, das sehe ich. Aber du lachst...

LAURA: Nein, nein, ich lache nicht mehr!

GIORGIO: Es ist ja deinetwegen, verstehst du?

LAURA: Ja. Basta. Wir wollen vernünftig sein! Setz dich, setz dich auch hierher: Ich mache dir Platz! *(Rückt im Liegestuhl.)*

GIORGIO: Nein, ich setze mich hierher! *(Deutet auf den Schemel.)*

LAURA: *(steht aus dem Liegestuhl auf)* Nein, hierher ... und ich dorthin. *(Setzt sich auf seinen Schoß.)*

GIORGIO: Ja, gut so, ja.

LAURA: Nein, vernünftig sein! Sag, warst du bei Mama?

GIORGIO: Ja, aber sie war nicht zu Hause.

LAURA: Und Giulietta hast du auch nicht gesehen?

GIORGIO: Sie war mit Mama ausgegangen.

LAURA: Und zu Hause haben sie dir nichts gesagt?

GIORGIO: Nein, gar nichts. Warum?

LAURA: Weil ich von hier aus Mama angerufen hatte.

GIORGIO: Du? Heute morgen?

LAURA: Ja.

GIORGIO: Meinetwegen? Wolltest du etwas von mir?

LAURA: Nein. Mir war nur ein bißchen übel.

GIORGIO: Ach so? Wann?

LAURA: Kurz nachdem du gegangen warst. Als ich aufgestanden bin. Aber es war nichts, hörst du? Gar nichts. Es war gleich vorbei.

GIORGIO: Wie war das?

LAURA: Es war nichts, das sag ich dir doch. Ich weiß es nicht. Mir war ein wenig schwindlig, als ich aufgestanden bin. Einen Augenblick nur, weißt du? So wie gerade eben!

GIORGIO: Und hast du Mama angerufen wegen eines Arztes?

LAURA: Ach was, Arzt! Deinetwegen. Damit sie dir sagt, daß du schnell zurückkommen sollst. Mama wollte Doktor Romeri gleich mitschicken.

GIORGIO: Aber davon hat mir niemand etwas gesagt!

LAURA: Um so besser. Es war ja nur eine Idee meiner Mutter. Ich war dagegen. Ich habe ihr zehnmal gesagt, es sei überhaupt nicht nötig. Aber du weißt ja, wie Mama ist. Ich fürchte, sie taucht im nächsten Augenblick hier auf mit ihrem Doktor Romeri im Schlepptau ...

GIORGIO: Das wäre doch gut! Da könnte er mal nachsehen...

LAURA: Aber was soll er denn sehen! Was ich brauchte, war, daß du schnell zurückkommst. Du bist wieder da. Das reicht.

GIORGIO: Aber vielleicht kann der Arzt...

LAURA: Wozu der Arzt? Wenn er wirklich hier auftaucht, lasse ich mich nicht einmal vor ihm blicken!

GIORGIO: Aber weshalb denn nicht?

LAURA: Deshalb! Ich lasse mich nicht blicken. Oder sonst ... sonst – schau her – sonst rede ich so mit ihm *(sie führt aus, was sie beschreibt)*, den Kopf unter deiner Jacke versteckt. Und dann sage ich ihm...

GIORGIO: *(lächelnd)* Daß alles an mir liegt?

LAURA: *(nach einer Pause, an seiner Brust horchend)* Warte!

GIORGIO: Was machst du da?

LAURA: Ein starkes, langsames Klopfen; ein winziges, flinkes, zartes...

GIORGIO: Was du nicht sagst!

LAURA: Dein Herz und deine Taschenuhr!

GIORGIO: Eine großartige Entdeckung!

LAURA: Ist es denn möglich, daß sie dieselbe Zeit messen? Mein Herz schlägt gewiß öfter als deines! Oh! Um Gottes willen, nein! Was für ein häßliches Herz!

GIORGIO: *(lachend)* Häßlich? Warum?

LAURA: Ich habe nie gehört, wie dein Herz schlägt! Weißt du eigentlich, wie? Behäbig, stark, langsam...

GIORGIO: Und wie sollte es denn schlagen?

LAURA: Wie? Wenn ich wüßte, daß du mein Herz hörst, da würde es sich überstürzen! Deines hingegen: nichts. Das läßt sich nicht aus der Ruhe bringen!

GIORGIO: Warum auch! Du sprichst vom Arzt, vor dem du dich nicht blicken lassen willst...

LAURA: Nein; ich sprach vom Arzt, vor dem ich dich anklagen will!

GIORGIO: O ja! Aber nur mit verstecktem Gesicht! Denn du weißt sehr gut, daß es nicht an mir liegt! *(Kaum hat er diese Worte ausgesprochen, wird er von heftiger Unruhe ergriffen, als hätten sie angesichts von Lauras Übelsein plötzlich für ihn einen anderen Sinn bekommen, als er ihnen geben wollte.)*

LAURA: Nicht an dir? Wieso nicht?

GIORGIO: *(immer unruhiger)* Nein, ich...

LAURA: *(während sie von seinem Schoß aufsteht)* Giorgio, was denkst du?

GIORGIO: *(mit steigender Unruhe, steht ebenfalls auf)* Mein Gott, nichts ... *(Dann, düster:)* Glaubst du, Doktor Romeri sollte kommen?

LAURA: Ich weiß nicht ... Aber weshalb denn?

GIORGIO: Weil es gut ist, wenn er kommt. Ich will, daß er kommt!

LAURA: Aber mein Gott, Giorgio: Ich habe nur einen Scherz gemacht...

GIORGIO: Ich weiß, ich weiß!

LAURA: Wie könnte ich dich denn anklagen, wenn nicht im Scherz?

GIORGIO: Aber nein, Laura: Es ist nicht deshalb!

LAURA: Und was ist es dann?

GIORGIO: Aber ... wenn du dich nicht wohlfühlst...

LAURA: Nein! Nein! Ich habe gar nichts! Ich habe nur dich! Jawohl: Nur dich, und ich habe nichts anderes, nichts, das nicht von dir käme! Wenn ich glücklich bin, wenn ich leide, wenn ich sterbe – dann bist das du! Denn ich bin ganz und gar so, wie du mich willst, wie ich mich will, als dein Eigentum. Und damit Schluß! Du siehst es doch, du weißt es doch!

GIORGIO: Ja, ja.

LAURA: Und deshalb – Schluß damit! Weshalb sollte ich mich denn nicht wohlfühlen? *(Ihr schwindelt wieder.)* Mein Gott – siehst du?

GIORGIO: Schon wieder?

LAURA: Nein ... Ich bin nur ein bißchen müde ... Stütz mich bitte.

Sechste Szene

Laura, Giorgio, Filippo, dann Signora Francesca, zuletzt Romeri.

FILIPPO: *(tritt von rechts auf, in höchster Eile)* Signora! Signora! Ihre Mama kommt mit noch einem Herrn! *(Ab.)*

GIORGIO: Ah! Das ist der Arzt.

LAURA: Nein, nein! Giorgio! Ich will ihn nicht sehen!

GIORGIO: Aber ich will, daß du ihn siehst. *(Er wendet sich nach hinten, um dem Doktor entgegenzugehen.)*

LAURA: Nein ... nein ... Geh, geh. Bring ihn hinauf ins Haus, dort nach oben. Ich lasse mich nicht blicken.

FRANCESCA: *(tritt auf)* Guten Tag, Giorgio.

GIORGIO: *(der rasch fort will)* Guten Tag. Wo ist der Doktor?

FRANCESCA: Da kommt er schon!

LAURA: Nein, um Himmels willen! Dort hinauf, Giorgio! Schafft ihn fort! *(Giorgio ab.)*

Siebente Szene

Laura und Francesca.

FRANCESCA: *(verblüfft)* Aber was ist denn los?

LAURA: *(erregt)* Du hättest das nicht tun dürfen, Mama, du hättest das nicht tun dürfen!

FRANCESCA: Was denn?

LAURA: Den Arzt hierherbringen. Da hast du etwas Schlimmes angerichtet, etwas ganz Schlimmes! Es ist nicht auszudenken, was du angerichtet hast, Mama!

FRANCESCA: Ja, aber warum denn? Du hast mich angerufen, weil du dich nicht wohlgefühlt hast...

LAURA: Mir fehlt nichts! Gar nichts fehlt mir!

FRANCESCA: Na gut! Um so besser!

LAURA: Was heißt da um so besser! Was soll denn ein Arzt schon begreifen, was soll er wissen, was für eine Medizin soll er anbieten können, für das, was ich fühle, für das, was ich leide, und von dem ich nicht will, ich will nicht, verstehst du?, daß es als Leiden gelten soll. Und indem du diesen Arzt hierhergeschleppt hast, sieht es für ihn nach Leiden aus! Noch mehr von dem, was man mir angetan hat!

Francesca: Du willst nicht? Ja, aber dann ist vielleicht ...? Was sagst du, Laura? O Gott ... Bist du vielleicht ...?

Laura: *(von einem Krampf geschüttelt, packt die Mutter)* Ja, ja, Mama! Ja!

Francesca: O Gott! Und er? Dein Mann? Weiß er es?

Laura: Aber gerade das ist ja das Schlimme, was du angerichtet hast, Mama!

Francesca: Ich?

Laura: Ja! Daß er es jetzt erfährt, daß er jetzt darüber nachdenkt, wie über ein Leiden, für das es eine Behandlung gibt: eine Behandlung, die noch grauenhafter ist als das Leiden selbst.

Francesca: Aber wenn du sagst, daß es...

Laura: Es ist aber nicht so! Es ist nicht so! Und ich weiß genau, daß es nicht so ist! Ich fühle es!

Francesca: Was denn? Was fühlst du? Ich fürchte, mein Kind, du bist viel zu erregt, und du...

Laura: Ach, du glaubst, ich rede irre? Nein! Ich kann es nicht logisch erklären, aber ich habe es gewußt, eben jetzt, hier, Mama, daß es so ist! Und es kann gar nicht anders sein!

Francesca: Was denn, mein Kind? Ich verstehe dich nicht!

Laura: Das! Das, was ich fühle. Die Vernunft weiß nichts davon; vielleicht kann sie es auch gar nicht zugeben. Aber die Natur weiß, daß es so ist! Der Körper weiß es! Eine Pflanze – hier, irgendeine dieser Pflanzen! Sie weiß genau, daß sie nicht existieren könnte ohne Liebe! Eben hat man mir das erklärt! Nicht einmal eine Pflanze könnte es, wenn sie nicht voller Liebe wäre! Siehst du, wie das ist?

Ich bin keine Schwärmerin! Nein, Mama! Ich weiß nur das eine: daß in mir, in diesem meinem armen Körper – als es geschah – in meinem armen, geschundenen Körper Liebe gewesen sein muß, Mama. Und für wen? Wenn da Liebe war, dann konnte sie nur ihm gelten, meinem Mann. *(Mit einer Siegesgeste, beinahe fröhlich:)* Und also!

FRANCESCA: Was sagst du da? Ach, das ist ja ein neues Unglück, mein Kind! Bist du sicher? Wirklich sicher?

LAURA: Ja! Aber es ist so! Es ist so! Es muß so sein!

FRANCESCA: Aber sag mir doch, er, dein Mann, weiß er davon?

LAURA: Ich glaube, er weiß es schon. Aber jetzt, da, mit diesem Doktor ... Ach, gerade das, siehst du, Mama, hätte nicht passieren dürfen! Daß er es auf diese Weise erfährt!

FRANCESCA: Aber wenn er es doch schon weiß, mein Kind!

LAURA: Ich wollte, daß auch er ganz natürlich empfindet, was ich empfinde! Und daß er mit mir eins wird, sich in mich einfühlt, solange, bis er es empfindet, jawohl, bis er in mir, zusammen mit mir will, was ich empfinde und will.

FRANCESCA: O Gott! Ich fürchte, mein Kind, du...

LAURA: *(rasch, sie unterbrechend)* Still! Da sind sie! Gehen wir, gehen wir hinauf. *(Sie zieht die Mutter mit sich fort.)* Ich will mich nicht blicken lassen, ich will mich nicht blicken lassen!

GIORGIO: *(ruft hinter der Bühne)* Laura ... Laura...

LAURA: Nein, Giorgio! Ich habe dir gesagt, nein! Komm, Mama! *(Mit der Mutter ab.)*

Achte Szene

Giorgio und Doktor Romeri.

GIORGIO: Kommen Sie, Doktor.

ROMERI: Da bin ich, da bin ich schon.

GIORGIO: *(setzt sein Gespräch mit dem Doktor mit erzwungener und düsterer Ruhe fort)* Damals habe ich nachgegeben; ich habe mich bezwungen, wie es meine Pflicht war. Es war ein Unglück! Vielleicht ist ja auch Ihnen Doktor, meine Grausamkeit...

ROMERI: *(unterbricht ihn)* – nein; also, was mich betrifft...

GIORGIO: ... wenn nicht Ihnen, dann wird sie vielen anderen übertrieben erschienen sein, die in diesem Punkt nicht imstande waren, genauso zu empfinden wie ich.

ROMERI: Nun, jeder empfindet auf seine Weise!

GIORGIO: Im übrigen war es aber in diesem ersten Augenblick auch für mich selbst eine Grausamkeit. Denn gewiß ist, Doktor, sobald ich sie erblickte, sobald sie vor mir stand, fiel diese Grausamkeit mit einem Mal von mir ab, und ich nahm sie in die Arme, nicht aus pflichtschuldigem Mitleid, nein, sondern weil ich mußte, meiner eigenen Liebe wegen mußte ich es tun. Und ich schwöre Ihnen, ich habe nie wieder daran gedacht seither, nicht ein einziges Mal. Wir haben einen Monat hier verbracht, zusammen, wie zwei Jungverheiratete. *(Mit verändertem Ton und Ausdruck:)* Aber jetzt, jetzt Doktor, wenn das wahr ist...

ROMERI: Hm, ich verstehe...

GIORGIO: Über eine Untat hinweggehen, gut, das habe ich getan. Aber mehr nicht!

ROMERI: Hoffen wir, daß es gar nicht so ist!

GIORGIO: Ich weiß es nicht. Aber ich fürchte es! Wenn es so wäre ... Sie verstehen mich?

ROMERI: Ja, ja, ich verstehe Sie!

GIORGIO: Also dann gehen Sie, ich bitte Sie. Und sagen Sie es ihr, wenn es notwendig sein sollte *(langsam, abgehackt, beinahe Silbe für Silbe:)* Ich kann und werde nicht nachgeben. Gehen Sie. Ich warte hier.

Vorhang

DRITTER AKT

Ein Zimmer in der Villa. Ein Eingang hinten, ein Seiteneingang rechts, zur Linken ein Fenster. Unmittelbar nach dem Ende des zweiten Aktes.

Erste Szene

Doktor Romeri, Signora Francesca.
Als der Vorhang sich hebt, sieht man Doktor Romeri allein, in der Nähe der Tür rechts warten. Kurz darauf geht diese Tür auf, und Signora Francesca tritt auf.

FRANCESCA: Sie will nicht! Sie sagt, sie will nicht, Doktor! Auf gar keinen Fall!

ROMERI: Aber sie weiß doch, daß ihr Mann es will?

FRANCESCA: Ich habe es ihr gesagt. Es hat sie nur noch mehr aufgeregt.

ROMERI: Aber weshalb?

FRANCESCA: Auch mir gegenüber, im übrigen, heute morgen, als ich ihr sagte, ich würde Sie hierher in die Villa mitbringen.

ROMERI: Das ist doch seltsam!

FRANCESCA: Sie sagt, es wäre nicht notwendig.

ROMERI: *(freudig überrascht, als fiele ihm ein Stein vom Herzen)* Ach? Es ist nicht notwendig?

FRANCESCA: Es scheint, sie hat es auch Giorgio dort unten gesagt…

ROMERI: Aber dann ist es ja um so besser! Dann sagen wir es doch gleich Ihrem Schwiegersohn, der sich solche Sorgen macht! *(Er wendet sich zum Gehen.)*

FRANCESCA: Warten Sie, Herr Doktor! Giorgio macht sich Sorgen? Worüber?

Romeri: Nun … Sie verstehen doch, Signora!

Francesca: Ach, wenn es deshalb ist, da fürchte ich leider, kann gar kein Zweifel mehr bestehen.

Romeri: *(wie vom Donner gerührt, findet seine Fassung nicht wieder)* Ach so? Und … und wieso?

Francesca: Ja, Herr Doktor.

Romeri: Und was nun?

Francesca: Hat sich etwa bei Giorgio der Verdacht festgesetzt, es …?

Romeri: Mein Gott, Signora, natürlich!

Francesca: Aber woher kommt dieser Verdacht?

Romeri: Nun, weil … weil, meine liebe Signora, weil er jedem kommen könnte … auch Ihnen … auch mir …

Francesca: Aber nein, verzeihen Sie: Gewißheit kann man da niemals haben!

Romeri: Der Zweifel genügt, Signora!

Francesca: Und wenn meine Tochter keinen Zweifel hätte?

Romeri: Sagen Sie lieber, daß sie keinen haben will!

Francesca: Genau. Sie will keinen, sie will keinen Zweifel haben.

Romeri: Ja, wenn es bloß um das Wollen ginge …!

Francesca: Dann glauben also auch Sie, Herr Doktor …?

Romeri: Lassen Sie mich aus dem Spiel. Ihre Tochter müßte ihre eigene Gewißheit auf ihren Mann übertragen. Aber das ist ihr offenbar nicht gelungen. Allein die Tatsache, daß sie ihm bis jetzt ihren Zustand verheimlicht hat, beweist im übrigen – so will mir scheinen –, daß sich dieser Verdacht auch bei ihr eingenistet hat.

Francesca: Nein! Verheimlicht hat sie gar nichts! Der Zweifel über ihren Zustand ist ihr doch erst heute morgen gekommen!

Romeri: Und warum widersetzt sie sich dann so dem Wunsch ihres Mannes?

FRANCESCA: Nun, weil es für sie ganz natürlich ist!
ROMERI: Und ihm soll es auch natürlich erscheinen?
FRANCESCA: Jawohl, genau das.
ROMERI: Ich fürchte, Signora, Ihre Tochter verlangt ein bißchen zuviel.
FRANCESCA: Sie verlangt nichts, sie verlangt gar nichts! Sie kann nur nicht zugeben, daß…
ROMERI: Sie würde es nicht wollen, das verstehe ich.
FRANCESCA: Finden Sie es nicht natürlich, daß sie nicht will? Es ist ihr zuwider, so etwas zuzugeben!
ROMERI: Das verstehe ich. Aber verstehen auch Sie, Signora, daß genauso ihrem Mann jeder Zweifel zuwider ist, auch der entfernteste. Um so mehr, als – wie Sie wissen – dieser Zweifel dadurch verstärkt wird, daß sie in sieben Jahren Ehe keine Kinder bekommen hat.
FRANCESCA: Ja, das ist richtig! Mein Gott! Mein Gott!
ROMERI: Sie müßten versuchen, Ihrer Tochter das begreiflich zu machen.
FRANCESCA: Ich?
ROMERI: Ihr Schwiegersohn hat mir dort unten klipp und klar gesagt, daß er in dieser Hinsicht unter keinen Umständen zum Nachgeben bereit ist.
FRANCESCA: Ja, aber Sie, Herr Doktor?
ROMERI: Ich … Wissen Sie, Signora, daß ich Militärarzt war und den Dienst quittiert habe?
FRANCESCA: Ja, das weiß ich.
ROMERI: Und wissen Sie auch, warum ich das getan habe?
FRANCESCA: Nein.
ROMERI: Weil unserem Berufsstand Pflichten auferlegt sind, denen nicht die entsprechenden Rechte gegenüberstehen.
FRANCESCA: Was wollen Sie damit sagen, Herr Doktor?
ROMERI: Ich will sagen, daß ich einmal – und das hat mir genügt – einen Fall hatte, bei dem ich merkte, daß die

Erfüllung meiner Berufspflicht mir geradezu monströs geworden wäre.

FRANCESCA: Jawohl, das wäre geradezu monströs!

ROMERI: Nein, Signora, Sie verstehen das nicht so, wie ich es meine. Es ist genau das Gegenteil. Ein Soldat, in einer Kaserne – es ist nun viele Jahre her – schoß in einem Wutanfall auf seinen Vorgesetzten. Dann richtete er die Waffe gegen sich selbst, um sich gleichfalls umzubringen. Er verwundete sich tödlich. Nun sehen Sie, Signora: Bei einem solchen Fall denkt niemand an den Arzt, der verpflichtet ist, diesen Verwundeten zu behandeln, zu retten – falls das möglich ist –, als wäre der Arzt lediglich ein Instrument der Wissenschaft und sonst nichts; als hätte der Arzt nicht für sich selbst, als Mensch, auch ein Gewissen, um zu beurteilen, ob er nicht – zum Beispiel – gegen die ihm auferlegte Pflicht zu retten, das Recht habe, es nicht zu tun, oder wenigstens das Recht, hernach über das Leben zu verfügen, das er einem Menschen zurückgegeben hat, der es sich genommen hatte, um sich selbst die höchste Strafe aufzuerlegen: indem er sich tötete. Aber nein! Der Arzt hat die Pflicht zu retten, gegen den offenkundigen, entschiedenen Willen jenes Menschen. Und dann? Als ich ihm das Leben zurückgegeben hatte? Wozu hatte ich es ihm zurückgegeben? Um ihn kalt umbringen zu lassen, von demselben Gesetz, das mir eine Pflicht auferlegt hat, die infam wird, weil sie mir jedes Recht auf ein Gewissen meinem Tun gegenüber abspricht! Damit will ich Ihnen sagen, Signora: Ich habe immer anerkannt und will weiter anerkennen, daß in meinem Berufsstand gegenüber den mir auferlegten Pflichten auch jene Rechte stehen müssen, die mein Gewissen fordert.

FRANCESCA: Dann würden Sie sich also dazu hergeben...

ROMERI: Jawohl, Signora; ohne das geringste Zögern. Vorausgesetzt, daß die Signora Laura zustimmt.

Zweite Szene

Die Vorigen und Giorgio.
Giorgio ist während der letzten Sätze des Dialogs in der Tür erschienen und hat zugehört.

GIORGIO: *(tritt vor)* Will sie vielleicht nicht zustimmen?

FRANCESCA: Nein, nein. Wir wissen es noch nicht, Giorgio!

GIORGIO: Also ist es sicher?

ROMERI: So scheint es.

GIORGIO: Wie, und sie ...? *(Spielt auf Laura an.)*

ROMERI: Ich habe sie noch nicht einmal gesehen.

FRANCESCA: *(um ihn zu beruhigen, fast flehend)* Vielleicht glaubt Laura...

GIORGIO: *(unterbricht sie rasch)* Sie glaubt? Was glaubt sie? Wenn sie sicher ist, wie kann sie dann noch zögern? Ich fordere es!

ROMERI: *(schüttelt sich verärgert, ja entrüstet)* Aber nein, hören Sie!

GIORGIO: *(nachdrücklich und hart)* Jawohl, ich fordere es! Ich fordere es!

ROMERI: *(selbstbewußt und entschlossen)* So können Sie es nicht fordern!

GIORGIO: Wieso nicht? Darf ich zulassen, daß Laura zögert?

ROMERI: Aber sie muß es sagen, sie, und aus freien Stükken. Sonst würde ich mich nicht dafür hergeben, niemand würde sich sonst dafür hergeben!

GIORGIO: Ich wundere mich ja nur darüber, daß sie es noch nicht verlangt hat, daß sie es nicht sofort verlangt!

FRANCESCA: Das ist schließlich keine Kleinigkeit für eine Frau, Giorgio. Du brauchst ja bloß zu fordern!

GIORGIO: Ja, wie denn? Für sich selber, meine ich, müßte sie es verlangen, sofort, koste es, was es wolle! Es dürfte ihr doch nichts ausmachen, angesichts der Grauenhaftigkeit so einer Sache! Ja, wie denn? Sollte sie vielleicht glauben, ich könnte noch einmal darüber hinweggehen, mich dreinfügen, die Augen verschließen, alles akzeptieren? Ach, mein Gott! Wo ist sie denn? Wo ist sie? *(Geht erregt auf Lauras Zimmer zu.)*

FRANCESCA: *(versucht ihn zurückzuhalten)* Nein, um Himmels willen, Giorgio, ich bitte dich!

ROMERI: *(fest)* So nicht! So nicht!

GIORGIO: *(auf Laura anspielend)* Was sagt sie denn? Kann ich wenigstens erfahren, was sie sagt? Oder möchte sie mich am Ende glauben machen, daß ihre Liebe…

Dritte Szene

Die Vorigen und Laura.

LAURA: *(tritt von rechts auf)* Daß meine Liebe … –? *(Bei ihrem Erscheinen und ihren Worten halten alle wie gebannt inne, sprachlos.)* Sag, sag! Sprich zu Ende!

GIORGIO: Laura, ich muß auf der Stelle wissen, daß du dich nicht dagegenstellst!

LAURA: Wogegen?

FRANCESCA: *(versucht zu vermitteln)* Aber sie weiß ja noch gar nichts! Wir haben noch nicht mit ihr gesprochen!

GIORGIO: Dann laßt mich die Sache mit ihr ausmachen, ich bitte euch!

LAURA: Ja, das ist besser so.

GIORGIO: Warten Sie ein wenig nebenan, Herr Doktor.

LAURA: *(schnell, streng)* Und du auch, Mama!

(Signora Francesca und Doktor Romeri gehen nach hinten ab.)

Vierte Szene

Laura und Giorgio.

LAURA: So hast du von meiner Liebe gesprochen, vor –

GIORGIO: *(fällt ihr rasch ins Wort)* Vor deiner Mutter und dem Doktor!

LAURA: Selbst die Mutter wird in diesem Fall eine Fremde. Von dem anderen gar nicht zu reden. Es sah aus, als wolltest du sie mir an den Kopf werfen!

GIORGIO: Aber ja, weil ich nicht glaube, weil ich nicht glauben will, daß du dich jetzt auf sie berufen kannst oder willst!

LAURA: Um Gottes willen! Giorgio, sieh mich doch an! Kannst du mich nicht mehr ansehen?

GIORGIO: Nein! Wenn das wahr ist, dann nicht! Daß du denken könntest ... Ich will wissen – und zwar jetzt, sofort, auf der Stelle, ohne viel Herumgerede – was du zu tun gedenkst!

LAURA: Was soll ich tun? Das hängt von dir ab, Giorgio, von deinem Empfinden.

GIORGIO: Was? Muß ich dir wirklich noch sagen, wie ich empfinde? Wie kann es denn in mir schon aussehen? Verstehst du das nicht? Siehst du das nicht? Fühlst du das nicht?

LAURA: Ich fühle, daß du für mich plötzlich zum Feind geworden bist. Als ob ... als ob ich...

GIORGIO: Also du sagst nein?

LAURA: *(fällt in einen Stuhl, verzweifelt, murmelt vor sich hin)* Ach Gott, ach Gott! Dann war also alles umsonst?

GIORGIO: *(sieht sie wie vom Donner gerührt eine Weile an; dann)* Was war umsonst? Was sagst du da? Ich verlange eine Antwort!

LAURA: Du erinnerst dich also nur an eines? Und alles andere vergißt du?

GIORGIO: Woran soll ich denn denken, in so einem Augenblick?

LAURA: Kannst du dir nicht einmal vorstellen, daß es für mich genau umgekehrt ist?

GIORGIO: Umgekehrt? Was denn?

LAURA: *(gleichsam entrückt, finster, sehr langsam)* Daß ich keine Erinnerung habe, kein Bild, gar nichts! Ich habe nichts gesehen! Ich habe nichts erfahren! Nichts, verstehst du?

GIORGIO: Ist gut. Und weiter?

LAURA: Und weiter ... *(Sie bricht ab, hüllt sich in ein undurchdringliches Schweigen. Dann sagt sie:)* Nichts. Wenn du hingegen die Erinnerung an alles verloren hast.

GIORGIO: Ach, an deine Liebe, nicht wahr? Dann ist es also wirklich so? Du hast mich mit deiner Liebe umzingelt, du hast mich mit deiner Zärtlichkeit eingewickelt, in der Hoffnung, daß ich es glaube?

LAURA: *(mit einem Aufschrei)* Nein! *(Dann, voll Ekel:)* Ach!

GIORGIO: Was dann?

LAURA: Ich habe nicht vernünftig überlegt, ich nicht; ich habe geliebt; ich bin fast vergangen vor Liebe zu dir; ich bin so sehr die Deine geworden, wie noch nie eine Frau auf dieser Welt einem Mann gehört hat; und du weißt das sehr gut; du mußt das gespürt haben, daß ich dich ganz in mir aufnehmen wollte, daß ich mich ganz und gar als dein Eigen gewollt habe...

GIORGIO: Und worauf sollte das hinaus? Worauf?

LAURA: *(schreiend)* Ich habe nicht vernünftig überlegt, sag' ich dir!

GIORGIO: Aber worauf hast du gehofft?

LAURA: Nun, es ausgelöscht zu haben ... es zerstört zu haben...

GIORGIO: Was denn? Wie denn?

LAURA: Nichts. *(Steht auf.)* Du hast recht. Es war mein Wahn.

GIORGIO: Aber ja, ein Wahn war es! Du siehst es ein!

LAURA: Ja. Und jetzt trete ich aus ihm heraus. Ich bin schon draußen. Aber hüte dich! Jetzt kannst du nicht mehr mit mir sprechen, wie man mit einer Wahnsinnigen redet!

GIORGIO: Aber ich will ja gerade, daß du Vernunft annimmst, Laura!

LAURA: *(kalt)* Und dann?

GIORGIO: Nun, daß man tut ... was leider geschehen muß...

LAURA: Aufgrund vernünftiger Überlegung, nicht wahr? Und nachdem du mir mit Verachtung, mit Abscheu, alles an den Kopf geworfen hast, was ich dir von mir gegeben habe? Nachdem du alles für gemeine Berechnung halten konntest ... für einen schäbigen Betrug ... für einen Trick...

GIORGIO: Nein, nein, Laura! Aber wenn du es doch selbst einen Wahn genannt hast!

LAURA: O ja, einen Wahn, das schon! Und ich hoffte, es wäre mir gelungen, dich mit mir in die Glut dieses Wahns hinaufzureißen, hier, inmitten all der Pflanzen, die ihn auch kennen, meinen Wahn, ganz denselben! Oder, daß du mich wenigstens darum bitten würdest, wie man eine arme Irre um ein Opfer bittet, das sie nicht versteht ... das Opfer ihres eigenen Lebens ... und wer weiß! Vielleicht hättest du bekommen, was du wolltest. Denn du kannst nicht glauben, ich hätte in mir etwas retten wollen, das ich noch nicht spüre und nicht kenne. Die Liebe wollte ich retten! Ein brutales Unglück auslöschen, nicht, wie du das willst, mit derselben Brutalität...

GIORGIO: Aber wie dann? Wie, in Gottes Namen?

LAURA: Kann ich dir denn sagen wie, wenn du es doch nicht verstehst?

GIORGIO: Indem ich deinen Wahn annehme?

LAURA: *(mit einem Schrei aus tiefster Seele)* Ja! Indem du mich selbst ganz annimmst! Damit du mich als ganz dir gehörend sehen kannst, in d e i n e m Kind: in d e i n e m

Kind, weil es das Kind meiner ganzen Liebe für dich ist! Das ist es! Das habe ich gewollt!

GIORGIO: *(weicht zurück, beinahe schaudernd)* Nein, nein!

LAURA: Es ist unmöglich: Ich sehe es.

GIORGIO: Wie soll ich denn das annehmen können?

LAURA: Dann laß dafür mich mein ganzes Unglück annehmen.

GIORGIO: Du?

LAURA: Ich allein, ja, mein ganzes Unglück.

GIORGIO: Dann ist es also entschieden? Du weigerst dich?

LAURA: Warum sollte ich es noch tun, wenn es mit allem, was ich von mir gegeben habe, nicht möglich war, es auszulöschen?

GIORGIO: O nein, bei Gott! Das kannst du nicht! Das darfst du nicht!

LAURA: Weshalb kann ich das nicht?

Die folgenden vier Sätze sehr rasch und abgehackt, fast übereinander.

GIORGIO: Nach dem, was du getan hast?

LAURA: Was habe ich getan?

GIORGIO: Nach dem, was du gewollt hast?

LAURA: Was habe ich gewollt?

GIORGIO: *(wie wild)* Meine Liebe, d a n a c h!

LAURA: *(mit Verachtung)* Um es zu vertuschen, nicht wahr?

GIORGIO: Aber du weißt, daß mein Name auf dem Spiel steht?

LAURA: Ach, da mach dir keine Sorgen. Ich werde denselben Mut aufbringen, den die Zena aufgebracht hat. Schade, daß ich das Kind nicht – nach dem Betrug – seinem richtigen Vater geben kann!

GIORGIO: Aber du wolltest es mir geben! Und das ist kein Betrug?

LAURA: Nenn es ruhig Betrug! Ich weiß ja, daß es Liebe war!

GIORGIO: Ich sage dir, du kannst das nicht machen.

LAURA: Und was willst du dagegen tun? Vielleicht ... mit Gewalt? *(Tritt zur Tür hinten und ruft:)* Mama! Mama!

GIORGIO: *(ausbrechend)* Auch mit Gewalt, jawohl!

(Durch die Tür hinten stürzen in großer Erregung Signora Francesca und Doktor Romeri herein.)

Fünfte Szene

Die Vorigen, Signora Francesca, Doktor Romeri.

FRANCESCA: Laura! Was ist?

GIORGIO: *(zu Romeri, der ihn zurückhält)* Doktor, sagen Sie ihr, da sie meine Frau ist, hat sie...

LAURA: Ich bin nicht mehr deine Frau! Mama, ich gehe mit dir!

GIORGIO: Aber es reicht nicht, wenn du weggehst!

LAURA: *(stolz)* Wieso nicht? Was habe ich von dir? *(Giorgio fällt wie gebrochen in einen Sessel. Lange Pause.)* Mama, wir können gehen! *(Wendet sich mit der Mutter zum Gehen.)*

GIORGIO: *(springt auf, mit einem Schrei der Verzweiflung und Erschöpfung)* Nein ... Laura ... Laura ... *(Er spricht ihren Namen mit zwei verschiedenen Gefühlstönen aus: das erste Mal mit bangem Schrecken, das zweite Mal mit beinahe wütendem Flehen. Laura bleibt stehen. Sie sieht ihn an. Pause. Giorgio bedeckt sein Gesicht mit den Händen und bricht in Schluchzen aus.)*

LAURA: *(läuft auf ihn zu)* Giorgio, du glaubst mir?

GIORGIO: Ich kann nicht! Aber ich will deine Liebe nicht verlieren!

LAURA: *(mit Leidenschaft)* Aber nur an die mußt du glauben!

GIORGIO: Wie denn, glauben? Woran?

LAURA: *(wie oben)* An das, was ich gewollt habe, mit meinem ganzen Sein, für dich, und was auch du wollen mußt! Ist es denn möglich, daß du nicht daran glaubst? *(Sie umarmt ihn und schüttelt ihn.)*

GIORGIO: Ja, ja ... an deine Liebe, an die glaube ich.

LAURA: *(wie in einem Rausch)* Nun denn, was willst du noch mehr, wenn du an meine Liebe glaubst? In mir gibt es sonst nichts! Du bist in mir, und sonst nichts! Etwas anderes gibt es nicht mehr! Spürst du das nicht?

GIORGIO: Ja, ja...

LAURA: *(strahlend, glücklich)* Ah, da ist sie! Meine Liebe! Sie hat gesiegt! Sie hat gesiegt! Meine Liebe!

Vorhang

Originaltitel: *L'innesto* (»Das Pfropfreis«). Im selben Jahr wie *Das Vergnügen, anständig zu sein* schreibt Pirandello für die Truppe Virgilio Tallis und deren Jungstar Maria Melato *Der junge Trieb*. Talli, der *So ist es (ist es so)* uraufgeführt hatte, war – möglicherweise aus Eifersucht über Ruggeris Erfolg mit dem *Vergnügen* – skeptisch und zögerte die Uraufführung hinaus, die erst am 29. Januar 1919 in Mailand stattfand und zu Protesten gegen den Schluß führte, wohl auch wegen des Verstoßes gegen die traditionellen Geschlechterrollen (siehe das Nachwort zu diesem Band). In Rom kam es am 21. Mai sogar zu Schlägereien während und nach der Aufführung. Die Kritik wollte teils einen »neuen, humaneren Pirandello« erkennen, teils warf man dem Autor vor, nun seinen eigenen »umorismo« zu vergessen. Pirandello selbst führte das Stück 1927 mit seinem Teatro d'Arte auf; nach dem Krieg blieben auch in Italien Neuinszenierungen selten (1978, 1981).

HEIRATEN –
ABER NICHT IM ERNST
(MA NON È UNA COSA SERIA)

Komödie in drei Akten

Aus dem Italienischen von Ingvelde Geleng
Überarbeitet von Michael Rössner
und Maria Sommer

Uraufführung: 22. November 1918, Livorno

PERSONEN

GASPARINA TORRETTA
MEMMO SPERANZA
SIGNOR BARRANCO
Professor VIRGADAMO
GRIZZOFFI
TERRASI, eine junge Lehrerin
MAGNASCO
VICO LAMANNA
LOLETTA FESTA
FANNY MARTINEZ
CELESTINO, ein Diener
ROSA, ein Dienstmädchen

Ort: In einer Stadt Norditaliens
Zeit: Heute

ERSTER AKT

Speisezimmer der Pension Torretta. Ein großer, gedeckter Tisch in der Mitte des Zimmers. Mehrere kleine Tische mit Tischtüchern und einigen Blumenvasen. An der hinteren Wand zwei Türen mit grünen Vorhängen, die eigelbe Fransen haben, die rechte ist der Haupteingang. Die linke Tür führt in das von Grizzoffi bewohnte Zimmer. Zwischen beiden Türen eine monumentale Kredenz – ein altes Ding vom Trödler – mit Tassen, Flaschen etc. An der linken Wand ein Diwan mit grünem Jutebezug, auch er mit eigelben Fransen, Lehnstühle, ein kleiner Rauchtisch, ein anderer mit Zeitungen und Zeitschriften. Eine Tür mit Vorhang wie oben führt in das von Barranco bewohnte Zimmer. An der rechten Wand ein Glasschrank mit Eßgeschirr, daneben die Tür zur Küche. Eine Wanduhr, Ölfarbendrucke mit Jagdmotiven und Stilleben. Es ist eine sehr einfache Familienpension.

Erste Szene

Signor Barranco, Grizzoffi, Professor Virgadamo.
Wenn der Vorhang hochgeht, sieht man Signor Barranco auf dem Diwan sitzen, mit einer großen Mütze auf dem Kopf, in Pantoffeln, in einem Magazin blättern. Er ist ein Mann reifen Alters aus der Provinz, noch gut erhalten, reich, mit einer großen Nase; er ist gottesfürchtig, gewöhnlich schweigsam, mit düsterer Miene, dabei schüchtern und Blickkontakt vermeidend; wenn er gezwungen wird zu sprechen oder wenn er in Zorn gerät, stottert er etwas. Grizzoffi, ungefähr vierzig Jahre alt, barsch, immer gereizt, sprunghaft, sitzt ganz vorn, liest eine Zeitung und raucht mit großen Zügen eine Zigarre. Der Professor Virgadamo, ein ruhiger, dicker Herr, sitzt

dicht hinter ihm und atmet den Zigarrenrauch mit dem Genießergesicht eines Paters ein.

VIRGADAMO: Ah, eine gute Zigarre! Köstlich!

GRIZZOFFI: *(dreht sich schnell um, kramt eine halbe Zigarre aus seiner Westentasche und reicht sie ihm unhöflich)* Da, nehmen Sie schon, rauchen Sie, verdammt noch mal!

VIRGADAMO: *(lächelt, mit eiserner Miene)* Nein, nein, danke. Nikotin ist schädlich. Ich atme nur den Duft so gern.

GRIZZOFFI: Ach so? Auf meine Kosten? Zum Schaden meiner Gesundheit? Los, verschwinden Sie! Verschwinden Sie schleunigst von hier!

VIRGADAMO: *(entfernt sich)* Gut, gut. Aber Verzeihung, was nehme ich Ihnen denn weg?

GRIZZOFFI: Für ein Vergnügen soll man auch zahlen!

VIRGADAMO: Wenn Sie meinetwegen rauchen würden, aber Sie rauchen ja für sich selbst. Sie blasen den Rauch in die Gegend, und ich profitiere davon. Signor Barranco, was meinen Sie dazu?

GRIZZOFFI: Na! Ich muß schon sagen! Verzeihung: Sind Sie ein Mann oder nicht?

VIRGADAMO: Ich glaube schon!

GRIZZOFFI: Ist eine Frau schädlicher oder weniger schädlich als Nikotin?

VIRGADAMO: Viel, viel schädlicher! Frauen sind schrecklich, besonders wenn man in ein gewisses Alter kommt.

GRIZZOFFI: Ich möchte wissen, was Sie tun, wenn…

BARRANCO: *(unterbricht)* Meine Herren, meine Herren – ich muß doch sehr bitten!

GRIZZOFFI: *(zu Barranco)* Ich sage nichts Unanständiges, mein Lieber, seien Sie beruhigt. *(Zu Virgadamo:)* Was tun Sie, wenn Ihnen auf der Straße eine Frau begegnet, die Ihnen gefällt? – Wenn Sie ein Mann sind!

VIRGADAMO: Ah, nein, wissen Sie, neinneinneinnein! Ich? Nichts tu' ich!

GRIZZOFFI: Was heißt – nichts? Kein bißchen Lust?

VIRGADAMO: Mein Gott, wenn die Frau schön ist...

GRIZZOFFI: Ah – sehr gut. Und was machen Sie dann? Bei mir klauen Sie sich den Duft vom Rauch. Und bei ihr? Treiben Sie den Ehemann auf und bitten Sie ihn, er möge so freundlich sein und Ihnen für einen Augenblick die Puderquaste seiner Frau leihen?

VIRGADAMO: *(nähert sich ihm ernst und sagt leise und friedlich)* Sie sollten wissen, lieber Grizzoffi, daß der Mensch unter vielen anderen Gaben auch die der Vorstellungskraft besitzt.

GRIZZOFFI: Ah! Sie stellen sich was vor – und das genügt?

VIRGADAMO: Es könnte mir auch nicht genügen. Zum Beispiel kann mir niemand verbieten, nachts von der Frau zu träumen.

GRIZZOFFI: Und Sie, Verzeihung, Sie unterrichten in einer Höheren Mädchenschule?

VIRGADAMO: Ja, Pädagogik.

GRIZZOFFI: Das wäre die Wissenschaft von der Erziehung?

VIRGADAMO: Die Pädagogik lehrt auch, nach ihrer Bestimmung, wie man der Phantasie angemessen Zügel anlegt.

GRIZZOFFI: *(schreit)* Aber nicht den Träumen!

VIRGADAMO: Hm! Träume, mein Lieber, sind unabhängig vom Willen.

GRIZZOFFI: Wenn ich eine Tochter hätte – zu Ihnen würde ich sie nicht in die Schule schicken!

VIRGADAMO: Und Sie täten recht daran, sehr recht, wissen Sie. Nicht meinetwegen. Aber sie ruinieren sich, diese unglückseligen kleinen Mädchen, sie ruinieren sich. Viel zu viel Lernstoff. Enorme intellektuelle Überfrachtung. Und sie verlieren, sie verlieren die Blüte ihrer Weiblichkeit, den Duft: jenes gewisse Etwas, das ihren Charme ausmacht.

GRIZZOFFI: Signor Barranco, hören Sie das?

VIRGADAMO: Das ist Pädagogik.

GRIZZOFFI: Aber dann ist das ja was Ekelhaftes, die Pädagogik!

Zweite Szene

Die Lehrerin Terrasi, die Vorigen.

TERRASI: *(steckt den Kopf durch den Vorhang der Eingangstür)* Erlauben Sie? Was denn! Noch nicht bei Tisch?

GRIZZOFFI: Wir warten noch, wie Sie sehen!

VIRGADAMO: Oh! Meine liebe, liebe Signorina … *(Nimmt eine Hand und läßt sie nicht mehr los, mit der anderen Hand gibt er ihr graziöse kleine Klapse.)* Unsere liebe junge Lehrerin …

TERRASI: Guten Tag, Signor Barranco!

BARRANCO: Habe die Ehre!

TERRASI: Worauf warten Sie noch?

GRIZZOFFI: Daß Signor Speranza geruht zu erscheinen!

TERRASI: Ach – kommt er endlich wieder? Wie schön! Er ist also wieder gesund? Das freut mich!

GRIZZOFFI: Aber ziehen Sie doch Ihre Hand zurück, Signorina!

TERRASI: Oh, dem Professor kann ich sie lassen, das ist ungefährlich! Er war mein Lehrer.

GRIZZOFFI: Ja! Wenn Sie gehört hätten, was er eben über seine Schülerinnen gesagt hat!

BARRANCO: Meine Herren … meine Herren!

TERRASI: Wie! Sie, Professore?

VIRGADAMO: Hören Sie nicht auf ihn!

GRIZZOFFI: *(zu Virgadamo, entrüstet)* Sie sollten sich schämen! *(Zur Lehrerin:)* Wer weiß, wie oft er schon von Ihnen … geträumt hat!

BARRANCO: *(regt sich auf)* Also das finde ich doch…

TERRASI: Und was ist dabei? Regen Sie sich nicht auf, Signor Barranco! Ich verstehe wirklich nicht, was dabei ist, wenn Professor Virgadamo von mir geträumt hat. – Aber wo ist Gasparina?

GRIZZOFFI: *(korrigiert)* Gasparra, bitte! Gasparra, Gasparotta!

TERRASI: Sie können Sie nennen, wie Sie wollen, ich sage Gasparina zu ihr.

VIRGADAMO: Sie soll weggegangen sein…

GRIZZOFFI: Um die Wünsche von Signor Speranza für das Festmahl entgegenzunehmen!

BARRANCO: Reden Sie doch kein du… dummes Zeug!

GRIZZOFFI: Rosa hat es mir gesagt!

TERRASI: *(wendet sich um, betrachtet den gedeckten Tisch)* Ein Festmahl? Uiii! Das ist aber schön! Ich wußte gar nicht…

GRIZZOFFI: Er will seine Wiederauferstehung feiern!

TERRASI: So kann man wirklich sagen, armer Signor Speranza! So durchbohrt … da hat er sich sogar schnell erholt! Wann war das Duell? Das werden kaum zwei Monate sein…

GRIZZOFFI: Gestern habe ich den Bruder seiner Verlobten getroffen.

VIRGADAMO: Der ihn aufgespießt hat?

GRIZZOFFI: Was mich betrifft, ich habe ihm die Hand gedrückt!

TERRASI: Und heute trinken Sie auf das Wohl von Signor Speranza?

GRIZZOFFI: Nein, liebe Signorina! Ich trinke auf mein Wohl!

TERRASI: Schade…

GRIZZOFFI: Warum schade?

TERRASI: Nein, ich meine … daß ich nicht beim Essen dabei sein kann. ich muß um eins in der Schule sein! *(Geht zur Tür rechts und ruft:)* Rosa! Rosa!

Dritte Szene

Rosa, die Vorigen, dann Gasparina, Magnasco.

ROSA: *(kommt von rechts)* Sie wünschen, Signorina?

GRIZZOFFI: Also, darf man vielleicht wissen, was zum Teufel deine Chefin jetzt noch unterwegs zu suchen hat? Ich will essen und nicht warten, bis es irgendwem beliebt.

ROSA: Und das sagen Sie mir? Ich bin mit allem fertig, wie Sie sehen. Wenn die Signorina nicht kommt…

VIRGADAMO: Wir müssen schon warten, wir müssen schon warten, denn es wird sicher eine hübsche Feier, wissen Sie.

GRIZZOFFI: *(dreht sich brüsk um, unhöflich)* Für Sie!

VIRGADAMO: Nein, für alle! Ich komme in diese Pension, weil man hier so viel Spaß hat.

GRIZZOFFI: Aber Sie wissen, daß niemand Sie ausstehen kann?

VIRGADAMO: Das macht nichts!

TERRASI: Und es ist überhaupt nicht wahr!

VIRGADAMO: Es macht nichts, Signorina, lachen ist gesund; über die Herren muß ich lachen, und ich bin bereit, auch hundert Jahre zu warten!

TERRASI: Wenn ich das auch könnte! Aber ich kann nicht, Rosa.

ROSA: Oh! Da ist die Signorina!

(Gasparina Torretta tritt durch die Eingangstür, hinter ihr Magnasco. Sie ist eine sehr zarte junge Frau, etwas abgezehrt und vernachlässigt. Sie wäre äußerst lebhaft, wenn nicht die Leiden, die Bedrängnisse und die daher rührende Traurigkeit alle Regungen ihres Gemütes und ihrer kleinen Persönlichkeit dämpften und ihr eine lächelnde und resignierte Demutshaltung verliehen. Sie ist ärmlich gekleidet, trägt einen alten Matronenhut, dessen Band unter dem Kinn gebunden ist, und einen langen, verschos-

senen, grünlichen, mit Katzenfell besetzten Umhang. Am Arm hängt eine große Ledertasche. Niemand außer dem alten Signor Barranco beachtet sie. Alle behandeln sie schlecht. Magnasco ist etwa fünfzig Jahre, jugendlich und elegant gekleidet, dick, kahlköpfig, mit rötlich-bläulichem Gesicht, lachlustig.)

GASPARINA: *(eilig, atemlos)* Da bin ich ... da bin ich...

MAGNASCO: Signorina, Signori: Guten Tag.

GASPARINA: Ich bitte um Verzeihung, daß ich so spät komme ... ich hatte noch einiges zu besorgen. *(Reicht dabei Rosa die Ledertasche.)* Nimm, Rosa, trag es in die Küche. Sind alle da? *(Rosa ab durch die rechte Tür.)*

VIRGADAMO: Eh, nein! Die Hauptperson fehlt noch! Signor Speranza ... Signor Lamanna...

GASPARINA: Gott sei Dank! – Ich habe mich so beeilt!

TERRASI: Aber ich muß leider gehen, Gasparina...

GASPARINA: Was, Sie sind beim Festmahl nicht dabei?

GRIZZOFFI: Na, na! Wir anderen sind auch noch da! Wissen Sie, Signora Torretta ... das heißt ... Signorina...

GASPARINA: Ach ... nennen sie mich ruhig, wie Sie wollen...

GRIZZOFFI: Es wäre in der Tat lächerlich, wenn Sie deshalb beleidigt wären.

GASPARINA: Das nicht! Aber ich sehe, daß Sie mich beleidigen wollen, ich weiß nicht, warum...

GRIZZOFFI: Ich sage es Ihnen gleich. Natürlich steht es Ihnen absolut frei, Ihre hemmungslosen Vorlieben...

BARRANCO: *(der sich bis jetzt nur mit Mühe zurückgehalten hat, springt auf und schlägt mit der Faust auf den Tisch, zittert vor Aufregung)* Re... reden Sie mit mehr Respekt!

GRIZZOFFI: Noch einer! Der da! Das konnte ich mir denken!

GASPARINA: *(eilt mit Virgadamo zu Hilfe)* Um Himmels willen, Signor Barranco, regen Sie sich nicht auf!

BARRANCO: Sie sind ein Fl... Flegel!

Grizzoffi: Passen Sie auf, was Sie reden, verdammt noch mal, oder ... *(Will sich auf ihn stürzen, die Lehrerin und Magnasco halten ihn zurück.)*

Magnasco: Was soll das, Grizzoffi!

Barranco: Die Signorina Ga... Ga... *(Ihm versagt die Stimme.)*

Magnasco: Gasparotta!

Grizzoffi: Ganzkapotta!

Barranco: M... muß re... respektiert werden!

Grizzoffi: Und Sie bezahlen die Schulden bei den Lieferanten? Warum? Wegen ihrer schönen Augen?

Barranco: Ah! Ich? Ich?

Gasparina: Ach was, was! Hören Sie um Himmels willen nicht auf ihn, Signor Barranco! Lassen Sie ihn reden!

Terrasi: Er bezahlt für alle die mit, lieber Signor Grizzoffi, die das gute Herz dieser armen Frau ausnutzen! Kommen her, essen sich satt und lassen anschreiben.

Grizzoffi: Das sagen Sie mir? Ich habe immer bezahlt, bis zum letzten Centesimo!

Gasparina: Ja, das stimmt! Sie – immer, Signor Grizzoffi! Sie waren immer der erste mit dem Zahlen.

Barranco: Zahlen! Was zahlen Sie denn! D... den Pensionspreis zahlen Sie! Nicht das, was Sie verschlingen! Sie sind ein V... Vielfraß!

Grizzoffi: Ah! darum geht's!

Barranco: Übrigens sind Sie nicht der einzige!

Magnasco: Aber ja, das sind wir alle! Das sind wir alle, um die Wahrheit zu sagen!

Grizzoffi: Und warum beschimpfen Sie dann nur mich?

Terrasi: Aber Sie haben damit angefangen, Verzeihung, mit der Armen da, die immer draufzahlt, damit alle zufrieden sind.

Grizzoffi: Aha. *(Zu Gasparina:)* Sie zahlen also meinetwegen drauf?

GASPARINA: Neinneinnein, ich habe nichts gesagt, Signor Grizzoffi!

GRIZZOFFI: Einer ihrer maßgeblichen Gönner hat es gesagt. Das genügt mir. Ich bin verärgert.

BARRANCO: Dann kö... können Sie ja verschwinden!

GRIZZOFFI: Sie schicken mich weg? – Wer sind Sie denn ... der Hausherr?

GASPARINA: Aber um Gottes willen! Ausgerechnet heute, meine Herren!

BARRANCO: Ich bin n... nicht der Hausherr, aber ich bi... bin...

GRIZZOFFI: Wir wissen es, wir wissen genau, was Sie sind...

BARRANCO: *(schimpft und droht heftig)* Sie sollen die Signorina To... Torretta respektieren, sage ich!

GRIZZOFFI: *(um es kurz zu machen, von oben herab)* Also Gasparotta: meine Rechnung! Ich ziehe aus!

GASPARINA: Aber warum, Signor Grizzoffi? Was habe ich Ihnen getan?

GRIZZOFFI: Um diesen alten Uhu nicht mehr vor Augen zu haben, der mich außerdem nachts nicht schlafen läßt! Der zieht Schnarchtöne aus seiner Trompetennase, daß davon das Haus wackelt!

BARRANCO: Ich? Ach – ich? Und Sie? Sie fluchen so... sogar im Schlaf!

VIRGADAMO: Na, na ... kommen Sie ... kommen Sie, Signor Barranco ... *(Zieht ihn zur Tür seines Zimmers.)* Lassen Sie doch!

MAGNASCO: *(zieht seinerseits Grizzoffi zu seinem Zimmer hin)* Gehen wir, gehen wir, Grizzoffi ... beruhigen Sie sich ... kommen Sie!

GASPARINA: *(zur Lehrerin)* Mein Gott, Signorina...

TERRASI: Ah nein, hören Sie ... der Fehler liegt bei Ihnen!

GRIZZOFFI: Ich warte auf die Rechnung, ja? Ich will sofort weg! Sofort!

Barranco: Ei… eine Erlösung für uns alle! *(Magnasco mit Grizzoffi ab, ebenso Virgadamo mit Barranco.)*

Vierte Szene

Gasparina, Terrasi, dann Rosa.

Terrasi: Der Fehler liegt bei Ihnen, Gasparina!

Gasparina: Was soll ich machen? Haben Sie gesehen? Ohne jeden Grund!

Terrasi: Sie dürfen nicht so auf sich rumhacken lassen!

Gasparina: Stimmt schon, ja…

Terrasi: Das ist, entschuldigen Sie, unwürdig!

Gasparina: Ach! *(Kurzes Schweigen, beschwert von ihrer traurigen Misere, dann in verändertem Ton:)* Sie wollen essen, nicht wahr?

Terrasi: Ja, ich muß gleich weg.

Gasparina: *(geht zur Tür rechts)* Rosa, bring das Essen für die Signorina! Beeil dich! *(Zur Lehrerin:)* Setzen Sie sich inzwischen, nehmen Sie Platz. *(Die Lehrerin nimmt an einem der kleinen Tische Platz. Gasparina holt ein Besteck vom großen Tisch und legt es auf den kleinen.)* Ein alter Esel, Signorina, der schon an Peitschenhiebe und all das harte Rucken im Maul gewöhnt ist! *(Rosa trägt inzwischen für die Lehrerin auf und bedient sie.)*

Terrasi: *(während sie ißt)* Nein, das kann ich nicht gutheißen. Wir arbeiten, wir beide! Wir sind von niemandem abhängig! Wenn ich hier essen kann, dann, weil ich arbeite. Und Sie sind schließlich auch frei! Von allem, was Sie tun oder nicht tun, was Sie tun möchten oder nicht möchten – und wovon ich gar nichts wissen will – haben Sie niemandem Rechenschaft abzulegen.

Gasparina: Aber wenn ich wenigstens etwas täte, sollten Sie lieber sagen…

Terrasi: Um so besser! Warum lassen Sie sich so verleumden?

Gasparina: Man kann schließlich auch Gefallen daran finden!

Terrasi: Wie, Gefallen?

Gasparina: Wer es gern bitter hat...

Terrasi: Ihnen macht es Spaß, verleumdet zu werden?

Gasparina: Nein. Aber was soll es mir denn weiter schaden. Ich bin häßlich...

Terrasi: Nein. Wer sagt das?

Gasparina: Ach – gehen Sie! Sehen Sie mich an ... wissen Sie, wie alt ich bin?

Terrasi: *(zögert)* Zweiunddreißig?

Gasparina: Nein! Noch lange nicht in Wirklichkeit: siebenundzwanzig! Aber ich komme mir vor wie sechzig, mitten im Unglück, das von allen Seiten auf mich hereinbricht! Und Sie können sich gar nicht vorstellen, was und wieviel davon ich von klein auf erlebt habe! Wenn ich Ihnen das alles erzählen wollte, Sie würden es nicht glauben.

Terrasi: Aber dann sollten Sie doch...

Gasparina: Was sollte ich doch, Signorina? Glauben Sie mir, ich habe nicht einmal Zeit gehabt, darüber nachzudenken, daß mein Schicksal auch ganz anders hätte sein können. Ich mußte mich immer nur verteidigen – mit Zähnen und Nägeln! Würde, sagen Sie? Aber was soll aus einem weißen Mousselinekleid werden, auf dem Leib eines armen, verlassenen, geprügelten, von allen verfolgten Mädchens, mitten zwischen den Dornenhecken des Lebens? Mir ist, als wäre ich nackt auf der Welt! Ist dies hier ein Heim? Der eine kommt, der andere geht ... Die Tür ist immer offen, der Tisch immer gedeckt. Ich weiß nicht mehr, was ich bin, Signorina. Bin ich etwa noch eine Frau? Nein, ich bin ein Putzlappen. Jeder kann sich, wenn ich so sagen darf, damit seine Schuhe putzen.

TERRASI: Na sicher! Wenn die Sie so demütig sehen! Wehren Sie sich doch!

GASPARINA: Gegen wen?

TERRASI: Wenn es wahr ist, daß die Sie verleumden…

GASPARINA: Es gefällt mir, sag' ich Ihnen. Genau das. Schauen Sie, mir ist noch nie der Gedanke gekommen, daß sich ein Mann in mich verlieben könnte! Und jetzt zu erleben, wie alle denken, ich hätte den einen stehen lassen, um den anderen nehmen zu können! Ausgerechnet ich! So wie Sie mich hier sehen! Mit allem, was ich vom Leben weiß! Aber ich mache mir einen Spaß draus, das schwöre ich Ihnen. Sollen sie glauben, was sie wollen. Was soll mich das alles noch angehen?

Fünfte Szene

Die Vorigen, dann Loletta, Fanny, dann Magnasco, schließlich Celestino.

LOLETTA: *(schaut durch den grünen Vorhang der Eingangstür)* Darf ich?

GASPARINA: Wer ist da? Kommen Sie nur herein. *(Loletta Festa und Fanny Martinez treten ein; zwei reizende, sehr junge, etwas zweifelhafte Damen, die elegant gekleidet sind. Gasparina betrachtet sie verlegen; auch sie sind erstaunt und verwirrt.)*

GASPARINA: Verzeihung, wen möchten Sie sprechen?

FANNY: Ist hier nicht Signor Magnasco hereingekommen?

GASPARINA: Ach so … ja, der ist da.

LOLETTA: Er hatte uns gesagt, wir sollten unten auf ihn warten…

GASPARINA: Er hat aber noch nicht gegessen. Haben Sie ihm etwas zu sagen?

LOLETTA: *(verlegen)* Ja ... wir möchten ... aber er weiß Bescheid!

FANNY: *(kommt ihr zu Hilfe)* Rufen Sie ihn doch bitte.

GASPARINA: Gern, sofort. *(Sie geht an Grizzoffis Tür und ruft:)* Verzeihung, Signor Magnasco, kommen Sie doch bitte mal her.

TERRASI: *(hat ihre Mahlzeit beendet, ist aufgestanden und mustert sehr neugierig, aber nicht feindselig die beiden Mädchen)* Warum nehmen Sie nicht Platz?

LOLETTA: Danke. *(Bleibt stehen.)*

FANNY: Danke. *(Bleibt stehen.)*

MAGNASCO: *(kommt, ist sichtlich peinlich berührt beim Anblick von Loletta und Fanny)* Oh, meine Schönen, ich bitte sehr um Entschuldigung! Hier gab's eine ... eine kleine Aufregung, und dabei habe ich euch ganz vergessen! Wartet einen Augenblick ... Hör mal, Gasparotta ... *(Nimmt sie beiseite und spricht leise mit ihr.)*

TERRASI: *(liebenswürdig zu den Mädchen)* Sind Sie zum Essen gekommen?

LOLETTA: *(verschmitzt, blinzelt zu Gasparina hin)* Ach ... wir möchten schon ... aber...

FANNY: Man sagt, daß es hier einen Menschenfresser gibt.

TERRASI: Einen? *(Sie zeigt mit den Fingern, daß es zwei sind.)*

LOLETTA: Ah! Zwei?

TERRASI: *(lächelt zustimmend, dann)* Sie sind Freundinnen von Signor Speranza? *(Sie sprechen leise miteinander weiter.)*

GASPARINA: *(zu Magnasco)* Es ist nicht meinetwegen, Signor Magnasco, verstehen Sie ... Sie wissen, wie Signor Barranco ist! Und dann ist da noch diese andere Landplage...

MAGNASCO: Laß mich nur machen! Sieh mal, die Signorina Terrasi...

TERRASI: *(wendet sich zu Magnasco)* Heh, aber ich bin leider gerade beim Aufbrechen.

MAGNASCO: Wie schade! Sie haben immer so viel Humor...

GASPARINA: Und dann ausgerechnet heute, wo Signor Barranco schon so aufgeregt ist!

MAGNASCO: Ich sage dir doch, mit Signor Barranco werde ich das schon regeln.

GASPARINA: *(zu den beiden Mädchen)* Entschuldigen Sie ... es ist nicht meinetwegen, glauben Sie mir...

MAGNASCO: Schau: Signorina Loletta Festa, da können wir sagen, sie ist...

LOLETTA: *(fällt ein)* Stenotypistin!

MAGNASCO: Eben! Sehr gut! Die zuverlässigste aller Stenotypistinnen. Und das ist Signorina Fanny Martinez –

FANNY: *(fällt ein)* Kassiererin!

MAGNASCO: Ausgezeichnet! Das gibt eine großartige Überraschung, sag' ich dir, für unseren Memmo!

GASPARINA: Ja, für i h n, das glaub' ich!

LOLETTA: Also los – seien Sie nett!

FANNY: Sagen Sie ja!

GASPARINA: Also von mir aus ... *(Zu Magnasco:)* Nehmen Sie sich der Sache an. Entscheiden Sie!

FANNY UND LOLETTA: *(gleichzeitig)* Danke! Danke!

GASPARINA: Daß nur nachher nicht ich wieder alles abkriege, wie gewöhnlich!

TERRASI: Aber nein, haben Sie keine Angst! – So, ich gehe jetzt. Leben Sie wohl, Gasparina. Auf Wiedersehen, Magnasco!

GASPARINA: Auf Wiedersehen, Signorina.

MAGNASCO: Sie gehen also wirklich? Dann auf Wiedersehen!

TERRASI: *(zu den Mädchen)* Einen schönen Tag – und viel Vergnügen! *(Die beiden Mädchen neigen den Kopf. Signorina Terrasi geht zur Eingangstür. Celestino tritt mit einem großen Blumenstrauß und einem Korb mit vier Flaschen Sekt ein.)*

TERRASI: Hm! Sogar Sekt! Und ich muß in die Schule! *(Ab durch die Eingangstür.)*

Loletta: *(klatscht in die Hände)* Sekt! Sekt!

Fanny: *(ebenfalls)* Wie schön! Und so viele Blumen! – Celestino!

Celestino: *(reicht die Blumen Fanny, die sie nicht annimmt)* Hier! Er schickt sie Ihnen…

Magnasco: Aber nein! Das ist die Hausherrin. *(Zeigt auf Gasparina.)*

Celestino: Verzeihung, das konnte ich nicht wissen. Ich kenne nur diese junge Dame. Die Blumen schickt…

Fanny: Vico, ich weiß!

Celestino: Richtig, Signor Vico Lamanna. *(Er gibt sie Gasparina.)* Und das *(übergibt den Korb)* schickt Signor Speranza.

Gasparina: Es ist gut. *(Ruft:)* Rosa!

Celestino: Wenn Sie gestatten, Signora, übernehme ich das? Denn Signor Speranza hat mir aufgetragen, hierzubleiben, um beim Servieren zu helfen. *(Nimmt den Korb wieder, stellt die Flaschen auf die Kredenz und geht durch die rechte Tür ab.)*

Loletta: *(geht mit Fanny auf Gasparina zu)* Und die Blumen? Sie erlauben, Signora…

Magnasco: *(unterbricht sie, ernst)* Nein, meine Liebe: Tu mir den Gefallen, Gasparotta mußt du Signorina nennen, wie dich selbst.

Loletta: Na sowas! Verzeihung, wissen Sie…

Gasparina: Aber nicht doch, meine Liebe, er macht Spaß.

Magnasco: Wieso Spaß? Du – Signorina, Sie beide Signorina, alle drei: Signorina!

Gasparina: Sie sprachen von den Blumen?

Loletta: Wenn Sie uns das überlassen wollen: Wir verteilen sie auf dem Tisch.

Gasparina: Ah ja, bitte … machen Sie nur … *(Gibt die Blumen Loletta, die sie gemeinsam mit Fanny in mehreren Vasen auf dem Tisch verteilt.)*

Sechste Szene

Dieselben, Grizzoffi, Barranco, Virgadamo.

Inzwischen treten durch die linke Tür Professor Virgadamo und Signor Barranco wieder ein. Virgadamo ist beim Anblick der beiden Mädchen angenehm überrascht, Barranco nicht. Kurz darauf kommt Grizzoffi aus seinem Zimmer. Er rümpft die Nase, als er das billige Parfüm der beiden Mädchen riecht.

MAGNASCO: *(geht sofort auf Signor Barranco zu)* Signor Barranco ... darf ich Sie den Damen vorstellen? *(Die beiden Mädchen treten schüchtern und liebenswürdig näher.)* Loletta Festa –

LOLETTA: *(verneigt sich)* Stenotypistin.

MAGNASCO: Und Fanny Martinez –

FANNY: *(verneigt sich)* Kassiererin. *(Im Hintergrund ein schallendes Gelächter von Grizzoffi.)*

MAGNASCO: Entschuldigen Sie – was gibt's denn da zu lachen?

LOLETTA: *(geht auf ihn zu, auf komische Weise provozierend)* Ich kann wirklich Maschine schreiben, wissen Sie!

GRIZZOFFI: *(immer lachend)* Ich glaube es, ich glaube es. *(Zu Fanny:)* Und Sie? Kassiererin ... in einem Blumenladen?

VIRGADAMO: *(ernsthaft)* Nein, ich glaube eher Handschuhe.

FANNY: Und warum Handschuhe?

VIRGADAMO: Weil ich Sie mir so vorstelle, in einem Handschuhladen, wo es sehr gut riecht...

GRIZZOFFI: Und das genügt ihm, wissen Sie? Diese Vorstellung, das reicht ihm. *(Inzwischen haben Gasparina und Magnasco den höchst alarmierten Signor Barranco in ihre Mitte genommen.)*

GASPARINA: Gute Freundinnen von Signor Speranza, glauben Sie, Signor Barranco.

MAGNASCO: Ganz seriöse Damen, sage ich Ihnen, sehr gediegen, sehr kultiviert.

Siebente Szene

Die Vorigen, Memmo Speranza, Vico Lamanna, dann Celestino, Rosa.

Magnasco hat sein »sehr gediegen, sehr kultiviert« noch nicht zu Ende gesprochen, als die beiden Mädchen auf Speranza und Lamanna, die eben eintreten, losstürzen und beide nacheinander abküssen. Sie jubeln:

FANNY, LOLETTA: Da ist ja Memmo! Memmo! Lieber! ... Lieber!...

MAGNASCO: *(schnell, um das zu reparieren, zu Signor Barranco, der mehr denn je beunruhigt ist)* Ah, da gibt's nämlich eine Beziehung, wissen Sie? Auch eine verwandtschaftliche Beziehung.

MEMMO: Langsam! Langsam, Kinder! *(Er wehrt sie fast instinktiv ab, um seine vor kurzem erlittene Verletzung an der Brust zu schützen. Er ist ein hübscher, sehr eleganter junger Mann, noch etwas blaß und geschwächt.)*

VICO: *(Auch er ist elegant, ein Playboy und ständiger Begleiter Memmos bei seinen waghalsigsten jugendlichen Abenteuern.)* Wie kommt ihr eigentlich hierher?

MAGNASCO: *(zu Memmo, der nach vorn kommt und beide Mädchen eng umfaßt hält)* Nicht wahr, Memmo? Ich weiß zwar nicht, inwiefern verwandt ... aber verwandt seid ihr doch...

MEMMO: Ja, in der Verrücktheit.

MAGNASCO: Ach was, Verrücktheit! Du bist es, das wissen wir! Verwandt, sage ich, mit den Mädchen da ... *(Zwinkert mit einem Hinweis auf Barranco.)*

MEMMO: Ah ja, Signor Barranco, Kusinen: Loletta und Fanny ... etwas entfernte Kusinen ... *(Wendet sich an Grizzoffi:)* Lieber Grizzoffi, ich freue mich, Sie wiederzusehen.

VIRGADAMO: Ich freue mich auch ... wirklich sehr ... sehr...

MEMMO: Danke, Professor, daß Sie mich ein paarmal besucht haben. – Und unsere kleine Lehrerin?

GASPARINA: Sie mußte wieder in die Schule.

VIRGADAMO: Es tat ihr sehr leid, glauben Sie mir!

GRIZZOFFI: Also dann, dann geht's nun zu Tisch? Jetzt brauchen wir doch wohl auf keinen mehr zu warten.

MEMMO: Zu Tisch, ja, zu Tisch.

GASPARINA: Es ist alles fertig. Nehmen Sie Platz. Ich gehe in die Küche…

MEMMO: Nicht doch, Gasparotta! Du mußt heute mit uns am Tisch sitzen.

GASPARINA: Ja, später … Jetzt müssen Sie mich entschuldigen. *(Ab durch die rechte Tür. Die anderen nehmen Platz und beginnen mit der Mahlzeit. Rosa und Celestino bedienen.)*

MEMMO: Das arme Mädchen! Wenn ihr wüßtet, wir sie mir beigestanden hat! So viele Nächte an meinem Bett!

GRIZZOFFI: Na, keine Sorge: Das haben wir hier alle sehr gut mitbekommen.

VICO: Aber pardon – da ist doch nichts gewesen!

MAGNASCO: Sie war immer äußerst pünktlich!

GRIZZOFFI: Ihr wohnt ja nicht hier! Ihr seht nur den gedeckten Tisch…

VICO: Aber Signor Barranco?

GRIZZOFFI: Na ja, klar! Für den…

BARRANCO: F… für mich? Reden Sie doch zu Ende!

MAGNASCO: Wollen Sie denn schon wieder anfangen, meine Herren?

GASPARINA: *(kommt aus der rechten Tür herbeigelaufen und setzt sich neben Signor Barranco)* Also … bitte … bitte … wenn ich mir erlauben darf, an die Herrschaften eine Bitte zu richten…

VICO: Auch zehn! Auch zwanzig!

MEMMO: Merken Sie, wie schön sie spricht?

Magnasco: Laßt sie doch ausreden! – Was für eine Bitte?

Gasparina: Daß Sie Signor Grizzoffi über mich sagen lassen, was er will!

Grizzoffi: *(aggressiv)* Und was soll das heißen?

Magnasco: Na, zum Teufel, daß Sie über sie herziehen können, wie Sie wollen. Ganzkapotta nimmt Ihnen nichts übel.

Vico: Hör mal, wie hübsch das klingt! Ganzkapotta!

Grizzoffi: Und ich, lieber Herr, will nicht, daß irgendwer nachsichtig mit mir ist!

Memmo: Ruhe … Ruhe … Wir wollen jetzt essen. Sie werden sehen, daß diese Streitereien hier aufhören werden.

Virgadamo: O wie schade!

Memmo: Sie sind verschwenderisch damit, Professor, ich weiß. Aber Sie werden aufhören, so leid mir das für Sie tut. Ich habe nämlich ein Radikalmittel dagegen. Und ich empfehle Signor Barranco – mit allem schuldigen Respekt –, alles zu tun, um seine Nase daran zu hindern, weiter zu wachsen. *(Die Mädchen lachen.)*

Barranco: Meine Nase?

Memmo: Entschuldigen Sie. Denn Sie werden sehen, wenn ich mein Mittel verrate, ziehen alle mit einer langen Nase ab. Und da mache ich mir Sorgen um Ihre.

Barranco: Denken Sie mal an Ihre, l… lieber Herr, denn der Tod, wissen Sie, hat keine Nase. Und d… daß Sie Ihre noch im Gesicht haben, ist ein Wunder.

Alle: *(außer Memmo, applaudieren)* Sehr gut! Sehr gut! Bravo, Signor Barranco!

Memmo: Tja, aber eben weil ich mir meine erhalten will, muß ich eure ganz lang ziehen!

Magnasco: Her mit dieser Nase – ich meine mit diesem Mittel!

Virgadamo: Wir wollen was zum Lachen haben!

Memmo: Das Lachen wird Ihnen vergehen, Professor! Bildet ihr euch ein, daß ich den Sekt hierher geschickt habe, um mit euch auf meine Gesundheit anzustoßen? Ihr irrt euch! – Wir trinken heute das letzte Glas zum Andenken an diese Pension.

ALLE: Wie? Wieso? Was soll das heißen? Was hat er gesagt? *(Alle sind neugierig und aufgeregt. Gasparina erhebt sich.)*

MEMMO: Du brauchst nicht zu erschrecken, Gasparotta.

GASPARINA: Nein, nein, Signore, ich erschrecke nicht ... ich will nur mal einen Augenblick in die Küche und sehen ...

MEMMO: Kommt nicht in Frage! Du bleibst hier. Denn du, die immer als die letzte erscheint, stehst durch mein Mittel als erste da.

MAGNASCO: Also nun was?

ALLE: Was ist es denn? Raus mit diesem Mittel! Nun sag schon!

MEMMO: Langsam, langsam. Essen wir noch weiter. So wie einer, der stirbt, weiterlebt bis zum letzten Atemzug, so wird in einer Pension weiter gegessen bis zum letzten Happen.

VIRGADAMO: Aber ohne vom Tod zu reden, Signor Speranza!

MAGNASCO: Verzeihung, das ist nicht sehr pädagogisch.

MEMMO: Ich bin ihm ja gerade entronnen, mein lieber Professor!

VIRGADAMO: Ein Grund mehr! Übrigens war es Ihre Schuld.

ALLE: Sehr richtig! Sehr richtig!

MEMMO: Meine? Ihr traut euch zu sagen, es war m e i n e Schuld?

ALLE: Ja, natürlich! Deine! Deine!

MEMMO: Als ob ich die Frauen animierte! Noch keine einzige, nie! Die animieren mich! Alle!

LOLETTA: Und warum läßt du dich animieren?

Memmo: Wunderbar! Wollt ihr damit sagen, daß der Dieb kein Dieb ist, weil der, der sich bestehlen läßt, ein Dummkopf ist? Gut! Einverstanden! Stellt euch vor! Von neunzehn bis dreißig – zwölf Mal verlobt, meine Herrschaften!

Magnasco: Und worüber regst du dich auf?

Memmo: Aber warum, frage ich, soll ausgerechnet der Mensch nicht verstehen, was alle Tiere ohne weiteres begreifen – sogar die kleinen Vögel, du lieber Gott, mit ihren winzigen Gehirnen! – Auf ewig! Fürs ganze Leben oder gar nicht! Sie umzingeln dich, wickeln dich ein, machen dich besoffen und verdrehen dir den Kopf ... *(ahmt die Stimme eines verliebten Mädchens nach)* »Nein! Erst schwöre es mir: fürs ganze Leben!« Sie zwingen dich, es auch vor ihrem Papa zu schwören. Meine Herrschaften, was soll nun ein armer Mann, der sich berauscht hat, der den Kopf verloren hat, was soll der tun? Er schwört, er gibt sein Wort ... *(Mit einem plötzlichen, unerwarteten Ausbruch:)* Ihnen bin ich bitterböse, Professor Virgadamo!

Virgadamo: *(wie alle anderen bestürzt)* Mir? Wieso mir? Was habe ich damit zu tun?

Memmo: Ihnen und allen Ihren Kollegen, jawohl mein Herr! Ihnen, die die Frauen unterrichten. Aber was unterrichten Sie denn?

Vico: Sehr richtig! Was unterrichten Sie denn? Sie müßten ihnen beibringen, daß sie sich mit einer vernünftigen Zeitspanne zufrieden geben.

Memmo: O nein! Es kann auch eine Ewigkeit sein...

Vico: Auch eine Ewigkeit!

Memmo: Man muß ihnen nur einen mehr philosophischen Zeitbegriff geben!

Vico: Das ist es!

Memmo: Nein, ich bitte dich, ich meine es im Ernst! Verzeihung: Haben wir nicht vielleicht alle schon in gewissen Augenblicken in uns ein Aufleuchten wahrgenommen – wie ein Licht aus anderen Himmeln, das uns erlaubt, in die geheimnisvollsten Tiefen der Seele zu schauen, und uns die unendliche Freude gibt, uns in e i n e m Augenblick – in diesem Augenblick – ewig zu fühlen –, und daß man es erlebt hat – und daß dies genügen kann? Das ist es, Professor! Lehren Sie die Mädchen diesen Begriff von Ewigkeit –

VICO: *(schnell)* – der momentanen! –

MEMMO: *(fährt fort)* der einzigen, die dem Menschen zugestanden ist: eingeschlossen und erlebt in einem einzigen Augenblick, der nicht wiederholt werden kann, der nie wieder dieser Augenblick sein kann! Aber Langeweile, Müdigkeit, Ekel, unerträgliche Gefangenschaft, wenn man ihn verewigen will!

FANNY, LOLETTA: *(klatschen in die Hände)* Sehr gut! Sehr gut!

MEMMO: Ja, das weiß ich, meine Lieben, ihr versteht das. Aber die anderen?

LOLETTA: Na wer weiß, vielleicht verstehen die das auch!

MEMMO: Ja, wenn da nicht der Papa, die Onkel, die Brüder, die Schwäger, die Vettern wären, die als Wache aufgestellt sind für den Schwur.

BARRANCO: Ab...ber wenn Sie d... doch geschworen haben...

MEMMO: Ja schon, gezwungenermaßen!

BARRANCO: Dann kö... können Sie sich doch nicht z... zurückziehen!

MEMMO: Aber wenn ich doch nicht einmal einen Finger ihres Töchterchens ... ihrer Nichte ... Schwester ... Schwägerin ... Kusine berührt habe?

BARRANCO: D... dann war das a... alles nur zum Spaß?

MEMMO: Nein, nein! Ich habe bereut, ich habe gesehen, was ich bei den Mädchen und bei mir angerichtet habe. Ich – ich bin wie Stroh und fange sofort Feuer: Ich brenne lichterloh, und dann ersticke ich im Rauch. Die Ehe ist nichts für mich! Liebe – ja! Ehe – nein!

BARRANCO: K... Ketzerei, Ketzerei! Schluß jetzt, Schluß! Hoffen wir, d... daß Sie jetzt zur Vernunft gekommen sind.

MEMMO: Was denn – noch mehr Vernunft? Man hat mich umbringen wollen, verstehen Sie? Nicht, weil ich mich verlobt habe, da hat man mich mit offenen Armen aufgenommen! Man hat mich umbringen wollen, als ich die Augen öffnete, als ich merkte, was für eine Dummheit ich da gerade begehen wollte.

LOLETTA: Aber warum hattest du dich denn verlobt?

MEMMO: Ah – das ist gut! Weil ich mich verliebt hatte! Und, meine Herrschaften, ich verliebe mich mit einer unwahrscheinlichen Leichtigkeit!

BARRANCO: Aber d... deswegen sage ich Ihnen ja, daß Sie Vernunft annehmen sollen!

MEMMO: Und ich wiederhole, daß ich all die zwölfmal, die ich mich verlobt habe, immer noch rechtzeitig Vernunft angenommen habe! Gleich wenn die erste, bei einem jungen Mann entschuldbare, verzeihliche Liebesverblendung vorbei war. Aber die Vernunft – ach was! – die nützt einem gar nichts!

BARRANCO: Ketzerei ... K... Ketzerei, bitte sehr!

MEMMO: Ich rede von einer Natur wie der meinen, Signor Barranco, entzündlich, entflammbar. Die Vernunft ruiniert mich. Heute bin ich entkommen, morgen packt's mich von neuem. Vernunft! Vernunft! Man braucht etwas ganz anderes! Ich habe das richtige Mittel gefunden, sage ich euch, um mich zu retten, wenn ich nicht sterben will – um mich zu retten vor der schrecklichen Gefahr, die mir droht: mich zu verehelichen.

MAGNASCO: Aber nun sag es endlich, großer Gott, das Mittel!

Die anderen: Ha, ja! Her damit! Her damit! Was ist es? Was ist es?

Memmo: *(erhebt sich, entschlossen, und verkündet)* Meine Herrschaften, ich heirate Ganzkapotta. *(Ausbruch von allgemeinem Gelächter und von Ausrufen.)*

Gasparina: *(lacht auch)* Ach, gehen Sie … ausgerechnet mich?

Virgadamo: *(freut sich)* Wunderbar! Großartig!

Memmo: Ach – ihr denkt, ich scherze? Ich meine es ernst. Ich heirate dich, Gasparina! *(Erneutes Gelächter.)* Wetten daß?

Magnasco: Ich setze tausend Lire!

Memmo: *(nimmt die Brieftasche heraus)* Her damit! Hier sind meine.

Virgadamo: Ich nehme sie in Verwahrung.

Memmo: Sehr gut. *(Zu Magnasco:)* Da. Tausend Lire an Professor Virgadamo.

Magnasco: Ich habe sie nicht bei mir. Auf Ehrenwort! Tausend Lire und das Hochzeitsessen! *(Gibt Memmo die Hand.)*

Memmo: Du verlierst sie! Herrschaften, ihr seid alle Zeugen der Wette. Ich heirate Gasparotta.

Vico, Virgadamo, Loletta, Fanny: *(klatschen in die Hände)* Großartig! Vivat! Hoch die Verlobten!

Memmo: *(zu Gasparina)* Willst du? Willst du mich?

Grizzoffi: Possen! Possen!

Barranco: *(sehr gereizt zu Gasparina)* Aber p… protestieren Sie doch, in Gottes Namen!

Gasparina: Aber nein, Verzeihung: Sehen Sie denn nicht, daß er nur Spaß macht?

Memmo: Ich spaße durchaus nicht!

Grizzoffi: Possen!

Memmo: Verzeihung, sind Sie eifersüchtig? Sie?

Vico: Ja, er ist eifersüchtig! Er ist eifersüchtig!

Magnasco: Signor Barranco auch!

Grizzoffi: Los, machen Sie Schluß damit!

Memmo: Herrschaften, wenn ihr glaubt, daß ich in diesem Augenblick scherze, dann irrt ihr euch!

Grizzoffi: *(laut, sehr erregt, haut mit der Faust auf den Tisch)* Schluß damit, sage ich euch! *(Alle schweigen.)* Mir geht er auf die Nerven, dieser abgeschmackte, blöde Scherz über eine Sache, von der ihr nicht wißt, was sie bedeutet, verdammt noch mal.

Memmo: Weil Sie von Ihrer Frau getrennt leben? Aber ich weiß besser als Sie, daß man mit der Ehe nicht scherzt! Ich habe sogar mein Leben riskiert, um mich vor ihr zu retten...

Grizzoffi: Ja, und?

Memmo: Eben darum heirate ich Gasparina!

Magnasco: Die Begründung könnte nicht scharfsinniger sein.

Virgadamo: Ausgesprochen scharfsinnig! Eine tolle Logik! Signor Speranza heiratet, um sich nicht verehelichen zu müssen.

Memmo: Genau darum!

Grizzoffi: *(zu Virgadamo)* Sie sind ein Hanswurst!

Memmo: Nein, Signor Grizzoffi. Sie sind derjenige, der nichts versteht. Ich heirate wirklich, um mich vor der Gefahr zu bewahren, mich ernsthaft zu verehelichen.

Magnasco: Und Gasparotta?

Memmo: Die mache ich glücklich! Wenn ihr mich ausreden laßt ... *(Zu Gasparina:)* Ich mache dich glücklich, Gasparina! Schau: Vor allem nehme ich dich erst mal aus dieser Hölle heraus! *(Alle protestieren.)* Jawohl – Hölle! Gasparina ist eine arme Märtyrerin.

Gasparina: Aber nein, was reden Sie da? Seien Sie still!

Memmo: Ich habe ein Häuschen für dich, ein kleines Landhaus draußen vor der Stadt...

Loletta: O Gott, heirate mich doch!

Memmo: *(weist sie ab)* Geh, du, das ist nichts für dich. *(Zu Gasparina:)* Mit einem hübschen Gärtchen ... mit Gemüsebeeten ... einem Hühnerstall...

Loletta: Auch ein Hühnerstall?

Memmo: *(zu Gasparina)* Du wirst dort ruhig und glücklich leben mit einer kleinen Rente, die ich dir aussetze, ganz für dich und völlig frei, dein Leben so einzurichten, wie es dir gefällt.

Fanny: Das ist ja das Paradies!

Loletta: *(singt)* Moi, j'aime mes moutons...

Memmo: Sei still, Loletta! *(Zu Gasparina:)* Du nimmst nur eine legale Hypothek auf meinen Namen. Versteht ihr, Herrschaften? Wir haben nichts gemein als den Namen, der ja auch kein eigener Name ist, wie ihr bitte bemerken wollt. Speranza, die Hoffnung – gibt es etwas Allgemeineres? Wer hat sie nicht, eine Hoffnung? Was sagst du dazu, Gasparotta?

Gasparina: Ich? ... von mir aus ... Wenn Sie es nicht bereuen ... *(Alle brechen in sehr lauten Beifall, in Lachen und Rufe aus, wie »Evviva das Brautpaar« usw.)*

Vico: Sekt her, schnell, trinken wir auf diese glückversprechende Heirat! *(Knall eines Sektkorkens, den Celestino gezogen hat, alle stehen.)*

Magnasco: Tragen wir Ganzkapotta im Triumph an die Seite ihres Bräutigams! *(Vico, Magnasco, Virgadamo, Loletta und Fanny laufen herbei, um Gasparina hochzuheben.)*

Barranco: *(bebend vor Zorn und Verachtung, wehrt alle ab und hält Gasparina zurück)* Nei-nein, g... geben Sie sich nicht zu einem solchen Sakrileg her!

Memmo: Aber nein, Signor Barranco! Seien Sie unbesorgt! Wir lassen uns nicht kirchlich trauen!

Vico: Das ist auch nicht nötig!

Memmo: Nur auf dem Rathaus. Einem Bürgermeister

zum Trotz, aus Rache für die Tausende von Paaren, die er ernsthaft unglücklich gemacht haben muß. Wir werden uns amüsieren, überlaßt es mir, daß wir uns amüsieren!

BARRANCO: Da... dann ist das also ernst gemeint?

MEMMO: Ganz ernst, Signor Barranco! Aber nicht als Ehe. Als Ehe ist es nicht ernst gemeint. Aber völlig ernst, was ihre Folgen betrifft, denn mich rettet sie, und dieser Armen erweist sie Gutes! Ernst, Signor Barranco, lassen Sie sich das gesagt sein, ist nur das, was wir wichtig nehmen. Gibt es etwas Ernsteres als den Tod? Nimmt man ihn aber nicht wichtig – wird er ein Nichts! Gegenbeispiel: Ihre Nase. Etwas höchst Lächerliches. Aber für Sie ein ernsthaftes Unglück. Warum? Weil Sie sie wichtig nehmen!

BARRANCO: Ich? Aber überhaupt n... nicht.

MEMMO: Warum stecken Sie sie dann in eine Sache, die Sie nichts angeht? Kümmern Sie sich um Ihre Angelegenheiten!

BARRANCO: G... gut. Dann gehe ich eben! *(Erhebt sich und will gehen.)*

MEMMO: Aber nein...

GRIZZOFFI: Na los, ja! Los! Ich gehe auch! Possen! *(Will gehen.)*

MAGNASCO: *(geht ihm nach)* Aber nein ... Grizzoffi, warum denn? Kommen Sie!

VIRGADAMO: *(hält Barranco zurück)* Signor Barranco...

VICO: Laßt sie doch gehen! Laßt sie doch gehen!

MEMMO: Aber ja, kommen Sie! Kümmern Sie sich gar nicht um sie! *(Barranco und Grizzoffi gehen in ihre Zimmer.)*

GASPARINA: *(traurig)* Signor Speranza, um Himmels willen, Sie treiben Scherze ... aber jetzt ist es genug...

MEMMO: Na, komm...

GASPARINA: Sehen Sie nicht? Ich verliere durch Sie zwei Gäste...

MEMMO: *(rasch)* Und gewinnst einen Ehemann! Hör zu: Das ist keine Narrheit, auch wenn es so aussieht, aber es ist keine. Ich habe noch nie etwas so gründlich durchdacht! Glaub mir, es ist ein reifer Plan! Vico kann es bezeugen!

VICO: Vollreif! Wir unterhalten uns jetzt das erste Mal darüber!

MEMMO: *(zu Gasparina)* Überleg mal selbst, was mich eine richtige Ehefrau kosten würde, die morgen auf mich auch richtige Rechte hätte!

GASPARINA: Sie brauchen sich ja nur keine zu nehmen!

MEMMO: Als ob das von mir abhinge! Morgen würde ich schließlich doch eine heiraten. Und stell dir vor, was mich das kosten würde, ich spreche nicht nur vom Unglück fürs ganze Leben, sondern auch materiell … vom nötigen Kleingeld, verstehst du?

VICO: Die Ausgaben … der Luxus …

FANNY: Das ist unbestreitbar.

MEMMO: *(zu Gasparina)* Bist du dagegen nicht eine tüchtige und bescheidene Frau?

GASPARINA: Was soll ich denn sonst sein?

MEMMO: Was kostest du mich?

VICO: Nichts, vergleichsweise.

MEMMO: Und dabei hätte ich dir auch eine große Wohltat erwiesen. Du hättest Ruhe …

LOLETTA: Ein kleines Haus …

VICO: Einen monatlichen Scheck …

MEMMO: Und keine Pflichten gegen mich, weil du auch keine Rechte als Ehefrau hast. Du trägst nur meinen Namen – sozusagen als Hypothek, weil ich nicht mehr über ihn verfügen kann. Und das wär's schon.

LOLETTA: Memmo, wenn Signorina Torretta nicht will … ich sag' wirklich ja.

FANNY: Aber gewiß doch – ich auch.

MEMMO: O nein, meine Lieben! Versteht ihr nicht, daß sowas nur mit ihr klappt?

GASPARINA: Weil bei mir niemand glauben würde, daß Signor Speranza das nicht im Scherz getan hätte...

MEMMO: *(rasch, mit Nachdruck)* ... und gleichzeitig im Ernst! Kommt dir das wirklich wie eine Narrheit vor?

GASPARINA: Aber ja, sicher, Signor Speranza!

MEMMO: Es sei denn, du hättest – Gott bewahre – noch irgendeinen Vorbehalt!

GASPARINA: *(lacht)* Was für einen soll ich denn haben? Gehen Sie, hören Sie auf damit. Begreifen Sie nicht, daß Sie es schon morgen bereuen werden?

MEMMO: Natürlich werde ich es bereuen! Todsicher! Aber verstehst du nicht, daß ich gerade dann, wenn ich es bereue, den Nutzen daraus haben werde, denn das heißt ja, ich habe mich wieder so verliebt, daß ich die wirkliche Narrheit begehen möchte: im Ernst zu heiraten!

ALLE: Sehr wahr! Sehr richtig!

GASPARINA: Und ich müßte es dann ausbaden!

MEMMO: Aber nein! Du nicht! Warum denn? Das würde ich, wenn überhaupt, mit mir abmachen, denn ich habe es ja gewollt! Was hast du damit zu schaffen? Wenn ich es doch gerade deshalb mache! In Voraussicht dessen! Du bekommst deine Garantien nach allen juristischen Regeln.

VICO: *(zu Gasparina)* Notar! Standesamt!

MEMMO: Alles ordnungsgemäß! Und zwar sofort! – Sie, Professor, und du, Vico, ihr werdet meine Trauzeugen sein.

VIRGADAMO: Sehr verbunden! Sehr geehrt!

MAGNASCO: Dann bin ich der für die Braut.

MEMMO: Also dann los zum Rathaus! Das Aufgebot bestellen!

GASPARINA: Ach geh, bleiben Sie mal ruhig, Signor Speranza!

LOLETTA: *(zu Gasparina)* Sie haben wirklich den Mut, auf dieses Glück zu verzichten?

FANNY: *(zu Gasparina)* Er meint es wirklich ernst, wissen Sie?

GASPARINA: Aber ich lehne seinetwegen ab!

MEMMO: Um mich mach dir keine Sorgen! *(Holt Notizblock und Bleistift hervor.)* Also – den Namen – kenne ich! Eltern, Geburtsjahr und -ort. Stand: ob ledig, Witwe oder was sonst. Darüber brauchst du mir nicht die Wahrheit zu sagen. Aber das Alter, ja genau! Wie alt bist du?

GASPARINA: Siebenundzwanzig.

MEMMO: *(prallt zurück)* Fang nicht so an!

GASPARINA: Ich schwöre es: siebenundzwanzig. Geboren bin ich am...

MEMMO: Laß nur, das steht ja im Standesregister. Man würde es nicht denken, weißt du. Und ... dann, sagen wir ... sozusagen ... ledig?

GASPARINA: Mehr als ledig, Signor Speranza.

MEMMO: *(lacht)* Schon gut, schon gut ... *(Zu Magnasco:)* Du hast deine tausend Lire verloren!

MAGNASCO: Und das Hochzeitsessen! Da drücke ich mich nicht!

VIRGADAMO: Das wird uns ein Vergnügen sein!

MEMMO: Los, Mädchen, gehen wir. Noch ein Glas zu Ehren der kleinen Braut, und wir verschwinden! *(Celestino öffnet noch eine Flasche. Alle nehmen ein Glas. Inzwischen tritt Signor Barranco mit dem Hut auf dem Kopf und einer kleinen Tasche in der Hand aus seinem Zimmer.)*

BARRANCO: *(traurig und entschlossen zu Gasparina)* Ich habe da ... da drinnen meine Sachen gepackt.

GASPARINA: Aber nein, Signor Barranco, hören Sie...

BARRANCO: Ich will nichts hören! Ge... genug! Schicken Sie mir alles in m... meine neue W... Wohnung.

GASPARINA: Aber nun...

BARRANCO: Ge… genug jetzt! *(Ab.)*

MAGNASCO: *(nach einem verlegenen Schweigen aller)* Der hat dich wirklich geliebt, weißt du das, Gasparina?

MEMMO: Oh! Führ sie mir nicht in Versuchung! Ich soll wohl die Wette noch verlieren!

GASPARINA: Er ist immer so gut zu mir gewesen…

MEMMO: Er kann auch in Zukunft gut zu dir sein, jetzt noch mehr als früher! Also trinken wir – und dann fort! *(Celestino gießt Sekt ein. Alle trinken lachend auf das Wohl Gasparinas.)* Jetzt aber fort! Kommt, ihr Mädchen! … Wir drei gehen aufs Rathaus … Leb wohl, kleine Braut! Es ist also abgemacht! Daß du mir nicht noch umfällst! Es ist unsere Rettung! Auf heute abend! *(Während Memmo dies sagt, verabschieden sich die anderen von Gasparina. Alle ab.)*

Achte Szene

Gasparina allein, dann Rosa.

GASPARINA: *(einen Augenblick versunken, betrachtet dann die Unordnung auf dem Tisch, mit leichtem Kopfschütteln, hebt die Hände, bewegt sie nur ein bißchen in der Luft)* Was für Verrückte … was für Verrückte!

ROSA: *(kommt von rechts)* Darf ich abräumen?

GASPARINA: Ja … sieh zu … langsam … langsam…

ROSA: Aber sagen Sie … heiraten Sie wirklich, Signorina?

GASPARINA: Was heißt wirklich … Glaubst du, daß ich wirklich heiraten könnte?

ROSA: Ach … ist es nicht ernst gemeint?

GASPARINA: Nein, Liebe … ich heirate im Spaß…

ROSA: *(unsicher)* Aber Sie heiraten?

GASPARINA: Ja … aber nicht im Ernst!

Vorhang

ZWEITER AKT

Hübscher Salon in der Junggesellenwohnung von Memmo Speranza, zwei Monate nach der Eheschließung mit Gasparina Torretta. Im Hintergrund die Eingangstür; Seitentüren rechts und links.

Erste Szene

Loletta, Magnasco.

Loletta sitzt beim Aufgehen des Vorhangs auf dem Sofa, sie weint, das Taschentuch vor dem Gesicht.

MAGNASCO: *(nach einer Pause)* Ach geh, Loletta...

LOLETTA: Ich weine aus Wut! Glaub ja nichts anderes!

MAGNASCO: Nein, nein! Willst du wissen, warum du weinst?

LOLETTA: Aus Wut ... aus Wut, sage ich dir!

MAGNASCO: Nein, wegen dieser lachhaften Ehe...

LOLETTA: Aber wer denkt denn noch daran! Du reitest immer darauf herum, weil du dich für die tausend Lire von der verlorenen Wette rächen möchtest.

MAGNASCO: Jetzt hör mal zu! Diese lachhafte Ehe mit den ganzen Vertragsklauseln, dem Landhäuschen für Gasparina und gleich nach der Hochzeit die Abreise mit dir in ein anderes kleines Haus, die anderthalb Monate allein mit ihm auf dem Lande – all das hat eine seltsame Wirkung auf dich gehabt.

LOLETTA: Was für eine Wirkung?

MAGNASCO: Du hast geglaubt, daß die dort – wie es ja auch stimmt – eine Possenfrau sei und daß du statt dessen eine ernsthafte kleine Nebenfrau sein und bleiben könntest.

LOLETTA: Tatsache ist, daß Memmo, da er die Dummheit begangen hatte, den Scherz so weit zu treiben, bis zu der Ungeheuerlichkeit, wirklich diese Ehe zu schließen, sich jetzt nur noch eine wie mich als ernsthafte kleine Nebenfrau leisten kann.

MAGNASCO: Ja: für vierzehn Tage ... für einen Monat ... für anderthalb Monate.

LOLETTA: Schön! Ich würde auch nichts sagen, wenn er mich jetzt so malträtierte, weil er sich in eine andere verknallt hätte. Aber nein! Es ist immer die alte Geschichte, glaub mir. Er leugnet es zwar, weil er sich schämt. Aber er muß sich wieder mal in irgendein Mädchen aus besseren Kreisen verliebt haben. Und das ist idiotisch.

MAGNASCO: Nein, meine Liebe. Das ist seine Verdammnis, von der er immer das Gefühl hatte, sie schwebe ihm über dem Haupt! Aber entschuldige: Deshalb hat er ja Gasparotta geheiratet!

LOLETTA: Sicher! Aber über die regt er sich jetzt nicht auf.

MAGNASCO: Könnte er auch gar nicht, sei doch vernünftig! Die hat sich gut abgesichert, die Arme.

LOLETTA: Und deshalb legt er sich mit mir an?

MAGNASCO: Das gehört zum Berufsrisiko, meine Süße.

LOLETTA: Nein, nein, das ist idiotisch! Und unlogisch!

MAGNASCO: Es ist menschlich.

LOLETTA: Unlogisch! Unlogisch!

MAGNASCO: Ja, eben: menschlich. Schau, Loletta. Memmos Ehe ist der Triumph der Logik. Die vollkommene Abstraktion. Eine Überlegung, die staunenswert gesponnen war. Na ja, das verstehst du nicht, Loletta. Logik – weißt du, was das ist? Stell dir eine Art Filterpumpe vor. Die Pumpe ist hier. *(Zeigt auf den Kopf.)* Der Filter erstreckt sich bis zum Herzen. – Dich überfällt ein Gefühl. Das Maschinchen, das man Logik nennt, pumpt es und filtert es, und dabei verliert das Gefühl sofort seine Wärme, seine Trübheit; es kühlt sich ab, es reinigt sich: Es idealisiert sich! Das läuft alles wunderbar ab, weil wir außerhalb des Lebens sind, in der reinen Abstraktion. Aber das Leben ist dort, wo Unklarheit und Wärme sind, wo es keine Logik mehr gibt, verstehst du? Findest du es logisch, verzeih, wenn du jetzt weinst? Es ist menschlich!

LOLETTA: Dann möchte ich wissen, wozu wir die Logik mitbekommen haben!

MAGNASCO: Weil ... weil die Natur, die es gut mit uns meint, nicht gewollt hat, daß wir nur durch unsere Gefühle und unsere Passionen leiden, sondern daß wir uns auch durch das ätzende Sublimat unserer logischen Überlegungen vergiften. Zum Beispiel: nicht genug, daß du jetzt leidest, ich beweise dir auch noch durch die Logik, daß du zwangsläufig leiden mußt.

LOLETTA: *(schüttelt ärgerlich den Kopf)* Ach, weißt du ... ich ... nach alledem...

Zweite Szene

Die Vorigen, Memmo Speranza.

MEMMO: *(kommt sehr aufgeregt herein, mit finsterem Gesicht, behält den Hut auf, zu Magnasco)* Gut, daß du da bist! Ich war bei dir zu Hause...

MAGNASCO: Ich habe mich hier mit Loletta unterhalten...

MEMMO: *(ohne Loletta zu beachten, bestimmt)* Ich brauche dich.

MAGNASCO: Was gibt's Neues?

MEMMO: Warte, bis Lamanna kommt! Er muß gleich hier sein.

MAGNASCO: Ist dir was passiert?

MEMMO: *(wendet sich unhöflich zu Loletta)* Tu mir den Gefallen und laß uns allein!

LOLETTA: Ich bin nicht dein Dienstmädchen, weißt du!
MEMMO: Nein, du bist frei – du bist so absolut frei, daß du gehen kannst, wann es dir paßt und gefällt.
MAGNASCO: *(will sich einmischen)* Also Memmo…
LOLETTA: *(zu Magnasco)* Er entläßt mich fristlos, einfach so! Versteht du das? Als ob ich eine Null wäre!
MEMMO: Seit fünf Tagen mindestens hättest du begreifen müssen, daß du hier nichts mehr zu suchen hast.
LOLETTA: Ich habe es begriffen, ich habe es sogar sehr gut begriffen. Eben habe ich Magnasco gesagt…
MAGNASCO: Sehr wahr, daß du ein Idiot bist, Memmo…
LOLETTA: Sowas wie dich gibt es nur einmal.
MAGNASCO: Ich aber habe versucht, ihr wissenschaftlich zu beweisen…
MEMMO: *(schneidet ihm das Wort ab)* Erlaube, mein Lieber, wir wollen jetzt keine Witze machen! Jedes Wort von euch ist für mich ein Hammerschlag ins Gehirn!
MAGNASCO: Wenn das Barometer gefallen ist!
MEMMO: *(heftig und verächtlich)* Euer Fehler ist – das hab' ich euch tausendmal gesagt – zu glauben, verdammt noch mal, ich sei zu eurem Spaßvergnügen auf der Welt.
MAGNASCO: Ich darf dich darauf aufmerksam machen, daß mich der Spaß tausend Lire gekostet hat!
MEMMO: Und den willst du dein Leben lang genießen! Auch wenn ich morgen als Toter vor dir läge.
MAGNASCO: Nein, nein, so weit geht's nicht…
MEMMO: Doch! Ihr seid imstande zu glauben, ich hätte das alles nur getan, um euch zum Lachen zu bringen! Dabei gehört weiß Gott wenig dazu, um zu begreifen, daß ein Mensch solche Dummheiten, wie ich sie fertiggebracht habe, nur begeht, weil er gelitten hat, weil er leidet und weil es ihn an einem gewissen Punkt danach verlangt, seine Leiden zu verhöhnen und Zitrone in die Wunde zu träufeln! Ich springe, schreie, schlage um mich wie

ein Verrückter im brennenden Schmerz – und ihr platzt vor Lachen!

MAGNASCO: Aber gerade das – verzeih – hast du doch erreichen wollen!

MEMMO: Vielen Dank! Wenn ihr wirkliche Freunde wärt…

MAGNASCO: Dann müßten wir anfangen zu weinen?

MEMMO: Das verlange ich nicht! Aber ihr müßtet wenigstens merken, daß ich leide, hier drinnen, und euch nicht darüber freuen; ihr müßtet versuchen, mich zurückzuhalten…

MAGNASCO: Damit du uns stehenden Fußes vor die Tür setzt, wie Loletta? Da, siehst du, sie weint…

MEMMO: *(tut es leid, er nähert sich Loletta, nervös)* Verzeih mir, Liebe. Ich will nicht, daß wir im Bösen auseinandergehen. Sei lieb … glaube mir, ich bin in einer Situation…

LOLETTA: Aber ja, ich weiß das, du hast dich wieder verliebt!

MEMMO: *(äußerst heftig)* Sag mir das nicht auch noch, verdammt! *(Beherrscht sich mit Mühe.)* Du siehst, ich versuche mich zu beherrschen … Ich habe dich gebeten…

LOLETTA: Aber ja, schon gut. Ich gehe ja gleich. Allerdings … ich meine…

MEMMO: *(begreift)* Du hast recht! Du hast recht! *(Nimmt die Brieftasche heraus.)* Da – nimm, soviel du willst.

LOLETTA: Was hat denn das damit zu tun! Ich wollte dir nur sagen … wenn ich gehen muß … du wirst verstehen…

MEMMO: Ich sagte dir ja schon – soviel du willst! *(Drückt ihr die Brieftasche in die Hand.)* Nimm sie mit nach drüben, ich will gar nichts wissen! Aber verschwinde so schnell wie möglich, übrigens in deinem eigenen Interesse.

LOLETTA: Warum? Wer kommt denn?

MEMMO: Niemand! Aber ich weiß nicht, was von einem

Augenblick zum anderen passieren kann ... Nimm alles mit ... deine sämtlichen Sachen ... laß dir von Celestino helfen ... Geh – geh, meine Liebe! *(Er bringt sie während der letzten Worte zur Tür rechts.)*

Dritte Szene

Memmo, Magnasco, dann Vico Lamanna.

MAGNASCO: Sagst du mir nun endlich, was passiert ist?

MEMMO: *(dreht sich schnell an der Tür um, durch die Loletta gegangen ist)* Höre: er oder ich! Pardon wird nicht gegeben!

MAGNASCO: *(verblüfft)* Wer – er?

MEMMO: *(fährt fort, finster und entschlossen, ohne auf Magnasco zu achten)* Vielleicht schickt er jemanden. Ihr müßt euch bereithalten. Wenn niemand kommt ... sowie Lamanna da ist... *(Es läutet.)* Das wird er sein!

MAGNASCO: Ich verstehe kein Wort!

MEMMO: Ihr beide geht hin. Du und Vico.

MAGNASCO: Wohin? Und weshalb?

MEMMO: *(schreit)* Um ihn wieder zu fordern – in meinem Namen!

MAGNASCO: Wieder? Wen denn?

MEMMO: Er hat mich geohrfeigt!

MAGNASCO: Der Bruder deiner verflossenen Verlobten?

MEMMO: Ja, der.

MAGNASCO: Wie denn? Nach dem Duell?

VICO: *(tritt ein, sehr aufgeregt, bleibt auf der Türschwelle stehen, zu Memmo)* Hör mal, du bist wirklich verrückt!

MEMMO: Das weiß ich, das weiß ich! Das ist nichts Neues!

VICO: *(zu Magnasco)* Weißt du, was er gemacht hat?

MEMMO: *(fährt auf)* Dankt Gott, daß ich ihn nicht abgeknallt habe wie einen Hund!

VICO: *(noch wütender)* Er wird dich umbringen, wenn du sie nicht in Ruhe läßt!

Magnasco: Hat er versucht, wieder mit seiner Schwester anzubandeln?

Vico: Er hat sich getraut, den Bruder zur Rede zu stellen, weil er erfahren hat…

Memmo: *(aufs äußerste erregt)* … Was ihr schon alle lange wußtet! Und ihr habt mir nichts davon gesagt, als ich verwundet im Bett lag!

Magnasco: Aber was denn? Ich weiß von nichts!

Memmo: Ach, du weißt nicht, daß sie für mich eingetreten ist, gegen ihren Bruder? Daß sie von zu Hause fortgelaufen ist, zu ihrer Tante, gleich, nachdem sie erfahren hatte, daß ich verwundet war?

Vico: Als ob er sich nicht mit ihrem Bruder geschlagen hat, weil es aus war mit ihr!

Memmo: Ihr hättet mir das sagen müssen!

Vico: Aber du wolltest sie doch gar nicht mehr heiraten!

Memmo: *(zu Magnasco)* Sie ist immer noch dort, weißt du, bei ihrer Tante! Sie will nicht mehr nach Hause zurück! Sie wartet! Sie wartet auf mich!

Magnasco: *(verblüfft)* Du hast wohl ganz vergessen, daß du mit Gasparina verheiratet bist!

Vico: Und er verlangt nach alledem, daß ihr Bruder…

Memmo: Was? Nach alledem? Ihr wißt genau, in welchem Zustand ich das damals getan habe! Warum ich es getan habe! Ich war damals wie betrunken! Als ich wie durch ein Wunder den Todesstoß wegen der verweigerten Heirat überstanden hatte, wollte ich absichtlich dem Skandal den Stempel des Hohns aufdrücken, um zu zeigen, was ich von der Ehe halte!

Magnasco: Und du glaubst, du hast Gasparina nur im Scherz geheiratet?

Memmo: Worüber seid ihr eigentlich erstaunt? Daß ich mich, nachdem ich nun weiß, was meinetwegen geschehen ist, mit dieser Verzweiflung herumschlage? Das wundert euch, nicht wahr? Und nicht die Torheit dieser Heirat, die ich habe begehen können.

MAGNASCO: Wieso Torheit, mein Lieber?

VICO: Du hast doch diesen Augenblick vorausgesehen, an dem du es bereuen würdest.

MEMMO: *(aufgebracht, voller Hohn, hält sich die Ohren zu)* Hier, hier habe ich es noch, euer Gelächter über meine Schwelgerei in all den Vernunftgründen! Damals kam ich mir vor wie ein Weiser unter Verrückten!

MAGNASCO: Das warst du auch, mein Lieber! Das warst du, das warst du!

MEMMO: Und hab' euch so zum Lachen gebracht? *(Fährt Vico an.)* Du – du hast lachen können, obwohl du wußtest, was ich nicht wissen konnte! Könnt ihr euch vorstellen, daß ich diese Narrheit begangen hätte, wenn ich gewußt hätte, was ihr wußtet? Niemals! Sie hat sogar nach mir gefragt, und ihr habt es mir verschwiegen!

VICO: Er ist verrückt! Er ist verrückt!

MEMMO: Ah, jetzt, nicht wahr? Jetzt haltet ihr mich für verrückt!

MAGNASCO: Ein Glück, daß du dich selber zur rechten Zeit mit der Zwangsjacke versehen hast.

MEMMO: Ah, ich mache nicht mit, weißt du.

MAGNASCO: Was heißt – du machst nicht mit?

MEMMO: Ich mache nicht mit! Ich mache nicht mit! Es ist möglich, ja, daß ihr recht habt ... Ich weiß nicht mehr, ob ich damals verrückt war oder ob ich's heute bin! Ich weiß nur, daß ich heute nicht mehr verstehe, wie ich das alles tun konnte, und daß ihr, meine Freunde, fertiggebracht habt, es mich machen zu lassen, anstatt mich wie einen Irren an die Kette zu legen. Aber verzeiht ... Verzeih, Magnasco, verzeih, du kannst doch nicht glauben, daß ich damals im Ernst geheiratet habe! Wenn das, wie du glaubst, ernst gewesen wäre, hättet ihr doch nicht so gelacht, wie ihr gelacht habt!

MAGNASCO: Es ist aber nicht ernst gewesen! Du hattest es genau überlegt, sag' ich dir! Nur weil du jetzt verrückt bist, glaubst du, damals hättest du einen Blödsinn gemacht.

MEMMO: Ich bin verrückt?

MAGNASCO: Verliebt. Das ist dasselbe!

MEMMO: Ach, deshalb?

MAGNASCO: Natürlich, mein Lieber, das Leben hat mit Vernunft nichts zu tun!

MEMMO: *(schnell, überzeugt)* Richtig. Bravo. Genau was ich sage. Das Leben hat mit Vernunft nichts zu tun. Also war ich damals wahnsinnig, weil ich vernünftelte. Und welches Gewicht, welchen Wert soll nun diese Ehe für mich haben, die so geschlossen wurde, eben aufgrund vernünftiger Überlegung?

VICO: Für den Bruder hat sie immerhin Gewicht!

MAGNASCO: Auch für seine Schwester, verzeih: Weiß sie es, die Schwester, daß du geheiratet hast?

MEMMO: Er hat es ihr gesagt, aber sie glaubt es nicht! Sie glaubt es nicht! Sie kann es nicht glauben! Wie, wie könnte man auch so etwas glauben! Sie sagt, sie würde es nur glauben, wenn sie es von mir selber hörte! Und ich werde jetzt gehen und es ihr sagen!

VICO: Du gehst nicht!

MEMMO: Ich gehe, ich gehe noch heute!

VICO: Ah, das, verdammt, das werde ich verhindern!

MEMMO: *(sieht ihn an)* Du? Ich gehe sofort! *(Will gehen.)*

VICO: *(pflanzt sich vor ihm auf)* Ich lasse dich hier nicht raus, hörst du!

MAGNASCO: *(zu Vico)* Warum? Im Gegenteil ... verzeih...

VICO: Im Gegenteil? Der Bruder paßt vor ihrem Hause auf, er hat es mir gesagt. Und wenn er ihn kommen sieht...

Memmo: *(lacht höhnisch)* Dann bringt er mich um, nicht wahr? *(Lacht.)* Das möchte ich sehen. Ich bin sicher … *(Kurze Pause, dann träumerisch …:)* Ich kann gar nicht glauben, daß ich noch einmal das Glück haben sollte, wieder mit ihr zu sprechen … sie vor mir zu sehen, nahe … ihre Hand in meiner …

Vico: Du redest ja irre!

Memmo: Weil ihr dieses kaum wahrnehmbare Lächeln nicht kennt, das wie ein Hauch aus ihrem Kindermund kommt und zum Staunen wird in ihren klaren Augen, wenn sie mir zuhört und dann sagt: »Ach ja?« Und es liegt alles darin, was sie allein weiß, sie allein, so wie sie ist. Und das ist der Zauber! Wenn man denkt: »Auch ich werde es wissen, ich allein, weil sie allein mir gehören wird.«

Magnasco: Bis du sie satt hast und es bereust!

Vico: Als wenn er es nicht schon bereut hätte!

Memmo: Natürlich, weil man dann an die Sklaverei denkt, leider. Aber andererseits, ist die Freiheit vielleicht schön? Freiheit, das heißt doch: »alle«, Freiheit, das heißt, na ja, Loletta! Loletta … man kann nicht mehr sagen »ich«, man sagt »für alle«, man kann nicht mehr sagen »meine«. Laßt mich! Ich habe jetzt meine Leidenschaft. Ich bin blind, in der Nacht, und da brennt dieses Licht – es muß mich verzehren. Es gibt kein Zurück.

Magnasco: Und deswegen legst du dich mit deinen Freunden an?

Memmo: Damals habt ihr mich nicht zurückgehalten, und jetzt wollt Ihr es?

Vico: Ja, denn diesmal gibt es eine schwere Drohung gegen dich.

Memmo: Siehst du? Weil er weiß, er – er *(meint den Bruder seiner Ex-Verlobten)*, er weiß, daß sie, wenn ich mit ihr spreche, verstehen wird, warum ich es getan habe.

VICO: Darum geht es nicht! Es ist, weil du ihn diesmal zu sehr provoziert hast.

MEMMO: Nun gut, soll er mich umbringen – meinetwegen! Ihr wißt, daß ich nichts Halbes tue. Ich habe mich hineingestürzt, ich werde nicht stehenbleiben. Ich habe versprochen, mit ihr zu reden, und ich werde mit ihr reden. So bleibe ich nicht! Ich bleibe nicht! Ich bleibe nicht! *(Zu Vico:)* Hat er dir gesagt, daß er sich nicht mehr schlagen will?

VICO: Er hat mir gesagt, daß du dich selbst in acht nehmen sollst!

MEMMO: *(entschlossen)* Dann gehe ich!

VICO: *(hält ihn mit Magnasco gewaltsam zurück)* Nein! Du bleibst hier!

MEMMO: Laß mich! Laß mich fort!

MAGNASCO: Es ist zwecklos, hörst du! Wir lassen dich nicht gehen! *(Es läutet, alle halten plötzlich ein.)*

MEMMO: Es läutet. Vielleicht sind sie es…

MAGNASCO: Wer?

MEMMO: Seine Sekundanten…

Vierte Szene

Die Vorigen, Celestino.

CELESTINO: *(verlegen, auf der Schwelle der Eingangstür)* Draußen ist … Verzeihung, Signor Speranza … da ist … da ist die Signorina. *(Allgemeines Erstaunen.)*

MEMMO: *(verblüfft und strahlend)* Sie? – Hier?

VICO: *(leise)* Mein Gott! Und was nun?

MEMMO: *(sehr aufgeregt)* Geht … verschwindet … verschwindet sofort … dort lang … *(Er drängt sie zur linken Tür.)*

VICO: Aber nein … hör doch…

MEMMO: Geht, geht … geht zur anderen Tür hinaus.

(Zu Celestino:) Laß sie sofort herein! *(Lamanna und Magnasco ab durch die linke Tür, die Memmo wieder schließt. Celestino ab.)*

Fünfte Szene

Memmo, Gasparina, dann wieder Vico, Magnasco.

Gasparina erscheint, etwas unsicher, in der Mitteltür. Nach zwei Monaten der Erholung und Ruhe scheint sie eine andere geworden zu sein. Die Sonne dort im kleinen Landhaus hat ihr etwas Farbe geschenkt, sie ist hübsch angezogen, mit bescheidenem Schick. Sie wirkt noch immer ergeben, aber man erkennt schon ihre ursprüngliche Lebhaftigkeit, die sich wieder zu regen beginnt, obgleich sie noch von Melancholie überdeckt ist.

MEMMO: *(weicht bei ihrem Anblick entsetzt zurück, auf dem Gipfel der Enttäuschung)* Ach, du? Und der Dummkopf sagt, die Signorina! *(Man hört gleichzeitig das laute Gelächter von Lamanna und Magnasco, die wieder eintreten und sich die Seiten halten vor Lachen.)*

GASPARINA: *(verlegen durch soviel Zorn und soviel Gelächter, begreift nicht)* Was ist denn? Ich bin's…

VICO: *(lacht immer noch)* Ah, wunderschön! Wunderschön!

MAGNASCO: *(lacht ebenfalls)* Die Signorina! Er sagte, die Signorina!

MEMMO: *(schreit von der Mitteltür Celestino an)* Dummkopf! Idiot!

VICO: *(lacht)* Aber nein, verzeih, er hat recht! Wie sollte er sagen? Er hat sie immer Signorina genannt…

MAGNASCO: *(zu Gasparina)* Haben Sie Geduld … Signorina … *(Lacht weiter.)*

GASPARINA: Ich verstehe überhaupt nichts…

MEMMO: *(geht wütend auf sie zu)* Ich möchte wissen, was du hier zu suchen hast? Wer hat dich gerufen? Wer hat dich eingeladen?

GASPARINA: Niemand...

MAGNASCO: Aber – Entschuldigung! So empfängst du deine Frau?

VICO: Siehst du nicht, daß sie sich schön gemacht hat? Laß dich mal anschauen!

MAGNASCO: Na sicher! Sie besucht doch ihren Mann!

MEMMO: Hört auf damit, zum Teufel! Ausgerechnet in diesem Augenblick!

GASPARINA: *(schnell, traurig)* Ich weiß alles, Signor Speranza, und deswegen, glauben Sie mir, bin ich auch gekommen!

MAGNASCO: Schau mal, der kleine Hut!

VICO: Und die Handtasche!

GASPARINA: *(geniert, bittet, daß sie aufhören mögen)* Aber meine Herren...

MEMMO: *(aufgebracht)* Was heißt, meine Herren! Du bist gekommen, um alles wieder aufzurühren! Zwei Monate Kopfzerbrechen wegen Signora Speranza, bis zum Davonlaufen! Und wenn man dich jetzt hier gesehen hat! – Was willst du? Warum bist du gekommen?

GASPARINA: Sie haben unrecht, verzeihen Sie, Signor Speranza...

MAGNASCO: Das kann man wohl sagen. Ist das ein Empfang für...

GASPARINA: Nein, deswegen nicht. Sie haben unrecht, sich so zu verhalten, denn wenn die Sache ausdrücklich als Spaß erklärt wurde, scheint mir – Verzeihung, daß die Leute recht haben, wenn sie lachen, und Sie sollten sich nicht ärgern.

MEMMO: Großartig! Jetzt gibst du mir auch noch eine Lektion!

GASPARINA: Nein, Signor Speranza, ich bin gekommen...

MEMMO: *(unterbricht sie heftig)* Hier hast du nach unserer Abmachung nichts zu suchen!

Gasparina: Ich bin auch nicht meinetwegen hier, sondern Ihretwegen. Ich habe Ihnen etwas zu sagen ... Nicht für mich – für Sie!

Memmo: Das hättest du dir sparen können, meine Liebe, danke. Für mich brauche ich nichts! Ich will nichts wissen, und darum kannst du gehen ... *(Wendet sich an die Freunde.)* Und ihr auch! Bin ich schließlich Herr in meinem Hause oder nicht?

Vico: *(ernst, geht auf ihn zu)* Oh! Willst du wohl begreifen, daß dies unter meine Verantwortung fällt.

Memmo: Was soll das – deine Verantwortung! Ich bitte dich!

Vico: O ja! Denn ich bin gewarnt worden! Und ich werde morgen darauf antworten.

Memmo: Du willst mich also mit Gewalt zurückhalten?

Vico: Mit allen Mitteln!

Memmo: Das ist einfach toll! *(Lacht höhnisch und setzt sich.)* Also gut, hier bin ich. Ich setze mich. Ich gehe nicht. Gasparotta, komm her...

Gasparina: *(kommt etwas näher, unsicher)* Ja, bitte ... zu Diensten ... Weshalb?

Memmo: Nein, hierher! *(Faßt sie am Arm und zieht sie an sich.)* Hierher, setz dich auf meinen Schoß!

Gasparina: *(entwindet sich)* Nein, Signor Speranza ... was soll das?

Memmo: *(zwingt sie, sich auf seinen Schoß zu setzen)* Warum nicht? Wolltest du mich nicht besuchen?

Gasparina: Ach ... nein, lassen Sie mich ... lassen Sie mich, Signor Speranza...

Memmo: *(hält sie fest)* Bist du nicht meine Frau? Wir bleiben hier, du die Frau und ich der Mann, und werden nett zueinander sein. Willst du nicht? Und die lieben Freunde werden hoffentlich den Weg zur Tür finden, damit wir ungestört die Freuden des Ehebetts genießen. *(Zu Vico und Magnasco:)* Gut so?

MAGNASCO: Sehr gut! Gib ihm sofort einen Kuß, Gasparotta!

GASPARINA: Nein, nicht gut, nein, Verzeihung, Signor Speranza ... nein, nein, nein ... *(Sie macht sich los, entfernt sich, zeigt weiter mit dem Finger »nein«.)*

MAGNASCO: Das ging doch sehr gut! Warum denn nicht?

GASPARINA: Weil es jetzt, so, nicht derselbe Scherz ist!

MEMMO: Und wenn? Würde dich das kränken?

MAGNASCO: Nachdem du hierhergekommen bist...

MEMMO: *(vollendet den Satz von Magnasco)* ... eben um sie zum Lachen zu bringen! – Also gut, ich mache mit! Ich kann dich nicht kompromittieren, denke ich. Du bist meine Frau!

GASPARINA: Ihre Frau schon, doch nur im Scherz, Signor Speranza! Doch damit ist jetzt Schluß. Sie lachen nicht mehr, und wir lachen auch nicht mehr. *(Zu Vico und Magnasco:)* Würden die Herren bitte nicht fortgehen, sondern sich bloß für einen Augenblick dorthin zurückziehen?

MAGNASCO: Wieso? Warum?

GASPARINA: Nur einen kleinen Augenblick bitte, ich möchte Signor Speranza nur zwei Worte allein sagen.

MAGNASCO: Wir können auch gehen, wenn du willst... das wird sogar besser sein!

GASPARINA: Nein, nein. Ich bitte Sie, bleiben Sie...

MEMMO: Dann könnt ihr wenigstens noch mal lachen!

GASPARINA: Nein, Signor Speranza. Sie werden sehen, die werden nicht mehr lachen. Deswegen bin ich gekommen. Seien Sie ganz beruhigt, Signor Lamanna. Wenn Sie wollen, können Sie auch gehen.

VICO: Übernimmst du die Verantwortung?

GASPARINA: Ja, die übernehme ich!

MEMMO: *(lacht ironisch)* Ich stehe wohl unter Vormundschaft! *(Lacht.)*

MAGNASCO: Nein, siehst du? Wir gehen. Du unter Vormundschaft! Bleib du hier mit deiner Frau ... Auf Wiedersehen.

MEMMO: Auf Wiedersehen.

VICO: *(leise zu Gasparina, die die beiden bis zur Tür begleitet)* Ich bitte dich aber...

GASPARINA: Lassen Sie mich nur machen.

MAGNASCO: *(zu Gasparina, betrachtet sie)* Du siehst aber elegant aus! Darf ich? *(Nimmt prüfend mit zwei Fingern einen Zipfel des Kleides.)* Was ist das für ein Stoff?

GASPARINA: Kunstseide, ein Meter drei Lire ... lassen Sie das bitte.

VICO: Also los, gehen wir ... Auf Wiedersehen Memmo.

MEMMO: Auf Wiedersehen. *(Vico und Magnasco grüßen Gasparina und gehen ab.)*

Sechste Szene

Gasparina, Memmo.

MEMMO: *(springt auf)* Verdammt, ich kann nicht mehr!

GASPARINA: Habe ich Ihnen das nicht gesagt?

MEMMO: Natürlich! Das weiß ich allein. Und mir scheint, daß ich in der Tat nicht zu dir gekommen bin.

GASPARINA: *(schnell)* Um mich zu zerfleischen, um mich vom Antlitz der Erde verschwinden zu lassen.

MEMMO: Ich hätte große Lust dazu, das schwöre ich!

GASPARINA: Das glaube ich Ihnen gern.

MEMMO: Meine Wut geht aber gegen die, die sich als meine Freunde ausgeben.

GASPARINA: Ah – auch ich hätte es nicht tun sollen, Signor Speranza!

MEMMO: Aber du hast wenigstens, meine ich, einen Vorteil für dich darin sehen können!

GASPARINA: Ja, sicher ... aber glauben Sie mir, Signor Speranza, es war nicht so sehr meines Vorteils wegen, als vielmehr, weil Sie mich auf jede Weise überzeugen wollten, daß es Ihrer und sogar vor allem Ihrer war.

MEMMO: *(für sich, sehr wütend)* Ich Dummkopf! Ich Idiot!

GASPARINA: *(sieht ihn an, seufzt, schüttelt den Kopf)* Und darum habe ich jetzt Gewissensbisse. Daß ich mich dazu hergegeben, daß ich eingewilligt habe, Sie diese Dummheit begehen zu lassen, obwohl ich innerlich durchaus nicht überzeugt war.

MEMMO: Ich hätte sie nicht begangen, wenn ich gewußt hätte, was die wußten und vor mir geheimhielten. *(Plötzlich sehr bewegt, faßt sie bei den Armen und schüttelt sie.)* Aber du weißt es, du weißt, daß sie von zu Hause fortgelaufen ist?

GASPARINA: Ja, das weiß ich, Signor Speranza. Ich habe es jetzt erfahren…

MEMMO: Auch – daß sie zu mir schickte und mich um Nachricht bat, als ich verwundet war?

GASPARINA: Ja, auch das. Und ich schwöre Ihnen, ich wollte es Ihnen sagen.

MEMMO: Ach, du hast es also auch gewußt!

GASPARINA: Ja, Signor Speranza, das ja.

MEMMO: Und warum hast du es mir nicht gesagt? Haben die dich daran gehindert?

GASPARINA: Sie meinten … meinten, es hätte keinen Sinn…

MEMMO: Keinen Sinn?

GASPARINA: Ihr Zustand war so ernst…

MEMMO: Wäre ich doch gestorben!

GASPARINA: *(spontan)* Nein! Was reden Sie da! *(Beherrscht sich, in verändertem Ton:)* Aber Sie wußten damals wirklich nicht, daß sie von zu Hause fortgelaufen war … dann fanden es alle unglaublich.

MEMMO: Um so mehr hätte man es mir sagen müssen. Sie ist noch immer nicht zurückgegangen, weißt du? Sie wartet auf mich ... sie wartet ... wartet ... *(Weint, beugt sich über sie.)*

GASPARINA: *(streichelt leicht seinen Kopf)* Ach ... Sie Armer ... Sie Armer ... Aber dann ... dann ... weiß sie noch nichts?

MEMMO: Man hat es ihr gesagt, aber sie glaubt es nicht! Sie will es nicht glauben!

GASPARINA: Natürlich. Denn es ist ja wirklich etwas ...

MEMMO: ... das kaum zu glauben ist! Hast du sie indessen gesehen, diese lieben Freunde? Sie haben gelacht, als du hier vor mir aufgetaucht bist! Die kleine Frau, die ihren kleinen Mann besucht! Und wie sie sich hübsch gemacht hat! Und wer weiß, was für ein Vergnügen ihnen die Vorstellung macht, daß du in deinem Häuschen glücklich bist, während ich mich hier mit meiner Verzweiflung herumschlage.

GASPARINA: Und wenn ich Ihren Freunden sagen würde, daß es nicht so ist ...

MEMMO: Ach, dann bist du vielleicht nur gekommen, um mir zu sagen, daß ich auch dich unglücklich gemacht habe?

GASPARINA: Nein, Signor Speranza. Ich bin Ihnen so dankbar ... ich lebe ruhig, in Frieden ... und es ist so schön dort ... so viel Sonne ... so viel Weite ...

MEMMO: Weil du sie in dir hast, diese Weite. Sonst würdest du sie auch dort nicht wahrnehmen.

GASPARINA: Ja, aber das ist um so schlimmer, glauben Sie mir.

MEMMO: Um so schlimmer?

GASPARINA: Weil ich gewöhnt bin, immer und ausschließlich daran zu denken, wie ich mich aus all den beängstigenden Schwierigkeiten und Nöten herausziehe, sehen Sie, und immer nur das Elend zu sehen, nichts anderes, wirklich nichts anderes ... und nun, dort ... *(Hält inne.)*

MEMMO: Nun?

GASPARINA: Nichts, ich sehe … ich denke nach … und … Erinnern Sie sich an die kleine Tochter des Hausmeisters der Nachbarvilla? Ein Schatz von einem Kind … blond … in dieser Sonne da … mit dem Springseil … über hundert Sprünge hintereinander, wissen Sie … Ich sehe es da, so fröhlich … *(Hält wieder inne.)*

MEMMO: Und?

GASPARINA: *(mit einem Würgen im Hals und doch lächelnd)* Ach – nichts …

MEMMO: Möchtest du am liebsten auch Seilspringen?

GASPARINA: Ach was! Ich denke nur, daß ich, als Kind … daß ich … niemals … *(Wechselt plötzlich den Ton, um ihre Bewegung zu verbergen:)* Sie werden über mich lachen! Sie kennen doch den knorrigen Pfirsichbaum vor dem Häuschen?

MEMMO: Ich erinnere mich nicht …

GASPARINA: Er steht davor wie ein Buckliger, wie ein Komiker … Ich glaube, daß alle Spatzen, wenn sie sich abends auf dem Dach versammeln, nichts anderes tun als über ihn lachen. Schön. Aber stellen Sie sich vor, daß dieser arme Bucklige mir tatsächlich seit drei Tagen über und über blüht. Erst sah es so aus, als wären ihm lauter Warzen auf seinem Buckel gewachsen … Aber nein! Es waren Blüten! Blüten!

MEMMO: Und all das macht dich unglücklich?

GASPARINA: Nein – wieso unglücklich? Ich schaue ihn nur an … so ganz und gar ein Buckel, und dennoch so ganz und gar erblüht … und … und …

Siebente Szene

Die Vorigen, Loletta.

LOLETTA: *(kommt plötzlich aus der Tür rechts mit dem Hut auf dem Kopf, knöpft sich die Handschuhe zu, sie hat die Brieftasche Memmos unter den Arm geklemmt. Als sie Gasparina bemerkt, bleibt sie verwirrt stehen und trägt dann eine Art boshaften Respekt zur Schau)* Oh! Ich bitte um Verzeihung...

MEMMO: Du warst noch da drin?

LOLETTA: Ach ... ich wußte nicht ... entschuldige ... ich habe gepackt...

MEMMO: Komm, komm her...

LOLETTA: *(zu Gasparina, geht an ihr vorbei)* Ich gehe, wissen Sie, ich ziehe aus!

GASPARINA: Doch bestimmt nicht meinetwegen, meine Liebe...

MEMMO: *(zu Loletta, ärgerlich)* Mach keine Geschichten! Was hast du mir zu sagen?

LOLETTA: Nichts ... daß ich meine Sachen gepackt habe. Tu mir den Gefallen und laß sie von Celestino zunächst zu Fanny bringen.

MEMMO: Gut.

LOLETTA: Und dann das hier ... *(Nähert sich Memmo, um ihm die Brieftasche zu geben, wendet sich zunächst an Gasparina:)* Erlauben Sie? Verzeihung...

GASPARINA: Aber bitte! Bitte!

MEMMO: Los, mach schnell!

LOLETTA: Ich muß dir noch etwas sagen, nur einen Augenblick ... *(Sie stellt sich auf die Zehenspitzen, flüstert ihm etwas ins Ohr und gibt ihm die Brieftasche.)*

MEMMO: Na gut! Du konntest ruhig mehr...

LOLETTA: Nein, das reicht ... Also, auf Wiedersehen.

MEMMO: Leb wohl, leb wohl.

LOLETTA: *(leise, zieht ihn beiseite)* Sag mal, bleibst du jetzt mit ihr zusammen?

MEMMO: *(schüttelt sie wütend ab)* Ich muß schon bitten! Zum Teufel mit euch allen!

LOLETTA: *(mit spitzem Lächeln)* Also ja, gut ... ich gehe ... ich geh' ja schon ... Auf Wiedersehen, Signora! *(Schnell ab durch die Mitteltür.)*

Achte Szene

Die Vorigen außer Loletta, dann Celestino.

MEMMO: Ah! Ich mache Schluß damit! Ich mache Schluß damit! Und du hast mir gerade noch gefehlt! Nun aber Schluß, und zwar sofort! *(Er geht zur Eingangstür und ruft:)* Celestino!

GASPARINA: *(läuft zu ihm, um ihn zurückzuhalten)* Was wollen Sie tun? Um Himmels willen!

MEMMO: *(dreht sich um, unhöflich)* Ärgere mich nicht!

CELESTINO: *(an der Tür)* Sie wünschen?

MEMMO: Bring die Sachen von Signorina Festa zu Signorina Martinez, gleich wenn ich weg bin. Und merke dir: Was auch immer geschehen mag, meine Tür bleibt zu. Für alle.

CELESTINO: Jawohl, Signore. *(Ab.)*

Neunte Szene

Gasparina, Memmo.

MEMMO: *(wendet sich zu Gasparina um, schroff)* Und jetzt gehen wir! Ich, meine Liebe, muß weg.

GASPARINA: Nein, Signor Speranza…

MEMMO: Willst du mich auch zurückhalten?

GASPARINA: Ich? Nein, das könnte ich weder aus Liebe noch mit Gewalt. Ich möchte nur, daß Sie mich erst noch anhören. Ich bitte Sie darum.

MEMMO: Nein, nein, genug. Du hast mich schon genug geärgert!

GASPARINA: Nur zwei Minuten, dann gehe ich sofort.

MEMMO: Also los! Ich muß aber auch sofort weg…

GASPARINA: Wollen Sie mich nicht wenigstens sagen lassen, warum ich gekommen bin?

MEMMO: Was geht mich dein seilspringendes Kind und dein blühender Buckel an!

GASPARINA: Nein. Ich weiß sehr wohl, daß Ihnen das nichts bedeutet. Ich muß Ihnen etwas anderes sagen.

MEMMO: Na dann los. Schnell, schnell.

GASPARINA: Ganz schnell. Also: Sie wissen, daß Signor Barranco...

MEMMO: Aber mein Gott! Willst du mit mir über diesen alten Dummkopf sprechen?

GASPARINA: Nein, nein, ich will mit Ihnen über Sie sprechen.

MEMMO: Über mich?

GASPARINA: Ja, hören Sie zu. *(Betont jede Silbe.)* Über Ihre Befreiung.

MEMMO: *(verblüfft)* Über meine Befreiung? Was meinst du damit?

GASPARINA: Genau das. Ihre Befreiung. Sie wissen, daß Signor Barranco...

MEMMO: Was hat Signor Barranco mit meiner Befreiung zu tun?

GASPARINA: Warten Sie ab! Einen Augenblick Geduld! Sie werden sehen, er hat damit zu tun! Er hat nämlich davon gesprochen...

MEMMO: Von meiner Befreiung?

GASPARINA: Jawohl. Daß es ein Mittel gibt, hat er mir gesagt, wenn Sie sich befreien wollen.

MEMMO: Ein Mittel?

GASPARINA: Ja, Signor Speranza.

MEMMO: Was für ein Mittel? Mich von dir zu befreien?

GASPARINA: Ja, Signor Speranza.

MEMMO: Und du bist gekommen, um mir das zu sagen?

GASPARINA: Ja, Signor Speranza.

MEMMO: *(in seiner Ungeduld irritiert durch die entschlossene Miene von Gasparina, die ebenso schüchtern wie auch ein bißchen schalkhaft zu ihm spricht)* Sieh mal an! Hab du mal Geduld, meine Liebe! Was sagst du da?

Gasparina: Heh – wenn Sie nicht ein bißchen ruhiger werden ... Sie haben es eilig...

Memmo: Also – verzeih – sagst du das im Ernst?

Gasparina: Wie denn sonst? Meinen Sie, im Spaß?

Memmo: Ich kann mich von dir freimachen?

Gasparina: Ja, Signor Speranza, genau das. Wann Sie wollen!

Memmo: *(nachdem er sie ein wenig betrachtet hat)* Weißt du, daß du einfach unbezahlbar bist? Du sagst mir das, ohne eine Miene zu verziehen...

Gasparina: Darüber müßten Sie eigentlich froh sein...

Memmo: *(mit einem Ausdruck, als nehme er sie nicht ernst)* Danke, meine Liebe, ja, sehr froh. Ich sehe, was für ein gutes Herz du hast, und darum habe ich dir zugehört. Aber leider ist gar nichts zu machen, glaub mir. Du kannst gehen.

Gasparina: Nein, schauen Sie, Signor Speranza, wenn Sie mir zuhören, können Sie Ihre Freiheit augenblicklich wiedererlangen. Das Mittel gibt es wirklich.

Memmo: So, so. Wer hat es dir gesagt? Signor Barranco?

Gasparina: Das gibt es, das gibt es. Ich sag' Ihnen das.

Memmo: *(betrachtet sie, immer verblüffter)* Ja schau, wie ihre Augen lachen...

Gasparina: Weil sie mir nicht glauben wollen ... und ich sage Ihnen, das gibt es!

Memmo: *(ungeduldig)* Und was heißt, das gibt es?

Gasparina: *(fest)* Das gibt es.

Memmo: Und was ist es?

Gasparina: *(schlägt die Augen nieder, antwortet ausweichend)* Na ja...

Memmo: Los, sag schon. Was denn? Kannst du es mir nicht sagen?

Gasparina: *(zögernd, mit niedergeschlagenen Augen anmutig verschmitzter Verschämtheit)* ... Wenn Sie zu mir ins Landhaus kommen ... dann wird er's Ihnen sagen, der Signor Barranco.

MEMMO: Ach geh! Dieser alte Trottel!

GASPARINA: Trotzdem ist es wahr, glauben Sie mir.

MEMMO: Hat er's gefunden, dieses Mittel?

GASPARINA: Nein. Er kann es Ihnen sagen...

MEMMO: Und du nicht?

GASPARINA: Ich nicht.

MEMMO: Warum nicht?

GASPARINA: Weil's nicht geht...

MEMMO: Ach was! Ich warte! Na komm, komm, meine Liebe!

GASPARINA: Ich versichere es Ihnen, Signor Speranza...

MEMMO: Aber Entschuldigung: Trennung – wir haben nie zusammen gelebt, das wäre sinnlos und würde mich nicht befreien. Scheidung gibt es bei uns in Italien noch nicht ... Also was kann es schon sein? Irgendein Blödsinn von diesem alten Trottel...

GASPARINA: Hören Sie, Sie haben es eilig, und ich gehe jetzt. Aber Sie müssen mir versprechen, daß Sie nichts unternehmen, ehe Sie sich nicht vergewissert haben...

MEMMO: ... daß es dieses Mittel gibt...

GASPARINA: Ja, Signor Speranza, sich zu befreien und dann wieder tun und lassen zu können, was Sie wollen. – Versprechen Sie mir das?

MEMMO: *(von neuem verwirrt, schaut sie erst an, zuckt dann die Achseln)* Was soll ich dir denn versprechen?

GASPARINA: Verzeihung – was verlieren Sie, wenn Sie für einen Augenblick kommen und sich das anhören?

MEMMO: Aber sag du mir's doch, jetzt, hier, verdammt noch mal!

GASPARINA: Ich kann nicht. Er wird es Ihnen sagen. Denken Sie daran, ich habe Ihr Versprechen. Sie werden sehen, das Mittel gibt es, es gibt es wirklich und es ist absolut sicher. – Jetzt gehe ich. *(Will gehen.)*

MEMMO: *(läuft ihr nach)* Nein, hör doch … hör doch …

GASPARINA: Nein, nein. Ich gehe. Sie müssen zu mir kommen! Auf Wiedersehen! *(Eilig ab.)*

MEMMO: Gasparotta! *(Kommt nach vorn, bleibt stehen, grübelt, dann ruft er aus:)* Aber was zum Teufel kann das sein?

Vorhang

DRITTER AKT

Ein heiteres, luftiges und sonniges Zimmer im Landhäuschen Gasparinas, ungefähr drei Monate nach dem zweiten Akt. Im Hintergrund zwei große geöffnete Fenster, durch die man in die Landschaft sieht. Der Haupteingang ist rechts. Links eine zweite Tür. Man sieht die grünen Vorhänge mit den gelben Fransen, den Diwan und auch die Sessel aus der alten Pension. Ein milder Junimorgen.

Erste Szene

Die Lehrerin Terrasi, Professor Virgadamo, Rosa.
Wenn der Vorhang hochgeht, ist die Bühne leer. Man hört von rechts die Stimme Rosas und der Lehrerin Terrasi und das keuchende Atmen von Professor Virgadamo.

ROSA: *(draußen)* So – wir sind schon da.

TERRASI: *(draußen)* Langsam ... die letzte Stufe ... so ...

ROSA: *(draußen)* Hier, jetzt ... Sie können sich gleich setzen ... *(Zuerst tritt Rosa ein. Professor Virgadamo wird von beiden Frauen gestützt. Er hat einen Schlaganfall erlitten, von dem er sich nur mühsam erholt. Er ist völlig kindisch geworden. Man sieht ihm an, daß seine Tage gezählt sind.)*

TERRASI: Langsam ... langsam ... Sehen Sie, wir sind schon da.

ROSA: *(setzt ihn mit Signorina Terrasis Hilfe auf den Diwan)* Hier ... so ... gut ...

TERRASI: Ist es so recht?

VIRGADAMO: *(spricht lallend und sieht sich blöd um)* Ganzkapotta!

TERRASI: Ah nein, hören Sie! Sie sind ja schlimm! Ich habe Ihnen gesagt, Sie sollen Sie Gasparina nennen!

VIRGADAMO: Nein ... Ganzkapotta! Die Pension!

TERRASI: Er redet immer von der Pension. Die kommt ihm nicht aus dem Sinn!

VIRGADAMO: Wir wollen was zum Lachen haben...

ROSA: Das werden wir, wir werden lachen, Professor! *(Zu Terrasi:)* Was haben wir tatsächlich damals gelacht mit all den Verrückten! – Der Arme...

TERRASI: *(schaut sich überall um, bewundernd)* Hier lacht wirklich alles! Wie schön!

ROSA: Ah ja, Signorina. Es ist ein wahres Paradies!

TERRASI: Und Gasparina?

ROSA: *(tritt an eines der Fenster)* Da ist sie, sehen Sie, im Gemüsegarten ... mit ihrem Strohhut. Rufen Sie doch!

TERRASI: *(ruft aus dem Fenster)* Gasparina! Gasparina!

VIRGADAMO: *(für sich, auf dem Diwan)* Gasparina ... Gasparotta ... Ganzkapotta!

TERRASI: *(zum Fenster hinaus)* Ja! Und da ist noch mehr Besuch!

ROSA: Wie sie läuft! Ach, sie ist so glücklich!

TERRASI: Sie ist ganz verändert! Verjüngt! Wie neugeboren!

ROSA: Eine Blume, sage ich Ihnen!

TERRASI: Kein Wunder – in dieser herrlichen Landschaft!

ROSA: Da ist sie!

Zweite Szene

Gasparina, die Vorigen.

GASPARINA: *(tritt eilig von rechts ein, erhitzt, mit einem großen Strohhut auf dem Kopf. Sie hat drei schöne Rosen und eine Nelke in der Hand. Sie ist wirklich aufgeblüht)* Meine liebe Signorina! *(Umarmt und küßt sie.)* Das ist eine Freude! Meine liebe ... liebe...

TERRASI: Und was für eine! Auch für mich! Lassen Sie sich anschauen.

GASPARINA: *(bietet ihr die Rosen an)* Da, nehmen Sie erst mal!

Aus meinem Garten. Wir pflücken dann noch mehr. Die hier *(zeigt die Nelke)* gebe ich dem Professor. *(Bemerkt seinen Zustand.)* Oh!

VIRGADAMO: *(lächelt stumpfsinnig)* Ganzkapotta!

TERRASI: Aber nein! Wie sagt man?

GASPARINA: Lassen Sie ihn doch sagen, was er will! Wie geht es, wie geht es Ihnen, lieber Professor? Jetzt besser, nicht wahr?

VIRGADAMO: Ja ... ah ... gut! Gut jetzt ... wir wollen was zum Lachen haben!

GASPARINA: Ja, gut, immer lachen! Hier, ich möchte Ihnen diese Nelke ins Knopfloch stecken. *(Tut es.)*

ROSA: Wie einem Bräutigam!

VIRGADAMO: *(zeigt auf die Lehrerin)* Da, das ist meine Braut!

TERRASI: Also nun doch? Einmal wollen Sie mich, das andere Mal nicht. Dann wieder wollen Sie die beiden Mädchen, die damals in die Pension kamen. *(Leise zu Gasparina:)* Eine Sprache hat er sich zugelegt – wenn Sie wüßten! Dinge sagt er ... O Gott, o Gott! *(Eine Geste wie um sich die Ohren zuzuhalten.)*

GASPARINA: Ah? Dann ist er bösartig geworden? Richtig böse?

VIRGADAMO: Wir wollen was zum Lachen haben ... die Pension!

TERRASI: Er will immer in die Pension! Eine fixe Idee. Seit Wochen schon redet er immer nur davon, daß er Gasparina sehen will!

GASPARINA: Armer Professor!

TERRASI: Heute morgen habe ich ihn in den Wagen gesetzt, damit er endlich zufrieden ist, und nun sind wir hier. Aber jetzt will ich mich über Sie freuen! Wie schön Sie geworden sind, Gasparina!

GASPARINA: Nicht doch, was reden Sie da! *(Will sich den Hut abnehmen.)*

TERRASI: Nein, lassen Sie ihn auf. Er steht Ihnen entzükkend.

GASPARINA: Ich soll wohl rot werden ... Ich bin den ganzen Tag im Garten mit meiner Hacke.

ROSA: Sie sollten sie hacken sehen!

GASPARINA: Ich hacke, ich grabe, ich jäte ... ich habe mir ein tolles Gartenhandbuch gekauft. Ich muß ja auch noch den Vorgarten besorgen. Um die Küche kümmere ich mich überhaupt nicht mehr! Ich will gar nichts mehr davon wissen! Rosa und ich, wir essen wie zwei Bauernweiber!

TERRASI: Ah! Das muß eine reine Freude sein! Und gesund! Sie sind wirklich eine andere geworden! Verjüngt! *(Man hört Professor Virgadamo schnarchen.)*

ROSA: Huh! Er ist eingeschlafen...

TERRASI: Er schläft immer so ... Man fand ihn damals röchelnd auf dem Boden. Wer weiß, wie lange er schon so gelegen hatte! Erst schien es, als ob er halbseitig gelähmt bleiben würde. Doch dann hat er sich allmählich erholt ... aber eben so...

GASPARINA: Ein Glück, daß er nichts davon merkt...

TERRASI: Leider doch! Er hat lichte Augenblicke ... Ich besuche ihn, so oft ich kann. Einmal packte er mich am Arm. Er hatte so viel Angst in den Augen ... O diese Augen! Schrecklich! Voller Tränen! ... Er wollte mich heiraten, damit ich ihn nicht verließe. Verstehen Sie? Aber er wollte noch was anderes. Reden hat er geführt, ich sage Ihnen! Verzeihen Sie, Gasparina, wenn ich Sie störe ... aber ich bin gekommen, nur um ihm eine Freude zu machen.

GASPARINA: Und das sagen Sie mir, Sie, Signorina?

TERRASI: Oh, ich weiß, daß Sie ein guter Mensch sind und daß Sie viel durchgemacht haben! Aber jetzt, hier...

GASPARINA: *(seufzt)* Na, na! Glauben Sie das nicht! Und

dann … *(Hält ein. Pause. Sie seufzt.)* Ich werde nicht mehr lange hier sein, Signorina.

TERRASI: Was? Nein? Warum?

GASPARINA: Oh, aus vielen Gründen, Signorina. Es entscheidet sich gerade heute.

TERRASI: So? Hat er seine Heirat schon bereut?

GASPARINA: Schon? Seit einer ganzen Weile. Jetzt hat es sich sogar etwas gelegt. Er sollte hierher kommen, um Schluß zu machen – nicht jetzt – vor ungefähr drei Monaten – er hatte so viele Dummheiten gemacht!

TERRASI: Davon habe ich gehört! Mit dem Bruder seiner ehemaligen Verlobten…

GASPARINA: Ja. Damals bin ich zu ihm gegangen, um ihm zu sagen, daß ich bereit war, ihn von jeder Verpflichtung zu entbinden, wenn er es wollte. Er versprach mir, hierher zu kommen. Aber dann sorgte diese Signorina dafür, daß seine Raserei sich legte, und er kam nicht.

TERRASI: *(geniert sich, zögert)* Und … er ist nie hierher gekommen?

GASPARINA: Nie.

TERRASI: *(wie oben)* Aber dann?

GASPARINA: Was?

TERRASI: Sie…

GASPARINA: *(lacht kurz)* Aber nein, was glauben Sie? Ah, Sie dachten vielleicht …? Nein. Wissen Sie nicht, weshalb er geheiratet hat? – Jetzt, nachdem er sich beruhigt hat, möchte er natürlich gern, daß es so weitergeht. Aber nun will ich nicht mehr!

TERRASI: Ja, wenn es so ist, haben Sie recht!

GASPARINA: Ich tue es nicht einmal meinetwegen, glauben Sie mir. So wie es mir hier geht, fühle ich mich wohl … Besser könnte ich es gar nicht haben, wenn man mich nur wirklich in Ruhe ließe! Aber nichts davon, weil … weil das Ganze wirklich eine Verrücktheit ist, und die Verrückten, liebe Signorina, können weder selbst Ruhe geben, noch lassen sie die anderen in Frieden. Ich habe es gewußt. Aber wenn das Schicksal feindlich ist und wenn man gar keine Hoffnung auf Glück mehr hat, dann muß man von der Verrücktheit anderer profitieren, um wenigstens eine Zeitlang Ruhe zu haben wie ich hier, ohne daß ich mir irgendeine Illusion gemacht hätte, das versichere ich Ihnen. Doch jetzt sehe ich, daß…

ROSA: *(die während der Unterhaltung zum Fenster hinausgesehen hat, ruft)* Da ist er!

GASPARINA: *(fährt auf, errötet)* Er?

ROSA: *(schaut gleichgültig zum Fenster hinaus)* Ja, Signora, der Signor Barranco.

GASPARINA: *(verliert die Röte)* Ach! Du sagtest doch … er!

TERRASI: *(die sie beobachtet hat)* Oh! Gasparina…

GASPARINA: Nein … um Himmels willen, was denken Sie? Aber er muß kommen, um mit Signor Barranco zu reden. Heute fällt die Entscheidung! Ich habe ihm geschrieben, daß er kommen soll, um Schluß damit zu machen, ja, einfach Schluß.

Dritte Szene

Die Vorigen, Signor Barranco.

BARRANCO: *(erscheint an der rechten Tür)* Gestatten Sie?

GASPARINA: Kommen Sie nur herein, Signor Barranco!

BARRANCO: *(tritt ein, mit düsterer Miene)*

TERRASI: Guten Tag, Signor Barranco.

BARRANCO: Guten Tag. *(Zu Gasparina, finster:)* Er ist nicht gekommen.?

GASPARINA: Noch nicht. Aber sehen Sie, Professor Virgadamo ist da…

BARRANCO: *(ärgerlich, dreht sich zum Diwan)* Ach…

ROSA: *(zur Lehrerin)* Wollen wir ihn wecken? Vielleicht macht es ihm Spaß.

BARRANCO: *(schnell, mit komischen Eifer, der seine Aufregung verrät)* Nein … l-lassen Sie ihn schlafen…

TERRASI: Es würde ihm sicher Freude machen, und ganz besonders, auch Signor Speranza zu sehen.

BARRANCO: W-wenn er kommt! Das wird sich ja herausstellen. *(Zu Gasparina:)* Sie h-haben ihm doch geschrieben, nicht wahr?

GASPARINA: Ja, ich habe ihm geschrieben! Er hat mir geantwortet, er käme um elf.

BARRANCO: *(zieht aus der Tasche eine alte große Taschenuhr)* Dann m-müßte er schon da sein.

TERRASI: Es tut mir leid, daß ich gerade in diesem Augenblick hereingeplatzt bin…

GASPARINA: Aber nein – was reden Sie da! Ich bin so froh, Sie zu sehen…

TERRASI: Wir gehen auch gleich.

BARRANCO: Das w-wäre nicht übel, glauben Sie mir, denn…

GASPARINA: Aber nein, Signor Barranco, was soll das!

TERRASI: Lassen Sie nur, Gasparina! Ich verstehe sehr gut, daß wir jetzt hier überflüssig sind.

GASPARINA: Aber nein … wirklich nicht. Denn schließlich handelt es sich hier…

BARRANCO: *(fällt ihr ins Wort, aufgeregt)* … um eine s-sehr ernste Angelegenheit handelt es sich! Und das w-wissen Sie auch! *(Zur Lehrerin, deutet auf Gasparina:)* Sehr ernst für sie und auch für mich, für alle! Einmal habe ich mich überrumpeln lassen! Jetzt ist es genug, es m-muß ein Ende haben!

GASPARINA: *(ärgert sich über Barrancos Wutausbruch)* Es ist besser, es ist wirklich besser, daß diese Geschichte so oder so zu Ende geht, Signor Barranco!

BARRANCO: Wissen Sie, Signorina, ich hatte damals, und ich h-habe auch jetzt ganz ernste Absichten.

TERRASI: Sie? Auf Gasparina?

BARRANCO: Jawohl, Signorina.

TERRASI: Ach! Sieh einer an! Aber – Verzeihung – wie? Da Gasparina doch schon verheiratet ist…

BARRANCO: Verheiratet n-nennen Sie das? Heiratet man so? Um einen unwürdigen Scherz zu machen? Ein Sakrileg zu begehen? Nein, Signorina Terrasi! G-Gasparina ist nicht verheiratet!

TERRASI: Wieso nicht? Sie mag es nach Ihrem Verständnis nicht sein – vor dem Gesetz ist sie verheiratet. Und ich für meinen Teil sehe wirklich nicht, was da jetzt noch zu machen wäre.

BARRANCO: Ich weiß, w-was zu tun ist! Sie werden sehen!

GASPARINA: Davon wollen wir gerade sprechen, wenn Signor Speranza kommt.

BARRANCO: Er hat sie mir vor der Nase weggeschnappt, in einem Augenblick. Gesagt, getan.

GASPARINA: Wenn Sie, Verzeihung, damals nicht so schnell davongelaufen wären…

BARRANCO: Vor Empörung! V-vor Emp…pörung!

GASPARINA: *(zu Terrasi)* Oh, ich weiß noch: in voller Wut! Ich bat ihn, zurückzukommen: Er wollte nichts davon wissen!

BARRANCO: K-konnte ich denn annehmen, daß Sie sich im Ernst dazu hergeben würden, dieses Sakrileg zu begehen?

TERRASI: Ah, das ist wahr. Auch ich habe es bis zuletzt nicht für möglich gehalten. Aber vorher, du großer Gott! Wenn Sie, Signor Barranco, schon früher diese ernsten Absichten hatten, warum sind Sie denn Signor Speranza nicht zuvorgekommen in den vielen Monaten, in denen Sie in der Pension gewohnt haben?

BARRANCO: Sehen Sie nicht? Ich bin noch in Trauer! *(Zeigt auf seinen schwarzen Anzug; traurig, nervös:)* Witwer! Seit einem Jahr! *(Pause.)* Es ist ein Unglück, wissen Sie, wenn man nicht mehr jung genug ist, um sich leicht vom Leben wieder einholen zu lassen, und noch nicht so alt, um ohne G-gefährtin auszukommen. *(Pause.)* Ach ... es ist hart, m-mit weißen Haaren ... *(Pause.)* Die Scham des Alters ... *(Pause.)* Wenn man zurückhaltend ist, weil man Liebe und Ehe heilig hält ... *(Bewegt führt er ein schwarzgerändertes Taschentuch an die Augen.)*

VIRGADAMO: *(ist aufgewacht, schaltet sich aus dem Hintergrund unerwartet ein, laut)* Wir wollen was zum Lachen haben.

ROSA: *(dreht sich schnell um)* Ach! Er ist aufgewacht!

GASPARINA: *(ebenso)* Bravo, Professor! Hören Sie, Signor Barranco? Der Professor meint, man solle lieber lachen!

BARRANCO: *(trocknet sich die Augen)* Ja, eine schöne Aussicht für mich! Wenn es mir morgen genauso geht ... alt ... allein...

TERRASI: Aber Sie hätten doch wenigstens – ich will mich ja nicht einmischen – auf irgendeine Weise Gasparina zu verstehen geben können...

GASPARINA: Niemals, verstehen Sie, nie wäre ich auf den Gedanken gekommen, daß Signor Barranco...

BARRANCO: Aber ich...

GASPARINA: *(schnell)* Ja, Sie haben mir oft geholfen – bei jeder Gelegenheit...

BARRANCO: Es mußte d-doch alles erst langsam bei mir reifen ... Eine Ehe, das ist ja keine Kleinigkeit, Signorina, nichts was man auf die leichte Schulter nimmt. Ich habe d-das Mädchen genau beobachtet...

GASPARINA: Ach geh! Sagen Sie nicht sowas von mir! Das ist doch lachhaft!

BARRANCO: Und was sind Sie sonst? Ja... jawohl, meine Herrschaften! Ein junges Mädchen! Und ich habe Sie beob... beobachtet! Ich habe Sie gesehen ... bescheiden, umsichtig...

TERRASI: *(umarmt Gasparina)* Ja, ja! Sie ist wirklich so lieb!

BARRANCO: Und d-dieser Elende hat sie m-mir weggenommen, nur um sich einen Spaß zu machen! Nun hat sie keiner, er nicht, ich nicht!

TERRASI: Also ich sage es noch mal: Ich sehe nicht, was da jetzt noch zu machen wäre!

BARRANCO: Doch! Man kann es ändern! Man kann es ändern! Lassen Sie mich nur machen! Nein, es ist nicht erlaubt, eine geheiligte Einrichtung wie die Ehe auf diese Weise zu verhöhnen, indem man die F-frau einfach so...

TERRASI: Ach! Wenn Sie ihn an seine ehelichen Pflichten erinnern wollen – das steht auf einem anderen Blatt...

ROSA: *(am Fenster, erfreut)* Da ist Signor Speranza! Da ist er! Er kommt! Er kommt!

BARRANCO: *(nimmt auf komische Weise Haltung an, als ginge er in Habtachtstellung)* Ich bin bereit!

TERRASI: Dann gehen wir aber! Los, los, schnell ... *(Geht zu Professor Virgadamo.)* Hilf mir, Rosa...

GASPARINA: Nein, da bin ich schon, ich helfe Ihnen, Signorina...

VIRGADAMO: Die Pension! Wir wollen was zum Lachen haben!

Vierte Szene

Die Vorigen, Memmo Speranza.

MEMMO: *(tritt durch die rechte Tür ein, fröhlich und ungezwungen)* Also – da bin ich! *(Sieht, wie im Hintergrund Gasparina, die Lehrerin und Rosa den Professor vom Diwan heben.)* Oh, schau an! Der Professor ist auch da!

VIRGADAMO: *(steht jetzt, unterstützt von der Lehrerin und Gasparina)* Wir wollen was zum Lachen haben.

MEMMO: Bis zuletzt, ja, lieber Professor! Lachen! – Aber wie? Sie gehen alle?

TERRASI: Ja, Signor Speranza…

MEMMO: Aber nein, liebe Signorina Terrasi! Wie denn? Ausgerechnet wenn ich komme? *(Zu Gasparina, die ihm den Rücken zugedreht hat, um ihre Verwirrung zu verbergen.)* Oh! Du? Na komm, laß dich mal anschauen! Oiii – du hast dich aber rausgemacht! Donnerwetter! Wie kommt das?

GASPARINA: Ach bitte, Signor Speranza … Der Professor hier kann sich nicht mehr auf den Beinen halten…

MEMMO: Dann setzt ihn wieder hin! Hast du nicht gehört, daß er lachen will? Signor Barranco ist doch hier! Wir werden den guten Professor zum Lachen bringen, daß er sich biegt.

BARRANCO: D-das werden Sie gleich erleben, wie der Signor Barranco ihn zum Lachen bringt!

MEMMO: Dazu bin ich hergekommen, stellen Sie sich vor! *(Zur Lehrerin:)* Aber wir wollen uns dazu hinsetzen! *(Zwingt die Frauen, den Professor wieder auf den Diwan zu setzen.)*

TERRASI: Mein Gott, wir haben ihn gerade hochgekriegt, Signor Speranza! Und unten wartet auch der Wagen!

MEMMO: Der kann warten! Na los, ein Augenblickchen nur – komm mal her, Gasparina…

GASPARINA: Lassen Sie mich, nein…

MEMMO: Wieso nein? *(Faßt sie an.)* Hier…

GASPARINA: *(versucht sich freizumachen, verwirrt)* Lassen Sie … lassen Sie mich…

MEMMO: Na, bestimmt nicht! *(Zur Lehrerin:)* Signorina Terrasi, Sie wissen doch, daß die meine Frau ist? Also … dann … Verzeihung – erlauben Sie? *(Will Gasparina küssen.)*

GASPARINA: *(widersetzt sich, wendet ihr Gesicht ab, er hält ihre*

Hände fest) Nein ... nein, nicht doch! Sagen Sie das im Ernst, Signor Speranza?

MEMMO: *(läßt sie nicht los)* Warum denn nicht? *(Küßt sie auf die Wange.)*

VIRGADAMO: *(lacht)* Hehe! Hoch lebe das junge Paar!

MEMMO: Hoch lebe das junge Paar, ja – und hoch lebe auch Professor Virgadamo! *(Zu Barranco:)* Sie wissen doch auch, daß dies meine Frau ist, nicht wahr, Signor Barranco?

BARRANCO: *(völlig verwirrt, wütend, zitternd)* N-nein, Signore, d-das weiß ich nicht!

MEMMO: Ach – das wissen Sie nicht? Sie meinen, dies sei nicht meine Frau?

BARRANCO: N-nein, n-nein, Signore! Sie ist nicht Ihre Frau! Auf k-keinen Fall!

MEMMO: Und wessen Frau dann? Ihre? Gasparina, olala ... bin ich vielleicht ein betrogener Ehemann?

BARRANCO: *(mit dem Ausdruck tiefster Verachtung)* W-was heißt Ehemann! Mein lieber Herr, für Scherze ist jetzt nicht die Zeit!

MEMMO: Oho! Schauen Sie, Signorina! Er ist richtig wütend! *(Zu Barranco:)* Aber sagen Sie mir: mit welchem Recht eigentlich?

BARRANCO: M-mit dem Recht eines ernsthaften Menschen!

MEMMO: *(mit groteskem Ernst)* Aber gehen Sie – nein – um Himmels willen! Glauben Sie das ja nicht, glauben Sie das nicht eine Minute! Seien Sie überzeugt, lieber Signor Barranco, daß Sie selbst, ohne es darauf abgestellt zu haben, ein Wohltäter sind.

BARRANCO: Wohltäter? Wie meinen Sie das?

MEMMO: Aber ja: ein Komiker! Es gibt ein solches Bedürfnis zu lachen. Und Sie...

BARRANCO: Ich? Ich bringe Sie zum Lachen? Ich werde

Ihnen d-darauf antworten, sobald man hier endlich sprechen kann!

TERRASI: Ja, klar, Signor Barranco, gleich, wir gehen, wir gehen sofort. *(Zu Memmo:)* Es hat keinen Sinn, uns festzuhalten.

MEMMO: Was hat er hier zu sagen, ist er der Hausherr?

TERRASI: Nein, wir hätten nur schon vorhin gehen müssen. Wenn Sie miteinander zu reden haben...

MEMMO: Mir macht das nichts aus zu reden, wenn ihr dabei seid. *(Die Lehrerin richtet den Professor mit Hilfe von Gasparina auf.)*

BARRANCO: Ihnen nicht! Aber mir! Und wenn ich nicht rede – ist das nicht gut für Sie!

MEMMO: Aber schließlich – worum geht's denn? Wissen Sie, daß Sie mir allmählich auf die Nerven fallen?

BARRANCO: Sie mir schon eine ganze Weile!

TERRASI: Na, na, reden Sie doch in Ruhe miteinander, das ist für alle besser. Und nehmen Sie Vernunft an, Signor Speranza!

VIRGADAMO: *(steht keuchend da, mit lauter Stimme)* Nein! Nicht! Keine Vernunft! Vernunft – niemals!

MEMMO: Na also! Bravo, hoch lebe Professor Virgadamo! Aber pädagogisch ist das nicht, Professor, wie?

VIRGADAMO: *(will gehen, gestützt auf die beiden Frauen)* Lachen! Lachen!

TERRASI: *(wendet den Kopf zum Gruß)* Auf Wiedersehen, Signor Barranco!

BARRANCO: Auf Wiedersehen!

TERRASI: Aber nein, Gasparina, Sie bleiben...

GASPARINA: Ich begleite Sie bis zum Wagen.

TERRASI: Das kann Rosa tun ... Sie bleiben hier. Auf Wiedersehen.

MEMMO: *(schiebt Gasparina beiseite und nimmt selbst den Arm des Professors)* Laß nur, laß mich ... Das ist nicht so einfach, die Treppe hinunter ... ich werde ihm behilflich sein, unserem lieben, lieben Professor ... Er soll bald wieder ganz gesund sein ... *(Memmo, Virgadamo, die Lehrerin und Rosa gehen ganz langsam rechts ab.)*

Fünfte Szene

Gasparina, Signor Barranco.

GASPARINA: *(schnell, geht zu Barranco, spricht leise mit ihm)* Um Gottes willen, nicht so! Wenn Sie so weitermachen, glauben Sie mir, dann erreichen Sie gar nichts!

BARRANCO: Sie werden gleich sehen, ob ich etwas erreiche!

GASPARINA: Sie kennen ihn nicht! Wenn Sie ihn so vor den Kopf stoßen, ist alles aus. Nur mit Ruhe ... mit Ruhe ...

BARRANCO: Bleiben Sie nur standhaft! Und lassen Sie mich nur machen!

GASPARINA: Auf mich können Sie sich verlassen!

BARRANCO: Es ist bombensicher! Wenn Sie fest bleiben, m-muß es gutgehen.

GASPARINA: *(ist zum Fenster gegangen, spricht hinaus)* Ja, Signorina, danke! Und lassen Sie sich bald wieder sehen ... Was sagen Sie? Ja, ja ... hoffentlich ... Auf Wiedersehen! Auf Wiedersehen! *(Schaut noch eine Weile hinaus, kommt dann zurück.)* Er kommt die Treppe herauf!

BARRANCO: Also, st-standhaft!

Sechste Szene

Die Vorigen, Memmo Speranza.

MEMMO: *(tritt ein)* So, da wären wir also ... alle drei! Schauen wir mal! ... Verzeihung, Signor Barranco, erlauben Sie mir, daß ich erst einmal dieses Wunder – meine kleine Frau – etwas näher betrachte ...

GASPARINA: Fangen Sie nicht wieder so an, Signor Speranza!

Memmo: Weißt du, wie es mir vorkommt? Mir kommt es vor, als ob du hier auf einmal für mich geboren worden wärst! Wirklich! Als ob dich dieses kleine Haus plötzlich zum Leben erweckt hätte! Ich möchte dich rundum bewundern.

Gasparina: Genug jetzt – ich bitte Sie!

Memmo: *(deutet auf Barranco)* Vielleicht, weil es ihn stört?

Barranco: *(hat sich nur mit Mühe zurückgehalten, bricht aus)* Jawohl, Signor Speranza! Mich stört das!

Memmo: *(mit komischer Verblüffung über die anmaßende Haltung Barrancos, betrachtet ihn)* Ah!

Barranco: N-nehmen Sie lieber Platz, damit wir endlich reden können!

Memmo: *(wie oben)* Ich bin bereit! *(Setzt sich.)* Wie Sie befehlen ... ich bin wirklich neugierig ... *(Unterbricht sich.)* Verzeihung, darf sich Gasparina auch hinsetzen mit Ihrer gütigen Erlaubnis ...?

Gasparina: Ja, ja, schon gut ... ich setze mich hierher ... *(Setzt sich, läßt Barranco in der Mitte.)*

Memmo: Ah gut, neben ihn! Also, wie gesagt, ich bin wirklich neugierig, was Sie mir mitzuteilen haben, was für ein Geheimnis Sie mir enthüllen werden!

Barranco: Also ja ... also...

Memmo: Aber ich muß vorausschicken, wenn Sie gestatten, daß ich nur hier bin, um ihr einen Gefallen zu tun. *(Deutet auf Gasparina.)* Sonst wäre ich nicht gekommen. Denn was mich betrifft, lieber Signor Barranco, stehen die Dinge, so wie sie jetzt sind, ganz ausgezeichnet!

Barranco: Ihre, ja! Das g-glaube ich, d-daß Ihre ausgezeichnet stehen.

Memmo: Und deine vielleicht nicht, Gasparina? Ich denke, Verzeihung, daß ich mich streng an unsere Abmachungen halte?

Gasparina: *(zögernd)* Ja ... gewiß.

Memmo: Oder nicht?

Gasparina: Doch, doch…

Memmo: Und …?

Gasparina: Aber Signor Barranco…

Memmo: *(als ob er sich erinnerte)* Ah ja! Da ist der Signor Barranco! *(Wendet sich an ihn in verändertem Ton.)* Was wollen Sie eigentlich hier? Entschuldigung, darf man das erfahren? Wer sind Sie überhaupt? Was für eine Rolle spielen Sie? Kommen Sie hierher, um ganz perfide meine Frau zu verführen? Ich finde, Sie sollten sich schämen – verzeihen Sie – in Ihrem Alter!

Barranco: Ich? Ich – mich schämen? Das müssen Sie mir sagen, daß ich mich schämen sollte? Ich komme hierher, Signor Speranza, m-mit den ehrlichsten Absichten! Das sollen Sie wissen!

Memmo: Verzeihung, das sieht aber gar nicht so aus! Dies ist eine verheiratete Frau!

Barranco: *(verneint durch eine Geste mit dem Finger)*

Memmo: Meinetwegen können Sie nein sagen! Ich sage ja! Sowas! Im übrigen können Sie mit so viel Absichten kommen, wie Sie wollen, nur gegen den Vertrag dürfen Sie Gasparina nicht aufhetzen. – Darum geht's.

Gasparina: Ah, nein, Signor Speranza, erlauben Sie. Jetzt rede ich. So dürfen Sie mit ihm nicht sprechen. Ich sage Ihnen das einfach so – sehen Sie – lachend. Sie können von mir denken, was Sie wollen. Aber was mich angeht – mich selbst – so weiß ich, daß Sie Ihren Namen – ich sage »Ihren Namen«, beachten Sie das, nichts anderes! – Ihren Namen nicht in den Dreck geworfen haben – wie Sie sich womöglich einbilden.

Memmo: Was redest du da für Unsinn!

Gasparina: Lassen Sie mich reden, ich bitte Sie. Ich spreche ganz ruhig … also: Entweder Sie stimmen jetzt dem Vorschlag zu, den Ihnen Signor Barranco machen wird…

MEMMO: Aber dann wollen wir ihn doch hören, großer Gott, diesen Vorschlag!

GASPARINA: Bitte schön, lassen Sie mich doch ausreden. Sie wissen ja, worum es geht...

MEMMO: Um den Vorschlag, den du mir vor ungefähr drei Monaten in meiner Wohnung gemacht hast – daß ich wieder frei werden soll?

GASPARINA: Jawohl, Signor Speranza, genau darum.

MEMMO: Oh, dann können wir gleich aufhören, denn ich will überhaupt nichts davon wissen.

BARRANCO: Sie wollen nichts davon wissen?

MEMMO: Nein, Signor Barranco.

GASPARINA: Also, wenn das so ist, muß Signor Barranco in Ihrer Gegenwart versprechen und schwören, daß er sich in diesem Hause nicht mehr sehen lassen wird.

BARRANCO: *(springt auf, erstaunt)* Wie? W-was sagen Sie da?

GASPARINA: Ja, Signor Barranco, genau das sage ich: daß Sie sich hier nicht mehr blicken lassen dürfen, weil es mir peinlich ist – mir, wohlgemerkt, nicht Signor Speranza, dem macht das nichts, wie ich weiß – peinlich, daß die Leute, wenn sie Sie herkommen sehen, Gott weiß was vermuten!

BARRANCO: *(wie oben)* Aber – aber wie! Das nennen Sie st-standhaft bleiben?!

MEMMO: Mir scheint es mehr als das...

GASPARINA: *(schnell)* O nein, Signor Speranza, warten Sie. *(Sehr deutlich:)* Ich habe keineswegs die Absicht, so weiter zu leben wie bisher, auch nicht für Sie!

BARRANCO: *(faßt wieder Mut, befriedigt)* Ah – s-sehr gut so.

MEMMO: Jetzt komme ich wohl an die Reihe?

GASPARINA: Ja, denn schauen Sie: Für Sie ist das jetzt sehr bequem so, für mich aber nicht, Signor Speranza. Ich kann mich und ich will mich nicht mehr hier in Ihrem Hause eine Rolle spielen sehen, die mir bitter, die mir unerträglich wird, schon weil ich weiß, daß Sie morgen wieder – was ganz sicher ist – von neuem die Stunde und den Augenblick verfluchen werden, an dem Sie es getan haben.

MEMMO: Aber ich habe nichts gesagt, glaube ich! Und du kannst überzeugt sein, daß ich zu dir nie etwas sagen werde!

GASPARINA: Das weiß ich! Das weiß ich!

MEMMO: Also dann?

GASPARINA: Aber jetzt rede ich für mich, Signor Speranza: Ich will nicht!

MEMMO: Weil dieses Haus mir gehört? Das ist schon mal nicht wahr! Es ist dein Haus, weil ich dir eine legale Schenkung gemacht habe.

GASPARINA: *(steht auf)* Na gut. Und ich verzichte darauf, Signor Speranza. Ich verzichte. Schluß. Aus. Es muß eine Entscheidung geben.

MEMMO: Und was willst du entscheiden? *(Wendet sich an Signor Barranco:)* Ach so, das habe ich vergessen! Sie sind ja auch noch da mit Ihrem berühmten Heilmittel!

BARRANCO: Jawohl, Signor Speranza!

MEMMO: Also dann her damit, endlich heraus mit diesem großen Geheimnis! *(Schaut nacheinander beide an. Gasparina und Barranco tauschen verlegene Blicke.)* Wer verrät es mir … Gasparina, du? Sie? Na, wer denn nun?

GASPARINA: *(steht immer noch mit gesenktem Blick, aus Schamgefühl ganz verlegen)* Also, ich … ich nicht … *(zeigt auf Barranco)* er … es ist besser, wenn er es Ihnen sagt … ich … ja, ich … ich ziehe mich zurück … ich gehe dort hinein … *(Geht ab durch die linke Tür und schließt sie hinter sich ab.)*

MEMMO: *(verdutzt)* Aber was ist denn? Was gibt es denn?

BARRANCO: *(laut)* Was es gibt? Ah, Sie wollen wissen, was es gibt? Das Ge-gesetz gibt es! Das Gesetz! Das Gesetz!

MEMMO: Das Gesetz? Was für ein Gesetz?

BARRANCO: Das u-unantastbare Gesetz, mein lieber Herr, das eine H-heirat im Scherz nicht zuläßt! So ist das G-gesetz!

MEMMO: Aber gerade weil es dieses Gesetz gibt, Verzeihung...

BARRANCO: *(schnell)* Möchten Sie es nutzbar machen für sich? O nein, mein Herr! D-das können Sie nicht! Aber die da drinnen *(zeigt auf die Tür, durch die Gasparina abgegangen ist)* d-die kann es!

MEMMO: Hat sie sich deshalb dort eingeschlossen?

BARRANCO: Jawohl, deshalb.

MEMMO: Wegen des Gesetzes?

BARRANCO: Jawohl, lieber Herr! Denn sie wird es in Anspruch nehmen!

MEMMO: Gut! Sie wird es in Anspruch nehmen. Aber wenn Sie mir nun sagen würden, wie?

BARRANCO: Wie? Indem sie genau beweist – wi-wie sie es ja beweisen kann – daß Sie die Ehe nur im Scherz geschlossen haben.

MEMMO: Hervorragend! Aber sie war einverstanden!

BARRANCO: Nein, das ist nicht der Punkt! Ich sage, daß sie selber der Beweis ist! Daß sie es durch sich selbst beweisen kann. Sie tun so, als ob Sie d-das nicht verstünden!

MEMMO: Ich verstehe es wirklich nicht!

BARRANCO: Dann st-strengen Sie sich mal an, strengen Sie sich an, es zu verstehen, das ist doch nicht so schwer! Da Sie nie hier waren, können Sie sich leicht vorstellen, wie der Beweis anzutreten ist.

MEMMO: *(schaut einen Augenblick bestürzt Barranco an, begreift plötzlich, was dieser sagen will. Gasparina hat sich, bei allen Gefährdungen in der Zeit ihres Elends, ihre Unberührtheit zu bewahren vermocht. Fassungslos stammelt er:)* Was denn! ... Ist das möglich? ... Sie ... Gasparotta? Ist das möglich?

Aber was ... sagen Sie das im Ernst ... Oh ... *(Läuft zur Tür, haut mit den Fäusten dagegen, ruft:)* Gasparotta, Gasparotta ... mach auf! Mach auf!

BARRANCO: *(läuft hin, um ihn zurückzuhalten)* W-was wollen Sie jetzt tun?

MEMMO: *(heftig)* Verschwinden Sie! Gasparotta! Mach auf! Hör doch...

GASPARINA: *(von innen)* Nein, ich mache nicht auf!

MEMMO: Ich trete die Tür ein, wenn du nicht öffnest! Signor Barranco ist hier! Wovor hast du Angst?

GASPARINA: *(schaut herein)* Also gut, ich öffne ... aber ... um Gottes willen, Signor Speranza...

MEMMO: Komm heraus! *(Packt sie am Arm.)* Sieh mich an ... sieh mir in die Augen ... ist es wahr ... wieso ... du? ... Ja, dann ... O Gott! Ist es wirklich wahr?

GASPARINA: Ich schäme mich zu Tode – lassen Sie mich ... lassen Sie mich...

MEMMO: Dich lassen? Ich müßte verrückt sein! Jetzt, wo ich weiß? *(Umarmt sie und drückt sie fest an sich.)* Lieber Signor Barranco, Sie können gehen.

GASPARINA: *(versucht, sich frei zu machen)* Nein! Nein!

MEMMO: Wieso nein?

GASPARINA: *(wie oben)* Gehen Sie nicht weg, Signor Barranco.

BARRANCO: Seien Sie b-beruhigt, ich gehe nicht!

MEMMO: Sie gehen jetzt, weil ich das so bestimme, in meinem Haus.

BARRANCO: Nein, Signor Speranza! Das ist nicht Ihr Haus, d-das haben Sie vorhin selbst gesagt!

MEMMO: Aber sie ist meine Frau! Und ich habe jedes Recht...

GASPARINA: Nein, nein! Lassen Sie mich nicht allein, Signor Barranco, bleiben Sie!

MEMMO: Ach – ihr steckt unter einer Decke! Großartig!

Da ist sie! *(Läßt sie los.)* Aber das eine steht fest: Ich bin gekommen, und du schickst mich weg. Ich will dich jetzt haben, und du stößt mich zurück. Es liegt also nicht an mir, sondern an dir. Und Signor Barranco hier ist Zeuge. Jetzt macht euch das Gesetz nutzbar, wenn ihr könnt. Ich gehe! *(Will gehen.)*

Barranco: *(wie betäubt von dem unvorhergesehenen Dreh, den Memmo gefunden hat und der ihm mit einem Schlag den Boden unter den Füßen wegzieht)* Tja, was nun … *(Kratzt sich an der Stirn.)*

Gasparina: *(auch sie ist aus dem Gleichgewicht, zu Barranco)* Und nun? Jetzt kann man nichts mehr machen?

Memmo: *(dreht sich um, lacht)* Seht ihr, wie dumm ihr beide seid? Ich könnte mir jetzt das Gesetz nutzbar machen, aber ich werde mich hüten … Bei einer kleinen Frau wie dieser, bei der es ja unmöglich ist, daß sie mich nicht will, nicht wahr? Na dann, Signor Barranco, finden Sie sich ab und gehen Sie!

Gasparina: Nein, Signor Speranza, hören Sie mir einen kleinen Augenblick zu … nur einen Augenblick … ich muß ernsthaft mit Ihnen sprechen …

Memmo: Begreifst du nicht, daß du mich mit deinen süßen kleinen Manövern nur noch verliebter machst?

Gasparina: Ich sage doch, daß ich ernsthaft mit Ihnen sprechen will!

Memmo: Aber ja, aber ja doch … sprich mit mir, wie du willst! *(Betrachtet sie, lächelt wieder, will sie von neuem umarmen.)* Mein Gott! Wer hätte das für möglich gehalten!

Gasparina: So geht's aber wirklich nicht, verzeihen Sie!

Memmo: Auch nicht, wenn ich dir sage, daß ich verliebt bin?

Gasparina: O Gott! Wollen Sie mich nicht reden lassen?

Memmo: Doch, aber zuvor höre! Gleich als ich dich gesehen habe, weißt du? Früher habe ich dich ja nie gesehen! Als du zu mir nach Hause kamst ... die Augen ... ja ... ich sah, daß deine Augen lachten ... Aber jetzt bist du ein einziges Lachen. Und du weißt es allein, sag, nicht wahr? Du allein weißt, wie du bist...

GASPARINA: Aber das ist ja Wahnsinn!

MEMMO: Nenn's wie du willst! Ich will dich jetzt! Du bist meine Frau, und ich will dich! *(Dreht sich schnell zu Barranco um, der, am ganzen Leib zitternd, ungewiß und verstört ist und näher kommt, als wolle er etwas abwehren und verhindern.)* Verzeihung, Signor Barranco, da Sie anscheinend nicht gehen wollen...

GASPARINA: Nein, bleiben Sie, Signor Barranco, haben Sie Geduld. *(Zu Memmo:)* Und Sie hören bitte endlich zu ... Ich will gern alles einräumen ... daß Sie jetzt aus lauter Eigensinn...

MEMMO: Ich sage dir: Nein! Ich habe mich verliebt!

GASPARINA: *(laut, um ihre innere Bewegung und Aufregung zu beherrschen und zu verbergen)* Hören Sie auf damit! Verzeihung! Sie bringen mich auf! Sie machen mich rasend! Ra-send! *(Sie ist dem Weinen nahe.)*

MEMMO: Aber warum? Fühlst du nicht, daß ich's ernst meine?

GASPARINA: Nein, Signor Speranza. Gewisse Dinge kann man so nicht sagen, wenn man es ernst meint. Verzeihen Sie...

MEMMO: Weil du darunter leidest? Du hast recht. Das heißt, daß du mich lehren mußt, wie ich sie dir sagen soll ...

GASPARINA: Sie sollen sie mir überhaupt nicht mehr sagen, weil es nicht wahr ist. Ich will gern annehmen, daß Sie jetzt einer Laune nachgeben...

MEMMO: Aber wenn ich doch dein Mann bin!

GASPARINA: Nein, Signor Speranza: Im Augenblick sind Sie nichts!

BARRANCO: W-weniger als nichts!

MEMMO: *(zu Gasparina)* Hör, wenn du ihn schon nicht wegschickst, dann sorge wenigstens dafür, daß er den Mund hält! Sonst...

GASPARINA: Seien Sie um Himmels willen still, Signor Barranco! Sie sehen doch, wie ich mich abmühe, ihn zu überzeugen...

MEMMO: Mich überzeugst du nicht!

GASPARINA: Sie werden sich überzeugen lassen, weil Sie ein guter Mensch sind und weil ich ein kluges Mädchen bleiben möchte. Schauen Sie, überlegen Sie einmal richtig. So wie die Dinge jetzt stehen...

MEMMO: *(schnell)* So können sie auf keinen Fall bleiben!

GASPARINA: *(stampft, als sei sie sehr gereizt, mit dem Fuß auf)* Lassen Sie mich ausreden! Bis zu dem Punkt, an dem wir jetzt sind, haben Sie noch Glück, denn Sie können sich noch von mir freimachen und mich das Gesetz in Anspruch nehmen lassen.

MEMMO: Ach so? Wunderbar! Und was mache ich dabei für eine Figur?

GASPARINA: Gar keine, Verzeihung, weil alle wissen, daß Sie mich ja nur zum Spaß geheiratet haben und daß es Ihnen nicht ernst war ... Sie haben mich hierher abgeschoben ... Ich habe es satt bekommen ... Ich habe revoltiert ... die Ehe wird annulliert, und Sie sind wieder frei ... Bedenken Sie! Morgen wird Ihnen das als ein Glück erscheinen.

MEMMO: Und das sagst du mir?

GASPARINA: Das sage ich Ihnen!

MEMMO: Großartig! Und warum sagst du es mir? Weil das heißt, du glaubst, es wird auch für dich ein Glück sein?

GASPARINA: Ja, Signor Speranza.

MEMMO: Ach! Du ziehst also wirklich vor, diesen alten Trottel da zu heiraten?

Barranco: Ich bin ein Gentleman, und sie tut gut daran, bei der Wahl zwischen Ihnen und mir sich m-mir anzuvertrauen.

Gasparina: Verzeihung, Signor Barranco, Sie dürfen nicht beleidigt sein, wenn ich sage, daß ich niemanden vorziehen kann; es ist nicht an mir, eine Wahl zu treffen, denn Sie *(wendet sich an Signor Speranza)* wollen ja Ihren Scherz immer noch fortsetzen…

Memmo: Und wenn ich dir im Ernst sagte, daß ich nicht mehr scherze?

Gasparina: Dann würde ich es nicht glauben.

Memmo: Auch wenn ich dir im Ernst sagte, daß ich mich geärgert, gelangweilt, geekelt habe, bei meinem verrückten Luderleben, meinen dummen Freunden, den noch dümmeren Frauen und den um noch vieles dümmeren Töchtern aus gutem Hause. Ich bin es müde, weißt du? Es ekelt mich an. Auch weil meine Jahre – verstehst du – nicht die Ausschweifungen zulassen, denen ich mich bisher hingegeben hatte. Wenn ich dir sage, daß ich dies heute fühle, daß ich es jetzt hier mit einer Aufrichtigkeit fühle, die mir fast Angst macht, weil es auch für mich eine Überraschung ist. Hier, in diesem Augenblick, vor einer geliebten Frau, die schön geworden ist, ich weiß nicht wodurch – durch welches Wunder der Liebe! Gewiß als Lohn dafür, daß sie sich reingehalten hat inmitten dieses Elends und der Schicksalsschläge des Lebens … Nun … wenn ich dir das sagen würde? Sieh mir in die Augen! Ich sage die Wahrheit! Sieh mich an! Sieh mich an! Ich will, daß du mich ansiehst!

Gasparina: Nun … ich sehe Sie an…

Memmo: Hast du jetzt noch den Mut zu sagen, daß du mir nicht glaubst? Antworte…

Gasparina: Was soll ich Ihnen antworten?

MEMMO: Nein! Nein! Du mußt mir antworten!

GASPARINA: Dann sage ich Ihnen…

MEMMO: Was?

GASPARINA: *(verlegen, krampfhaft, dem Weinen nahe)* Ach, lassen Sie mich … lassen Sie mich doch…

MEMMO: Ich habe dir gesagt, daß ich dich nicht mehr lasse! Du gehörst mir! *(Er packt sie in einer Aufwallung von Verlangen.)* Ja, du bist mein!

GASPARINA: Geben Sie acht, Signor Speranza, daß es nicht doch noch ernst wird!

MEMMO: Es ist, es ist ja ernst, ganz ernst! *(Wendet sich wieder an Barranco.)* Gehen Sie, Signor Barranco, es tut mir sehr leid, aber nun sind Sie hier wirklich überflüssig. Ich bitte Sie nochmals, gehen Sie!

GASPARINA: Nein, nein, warten Sie, schauen Sie! Signor Barranco darf nicht fort. Geduld – wir machen es jetzt so: Es ist besser, wenn Sie gehen. Sie, Sie.

MEMMO: Was soll denn noch das »Sie«? Vor allem bin ich jetzt »du«, nicht »Sie«.

GASPARINA: Du, ja, aber erst dann, wenn Sie sich alles ganz gründlich überlegt haben. Und nicht nur einen Tag lang – nein, viele, viele Tage, einen Monat, zwei Monate, drei Monate lang … denn das verstehen Sie, Signor Speranza, es wäre wirklich grausam, und nicht nur für mich…

BARRANCO: *(fällt ein, zitternd, mit einem Hoffnungsschimmer)* Auch für mich! Für mich! Für mich! Für mich!

MEMMO: Oje! Sie werden doch jetzt nicht auch noch anfangen zu weinen! Es tut mir leid, aber ich habe nichts mehr zu überlegen! *(Zu Gasparina:)* Was soll ich jetzt noch überlegen? Ist es nicht wunderbar, daß ich schon Ehemann bin und mir dadurch die Mühe spare, mich erst verheiraten zu müssen? Mehr Glück kann man nicht haben! *(Zu Barranco:)* Gehen Sie, gehen Sie jetzt,

Signor Barranco, es ist kein Scherz mehr! *(Will ihn hinausdrängen.)*

BARRANCO: *(dreht sich um, wütend)* Warten Sie! Das m-muß sie mir erst sagen. *(Deutet auf Gasparina. Pause.)* Sagen Sie mir das auch?

GASPARINA: *(zögert, fast schmerzlich, voller Mitgefühl, doch glücklich, mit gesenkten Augen)* Nun … jetzt, Signor Barranco, Sie haben doch gehört? Er sagt, daß es ernst wird…

BARRANCO: *(nach einem langen Schweigen, traurig)* Es ist g-gut… Sie sind jung, so wie er. *(Pause.)* Genug. Ich wünsche Ihnen, daß Sie nichts zu bereuen haben. Leben Sie wohl. *(Er geht, langsam, düster, sehr bewegt.)*

GASPARINA: *(zu Memmo, der sie sofort hinter dem Rücken des Alten umarmen will, leise, lachend, schamhaft, auf den fortgehenden Barranco anspielend)* Warte noch … warte…

Vorhang

Originaltitel: *Ma non è una cosa seria* (»Aber das ist doch nicht ernst gemeint«). Das zwischen August 1917 und Januar 1918 entstandene Stück, das auf den beiden Novellen *La Signora Speranza* (»Frau Speranza«, 1903) und *Non è una cosa seria* (»Das ist doch nichts Ernstes«, 1910; enthalten in Band 4 dieser Edition) beruht, schrieb Pirandello ursprünglich für die populäre komische Darstellerin Dina Galli. Ihre Truppe nahm es zuerst begeistert an, lehnte aber dann nach einigen Wochen doch ab, was zu einem Rechtsstreit führte. Im August 1918 gab Pirandello die Aufführungsrechte an die Schauspielerin Emma Gramatica, die es im November 1918 in Livorno zur Aufführung brachte. Nach langen Tourneen durch die Provinz stellte sich der eigentliche Erfolg erst bei den Aufführungen in Rom 1920 und Mailand 1921 ein. Danach war das Stück für mehrere Spielzeiten eine Glanzrolle der Gramatica. Es wurde auch dreimal verfilmt, zuletzt in der unmittelbaren Nachkriegszeit mit Vittorio de Sica.

SEINE ROLLE SPIELEN
(IL GIUOCO DELLE PARTI)

Aus dem Italienischen von Michael Rössner

Uraufführung: 6. Dezember 1919, Rom

PERSONEN

LEONE GALA
SILIA, seine Frau
GUIDO VENANZI
Doktor SPIGA
FILIPPO, genannt SOKRATES, Diener bei Leone Gala
BARELLI
Der junge Marchese MIGLIORITI
Der erste betrunkene Herr
Der zweite betrunkene Herr
Der dritte betrunkene Herr
CLARA, Silias Zimmermädchen
Damen und Herren aus den unteren und oberen Stockwerken.

Ort: In einer beliebigen Stadt
Zeit: Heute

ERSTER AKT

Ein Salon in Silia Galas Wohnung, sehr exzentrisch eingerichtet. Im Hintergrund eine große holländische Glastür mit geteilten roten Scheiben auf einem weißen Rahmen, deren zwei Flügel sich nach links und nach rechts in die Wand hineinschieben lassen. Wenn sie offen ist, sieht man durch sie hindurch ins Speisezimmer. – Der Auftritt ist in der linken Wand, in der sich auch ein Fenster befindet. In der rechten Wand ein Kamin, auf dessen Aufsatz eine Bronzeuhr. Neben dem Kamin eine kleine Tür.

Erste Szene

Silia Gala, Guido Venanzi.

Als sich der Vorhang öffnet, ist die Glastür im Hintergrund offen. Guido Venanzi steht im Dinnerjacket im Speisezimmer neben dem Tisch, auf dem ein silbernes Schnapstablett mit mehreren Flaschen in den Silberringen zu erkennen ist. Silia, in einem leichten, dekolletierten Hauskleid, sitzt in sich versunken, wie drapiert, auf einem Fauteuil im Salon.

GUIDO: *(vom Salon aus anbietend)* Eine Chartreuse? *(Er wartet auf Antwort. Da Silia nicht antwortet:)* Anisette? *(Wie oben:)* Cognac? *(Wie oben:)* Was dann? Soll ich aussuchen? *(Er schenkt ein Likörglas mit Anisette ein und bringt es Silia.)* Bitte.

SILIA: *(läßt ihn warten, ohne etwas an ihrer Haltung zu verändern; dann schüttelt sie sich vor Ärger, als sie ihn plötzlich mit diesem Glas in der Hand neben sich stehen sieht.)* Ufff!

GUIDO: *(trinkt auf diese Geste des Abscheus hin rasch das Glas selbst auf einen Zug aus und verbeugt sich dann)* Danke vielmals für die Belästigung! Ich hatte nun wirklich nicht die geringste Lust darauf. *(Er geht das Glas zurückstellen, kommt wieder nach vorn, setzt sich nieder, sieht Silia an, die wieder ihre Stellung von vorhin eingenommen hat, und sagt:)* Wenn man wenigstens wissen dürfte, was du hast!

SILIA: Wenn du glaubst, daß ich in diesem Augenblick hier bin...

GUIDO: Ach, du bist also nicht hier? Bist du vielleicht draußen?

SILIA: *(sehr erregt)* Draußen, jawohl! Draußen bin ich! Draußen!

GUIDO: *(leise, nach einer Pause, wie zu sich selbst)* Na gut, dann bin ich also allein hier. Wunderbar. Dann könnte ich mir also, wie ein Dieb, einfach alles nehmen, was ich finde. *(Er steht auf, tut, als würde er ringsumher nach etwas suchen, tritt zu ihr hin, als sähe er sie nicht; dann, mit gespieltem Erstaunen:)* Oh! Sieh mal! Was ist denn das? Ist da nicht dein Körper hier zurückgeblieben, auf diesem Fauteuil? Na, den nehme ich mir, auf der Stelle! *(Er will sie umarmen.)*

SILIA: *(springt auf und stößt ihn zurück)* Hör auf damit! Ich habe dir gesagt, ich will das nicht! Ich will nicht!

GUIDO: Schade. Jetzt bist du doch schon wieder nach Hause gekommen. Dein Mann hat recht, wenn er sagt, unser Draußen wäre doch immer in uns drinnen.

SILIA: Ich mache dich darauf aufmerksam, das ist heute abend schon das vierte oder fünfte Mal, daß du mir von ihm sprichst!

GUIDO: Ich habe das Gefühl, es ist der einzige Weg für mich, überhaupt mit dir zu sprechen.

SILIA: Nein, mein Lieber: der einzige Weg, um mir dich noch unerträglicher zu machen.

GUIDO: Danke.

SILIA: *(nach einer langen Pause, mit einem Seufzer, als spräche sie von sehr weit her)* Ich habe es so deutlich gesehen!

GUIDO: Was denn?

SILIA: Vielleicht hab' ich's auch gelesen... Aber so deutlich alles... Mit diesem Lächeln, grundlos...

GUIDO: Wer?

SILIA: Und dazu diese Geste... ich weiß nicht... die Hände hab' ich nicht gesehen... Aber das machen dort die Frauen, während die Männer fischen. Bei Island in der Nähe, ja auf so gewissen Inseln.

GUIDO: Von Island hast du geträumt?

SILIA: Ach...! Ich fliege so dahin... so dahin... *(Sie bewegt die Finger, um anzudeuten: in der Luft, mit der Phantasie. – Pause. – Dann erneut sehr erregt:)* Das muß aufhören! Das muß aufhören! *(Fast aggressiv:)* Begreifst du, daß es so nicht weitergehen kann?

GUIDO: Du meinst, für mich?

SILIA: Ich meine für mich!

GUIDO: Jaja, aber für dich heißt bei dir doch für mich?

SILIA: *(wütend)* Ach Gott! Du siehst die Dinge immer ganz klein! Deine Person! Um dich dreht sich alles! Alles wohl definiert, genau abgezirkelt! Ich wette, für dich ist die Geographie noch immer das Buch, aus dem du sie als Junge gelernt hast!

GUIDO: *(verstört)* Die Geographie?

SILIA: Auswendig zu lernende Namen, jawohl, für den Professor, der dir eine bestimmte Lektion aufgegeben hatte!

GUIDO: Jaja, das war eine einzige Strafe!

SILIA: Aber Flüsse, Berge, Länder, Inseln, Kontinente, die gibt es wirklich, weißt du?

GUIDO: Hm... Danke vielmals...

SILIA: Während wir hier sind, hier in diesem Zimmer, gibt es sie, und dort leben Menschen!

GUIDO: *(als ginge ihm auf einmal ein Licht auf)* Ah, vielleicht... vielleicht möchtest du reisen?

SILIA: Ja, da sind wir wieder: ich... du... reisen... – Ich will doch nur, daß du lernst, ein bißchen über deinen eigenen Horizont hinauszublicken... viel weiter... in so viel Leben, das ganz anders ist als dieses hier, das ich nicht mehr ertrage. – Ich ersticke!

GUIDO: Aber was für ein Leben willst du denn haben, entschuldige?

SILIA: Was weiß ich? Irgendeins... bloß nicht so! Ach Gott, einen Hauch... einen Hauch wenigstens von Hoffnung, die mir gerade nur einen kleinen Lichtschimmer ließe in der Zukunft! Ich schwöre dir, ich bliebe hier, unbeweglich, um bloß die Erquickung dieser Hoffnung zu genießen, ohne zum Fenster zu laufen und auszuspähen, was dort auf mich wartet!

GUIDO: Als ob du hier in einem Gefängnis wärst!

SILIA: Aber ich bin ja in einem Gefängnis!

GUIDO: Und wer hält dich hier fest?

SILIA: Du... alle... ich selbst... dieser Körper, wenn ich mal vergesse, daß es ein Frauenkörper ist. Aber nein, nein, meine Herrschaften, das darf ich nie vergessen, wie mich alle ansehen... wie ich aussehe... Ich vergesse... wer denkt schon daran? Ich schaue... und da plötzlich, diese gewissen Blicke... O Gott! So oft muß ich lachen... Aber ja, ich rede zu mir selbst. Nein, tatsächlich, ich bin eine Frau, eine Frau...

GUIDO: Und mir scheint, verzeih, du hast wirklich keinen Grund, dich darüber zu beklagen.

SILIA: Jaja, denn ich... ich gefalle. *(Pause. Dann:)* Man müßte nur erst einmal sehen, welchen Stellenwert in diesem Zusammenhang meine Freude am Frausein hat, wenn ich das nicht will.

GUIDO: *(langsam, zieht die Silben auseinander)* Wie heute abend.

SILIA: Spaß habe ich nie daran gehabt, eine Frau zu sein.

GUIDO: Auch nicht, wenn du einen Mann quälen konntest?

SILIA: Oh, dann vielleicht schon… oft.

GUIDO: *(wie oben)* Wie heute abend.

Pause.

SILIA: *(mit verzweifelter Beklemmung, nachdem sie zuerst geistesabwesend dagesessen hatte)* Aber das eigene Leben... das, von dem keiner etwas preisgibt, nicht einmal vor sich selbst!

GUIDO: Was sagst du da?

SILIA: Ist es dir noch nie passiert, daß du dich unversehens in einem Spiegel erblickst, während du vor dich hinlebst, ohne über dich nachzudenken, und dein eigenes Bild erscheint dir wie das eines Fremden, und sofort beunruhigt es dich, bringt dich aus dem Konzept, verdirbt dir alles, ruft dich zu dir selbst zurück, was weiß ich, um dir eine Haarsträhne aus dem Gesicht zu streichen, die dir in die Stirn gefallen ist.

GUIDO: Na und?

SILIA: Dieser verdammte Spiegel, das sind die Augen der anderen, und auch unsere eigenen, wenn sie uns nicht mehr dazu dienen, die anderen zu beobachten, sondern uns selbst zu sehen, so, wie wir zu leben haben… wie wir leben müssen… ich kann nicht mehr!

Pause.

GUIDO: *(tritt zu ihr hin)* Soll ich dir einmal ehrlich sagen, warum du so phantasierst?

SILIA: *(schnell, entschieden)* Ja, weil du vor mir stehst.

GUIDO: *(gekränkt)* Ach, danke vielmals. Dann soll ich also gehen?

SILIA: *(sofort)* Da tätest du gut daran, sehr gut.

GUIDO: *(schmerzlich berührt)* Aber warum, Silia?

SILIA: Weil ich nicht will, daß du…

GUIDO: *(unterbricht sie)* Nein, ich meine… warum behandelst du mich so schlecht?

SILIA: Ich behandle dich nicht schlecht! Ich will nicht, daß man dich zu oft hier sieht, das ist alles.

Guido: Aber was heißt hier zu oft! Ich komme doch fast nie hierher! Verzeih, es muß schon mehr als eine Woche her sein, daß ich das letzte Mal hier war. Man sieht, für dich vergeht die Zeit zu schnell.

Silia: Schnell? Eine Ewigkeit wird sie mir!

Guido: Und dann sagst du, daß ich in deinem Leben nicht vorkomme.

Silia: *(verärgert)* Ach Gott, Guido, ich bitte dich…

Guido: Jeden Tag hab' ich auf dich gewartet! Du läßt dich gar nicht mehr sehen…

Silia: Aber was willst du denn sehen? Siehst du nicht, wie ich bin?

Guido: Denn du weißt ja selbst nicht, was du willst… und da rufst du so einfach eine Hoffnung an, die dir einen Lichtschimmer in der Zukunft zeigen sollte, ohne daß du wüßtest, was für einen.

Silia: Ja, denn wenn es nach dir ginge, müßte ich mit einem Garn zwischen den Fingern der Zukunft entgegengehen, nicht wahr, um Maß zu nehmen: so sehr kann ich sie wollen, mehr aber nicht: wie bei den Möbeln, wenn man in eine neue Wohnung einzieht.

Guido: Wenn's dir Spaß macht, mich für einen Pedanten zu halten…

Silia: Aber natürlich, mein Lieber! Alles, was du mir sagst, kommt mir vor wie ein Gähnen.

Guido: Danke.

Silia: Du möchtest mir einreden, daß ich alles gehabt habe, was ich hätte wollen können, und daß ich jetzt so phantasiere – wie du sagst –, weil ich das Unmögliche haben möchte, nicht wahr? Das ist nicht klug. Danke, das weiß ich… Aber was willst du machen? Ich will eben das Unmögliche!

Guido: Was denn zum Beispiel?

Silia: Zum Beispiel… Aber was hab' ich denn schon gehabt, kannst du mir sagen, was ich gehabt habe, mit dem ich hätte zufrieden sein müssen?

GUIDO: Aber ich sage ja nicht einmal zufrieden sein, wenn du halt nicht zufrieden bist...

SILIA: Was sagst du also dann?

GUIDO: Das ist eine Frage des Maßes, zufrieden sein. Der eine gibt sich mit soviel zufrieden *(er legt den Daumen auf den kleinen Finger),* und der andere hat alles und ist doch nicht zufrieden.

SILIA: Ich habe also alles?

GUIDO: Nein... ich meine...

SILIA: Sprich dich nur aus!

GUIDO: Aber sprich doch du zuerst: Was möchtest du noch haben?

SILIA: *(als ob er spräche)* Ich bin reich... mein eigener Herr... frei... *(Plötzlich wechselt sie den Ausdruck, erhitzt sich.)* Aber hast du denn immer noch nicht verstanden, daß gerade dies seine Rache war?

GUIDO: Das liegt an dir! Weil du es nicht verstehst, die Freiheit zu nutzen, die er dir gegeben hat –

SILIA: – die Freiheit, mich von dir lieben zu lassen oder auch von einem anderen... hier zu bleiben oder woanders hinzugehen, frei, ganz frei... *(wie oben)* Aber wenn ich doch nie ich selbst bin!

GUIDO: Wieso bist du nicht du selbst?

SILIA: Ich, frei, über mich selbst zu verfügen, als ob da niemand wäre!

GUIDO: Und wer ist da?

SILIA: Er! Ich sehe immer ihn, der sie mir gegeben hat, diese Freiheit, als ob sie nichts wäre, und fortgegangen ist, um allein zu leben, und das nachdem er mir drei Jahre lang bewiesen hatte, daß es sie nicht gibt, diese berühmte Freiheit, denn sosehr ich sie auch in Anspruch nehmen kann, ich werde doch immer Sklavin bleiben...

sogar Sklavin seines Stuhles hier, sieh nur! Der da vor mir aufgepflanzt ist wie ein Ding, das sein Stuhl sein will, und nicht etwas, das für mich da ist, ein Ding, das dazu gemacht wäre, daß ich mich draufsetze!

GUIDO: Aber das ist eine fixe Idee, entschuldige!

SILIA: Dieser Mann ist ein Alptraum für mich!

GUIDO: Aber du siehst ihn doch nie!

SILIA: Und doch ist er da! Er ist da! Und der Alptraum wird für mich nie aufhören, solange er da ist! Ach Gott, wenn er nur stürbe!

GUIDO: Entschuldige, kommt er nicht immer noch trotz alledem abends auf eine halbe Stunde herein?

SILIA: Nicht einmal mehr das! Dabei ist es in der Abmachung festgelegt, daß er jeden Abend zu mir kommen muß, auf eine halbe Stunde. Jeden Abend!

GUIDO: Er kommt ja auch tatsächlich. Er kommt nur nicht herauf. Er läßt dich durch das Stubenmädchen fragen, ob es etwas Neues gibt…

SILIA: O nein, so nicht. Heraufkommen muß er, heraufkommen. Und er muß hierbleiben, jeden Abend, eine halbe Stunde, so wie es abgemacht ist.

GUIDO: Entschuldige… wenn du doch sagst…

SILIA: Was denn? Scheint dir auch das ein Widerspruch?

GUIDO: Du hast doch gesagt, er wäre ein Alptraum für dich!

SILIA: Aber ich meine, daß er da ist, daß er lebt, das ist der Alptraum für mich! Es ist nicht sein Körper… Wenn ich ihn sehe, ist es im Gegenteil sogar besser. Und er läßt sich ja absichtlich nicht blicken, weil er das weiß. Er tritt mir vor die Augen… er sitzt dort… wie ein anderer… nicht häßlicher und nicht schöner als ein anderer; ich sehe seine Augen, so wie sie sind… sie haben mir nie gefallen. Mein Gott! Entsetzlich sind sie… stechend wie zwei Nadeln und zugleich doch leer… ich höre den Klang seiner Stimme, die mir auf die Nerven geht... und ich kann auch noch den Ärger genießen, den ich ihm bereitet habe, weil er umsonst heraufgekommen ist.

GUIDO: Das glaub' ich nicht.

SILIA: Was glaubst du nicht?

GUIDO: Daß er fähig ist, Ärger zu empfinden.

SILIA: Ach, das weißt du? Gerade das ist es! Ich bleibe Stunden um Stunden wie erdrückt von dem Gedanken, daß so ein Mensch existieren kann, sozusagen außerhalb des Lebens und wie ein Alptraum für das Leben der anderen. Er sieht alles von oben an, er, mit seiner Kochmütze, einer Kochmütze, Herrschaften! Er sieht alles an und versteht alles, Punkt für Punkt, jede Bewegung, jede Geste, und er läßt dich mit seinem Blick die Handlung voraussehen, die du gleich vornehmen wirst, so daß du, da du sie schon im voraus kennst, gar keine Lust mehr hast, sie zu vollziehen. Er hat mich gelähmt, dieser Mensch! Ich habe nur noch einen Gedanken in mir, der unaufhörlich in mir rumort, wie ich ihn mir vom Hals schaffen kann; wie ich von ihm nicht nur mich, sondern alle, alle befreien kann!

GUIDO: Na, hör mal!

SILIA: Ich schwöre es dir!

(Man hört Klopfen an der linken Tür.)

Zweite Szene

Die Vorigen und Clara.

CLARA: Gestatten Sie?

SILIA: Herein.

CLARA: *(erscheint in der Tür)* Der gnädige Herr hat vom Hof unten geläutet.

SILIA: Da ist er schon!

CLARA: *(setzt fort)* Er möchte wissen, ob es irgend etwas Neues gibt.

SILIA: Ja. Er soll heraufkommen. Sag ihm, er soll heraufkommen!

CLARA: Sofort. *(Geht ab.)*

GUIDO: Aber warum denn, entschuldige, ausgerechnet heute abend, wo ich da bin?

SILIA: Ebendeshalb!

GUIDO: Nein!

SILIA: Ja! Um dich dafür zu bestrafen, daß du hergekommen bist! Und ich lasse ihn dir hier... ich ziehe mich zurück... *(Sie geht auf die rechte Tür zu.)*

GUIDO: *(läuft, um sie zurückzuhalten)* Nein... um Himmels willen... Bist du verrückt...? Was wird er sagen?

SILIA: Was soll er schon sagen?

GUIDO: Nein... hör mal... Es ist spät...

SILIA: Um so besser!

GUIDO: Aber nein! Nein, Silia! Du willst ihn um jeden Preis herausfordern... Das ist doch Wahnsinn!

SILIA: *(macht sich los)* Ich will ihn nicht sehen!

GUIDO: Aber ich auch nicht, entschuldige!

SILIA: Du wirst ihn empfangen.

GUIDO: O nein, danke vielmals! Mich findet er hier auch nicht, weißt du!

(Silia zieht sich durch die Tür rechts zurück, gleichzeitig stürzt Guido in das Speisezimmer und zieht die Glastür hinter sich zu.)

Dritte Szene

Leone Gala, dann Guido Venanzi, schließlich Silia.

LEONE: *(hinter der linken Tür)* Darf man? *(Er öffnet die Tür und steckt den Kopf herein.)* Darf ma... *(Er unterbricht sich, als er sieht, daß niemand da ist.)* Ach so... *(blickt um sich)* gut, gut...

(Er läßt sofort den Ausdruck der Überraschung aus seinem Gesicht verschwinden, holt die Taschenuhr heraus, sieht sie an, geht zum Kaminaufsatz, öffnet das Glas über dem Zifferblatt der Bronzeuhr und stellt die Zeiger nach, bis das Werk zwei Glokkenschläge ertönen läßt. Dann steckt er seine Uhr wieder in die Tasche und setzt sich ruhig und unbewegt nieder, um das Verstreichen der vereinbarten halben Stunde abzuwarten.
Nach einer kurzen Pause hört man aus dem Inneren des Speisezimmers durch die Glasscheiben ein Gewirr flüsternder Stimmen. Das ist Silia, die Guido da drinnen zu überreden sucht, er solle doch in den Salon hineingehen. Leone wendet sich nicht einmal nach der Glastür um. Kurz darauf wird einer ihrer Flügel zurückgeschoben und Guido kommt heraus.)

GUIDO: Ach, Leone... Ich war gerade noch ein Gläschen Chartreuse trinken gekommen...

LEONE: Um halb elf Uhr nachts?

GUIDO: Ja... wirklich... aber ich war auch schon im Gehen...

LEONE: Ich meine nicht deshalb. War sie grün oder gelb, die Chartreuse?

GUIDO: Hm... erinnere mich nicht... grün glaube ich...

LEONE: Gegen zwei Uhr früh wirst du träumen, du hast eine Eidechse zwischen den Zähnen und zerbeißt sie.

GUIDO: *(mit einer Grimasse des Abscheus)* Nein... Puuuh! Was sagst du da?

LEONE: Mit Sicherheit. Das sind die Wirkungen von Likören, die man zu bestimmten Zeiten nach den Mahlzeiten trinkt. *(Pause.)* Und Silia?

GUIDO: *(verlegen)* Hm... sie war da drüben, mit mir zusammen.

LEONE: Und wo ist sie jetzt?

GUIDO: Ich weiß nicht... Sie... sie hat mich hierhergeschickt, als sie dich hereinkommen hörte. Vielleicht wird sie gleich kommen.

LEONE: Gibt es was Neues?

GUIDO: Nein... soweit ich weiß...

LEONE: Warum hat sie mich dann heraufkommen lassen?

GUIDO: Ich wollte mich gerade verabschieden, da kam das Mädchen herein und meldete, daß du... ich weiß nicht, du hattest aus dem Hof heraufgeläutet.

LEONE: Wie ich das jeden Abend tue.

GUIDO: Ja, aber... es scheint, sie will, daß du heraufkommst...

LEONE: Hat sie das gesagt?

GUIDO: Ja, ja, das hat sie gesagt.

LEONE: Gereizt?

GUIDO: Ein bißchen, ja, weil... ich glaube... ich weiß nicht, das muß wohl in der Abmachung zwischen euch beiden stehen, der Abmachung, die ihr geschlossen habt, als ihr euch auf so elegante Weise...

LEONE: Hör auf mit der Eleganz!

GUIDO: Ich meine, ohne Skandal...

LEONE: Skandal? Warum denn?

GUIDO: Ohne gerichtliche Schritte...

LEONE: Überflüssig!

GUIDO: Ohne Streit also, kurz gesagt, als ihr euch ohne Streit getrennt habt.

LEONE: Was sollte es denn mit mir für Streit geben? Ich habe doch immer allen recht gegeben.

GUIDO: Ja, natürlich. Das ist ja tatsächlich einer deiner beneidenswerten Vorzüge. Nur vielleicht – wenn ich dir das sagen darf – vielleicht übertreibst du ein bißchen...

LEONE: Du meinst, ich übertreibe?

GUIDO: Ja, denn – siehst du? Oft und oft... *(Er sieht ihn an und stockt.)*

LEONE: Was oft und oft?

GUIDO: – bringst du die Leute aus der Fassung.

LEONE: Na, das ist gut! Ich bringe die Leute aus der Fassung? Wen bringe ich denn aus der Fassung?

GUIDO: Du bringst sie aus der Fassung, weil du... naja, immer alles nach der Weise der anderen tun... immer, wie die anderen wollen, daß... ich wette, wenn deine Frau zu dir sagte: Streiten wir! –

LEONE: Dann würde ich ihr antworten: »Gut, streiten wir!«

GUIDO: Deine Frau hat zu dir gesagt: »Trennen wir uns!«

LEONE: Und ich habe ihr geantwortet: »Gut, trennen wir uns!«

GUIDO: Siehst du? Wenn dich denn deine Frau angeschrien hätte: »Aber so können wir doch nicht streiten!«

LEONE: Dann hätte ich ihr geantwortet: »Na gut, dann streiten wir nicht, meine Liebe!«

GUIDO: Und verstehst du denn nicht, daß all das einen Menschen zwangsläufig aus der Fassung bringen muß? Denn, so zu tun, als ob du nicht da wärst... verstehst du, das kann man noch so schön praktizieren, aber dann, in einem gewissen Moment, ist man doch gehemmt, da fühlt man sich... wie blockiert... denn... denn es nützt ja nichts... du bist doch da!

LEONE: Richtig. *(Eine Pause.)* Ich bin da. *(Noch eine Pause. In anderem Ton:)* Sollte ich nicht da sein?

GUIDO: Mein Gott, das hab' ich nicht gesagt!

LEONE: Aber natürlich, mein Lieber: Ich sollte nicht da sein. Aber ich versichere dir, ich bemühe mich, so gut ich es vermag, so wenig wie möglich da zu sein, und nicht nur für die anderen, sondern auch für mich selbst. Schuld haben die Fakten, mein Lieber. Ich bin nun mal geboren. Und wenn so ein Faktum einmal zum Faktum geworden ist, dann bleibt es da, wie ein Gefängnis für dich. Ich bin da. Die anderen müssen das in Betracht ziehen, zumindest für das bißchen, das ich nicht aufgeben kann, ich meine, für das bißchen Da-sein. Ich hab' sie geheiratet; oder, um gerecht zu sein, ich hab' mich von ihr heiraten lassen. Auch das ist ein Faktum: ein

Gefängnis! Was willst du da machen? Fast gleich danach begann sie zu fauchen, sich aufzuregen, Wutanfälle zu kriegen, um auszubrechen… und ich… ich versichere dir, Guido, ich habe sehr darunter gelitten… Dann haben wir diese Lösung gefunden. Ich habe ihr hier alles gelassen und nur meine Bücher und mein Küchengerät mitgenommen – Dinge, die, wie du weißt, für mich unentbehrlich sind. Aber ich begreife, daß es zwecklos war: Dem Namen nach bleibt die Rolle, die mir ein unumstößliches Fatum zugeteilt hat, bestehen: Ich bin der Ehemann. Auch das müßte man vielleicht ein bißchen in Betracht ziehen. Ach was! Weißt du, wie die Blinden sind, mein Lieber?

GUIDO: Die Blinden?

LEONE: Sie stehen nie neben den Dingen. Sag einem Blinden, der nach irgendeinem Ding tastet, einmal: Du hast es ja neben dir! Er wendet sich sofort frontal gegen das Ding. Und genauso ist diese verflixte Frau! Nie daneben! Immer frontal dagegen! *(Pause. Er blickt die Glasscheibe an; dann:)* Es scheint, sie mag nicht kommen… *(Er holt seine Uhr aus der Tasche; sieht, daß die halbe Stunde noch nicht um ist; steckt sie wieder ein.)* Weißt du nicht… ob sie mir etwas sagen wollte?

GUIDO: Nein… nichts, glaube ich…

LEONE: Dann ist es also bloß die Lust daran… *(Er vollendet den Satz mit einer Geste, die besagt: »wir beide«.)*

GUIDO: *(der nicht versteht)* Was meinst du?

LEONE: Ja, die Lust daran, uns beide so gegenüberzustellen, Aug' in Auge.

GUIDO: Vielleicht glaubt sie, daß ich…

LEONE: Daß du schon fortgegangen wärest? *(Er macht eine verneinende Geste mit dem Zeigefinger.)* Dann würde sie hereinkommen.

GUIDO: *(will fortgehen)* Na, dann…

LEONE: *(hält ihn sofort zurück)* Nein, ich bitte dich. Ich gehe gleich: wenn du weißt, daß sie mir nichts zu sagen hatte… *(Pause. Er steht auf)* Ach, das ist was sehr Trauriges, mein Lieber, wenn man das Spiel begriffen hat.

GUIDO: Was für ein Spiel?

LEONE: Ach… auch dieses hier. Das ganze Spiel! Das Spiel des Lebens!

GUIDO: Hast du es begriffen?

LEONE: Schon lange. Und auch das Mittel, das einen retten kann.

GUIDO: Wenn du mich das nur lehren könntest!

LEONE: Ach nein, mein Lieber. Für dich ist das nichts. Um sich zu retten, muß man sich zuerst verteidigen können. Aber das ist so eine besondere Art von Verteidigung… ich würde sagen, eine verzweifelte Verteidigung, die du vielleicht nicht einmal verstehen kannst.

GUIDO: Was heißt das, verzweifelt? Soviel wie bedingungslos?

LEONE: Nein, nein, mein Lieber, verzweifelt im Sinne einer tatsächlichen Verzweiflung, die dennoch ohne den Schatten von Bitterkeit ist.

GUIDO: Und was ist das dann für eine Verteidigung, entschuldige?

LEONE: Die entschiedenste, unerschütterlichste: ebendeshalb, weil keine Hoffnung dich mehr dazu verführt, dich auf eine, sei es auch noch so kleine Konzession einzulassen, weder an die anderen noch an dich selbst.

GUIDO: Das versteh' ich nicht. Und das nennst du Verteidigung? Was soll da noch verteidigt werden, wenn es nun einmal so sein muß?

LEONE: *(sieht ihn mit einem Mal düster und streng an, beherrscht sich dann und kehrt wieder zu seiner undurchdringlichen Heiterkeit zurück)* Nichts, was in dir wäre, wenn es dir gelingt, so wie es mir gelungen ist, dort nichts mehr zu haben.

Was willst du denn verteidigen? Dich verteidigen, sag' ich! Gegen die anderen, vor allem aber gegen dich selbst; gegen das Leid, das das Leben jedem ganz unvermeidlich zufügt: das Leid, das ich mir selbst ihretwegen *(er deutet von neuem auf die Glasscheibe der Tür, hinter der er Silia verborgen glaubt)* so viele Jahre hindurch zugefügt habe! Das Leid, das ich ihr zufüge, selbst wenn ich mich auch noch so zurückziehe, wie ich es tue! Das Leid, das du mir zufügst…

GUIDO: Ich?

LEONE: Aber ja, unvermeidlich. *(Er blickt ihm scharf in die Augen.)* Glaubst du etwa, du tätest mir kein Leid an?

GUIDO: *(erblassend)* Hmm… Soweit ich weiß…

LEONE: *(um ihm die Sache zu erleichtern)* Nun, natürlich ohne es zu wissen, mein Lieber! Du ißt zu Mittag Fleisch. Wer hat's dir gegeben? Ein Huhn oder ein Kalb. Da denkst du gar nicht dran. Das Leid fügen wir uns alle zu, gegenseitig und dann auch ein jeder sich selbst… Zwangsläufig! So ist das Leben. Man muß es aus sich verbannen, muß sich leer machen.

GUIDO: Bravo! Und was bleibt dir dann noch?

LEONE: Zufriedensein, nicht, weil man für sich selbst lebt, sondern weil man den anderen beim Leben zusehen kann und auch sich selbst, von draußen, für das bißchen Dasein, das zu leben man gezwungen ist.

GUIDO: Also, das ist zu wenig, entschuldige!

LEONE: Gut, aber du wirst mit einem herrlichen Genuß entschädigt: mit eben diesem Spiel des Intellekts, das die ganze trübe Brühe der Gefühle klar und durchsichtig macht, das dir alles in einfachen und genauen Linien erscheinen läßt, was in deinem Inneren brodelt. Allerdings wirst du verstehen, daß der Genuß dieser leuchtenden und ruhigen Leere, die du dir in deinem Inneren schaffst, eine sehr gefährliche Sache wäre, denn unter anderem liefest du Gefahr, wie ein Luftballon in die Wolken zu entschweben, wenn du nicht kunstvoll und genau im richtigen Maß bei dir drinnen für das nötige Gegengewicht sorgen würdest.

GUIDO: Ach, das ist es! Indem man gut ißt?

LEONE: Um das Gleichgewicht wiederherzustellen, damit du immer aufrecht stehen bleiben kannst wie diese dummen Stehaufmännchen, die du hinschmeißen kannst, wie du willst, immer werden sie sich wieder aufrichten dank ihres bleiernen Gegengewichts. Was anderes sind wir auch nicht, glaub mir. Aber man muß es verstehen, sich das zu schaffen, diese Leere und diese Fülle: sonst bleibt man auf dem Boden liegen, in den unbeholfensten Stellungen. Kurz, das Heil liegt darin: Man muß eine Verankerung finden, die Verankerung eines Begriffs, an dem man sich selbst festmachen kann.

GUIDO: Nein, nein, danke vielmals! Das ist nichts für mich! Das ist wirklich nichts für mich! Und leicht ist es auch nicht!

LEONE: Nein. Denn fertig bekommt man die auch nicht zu kaufen, diese Verankerungen: Du mußt sie dir selbst basteln, und nicht bloß eine – viele! Eine für jeden der Wechselfälle, die dir begegnen, und recht dauerhaft müssen sie auch sein, damit diese Wechselfälle, die oft ganz unvorhergesehen und mit großer Wucht über dich hereinbrechen, sie nicht zerschmettern.

GUIDO: Tja! Aber wenn dir so gewisse Sachen passieren, mein Lieber!

LEONE: Gerade deswegen braucht man die Küche! Daß dir so was passiert und du gehst kochen, das ist wirklich was Tolles! Übrigens ist es nie der Zufall... Ich meine, du mußt dich eigentlich nie vor dem Zufall in acht nehmen. Entschuldige. Was heißt Zufall, was heißt Wechselfälle des Lebens? Das sind die anderen oder eine Notwendigkeit der Natur.

GUIDO: Eben, und die können entsetzlich sein!

LEONE: Aber mehr oder weniger entsetzlich, je nachdem, wem sie zustoßen. Und deshalb sagte ich dir: Du mußt vor dir selbst auf der Hut sein, vor dem Gefühl, das dieser Wechselfall des Lebens sofort in dir auslöst und das über dich herfällt. Du mußt es gleich packen und leer machen, die Idee daraus hervorziehen, und dann kannst du sogar damit spielen. Schau, das ist, als ob dir plötzlich, ohne daß du weißt woher, ein rohes Ei zuflöge...

GUIDO: Ein rohes Ei?

LEONE: Ein rohes Ei.

GUIDO: Und wenn dir statt dessen eine Bleikugel zufliegt?

LEONE: Dann leert sie dich aus, und die Geschichte hat sich.

GUIDO: Aber warum ein rohes Ei, entschuldige?

LEONE: Um dir ein neues Bild für die Wechselfälle und die Ideen zu geben. Wenn du nicht bereit bist, es zu packen, dann wirst du von dem Ei getroffen oder du läßt es fallen. In beiden Fällen zerbricht es und spritzt dich an, von oben oder von vorn. Aber wenn du bereit bist, dann fängst du es, bohrst zwei Löcher hinein und trinkst es aus. Was bleibt dir in der Hand?

GUIDO: Die leere Schale.

LEONE: Und das ist die Idee! Die setzt du auf die Verankerung, zum Beispiel auf deine Krawattennadel und machst dir einen Spaß draus, sie zu drehen, oder, da sie nun so ganz leicht geworden ist, spielst du damit wie mit einem Zelluloidball, wirfst sie von einer Hand in die andere: so und so und so... und dann: Paff! Du zerquetscht sie zwischen den Händen und wirfst sie fort. *(In diesem Augenblick hört man plötzlich vom Speisezimmer her Silia in ein gewaltiges Lachen ausbrechen.)*

SILIA: *(erscheint hinter dem Türflügel der Glastür, der geschlossen geblieben war)* Hahaha! Aber ich, ich bin keine leere Eierschale in deinen Händen!

LEONE: *(schnell, wendet sich um und geht zur Glastür)* O nein! Und komm mir auch nicht mehr zu nahe, meine Liebe, damit ich dich nicht packe, durchlöchere und austrinke! *(Kaum hat er das gesagt, da schiebt ihm Silia, ohne sich zu zeigen, den anderen Flügel der Glastür vor der Nase zu. Leone bleibt eine Weile stehen und nickt, dann kommt er wieder nach vorn und wendet sich an Guido:)* Ja, da hätten wir einen großen Nachteil für mich, mein Lieber... Es war eine außerordentliche Schule der Erfahrung für mich. Sie hat doch tatsächlich begonnen mir zu fehlen. *(Spielt auf Silia an:)*... Sie ist voller Unglück, weil sie voller Leben ist. Aber das kommt nicht von einem einzigen, sondern von vielen Leben. Aber keines ist darunter, das seine Verankerung fände. Und so gibt es kein Heil, weder für sie noch mit ihr.

GUIDO: *(Selbstvergessen, ohne hierüber nachzudenken, nickt ebenfalls melancholisch.)*

LEONE: Bist du meiner Meinung?

GUIDO: *(faßt sich wieder)* Hm... ja... denn... es ist wirklich so!

LEONE: Und dabei kennst du vielleicht nicht einmal den ganzen Reichtum, der in ihr ist... gewisse Dinge, die sie hat und von denen man gar nicht glaubt, daß sie zu ihr gehören, nicht, weil sie nicht wirklich da wären, aber weil du nicht auf sie achtest, denn du siehst sie immer und ausschließlich auf die Weise, die für dich ihr wahres Selbst ist... Es erscheint dir zum Beispiel unmöglich, daß sie eines Morgens ein Liedchen trällern könnte... einfach so... gedankenlos vor sich hin... und dennoch trällert sie, weißt du? Ich habe sie gehört, an manchen Morgen, wenn sie von einem Zimmer zum anderen lief.

Mit einem süßen Trillerstimmchen fast wie ein kleines Mädchen. Eine ganz andere war sie da! Ich sage dir, eine andere – und das ist keine bloße Redensart. Wirklich eine andere; und sie weiß nichts davon. Ein kleines Mädchen, das nur eine Minute lang lebt und singt, wenn sie nicht ganz bei sich ist... Und wenn du sehen könntest, wie sie manchmal da sitzt... so... mit einem gewissen, von weit her funkelnden Licht in den Augen, während sie sich mit zwei Fingern, die von nichts wissen, langsam die Locken in den Nacken zieht... Kannst du mir sagen, wer sie ist, wenn sie so ist? Eine andere Sie, die nicht leben kann, weil sie ihr selbst unbekannt ist, weil niemand ihr je gesagt hat: »So will ich dich haben, so mußt du sein...« Die Gefahr ist, daß sie dich fragt: »Wie?« Du antwortest ihr: »Na, so, wie du eben noch warst?« Und sie fragt dich wiederum: »Wie war ich?« »Du hast gesungen!«... »Gesungen hab' ich?« »Ja... und die Locken hast du dir in den Nacken gezogen... so...« Sie weiß es nicht; sie sagt dir, es wäre nicht wahr. Sie erkennt sich selbst nicht im geringsten in dem Bild wieder, das du von ihr entwirfst, wie du sie eben noch gesehen hast, wenn du sie überhaupt siehst! Denn du siehst sie immer auf ein und dieselbe Weise, wie sie für dich ist, und damit Schluß. Was für ein Jammer, mein Lieber! Da ist eine liebenswürdige, anmutige Möglichkeit des Seins, die sie haben könnte und nicht hat! *(Lange, traurige Pause. Und in die traurige Stille hinein schlägt die Bronzeuhr auf dem Kaminaufsatz elf Uhr.)*

LEONE: *(schüttelt sich)* Ah, es ist elf. Grüß sie von mir! *(Er geht eilig auf die linke Tür zu.)*

SILIA: *(schnell, während sie die Glastür öffnet)* Nein... warte... warte ein bißchen...

LEONE: O nein, ich muß schon bitten: Die halbe Stunde ist um!

Silia: Ich wollte dir nur das geben! *(Lachend drückt sie ihm eine Eierschale in die Hand.)*

Leone: Ach so! Aber die hab' nicht ich ausgetrunken! Da, sieh mal *(er tritt rasch zu Guido und drückt ihm die Eierschale in die Hand)* – geben wir sie ihm! *(Guido nimmt sie automatisch und bleibt dann unbeholfen mit der leeren Eierschale in der Hand stehen, während Leone laut lachend abgeht.)*

Vierte Szene

Die Vorigen, ohne Leone.

Silia: Ich gäbe mein Leben darum, wenn ihn jemand umbrächte!

Guido: Mein Gott, am liebsten würd' ich ihm das da auf den Kopf werfen! *(Er läuft zum Fenster links.)*

Silia: *(lachend)* Gib her, gib her... ich werfe es, ich werfe es... ich werf's ihm auf den Kopf...

Guido: *(während er ihr die Eierschale gibt, oder besser, sie sich aus der Hand nehmen läßt)* Aber kannst du auch zielen?

Silia: Ja... gib her! *(Sie läuft zum Fenster, beugt sich hinaus, mit gespannter Aufmerksamkeit und wurfbereit:)* Sobald er aus dem Tor tritt...

Guido: *(hinter ihr)* Achtung... Achtung.

Silia: *(wirft die Eierschale, tritt dann mit einem Schrei schnell vom Fenster zurück)* O Gott!

Guido: Was hast du getan?

Silia: Mein Gott...

Guido: Hast du einen anderen getroffen?

Silia: Ja... aber nur weil der Wind sie plötzlich aus der Bahn getrieben hat...

Guido: Na klar! Schließlich war sie leer... so was muß man werfen können.

Silia: Sie kommen herauf!

Guido: Wer?

SILIA: Es war eine Gruppe von vier Herren... am Tor... Sie sind reingegangen, als er rauskam... Vielleicht wohnen sie hier.

GUIDO: Ach was, das war schließlich nicht weiter schlimm... *(Er nützt ihre Verwirrung aus und umarmt sie.)*

SILIA: Mir scheint, ich habe einen von ihnen getroffen...

GUIDO: Na und, was soll dem schon passiert sein? Eine leere Eierschale! Denk nicht mehr dran! *(Er erinnert sich plötzlich an Leones Worte und sagt mit innerer Begeisterung und gar nicht karikiert:)* Ach, meine Liebe! Wie ein kleines Mädchen kommst du mir vor!

SILIA: *(verwirrt)* Was sagst du?

GUIDO: Ja, ja... und ich will dich so... so mußt du sein...

SILIA: *(bricht in helles Lachen aus)* Hahaha! So wie er gesagt hat!

GUIDO: *(ohne sich beeindrucken zu lassen, leidenschaftlich, erfüllt von einem immer drängenderen Begehren nach ihr)* Ja, aber es ist wahr... es ist wahr... siehst du nicht, daß in dir ein verrücktes kleines Mädchen steckt?

SILIA: *(hebt die Hände gegen sein Gesicht, als wollte sie ihn kratzen)* Eine Tigerin!

GUIDO: *(ohne sie loszulassen)* Für ihn schon... Aber für mich will ich dich so haben... ein kleines Mädchen...

SILIA: *(beinahe lachend)* Dann bring ihn doch für mich um!

GUIDO: Nun hör mal! Was sagst du da für Sachen!

SILIA: Wenn ich schon ein kleines Mädchen bin, dann kann ich dich auch um so was bitten.

GUIDO: *(um den Scherz mitzumachen)* Ist er denn wirklich der große Menschenfresser für dich?

SILIA: O ja, er macht mir solche Angst. Bringst du ihn für mich um? Bringst du ihn für mich um?

GUIDO: *(wie oben)* Aber ja, aber ja, ich bringe ihn für dich um. Aber jetzt...

SILIA: *(zurückweichend)* Nein, nein, Guido, ich bitte dich...

GUIDO: *(verrückt nach ihr)* Aber fühlst du nicht, wie ich dich fühle? Es genügt doch, wenn du dich berührst!

SILIA: *(wie oben, aber kraftlos)* Ich sage dir doch, nein...

GUIDO: *(wie oben, indem er sie zur rechten Tür hin schleppt)* Ja... ja... komm, Silia... jetzt kann ich dich nicht mehr allein lassen...

SILIA: Aber nein... um Himmels willen... laß mich...

GUIDO: Ich soll dich lassen? Nein! wie sollte ich dich jetzt noch lassen können?

SILIA: Du weißt doch, ich will es hier nicht. Da ist das Mädchen... *(Es klopft an die linke Tür.)* Eben, da hast du's schon!

GUIDO: *(schiebt sie auf die linke Tür zu)* Geh, geh, aber laß sie nicht herein! Ich warte da drinnen auf dich... *(Rasch durch die rechte Tür ab.)* Und komm bald... hörst du? *(Ab, schließt die Tür.)*

Fünfte Szene

Silia, Clara, Miglioriti, die drei betrunkenen Herren, dann die anderen Hausbewohner aus den oberen und unteren Stockwerken.

Silia geht zur linken Tür. Plötzlich hört man jenseits dieser Tür die Stimme Claras.

CLARA: *(schreiend)* Weg mit den Händen! Verschwinden Sie! Sie wohnt nicht hier! *(Die Tür wird von draußen aufgestoßen, und unter großem Gepolter stürzt der junge Marchese Miglioriti in betrunkenem Zustand mit den anderen drei Herren herein, alle in Abendkleidung, dazu Clara, die noch immer versucht, ihnen den Zutritt zu verwehren.)*

MIGLIORITI: *(spricht deutlich wie ein Betrunkener)* Was heißt, sie wohnt nicht hier, da ist sie doch!

ERSTER BETRUNKENER HERR: Die liebe Pepita.

ZWEITER BETRUNKENER HERR: Eviva España!

DRITTER BETRUNKENER HERR: Und seht mal, was für eine Wohnung, meine Herren! C'est charmant!

SILIA: Was ist denn das? Wer sind Sie? Wie sind Sie hereingekommen?

CLARA: Mit Gewalt! Die sind betrunken!

MIGLIORITI: Was heißt hier Gewalt!

ERSTER BETRUNKENER HERR: Was heißt hier betrunken!

MIGLIORITI: Sie hat mich doch gerufen! Sie hat mir vom Fenster aus eine Eierschale zugeworfen!

ZWEITER BETRUNKENER HERR: Wir sind vier Gentlemen, bitte sehr!

DRITTER BETRUNKENER HERR: *(deutet auf das Speisezimmer, auf das er zuzugehen im Begriffe ist)* Ach hier bietet man den Kunden sogar was zu trinken an! Ach! C'est tout à fait délicieux!

SILIA: O Gott! Was wollen Sie denn hier?

CLARA: Sie sind hier im Hause einer Dame!

MIGLIORITI: Aber das glauben wir doch sofort, liebe Pepita!

SILIA: Pepita?

CLARA: Ja, gnädige Frau. Die aus dem Haus nebenan. Ich hab's denen da schon längst erklärt.

SILIA: *(bricht in helles Gelächter aus)* Hahahaha! *(Dann, mit einem düsteren Schimmer in den Augen, als wäre ihr eben eine diabolische Idee gekommen:)* Aber ja, natürlich, meine Herrschaften! Ich bin Pepita, natürlich bin ich Pepita!

ZWEITER BETRUNKENER HERR: Eviva España!

SILIA: Ja… ja… nehmen Sie Platz… oder wenn Sie lieber nebenan etwas trinken wollen, wie Ihr Freund…

MIGLIORITI: Nein… ich… also… um ehrlich zu sein… *(Er wirft sich ihr beinahe an den Hals, um sie zu umarmen.)*

SILIA: *(hält ihn auf)* Was?

MIGLIORITI: Ich möchte lieber zuerst dich trinken!

SILIA: Warten Sie… warten Sie… einen kleinen Augenblick…

ZWEITER BETRUNKENER HERR: *(wie oben)* Und ich auch, Pepita!

Silia: *(wehrt sich)* ... Auch Sie? Ja, gut... immer schön langsam!

Zweiter betrunkener Herr: Wir wollen eine ganz spanische Nacht!

Erster betrunkener Herr: Ich meinerseits habe gar keine Absichten, aber...

Silia: Langsam... langsam... So, hier... zuerst... hierher... brav... setzen Sie sich erst mal nieder... *(Schiebt sie zu den Fauteuils, macht sich Bahn, drückt sie nieder, bis alle sitzen.)* So... hierher... sehr gut... wo... *(Läuft zu Clara hin und flüstert ihr zu:)* Geh und trommle Leute zusammen, schnell... von oben, von unten... *(Clara nickt und läuft ab.)* Gestatten Sie einen Augenblick... *(Geht zu der Tür rechts und schließt sie ab, damit Guido nicht hereinkommen kann.)*

Miglioriti: *(versucht aufzustehen)* He, aber wenn du da drinnen schon einen Herrn hast, dann laß dich mal nicht stören, ja?

Zweiter betrunkener Herr: Ja, ja... wir warten solange...

Erster betrunkener Herr: Ich habe gar keine Absichten... aber...

Silia: Bleiben Sie nur... behalten Sie nur Platz... Die Herrschaften sind ja ganz klar im Kopf, nicht wahr?

Die drei betrunkenen Herren: Aber ganz und gar! – Wieso denn nicht? – Klar im Kopf! Ganz klar!

Silia: Und Sie haben nicht den mindesten Verdacht, Sie könnten sich vielleicht doch im Haus einer Dame der guten Gesellschaft befinden?

Dritter betrunkener Herr: *(kommt aus dem Speisezimmer schwankend nach vorn, ein Glas in der Hand)* Oh. Oui... mais... n'exagère pas, mon petit chou! Nous voudrions nous amuser un peu... Voilà tout!

Silia: Ich empfange in meinem Haus nur Freunde. Wenn die Herrschaften allerdings meine Freunde sein wollen...

ZWEITER BETRUNKENER HERR: Ja, wie denn nicht?

ERSTER BETRUNKENER HERR: Engste Freunde!

SILIA: Dann darf ich Sie doch um Ihre Namen bitten.

ZWEITER BETRUNKENER HERR: Ich heiße Cocò!

SILIA: Aber nein… doch nicht so…

ZWEITER BETRUNKENER HERR: Ich schwöre dir… ich heiße Cocò!

ERSTER BETRUNKENER HERR: Und ich heiße Memè!

SILIA: Aber nein, ich bitte Sie, mir Ihre Karten zu geben!

ZWEITER BETRUNKENER HERR: Ach, also nein. Nein, wirklich nicht… danke sehr, meine Hübsche!

ERSTER BETRUNKENER HERR: Ich habe keine mit… hab' die Brieftasche verloren… *(Zu Miglioriti:)* Sei so gut, gib du sie ihr für mich…

SILIA: *(zu Miglioriti)* Also gut: Wenigstens Sie, Sie sind ja der vernünftigste von allen.

MIGLIORITI: *(zieht die Brieftasche heraus)* Bitte, mir macht das nichts aus…

ZWEITER BETRUNKENER HERR: Er kann sie Ihnen für uns alle geben… voilà!

MIGLIORITI: Hier hast du, Pepita!

SILIA: Danke… sehr schön… Sie sind also der Marchese Miglioriti?

ERSTER BETRUNKENER HERR: Der junge Marchese!

SILIA: *(zum zweiten betrunkenen Herrn)* Und Sie sind Memè?

ZWEITER BETRUNKENER HERR: Nein, Cocò… Memè ist der da. *(Deutet auf den ersten Betrunkenen.)*

SILIA: Ah, sehr gut… Cocò… Memè, und Sie?

DRITTER BETRUNKENER HERR: *(in alberner Weise den Schlauen spielend)* Moi… moi… je ne sais pas, mon petit chou!

SILIA: Macht nichts! Einer reicht mir.

ZWEITER BETRUNKENER HERR: Aber wir wollen alle dabei sein! Wir wollen sie doch alle…

DRITTER BETRUNKENER HERR:… die spanische Nacht!

Erster betrunkener Herr: Ich habe keine Absichten ... aber ich möchte dich tanzen sehen, Pepita ... mit Kastagnetten ... weißt du?

Zweiter betrunkener Herr: Ja, erst tanzen... und dann...

Miglioriti: Aber nicht so angezogen!

Dritter betrunkener Herr: Was heißt angezogen, meine Herren! Nichts da, angezogen!

Zweiter betrunkener Herr: *(indem er aufsteht und auf Silia zugeht)* Jawohl! ... Natürlich! ... Nackt ... ja ... nackt, nackt ...

Die anderen: *(ebenso, indem sie auf sie zustürzen, als wollten sie ihr die Kleider vom Leib reißen)* Nackt! Nackt! Sehr gut! Jawohl, nackt!

Silia: *(wehrt sich, macht sich los)* Aber doch nicht hier, meine Herren, entschuldigen Sie! Nackt, jawohl ... aber nicht hier!

Dritter betrunkener Herr: Und wo denn?

Silia: Auf dem Marktplatz, wenn überhaupt!

Miglioriti: *(erstaunt)* Auf dem Marktplatz?

Zweiter betrunkener Herr: *(ebenso)* Was, auf dem Marktplatz?

Erster betrunkener Herr: *(ebenso)* Nackt auf dem Marktplatz?

Silia: Aber natürlich! Der Mondschein... Jetzt kommt keiner vorbei... Nur das Reiterstandbild des Königs steht dort... Jawohl, dort! Zwischen Ihnen Vieren im Frack... *(In diesem Augenblick kommen in Begleitung von Clara drei Herren und zwei Damen aus den Stockwerken über und unter Silias Wohnung herein. Sie rufen wirr durcheinander.)*

Die anderen Hausbewohner: Wie? – Was ist los? – Wer sind die? – Ein Überfall?

Silia: *(die ganz plötzlich Tonfall und Haltung wechselt)* Jawohl, ein Überfall! Ein Überfall in meinem eigenen Haus, meine Herrschaften! Die Tür haben sie aufgebrochen, sie haben sich auf mich gestürzt, sie haben versucht, mir die Kleider vom Leib zu reißen, wie Sie selbst sehen können, meine Herrschaften, und sie haben mich in jeder nur denkbaren Weise beleidigt, in der allererbärmlichsten Form!

ZWEITER HAUSBEWOHNER: *(versucht, sie zu verjagen)* Raus, raus hier!

ERSTER HAUSBEWOHNER: Lassen Sie die Dame los!

DRITTER HAUSBEWOHNER: Verschwinden Sie hier!

ERSTER BETRUNKENER HERR: Immer mit der Ruhe! Immer mit der Ruhe!

ZWEITER HAUSBEWOHNER: Verschwinden Sie, verschwinden Sie!

ERSTE HAUSBEWOHNERIN: Verbrecher!

MIGLIORITI: Aber das ist doch ein offenes Haus hier!

ZWEITER BETRUNKENER HERR: Spanien ist zu haben!

ZWEITE HAUSBEWOHNERIN: Schämen Sie sich!

ERSTE HAUSBEWOHNERIN: Raus, raus, Trunkenbolde!

DRITTER BETRUNKENER HERR: Das ganze Getöse lohnt sich doch nicht! Tant de bruit pour une omelette!

MIGLIORITI: Die liebe Pepita!

ZWEITER HAUSBEWOHNER: Was heißt hier Pepita?

ERSTE HAUSBEWOHNERIN: Was heißt hier Pepita? Das ist doch Frau Gala.

DRITTER HAUSBEWOHNER: Verstehen Sie? Die Frau Gala.

DIE BETRUNKENEN HERREN: Die Frau Gala?

ERSTER HAUSBEWOHNER: Mit Sicherheit!

ERSTE HAUSBEWOHNERIN: Schämen Sie sich!

ZWEITER BETRUNKENER HERR: Na gut… dann bitten wir um Verzeihung für die kleine Verwechslung.

DIE HAUSBEWOHNER: Raus, raus hier!

DRITTER BETRUNKENER HERR: Doucement, doucement, s'il vous plait!

MIGLIORITI: Der hat Schuld, der hat angefangen, »Carmen« zu singen.

DRITTER BETRUNKENER HERR: Wir wollten doch nur Spanien die Ehre erweisen.

DRITTER HAUSBEWOHNER: Genug jetzt. Machen Sie, daß Sie rauskommen!

ZWEITER BETRUNKENER HERR: Nein, wir wollen zuerst die Dame um Verzeihung bitten.

ERSTER HAUSBEWOHNER: Hören Sie auf damit, es reicht.

MIGLIORITI: Jawohl... bitte, meine Herrschaften... und ihr alle mit... auf den Knien... wir bitten um Verzeihung...

SILIA: *(zu dem knienden Miglioriti)* O nein! Das reicht nicht, mein Herr! Ich habe Ihren Namen! Und Sie werden mir Genugtuung geben müssen für den Übergriff, den Sie sich da mit Ihren Kumpanen in meinem Haus erlaubt haben...

MIGLIORITI: Wenn wir Sie doch um Verzeihung bitten...

SILIA: Ich nehme keine Entschuldigungen an, und ich gewähre keine Verzeihung!

MIGLIORITI: *(steht auf)* Na gut... *(Bedauernd:)* Sie haben meine Karte. Ich stehe zur Verfügung...

SILIA: Gehen Sie! Verlassen Sie augenblicklich mein Haus! *(Die vier Betrunkenen, die trotz allem das Bedürfnis verspüren, sich zu verabschieden, werden von den Hausbewohnern fortgedrängt und von Clara zur Tür begleitet. Silia zu den Hausbewohnern:)* Ich danke Ihnen, meine Herrschaften, und ich bitte um Verzeihung für die Störung.

ZWEITER HAUSBEWOHNER: Aber ich bitte Sie, gnädige Frau!

ERSTER HAUSBEWOHNER: Wir haben doch nur unsere Pflicht getan!

ERSTE HAUSBEWOHNERIN: Unter Nachbarn!

DRITTER HAUSBEWOHNER: Das waren ja schöne Verbrecher!

ERSTE HAUSBEWOHNERIN: Nicht einmal in den eigenen vier Wänden ist man mehr sicher.

ZWEITE HAUSBEWOHNERIN: Aber vielleicht sollten Sie... ich meine, da sie Sie doch um Verzeihung gebeten haben...

Silia: O nein, entschuldigen Sie! Es ist ihnen wiederholt gesagt worden, daß sie sich in der Wohnung einer Dame der guten Gesellschaft befinden, und trotzdem... die Herrschaften wissen ja gar nicht, was für Angebote sie gewagt haben, mir zu machen.

Erster Hausbewohner: Natürlich. Die gnädige Frau hat ganz recht.

Zweiter Hausbewohner: Sie haben das einzig Richtige getan. Das einzig Richtige!

Erste und zweite Hausbewohnerin: Einen Denkzettel haben die verdient! Einen Denkzettel! Arme Frau Gala!

Silia: Ich kenne den Namen eines dieser... Gentlemen; er hat ihn mir selbst gegeben, um mir zu beweisen, daß er, wenn er sich schon im Haus einer Dame der guten Gesellschaft befinde, selbst auch zur guten Gesellschaft gehöre...

Dritter Hausbewohner: Und wer ist es? Wer ist es?

Silia: Hier, lesen Sie! Der Marchese Miglioriti!

Erste Hausbewohnerin: Oh! Der Marchese Miglioriti!

Zweite Hausbewohnerin: Ein Marchese!

Alle: Eine Schande!

Silia: Verstehen Sie? Eine Provokation!

Zweite Hausbewohnerin: Ja natürlich, Sie haben recht! Einen Denkzettel brauchen die!

Erste Hausbewohnerin: Die gehören bloßgestellt.

Dritter Hausbewohner: Und bestraft!

Erster Hausbewohner: In aller Öffentlichkeit.

Zweiter Hausbewohner: Aber jetzt beruhigen Sie sich bitte, gnädige Frau...

Zweite Hausbewohnerin: Ja, ruhen Sie sich ein bißchen aus...

Erste Hausbewohnerin: Wir lassen Sie jetzt allein...

Alle: Auf Wiedersehen!... Auf Wiedersehen!... Gute Nacht.

Ab.

Sechste Szene

Silia, Guido.

Silia: *(kaum daß die anderen Hausbewohner draußen sind, betrachtet sie mit flammendem Gesicht, vor Erregung zitternd, die Visitenkarte Miglioritis und nickt lachend vor sich hin, wie um anzudeuten, daß sie ihr geheimes Ziel erreicht hat. Unterdessen klopft Guido laut an die Tür rechts.)* Ich komme schon! Ich komme schon! *(Sie läuft hin und öffnet.)*

Guido: *(vor Entrüstung zitternd)* Warum hast du mich eingesperrt? Ich habe mir vor Wut fast die Finger abgebissen!

Silia: Aber ja... aber ja... das hätte mir gerade noch gefehlt, daß du aus meinem Schlafzimmer kommst und mich verteidigst, mich kompromittierst und... *(sie sieht ihn mit einem irren Lachen in den Augen an)* und alles gefährdest! *(Sie zeigt ihm Miglioritis Karte.)* Sieh her! Ich hab' sie! Da ist sie!

Guido: Ich weiß! Ich kenne ihn gut! Aber was willst du nun tun?

Silia: Hier hab' ich sie, sag' ich dir! Für ihn! *(Sie spielt auf ihren Mann an.)*

Guido: *(sieht sie an, entsetzt)* Silia... *(Er geht auf sie zu, um ihr die Karte zu entreißen.)*

Silia: *(versteckt sie)* Was? Ich will doch sehen, ob es mir nicht gelingt, ihm zumindest einen kleinen Ärger zu bereiten!

Guido: *(wie vorhin)* Aber weißt du überhaupt, wer dieser Herr ist?

Silia: Der Marchese Aldo Miglioriti!

Guido: Um Himmels willen... um Himmels willen, schlag dir diesen Gedanken aus dem Kopf!

Silia: Ich schlag mir gar nichts aus dem Kopf! Er hat mir hier den Liebhaber zurückgelassen, der mich nicht verteidigen konnte? Na, dann hat er die Sache in Ordnung zu bringen!

GUIDO: Nein, das nicht, hörst du! Das werde ich um jeden Preis verhindern!

SILIA: Gar nichts wirst du verhindern! Ah, du kannst ja nicht…

GUIDO: Ach, du wirst schon sehen!

SILIA: Wir werden alles morgen sehen! *(Laut, die einzelnen Silben betonend, herrisch:)* Hör mal: Es ist genug… ich bin müde.

GUIDO: *(düster, bedrohlich)* Ich gehe.

SILIA: *(sofort, herrisch)* Nein! *(Mit einer ganz anderen Stimme:)* Komm her zu mir…

GUIDO: *(ohne sich zu ergeben, tritt zu ihr hin)* Was willst du?

SILIA: Was ich will… was ich will… ich will dich nicht mehr so sehen. *(Pause. – Sie lacht laut vor sich hin, dann:)* Aber weißt du, die armen Jungen hab' ich ganz schön schlecht behandelt!

GUIDO: Ja eben, entschuldige: Genau das wollte ich dir sagen; du hast gar keinen Grund dazu.

SILIA: *(von neuem sehr bestimmt und herrisch, will über diesen Punkt keine Diskussion aufkommen lassen)* O nein, das nicht!

GUIDO: Sie haben sich geirrt… Sie haben dich um Verzeihung gebeten!

SILIA: Schluß mit diesem Thema, hab' ich gesagt! *(Pause.)* Ich meine, was sie betrifft… an und für sich, die Armen… sie waren schon sehr komisch… *(Mit einem traurigen Seufzer des Neides:)* Was für Einfälle Männer nachts manchmal haben… Der Mond… Tanzen wollten sie mich sehen, weißt du? Auf dem Marktplatz… *(ganz leise, fast ins Ohr geflüstert:)* und nackt…

GUIDO: Silia…

SILIA: *(wirft den Kopf zurück, kitzelt ihn mit den Haaren im Gesicht)* Ich möchte dein verrücktes kleines Mädchen sein.

Vorhang

ZWEITER AKT

In der Wohnung Leone Galas. Ein seltsam wirkendes Speise- und Arbeitszimmer. Gedeckter Tisch, Schreibtisch mit Büchern und Papieren darauf. Bücherregale und Glasschränke mit kostbarem Tafelgeschirr. Eine Tür in der Hinterwand führt in Leones Schlafzimmer. Durch eine Seitentüre links gelangt man in die Küche. Der Haupteingang ist rechts.

Erste Szene

Leone Gala, Guido Venanzi, Filippo, genannt Sokrates.
Wenn der Vorhang aufgeht, ist Leone Gala, der eine Kochmütze und eine weiße Schürze trägt, dabei, mit einem hölzernen Löffel ein Ei in einem Napf schaumig zu schlagen. Filippo, der gleichfalls wie ein Koch angezogen ist, tut dasselbe. Guido Venanzi sitzt und hört den beiden zu.

LEONE: *(zu Guido, wobei er auf Filippo anspielt)* Ja, genau: Er könnte auch mein Teufel sein…

FILIPPO: *(mürrisch, ärgerlich)* Der Teufel, der Sie holen sollte!

LEONE: Er flucht. Und jetzt kann ich's nicht mehr sagen.

FILIPPO: Aber was wollen Sie denn noch sagen? Halten Sie doch endlich den Mund!

GUIDO: Daß Sie im Gegenteil Sokrates sind.

FILIPPO: *(zu Leone)* Hören Sie auf mit diesem Sokrates. Den kenn' ich nicht!

LEONE: Was denn! Du kennst ihn nicht!

FILIPPO: Nein, mein Herr! Und ich will auch nichts mit ihm zu tun haben. Passen Sie lieber auf Ihr Ei auf!

LEONE: Ich pass' ja auf, ich pass' ja auf…

FILIPPO: Und in welche Richtung bewegen Sie ihn?

Leone: Wen denn?

Filippo: Na, den Kochlöffel! Den Kochlöffel!

Leone: Immer in die richtige, keine Sorge!

Filippo: Sie werden diesen Herrn hier beim Mittagessen noch vergiften, das sag' ich ihnen, wenn Sie weiter so quasseln.

Guido: Aber wieso denn? Ich amüsiere mich königlich!

Leone: Ich mach ihn innerlich ein bißchen leer, damit er Appetit bekommt.

Filippo: Ja, schlagen Sie doch weiter!

Leone: Ach, das hättest du gleich sagen sollen.

Filippo: Jawohl, jawohl... Und was machen Sie jetzt schon wieder?

Leone: Was tue ich denn?

Filippo: Ja, rühren Sie doch weiter, um Himmels willen! Da darf man keinen Augenblick nachlassen!

Leone: Bin ja schon dabei.

Filippo: Ist es denn die Möglichkeit, daß ich mit den Augen auf das achten muß, was Sie tun, mit den Ohren auf das, was Sie sagen, und mit dem Kopf, der mir gleich platzt, auf all den Blödsinn, den Sie von sich geben? Ich habe genug, ich gehe wieder in die Küche!

Leone: Aber nein, laß doch! Bleib hier. Ich werde den Mund halten. *(Leise zu Venanzi, aber doch so, daß Filippo es hören soll:)* Den hat Bergson verdorben.

Filippo: Jetzt kommt er auch noch mit diesem Bergson!

Leone: Aber ja, zum Teufel! *(Zu Venanzi:)* Seit ich ihm die Theorie der Intuition auseinandergesetzt habe, ist er ein anderer geworden. Vorher war er großartig im logischen Argumentieren.

Filippo: Ich habe nie logisch argumentiert, nicht nach Ihren Regeln! Und ich werde es Ihnen beweisen, auf der Stelle, wenn Sie nicht aufhören! Ich lasse alles hier stehen und liegen und verschwinde ein für alle Mal!

Leone: Siehst du? Und da soll ich nicht sagen, daß Bergson ihn mir verdorben hat. Aber Bergson, na gut, da kann ich noch mit dir einer Meinung sein, was seine Kritik des Verstandes betrifft...

Filippo: Na also, dann Schluß damit! Schlagen Sie weiter!

Leone: Ich schlage ja, ich schlage ja... Aber hör mir zu! Was es an Flüssigem, Lebendigem, Beweglichem, Dunklem in der Wirklichkeit gibt, jawohl, das läßt sich vom Verstand nicht erfassen... *(Zu Venanzi, gleichsam als Parenthese:)* Wieso er es nicht erfassen kann, das weiß ich allerdings nicht, und zwar lediglich deshalb, weil der Herr Bergson das behaupten kann! Wie kann er es denn behaupten? Wer läßt ihn zu dieser Behauptung gelangen, wenn nicht der Verstand? Und also kann er es ja doch erfassen, will mir scheinen, nicht wahr?

Filippo: *(schreit, am Ende seiner Nervenkraft)* Schlagen Sie!

Leone: Ich schlage ja die ganze Zeit, siehst du das nicht? Hör zu, Venanzi: Das ist wirklich ein wunderschönes Spielchen, das sich der Verstand mit Herrn Bergson erlaubt, indem er ihn glauben macht, er wäre von ihm entthront und beschämt worden, zum unsäglichen Vergnügen sämtlicher unverständigen Damen von Paris! Hör mir zu: Ihm zufolge kann der Verstand bloß die identischen und konstanten Aspekte und Eigenschaften der Materie in Betracht ziehen; er hat geometrische, mechanische Gewohnheiten; die Wirklichkeit aber ist ein ständiger Fluß unaufhörlicher Neuheit, und der Verstand zerstückelt diesen Fluß in lauter stabile, gleichförmige Teilchen...

Filippo: *(der ihn keinen Augenblick aus den Augen läßt, während er unaufhörlich in seiner Schüssel schlägt, schleicht sich gebückt an ihn an, wartet darauf, daß Leone, der sich in Hitze geredet hat, einen Moment lang mit Schlagen innehält, und schreit ihn dann an)* Und was tun Sie jetzt gerade?

Leone: *(erschrickt, beginnt sofort wieder zu schlagen)* Du hast recht… ja ja… ich schlage ja schon wieder.

Filippo: Merken Sie denn nicht, daß dieses Gerede vom Verstand nur dazu führt, daß Sie ihn verlieren?

Leone: Ach, hör mal, wenn der Verstand, den ich verliere, nur dazu dienen soll, mich ein Ei schaumig schlagen zu lassen, mein Lieber! Nur immer mit der Ruhe! Ja, es ist notwendig, Eier schaumig zu schlagen, das erkenne ich auch an, und ich bin gehorsam, siehst du? Gehorsam gegenüber dieser Notwendigkeit, die du mich lehrst…

Guido: *(fällt ihm ins Wort)* Ihr seid wirklich göttlich, alle beide!

Leone: Keine Spur! Göttlich bin ich allein! Er jedoch, er ist schon seit einer ganzen Weile von Bergson verdorben…

Filippo: Ich bitte Sie, mir zu glauben, daß mich niemand verdorben hat!

Leone: Aber ja, mein Lieber: Du bist so beklagenswert menschlich geworden, daß ich dich gar nicht wiedererkenne! Laß mich doch ein wenig schwadronieren, zum Teufel! Ein bißchen Leere, während ich mit meinem Eierschlagen dafür gesorgt habe, daß diese Schüssel hier ganz voll geworden ist!

Man hört ein lautes Klingeln an der Tür. Filippo stellt die Schüssel ab und geht zur rechten Tür, um zu öffnen.

Leone: *(stellt die Schüssel ab)* Warte… warte… komm her: Binde mir zuerst diese Schürze auf… *(Filippo tut es.)* Und nimm das mit in die Küche *(Er nimmt die Kochmütze ab und gibt sie ihm.)*

Filippo: Na, der haben Sie Ehre gemacht, das sage ich Ihnen! *(Ab durch den Eingang links. Er trägt Mütze und Schürze Leones in die Küche und kommt wenig später – während der folgenden, sehr raschen Szene zwischen Leone und Guido –*

wieder herein, um auch die beiden Schüsseln mit den schaumig geschlagenen Eiern zu holen und in die Küche zu tragen, wobei er ganz vergißt, öffnen zu gehen.)

Zweite Szene

Leone Gala, Guido Venanzi, dann von neuem Filippo.

GUIDO: *(der verlegen, sehr verwirrt und erschrocken, bei dem lauten Klingeln aufgesprungen ist)* Hat es... hat es geläutet?

LEONE: *(sieht ihn an und bemerkt seine Verwirrung)* Ja. Was ist denn?

GUIDO: O Gott... Leone... das wird sie sein!

LEONE: Silia? Hier?

GUIDO: Ja, hör zu, ich flehe dich an... Ich bin deshalb so früh hergekommen... um dich zu warnen.

LEONE: Wovor?

GUIDO: Vor etwas, was da gestern passiert ist...

LEONE: Silia ist etwas passiert?

GUIDO: Eigentlich gar nichts, weißt du? Eine kleine Dummheit... ja, eine richtige Dummheit, nichts weiter... So unbedeutend, daß ich dir zunächst nichts gesagt habe, weil ich hoffte, daß... daß sie, nachdem sie darüber geschlafen hat, sich die Sache... *(Neues, noch lauteres Klingeln an der Tür.)* Aber nun ist sie hier... es ist sicher sie!

LEONE: *(ruhig, wendet sich zur Tür links)* Sokrates, zum Teufel! Geh endlich aufmachen!

GUIDO: Warte... warte... *(Zu dem eintretenden Filippo:)*... Warten Sie!

FILIPPO: Ich hatte das ganz vergessen.

GUIDO: Warten Sie! *(Zu Leone:)* Ich warne dich, Leone, deine Frau will eine Wahnsinnstat begehen.

LEONE: Das ist ja nichts Neues!

GUIDO: Und sie will dich zwingen, mitzumachen!

LEONE: Mich? Ach so! *(Zu Filippo:)* Geh schnell aufmachen, los! Die Besuche meiner Frau, lieber Guido, sind mir aus diesem Grunde immer besonders angenehm. *(Filippo, mehr denn je irritiert, geht aufmachen.)*

GUIDO: Aber du weißt nicht, worum es sich handelt!

LEONE: Worum auch immer, laß mich nur machen. Du wirst sehen. *(Er kehrt zu dem Bild des rohen Eis aus dem ersten Akt zurück:)* Ich fange es, bohre zwei Löcher hinein und trinke es aus.

Dritte Szene

Die Vorigen und Silia.

SILIA: *(stürzt herein wie ein Wirbelsturm und entdeckt Guido Venanzi)* Ah, Sie sind hier? Sie sind gekommen, um ihn zu warnen?

GUIDO: Nein, ich schwöre Ihnen, gnädige Frau: Ich habe nichts gesagt!

SILIA: *(sieht ihren Mann argwöhnisch an)* Ich sehe doch, daß er alles weiß!

LEONE: Nein, meine Liebe: Nichts weiß ich! *(Dann, in einem fast neuen, fröhlichen, fremden Ton:)* Guten Tag!

SILIA: *(schüttelt sich)* Was heißt hier ein guter Tag! *(Zu Venanzi, vor Erregung zitternd:)* Wenn Sie das getan haben!

LEONE: Nein, nein. Rede nur, und der Überraschungseffekt, den du dir versprochen hast, ist dir sicher. Er hat mir nichts gesagt. Übrigens, wenn du noch einmal hinausgehen und den Auftritt wiederholen willst, um mich so unversehens zu überfallen…

SILIA: Hör mal, Leone, ich bin nicht gekommen, um mit dir zu scherzen! *(Zu Venanzi:)* Warum sonst treffe ich Sie hier an?

GUIDO: Nun… ich war gekommen, um…

LEONE: Sag ihr die Wahrheit. Um mich zu warnen, das

ist wahr, vor was weiß ich für einer deiner Verrücktheiten…

SILIA: *(fährt hoch)* Ach! Eine meiner Verrücktheiten!

GUIDO: Ja, gnädige Frau; denn ich, ich kann das nicht anders bewerten.

LEONE: Aber er hat sie mir nicht verraten! Ich weiß nicht, was es ist!

GUIDO: Ich hoffte, Sie würden nicht kommen…

LEONE:… und deshalb hatte er mir nichts davon gesagt, verstehst du?

SILIA: Und woher weißt du dann, daß es um »eine meiner Verrücktheiten« geht?

LEONE: Ach das, das habe ich mir selbst auch denken können! Aber in Wahrheit…

GUIDO: Doch, das habe ich ihm gesagt, daß es eine Verrücktheit ist, und dazu stehe ich!

SILIA: *(mit erhobener Stimme, äußerst gereizt)* Halten Sie den Mund, niemand gibt Ihnen das Recht, über meine Empfindlichkeit zu urteilen! *(Pause. Dann, zu ihrem Mann, wie einen Schuß in die Brust:)* Du bist zum Duell gefordert worden!

LEONE: Was? Ich, zum Duell gefordert?

GUIDO: Was denn, zum Duell gefordert! Das stimmt doch nicht!

SILIA: Zum Duell! Zum Duell!

LEONE: Und wer soll mich gefordert haben?

GUIDO: Aber nein…

SILIA: Aber ja, zum Duell gefordert! Ich weiß nicht, ob er dich gefordert hat, oder ob du ihn fordern mußt; in diesen Dingen kenn' ich mich nicht aus; ich weiß nur, daß ich hier die Karte dieses Schurken habe *(sie zieht sie aus der Tasche),* da ist sie! *(Sie gibt sie Leone.)* Zieh dich sofort an und lauf, du mußt dir zwei Sekundanten suchen.

LEONE: Immer mit der Ruhe… immer mit der Ruhe…

Silia: Nein, sofort! Du mußt sofort los! Ohne auf diesen Herrn hier zu hören, der dich glauben machen will, es wäre eine Verrücktheit von mir, weil es ihm so in den Kram paßt!

Leone: Ach, ihm paßt es in den Kram?

Guido: *(entrüstet, erregt)* Was heißt, mir passe es in den Kram! Entschuldigen Sie, was soll mir da passen?

Silia: Es paßt Ihnen, jawohl! Es paßt Ihnen! Ein Wunder, daß Sie ihn nicht auch noch verteidigen, da… diesen Schurken…

Leone: *(betrachtet die Karte)* Aber wer ist das?

Guido: Der Marchese Aldo Miglioriti!

Leone: Kennst du ihn?

Guido: Ich kenne ihn sehr gut! Einer der besten Fechter unserer Stadt, verstehst du?

Silia: Ach, deshalb also?

Guido: *(bleich, zitternd)* Was heißt deshalb? Was wollen Sie damit sagen?

Silia: *(als spräche sie zu sich selbst, mit Hohn und Verachtung in der Stimme)* Deshalb… deshalb…

Leone: Ja, also, darf ich vielleicht auch erfahren, was geschehen ist? Weshalb soll ich zum Duell gefordert werden? Weshalb sollte ich jemanden fordern?

Silia: *(losbrechend)* Weil ich beleidigt worden bin, besudelt, heimtückisch und tödlich beleidigt, verstehst du? In meinem eigenen Haus, und deinetwegen… weil ich allein war, ohne Schutz… besudelt und beleidigt… mit ihren schmutzigen Händen… da, auf der Brust, verstehst du? Weil sie gedacht haben, ich wäre eine… ach! *(Sie schlägt die Hände vors Gesicht und bricht in ein schrilles, krampfhaftes Weinen der Scham und der Wut aus.)*

Leone: Wie denn das? Dieser Marchese da?

Silia: Zu viert waren sie… du hast sie gesehen!

Leone: Ach so! Die vier Herren, die da am Tor standen?

SILIA: Jawohl, die, genau die, sie sind heraufgekommen, haben die Tür eingedrückt…

GUIDO: Aber die waren doch beschwipst! Die waren doch nicht mehr klar im Kopf!

LEONE: Ach… was? Du warst dabei?

Auf diese Frage hin, in der gespielte Verblüffung mitschwingt, tritt eine Pause der Verlegenheit bei Silia und Guido ein.

GUIDO: Ja, schon… aber… ich…

SILIA: *(fängt sich schnell, aggressiv)* Ja, wolltest du vielleicht, daß er mich verteidigt? Er sollte mich verteidigen? Als mein Ehemann mir gerade den Rücken gekehrt, mich dem Angriff dieser vier Flegel preisgegeben hatte, die, wenn er dazugekommen wäre…

GUIDO: *(unterbricht)* Ich war nebenan, verstehst du?

SILIA: *(stellt klar)* Im Speisezimmer –

LEONE: *(ganz friedfertig)*… um noch ein Gläschen zu trinken?

SILIA: *(platzt wütend heraus)* Wo sie es mir auch noch gesagt haben, wo sie mir gesagt haben: »Wenn du da drinnen schon einen Herrn hast, dann laß dich mal… nicht stören, ja?« Das hätte gerade noch gefehlt, um mich vollends zu kompromittieren, daß er herausgekommen wäre! Wehe, wenn er das getan hätte! Gott sei Dank hat er es begriffen!

LEONE: Ich verstehe… ich verstehe… Aber ich wundere mich, Silia… nein, was heißt, ich wundere mich? Ich bin geradezu verblüfft, daß dein Köpfchen sogar auf diese feine Unterscheidung verfallen ist, meine Liebe!

SILIA: *(verdattert, versteht ihn nicht)* Was für eine Unterscheidung?

LEONE: Nun, daß es meine Sache war, dich zu verteidigen, weil ich der Ehemann bin und du die Ehefrau dazu, während er… nun, einer ist, der, wenn er – Gott bewahre! – in diesem Augenblick erschienen wäre, unter diesen vier Betrunkenen – obwohl, ein bißchen angeheitert muß er ja wohl mittlerweile auch schon gewesen sein...

GUIDO: Was heißt angeheitert! Ich versichere dir, ich bin lediglich aus Besonnenheit nicht hineingegangen.

LEONE: Und hast sehr gut dran getan, mein Lieber! Das Wunder liegt darin: in diesem Köpfchen, das imstande war, diese Besonnenheit zu begreifen, zu verstehen, daß du sie kompromittiert hättest, wenn du dazugekommen wärst... das dich deshalb nicht zu Hilfe gerufen hat, während sie doch so brutal angegriffen wurde von diesen vier...

SILIA: *(schnell, fast kindlich)* – auf den Leib gerückt sind sie mir, weißt du? Alle haben sie nach mir gegriffen... um mir das Kleid vom Leib zu reißen...

LEONE: *(zu Guido)* Verstehst du? Und da dachte sie noch an mich! Daß es meine Sache war! Das ist ein solches Wunder, daß ich sofort, hier, auf der Stelle bereit bin, alles zu tun, was meine Sache ist.

SILIA: *(verblüfft, sehr blaß, traut ihren Ohren kaum)* Ach – sehr gut!

GUIDO: *(schnell)* Wie? Du nimmst an?

LEONE: *(leise, lächelnd)* Aber natürlich nehme ich an! Entschuldige! Ganz zwangsläufig. Du denkst nicht konsequent!

GUIDO: *(verblüfft)* Ich?

LEONE: Aber ja, du! Du! Denn daß ich annehme, ist eine präzise Folge deiner Besonnenheit.

SILIA: *(triumphierend)* Nicht wahr! Das meine ich auch! *(Sie klatscht in die Hände.)*

GUIDO: *(verstört)* Wie... entschuldigt... wieso meiner Besonnenheit?

LEONE: *(ernst)* Denk ein bißchen nach. Wenn sie so schwer beleidigt worden ist und du gut daran getan hast, dich so besonnen zu verhalten, dann ist die Konsequenz eindeutig, daß ich es bin, der den Schuldigen zum Duell fordern muß!

GUIDO: Aber überhaupt nicht! Nein!... Nicht im geringsten! Denn besonnen habe ich mich verhalten... weil ich begriffen hatte, daß ich es mit vier Unzurechnungsfähigen zu tun haben würde...

SILIA: *(wieder auffahrend)*... das ist nicht wahr!

GUIDO: *(zu Leone)* Du verstehst: In ihrer Weinlaune hatten sie sich in der Tür geirrt. Sie haben sich ja auch entschuldigt!

SILIA: Aber ich habe ihre Entschuldigungen nicht angenommen! Das wäre bequem, erst beleidigen, dann entschuldigen! Das durfte ich nicht annehmen! Ja, sieh doch mal! Als ob sie ihn um Entschuldigung gebeten hätten! Als ob sie ihn beschimpft und beleidigt hätten, während er sich aus Besonnenheit versteckt hatte!

LEONE: *(zu Guido)* Siehst du? Du verdirbst jetzt alles, mein Lieber!

SILIA: Ich bin es, die beleidigt worden ist!

LEONE: *(zu Guido)* Sie ist es, die beleidigt worden ist. *(Zu Silia:)* Und sofort hast du – nicht wahr? – sofort hast du an deinen Mann gedacht! *(Zu Guido:)* Entschuldige, mein Lieber: Ich sehe, du kannst nicht richtig nachdenken!

GUIDO: *(verzweifelt, bemerkt Silias Heimtücke)* Aber laß mich doch in Ruhe! Worüber soll ich denn nachdenken?

LEONE: *(konziliant, immer noch sehr ernst)* Ja, du hast recht, ja, du hast recht, wenn du sagst, du hättest sie kompromittiert, aber nicht, weil sie betrunken waren, verstehst du? Das könnte allenfalls für mich eine Entschuldigung sein, sie nicht zum Duell zu fordern, sie nicht für die Beleidigung zur Rechenschaft zu ziehen, die sie ihr zugefügt haben...

SILIA: *(enttäuscht)* Was?

LEONE: *(sofort)* Allenfalls, hab' ich gesagt, sei ganz beruhigt. *(Zu Guido:)* Aber das kann kein Grund für deine Besonnenheit sein, im Gegenteil, hör mal... wenn sie betrunken waren, hättest du ruhig ein bißchen weniger besonnen sein können.

SILIA: Ja, eben! Das ist ganz richtig... bei Betrunkenen... ein Herr, der einen Besuch macht... es war ja noch nicht Mitternacht!

GUIDO: *(protestiert)* Nein! Wieso denn? Wenn ihr...

LEONE: *(hastig, zu Silia gewandt)* Nein, nein, nein, entschuldige schon! Er hat sehr richtig gehandelt, das hast du selbst gesagt! So, wie auch du gut daran getan hast, an mich zu denken. Ihr habt beide ganz und gar richtig gehandelt!

GUIDO: *(zwischen zwei Feuern)* Aber nein... aber ich...

LEONE: Laß nur! Ich bin ja so froh, daß sie zum ersten Mal in ihrem Leben eine Verankerung gefunden hat: die, die mich an der mir zugeteilten Rolle festbindet – als Ehemann! Und da glaubst du, ich wollte die abreißen? Ja, meine Liebe, ja – dein Mann, und du bist die Ehefrau, und er... nun, er wird selbstverständlich der Sekundant sein!

GUIDO: *(fährt auf)* O nein, das nicht, hörst du! Das kannst du gleich vergessen!

LEONE: Warum denn nicht, entschuldige?

GUIDO: Weil ich das nicht annehme!

LEONE: Du nimmst nicht an?

GUIDO: Nein!

LEONE: Aber du mußt annehmen.

GUIDO: Ich sage dir doch, vergiß es! Ich nehme nicht an.

SILIA: *(bissig)* Das wird wohl wieder diese Besonnenheit sein...

GUIDO: *(verzweifelt)* Aber Signora!

LEONE: *(vermittelnd)* Entschuldigt ... entschuldigt, liebe Freunde ... überlegen wir doch einmal ... *(Zu Guido:)*

Schau: Kannst du leugnen, daß du dich in der ganzen Stadt zu Kavaliersdiensten zur Verfügung stellst? Alle kommen sie zu dir! Zum Teufel, es vergeht doch kein Monat, ohne daß du mit einem Duell zu tun hast, du Berufs-Sekundant! Das wäre ja gelacht! Was würden die Leute sagen, die wissen, daß du mein Freund bist und so viel Erfahrung in diesen Dingen hast, wenn dann ich, ausgerechnet ich, mich an jemand anderen wenden wollte?

GUIDO: Du kannst dich ruhig an andere wenden, denn ich nehme nicht an!

LEONE: *(sieht ihm fest in die Augen)* Dann müßtest du mir den Grund dafür sagen. Und das kannst du nicht! *(In anderem Ton:)* Ich meine ... du kannst keinen Grund dafür haben, weder vor mir noch vor den anderen.

GUIDO: Wieso denn nicht? Wenn doch für mich hier gar kein Anlaß zu einem Duell vorliegt?

LEONE: Das solltest gerade du nicht sagen!

SILIA: Ich habe diesen Herren gezwungen, mir seine Karte dazulassen; ich habe geschrien, vor allen Leuten ...

LEONE: Ach, da sind Leute dazu gekommen?

SILIA: Ja, auf meine Schreie hin! Und alle haben gesagt, daß diese Kerle einen gewaltigen Denkzettel verdienen!

LEONE: Na also, siehst du? Ein öffentlicher Skandal! *(Zu Silia:)* Du hast recht! *(Wieder zu Guido:)* Hör auf, hör auf, mein Lieber, es hat keinen Sinn, darüber noch zu diskutieren!

GUIDO: *(umschwenkend, um sich von neuem Silias Gunst zu sichern)* Ach, schließlich, wenn du unbedingt willst – von mir aus führ' ich dich auch zur Schlachtbank!

SILIA: *(fährt auf; da sie sich alleingelassen sieht, beginnt sie zu bereuen)* Ach was! Jetzt wollen wir doch nicht gleich übertreiben!

GUIDO: Zur Schlachtbank, zur Schlachtbank, Signora! Er will es so, also werde ich ihn zur Schlachtbank führen!

LEONE: Nein, also... eigentlich hab' ich nichts damit zu tun, ihr wollt es so...

SILIA: Aber es muß doch nicht gleich ein Duell bis zum letzten Blutstropfen sein!

GUIDO: O nein, entschuldigen Sie, Signora, hier gibt es nur zwei Möglichkeiten: Entweder das Duell findet statt oder nicht. Wenn es stattfindet, jedenfalls unter den schärfsten Bedingungen!

LEONE: Zweifelsohne, zweifelsohne!

SILIA: Warum?

GUIDO: Denn wenn ich die Forderung überbringe, drücke ich allein dadurch aus, daß ich die Leute nicht als Betrunkene betrachte –

LEONE: – sehr richtig! –

GUIDO: – und daß deshalb die Ihnen zugefügte Beleidigung besonders schwerwiegend ist!

LEONE: – sehr richtig! –

SILIA: Aber Sie könnten das doch herunterspielen...

GUIDO: Das kann ich nicht! Wie sollte ich?

LEONE: Du hast recht! *(Zu Silia:)* Das kann er nicht!

GUIDO: Auch deshalb: Wenn Miglioriti sieht, daß wir seinen Zustand, seine Entschuldigung wegen der Verwechslung nicht berücksichtigen, dann...

LEONE: – aber sicher! –

GUIDO: – aus Trotz, verstehst du? –

LEONE: – na klar! –

GUIDO: – wird er die schärfsten Bedingungen verlangen!

LEONE: Das muß ihm ja als Provokation erscheinen... einem Haudegen wie ihm!

GUIDO: Überleg dir das gut! Einer unserer besten Fechter, hab' ich dir gesagt. Und du weißt nicht einmal, wie ein Degen aussieht!

LEONE: Nein, das wirklich nicht! Aber darum wirst du dich schon kümmern! Was scheren mich diese Dinge?

GUIDO: Was heißt, darum werde ich mich kümmern?

LEONE: Na, ich kümmere mich bestimmt nicht darum!

GUIDO: Aber du verstehst, was ich dabei für eine Verantwortung habe?

LEONE: Die volle ... die allerschwerste Verantwortung ... das weiß ich! Du tust mir auch leid! Aber du mußt deine Rolle spielen, so wie ich die meine. Das ist nun einmal das Spiel. Sogar sie hat das begriffen! Jeder muß seine Rolle spielen, bis zum Letzten. Und du kannst sicher sein, ich werde mich nicht aus meiner Verankerung fortbewegen, komme, was da kommen mag, ich sehe mich und euch spielen, und ich habe meinen Spaß dabei. Und damit Schluß. *(Es läutet wieder an der Tür, Filippo geht düster, fast wütend, über die Bühne, um aufzumachen.)*

LEONE: *(fortfahrend)* Was mir jetzt am Herzen liegt, ist nur, daß es schnell geht. Geh, geh schon. Kümmere dich um alles ... Oh, brauchst du Geld?

GUIDO: Aber nein, was denn für Geld, jetzt?

LEONE: Mir hat man gesagt, daß so etwas viel Geld kostet.

GUIDO: Na gut, später ... später ...

LEONE: Wir rechnen dann miteinander ab.

GUIDO: Ist dir Barelli als Duellzeuge recht?

LEONE: Aber ja, Barelli oder ein anderer ...

Vierte Szene

Die Vorigen, Doktor Spiga.

LEONE: *(als er Doktor Spiga eintreten sieht)* Komm nur, nur herein, lieber Spiga. *(Zu Guido, der sich bleich und verkrampft Silia genähert hat:)* Ach, à propos ... sieh nur, Guido, da haben wir auch gleich den Arzt.

GUIDO: Ah, guten Tag, Herr Doktor.

LEONE: Wenn du Vertrauen zu ihm hast ...

GUIDO: Nun ja, ich ...

LEONE: Er ist sehr tüchtig, weißt du? Ein hervorragender Chirurg! Aber um ihn nicht allzusehr zu belästigen, habe ich gedacht. *(Wendet sich zu Guido um, der mit Silia spricht:)* Oh, hör mir zu: Wir leben hier wie zwei Einsiedler in der Wüste. Da unten sind die Gärten. Da könnten wir's doch schnell abwickeln, morgen früh.

GUIDO: Ja, ist gut, laß mich nur machen, laß mich jetzt machen! Bring mich nicht durcheinander. *(Er grüßt Silia.)* Lieber Herr Doktor... *(Zu Leone:)* Auf bald. Oder, warte einmal: Ich werde sehr viel zu erledigen haben; ich schicke dir Barelli und komme erst abends vorbei. Auf Wiedersehen. *(Ab durch den Haupteingang.)*

Fünfte Szene

Die Vorigen, ohne Venanzi.

SPIGA: Bitte – worum geht es hier eigentlich?

LEONE: Komm, komm... ich möchte dich zuerst einmal meiner Frau vorstellen...

SPIGA: Oh... wie denn das?

LEONE: *(zu Silia)* Herr Doktor Spiga, mein Freund, Nachbar und unerschrockener Widerspruchsgeist!

SPIGA: Ich freue mich ganz besonders, liebe gnädige Frau... Dann handelt es sich also um *(er deutet an: »um eine Aussöhnung?«)*... Ja, ich freue mich sehr darüber, wenngleich vielleicht für mich damit der Verlust eines lieben Gesprächspartners verbunden sein wird, an den ich mich so gewöhnt hatte.

LEONE: Aber nein, was hast du denn verstanden?

SPIGA: Daß du dich mit deiner Frau aussöhnen wirst.

LEONE: Aber nein, mein Lieber. Wir haben uns ja nicht getrennt. Wir leben in bestem Einvernehmen, nur nicht miteinander. Es bedarf gar keiner Versöhnung.

Spiga: So … Aber dann … Entschuldige … Eben! Ich habe mich doch gleich gefragt, was meine chirurgischen Fähigkeiten mit der Aussöhnung eines Ehepaars zu tun haben könnten? *(An dieser Stelle tritt Filippo, genannt Sokrates, vor, der seine wütende Entrüstung über seinen Herrn nicht länger zurückzuhalten vermag.)*

Filippo: Die hat sogar sehr viel damit zu tun, Herr Doktor! Und ihre chirurgischen Fähigkeiten sind noch gar nichts! Die absurdesten, die verrücktesten Dinge haben hier etwas zu tun, alle! Aber ich habe jetzt endlich genug! Ich gehe! Ich lasse Sie sitzen! *(Unter wütenden Gesten in Richtung Küche ab.)*

Leone: *(zu Spiga)* Geh, geh: Versuch ihn zu besänftigen. Bergson, mein Lieber, Bergson! Eine katastrophale Wirkung!

Spiga: *(lacht, dann, während Leone ihn zum Ausgang links hinschiebt, wendet er sich um)* Sie gestatten, Signora. *(Bleibt hartnäckig dabei:)* Aber entschuldige, ich sehe noch immer nicht, was meine chirurgischen Fähigkeiten damit zu tun haben.

Leone: Geh nur, geh: Er wird es dir erklären.

Spiga: Hmm! *(Ab.)*

Sechste Szene

Leone, Silia.

Leone: *(geht hinter den Stuhl, auf dem Silia geistesabwesend sitzt, beugt sich zu ihr herab, sieht sie an und sagt sanft, fast zärtlich)* Nun? Du sitzt ja noch immer so da … Sagst du gar nichts mehr?

Silia: *(versucht zu sprechen)* Ich … ich hätte nie gedacht, daß … daß … du –

Leone: – daß ich? –

Silia: – daß du ja sagen würdest.

LEONE: Du weißt doch sehr gut, daß ich dir immer auf alles ja gesagt habe.

SILIA: *(springt auf, verkrampft, hin- und hergerissen zwischen den zusammenhanglosen Regungen, gereizt von dieser ruhigen, sie zur Verzweiflung treibenden Nachgiebigkeit ihres Mannes, voll der Gewissensbisse wegen dessen, was sie getan hat, der Verachtung für ihren Liebhaber, der sich zuerst jeder Verantwortung entziehen, dann ihr beispringen wollte, um sie nicht zu verlieren und dabei jedes Maß überschritten hat)* Ich halte das nicht aus! Ich halte das nicht aus! *(Sie ist den Tränen nahe.)*

LEONE: *(tut so, als verstünde er nicht)* Was? Daß ich ja gesagt habe?

SILIA: Auch das! Aber alles... all das... und daß er *(spielt auf Venanzi an)* davon profitieren soll, und du bist schuld daran!

LEONE: Ich bin schuld?

SILIA: Aber ja! Aber ja! Du bist schuld, du mit deiner unverzeihlichen, unmöglichen Indifferenz!

LEONE: *(sieht sie an)* Sprichst du... von dieser gerade eben... oder von der im allgemeinen... dir gegenüber?

SILIA: Von der ganzen! Jawohl, immer! Aber ganz besonders von der gerade eben!

LEONE: Du meinst, er hätte davon profitiert?

SILIA: Hast du nicht gesehen, wie er sich zum Schluß verhalten hat? Zuerst schien er nichts davon wissen zu wollen; und dann, als er dich so nachgiebig sah – wer weiß, was für Bedingungen er jetzt vereinbaren wird!

LEONE: Vielleicht bist du ihm gegenüber ein bißchen ungerecht.

SILIA: Aber ich habe ihm doch gesagt, er solle es herunterspielen, jetzt nicht übertreiben...

LEONE: Ja, aber zuerst hast du ihn aufgestachelt.

SILIA: Ja, weil er dagegen war.

LEONE: Richtig. Natürlich. Er meinte, es gäbe keinen Grund dafür.

SILIA: Und du?

LEONE: Was, ich?

SILIA: Was glaubst du?

LEONE: Ja wie denn, hast du das nicht gesehen? Ich habe doch ja gesagt.

SILIA: Aber vielleicht meinst du, ich hätte meinerseits übertrieben.

LEONE: Du hast zu ihm gesagt – und ich glaube, da hattest du ganz recht – es sei eine Frage persönlicher Empfindlichkeit.

SILIA: Vielleicht habe ich ein bißchen übertrieben, aber daran ist er schuld!

LEONE: Ja, natürlich. Weil er dagegen war.

SILIA: Und gerade wegen meines Übertreibens hätte er dann, meine ich, nicht den Vorwand suchen dürfen, selbst zu übertreiben!

LEONE: Nun ja! Du hast ihn ein bißchen verletzt... Auch bei ihm ist es eine Frage der Empfindlichkeit. Ihr habt eben beide ein bißchen übertrieben, das ist alles.

SILIA: *(sieht ihn nach einer Pause an, verblüfft)* Und du bleibst indifferent?

LEONE: Du wirst wohl erlauben, daß ich mich so verteidige, wie ich es verstehe und wie ich es vermag.

SILIA: Glaubst du, diese Indifferenz könnte dir helfen?

LEONE: Und ob!

SILIA: Wenn er doch so ein berühmter Fechter sein soll!

LEONE: Ja, für ihn, für den Herrn Guido Venanzi! Aber was soll er denn schon für mich sein?

SILIA: Wo du doch nicht einmal weißt, wie man einen Degen hält...

LEONE: Davon hätte ich gar nichts. Sei ganz beruhigt, mir wird diese Indifferenz genügen, um mutig zu sein, und das nicht vor einem Menschen, das wäre gar nichts, sondern vor allen und für immer. Ich lebe in einem so eigenen Klima, meine Liebe, das mich nichts bekümmern kann; weder der Tod noch das Leben. Gar nicht zu reden von der Lächerlichkeit der Menschen und ihrer kleinlichen Urteile. Nur keine Angst. Ich habe das Spiel begriffen.

Siebente Szene

Die Vorigen, Doktor Spiga und die Stimme Filippos.
In diesem Augenblick hört man aus der Küche

DIE STIMME FILIPPOS: Dann gehen Sie doch nackt hin!

SPIGA: *(kommt aus der linken Tür)* Was heißt nackt! Das ist ja ein Psychopath! Entschuldigt... entschuldigen Sie bitte, Signora...

LEONE: *(lachend)* Was ist denn?

SPIGA: Ja, wie denn? Ein Duell, wirklich? Du?

LEONE: Kommt dir das so unwahrscheinlich vor?

SPIGA: *(blickt verlegen Silia an)* Aber... nein, ich meine... entschuldigen Sie, Signora... Es ist nur, daß ich... ich weiß gar nicht, was zum Teufel mir der da drinnen erzählt hat... Du hast jemanden zum Duell fordern lassen?

LEONE: Ja, ja.

SILIA: Weil du der Überzeugung warst –

LEONE: – daß ich das tun mußte. Man hat meine Frau beleidigt.

SPIGA: Oh, entschuldigen Sie, Signora. Ich will mich nicht einmischen... *(Zu Leone:)* Aber ich, verstehst du, ich war noch nie bei einem Duell dabei...

LEONE: Ach, ich auch nicht. Da stehen wir gleich. Das heißt, du wirst etwas Neues kennenlernen.

SPIGA: Jaja, aber... ich meine, wegen... wegen der Formalitäten, verstehst du? Wie... wie zum Beispiel soll ich mich anziehen?

LEONE: *(lachend)* Ach, jetzt verstehe ich! Das hast du Sokrates gefragt?

SPIGA: Er hat gesagt, ich solle nackt gehen. Ich will ja bloß keine schlechte Figur machen.

LEONE: Mein armer Freund! Ich weiß das leider auch nicht, was Ärzte anziehen, die bei einem Duell dabei sind. Aber keine Angst, wir werden Venanzi fragen.

SPIGA: Und ich muß mein Handwerkszeug mitnehmen, was? *(Filippo tritt wieder auf.)*

LEONE: Sicher.

SPIGA: Es... es wird ein Duell zu den allerschärfsten Bedingungen, hat er gesagt.

LEONE: Scheint so.

SPIGA: Degen?

LEONE: Scheint so.

SPIGA: Genügt es, wenn ich meine Tasche mitnehme?

LEONE: Hör mal: Es wird hier unten stattfinden, wo die Gärten sind. Du kannst also leicht alles mitnehmen, was du brauchst.

SPIGA: Ah, gut! Sehr gut! Wenn es gleich hier unten ist... *(Man hört die Türglocke. Filippo geht aufmachen.)*

SILIA: Kann er das sein? Ist das möglich, so schnell?

SPIGA: Er, Venanzi? Ah, sehr gut. Da kann ich ihn gleich fragen... *(Filippo geht in umgekehrter Richtung über die Bühne, um wieder in der Küche zu verschwinden.)*

LEONE: *(zu Filippo)* Wer war das?

FILIPPO: *(laut, trocken, grob)* Weiß ich nicht! Ein Herr mit Säbeln. Da ist er! *(Ab in die Küche.)*

Achte Szene

Die Vorigen, Barelli.

Barelli tritt durch die rechte Tür auf, unter dem Arm zwei Degen, in ein grünes Tuchfutteral gehüllt und in der Hand eine Schachtel, in der sich zwei Pistolen befinden.

BARELLI: Gestatten Sie?

LEONE: *(geht zur rechten Tür)* Nur herein, nur herein, Barelli! Oh! Mit diesem ganzen Waffenarsenal?

BARELLI: *(fauchend)* Hör mal, mein Lieber: Das sind lauter Irre... lauter Idioten... *(Leone zeigt auf seine Frau.)* Was ist?

LEONE: Ich darf dich meiner Frau vorstellen. *(Zu Silia:)* Barelli, ein fabelhafter Schütze.

BARELLI: *(verneigt sich)*

LEONE: Herr Doktor Spiga.

BARELLI: Sehr erfreut! *(Er drückt ihm die Hand; dann, ohne sie loszulassen, zu Leone:)* Darf ich...?

LEONE: *(unterbricht ihn)* Warte noch! Später, später...

BARELLI: So etwas habe ich noch nie erlebt! Verzeihen Sie, Signora; aber wenn ich es nicht ausspreche, dann... dann trifft mich noch der Schlag. Was ist denn los? Da wird einfach ein taxatives Mandat erteilt?

LEONE: Was heißt das? Erklär das bitte.

BARELLI: Was denn? Erteilt hast du es und weißt nicht, was es ist?

LEONE: Ja, was sollte denn ich von solchen Dingen wissen?

SILIA: Was für ein Mandat?

SPIGA: Ein taxatives! Hmm!

BARELLI: Das heißt ohne Verhandlung. Ohne vorher zu versuchen, ob sich der Streit nicht irgendwie beilegen läßt... Das ist gegen jedes Gesetz, gegen jede Norm, strengstens verboten! Auf der Stelle, meine Herrschaften, sozusagen im Handumdrehen sind die anderen beiden bereit, und auf eins, zwei, sind wir fast schon bei den Kanonen angelangt!

SPIGA: Bei den Kanonen?

SILIA: Was soll das heißen?

BARELLI: Aber ja! Lauter Irre! Zuerst die Pistole...

SILIA: Die Pistole?

LEONE: *(zu Silia)* Vielleicht, um den Degen zu vermeiden, weißt du? Denn sicher ist dieser Miglioriti mit der Pistole…

BARELLI: Was glaubst du denn? Der? Der trifft doch auf zwanzig Schritt ein Geldstück, das du in eine Astgabel geklemmt hast!

SILIA: Und er, Venanzi, er hat die Pistole vorgeschlagen?

BARELLI: Er! Er! Aber was ist los mit ihm? Ist er übergeschnappt?

SILIA: Das sag' ich doch!

SPIGA: Aber… aber was hat, entschuldigen Sie, das Geldstück damit zu tun?

BARELLI: Was für ein Geldstück?

LEONE: *(zu Spiga)* Sei ruhig, mein Freund… Das sind keine Dinge für uns…

BARELLI: Zuerst Schußwechsel mit der Pistole, auf zwei Kugeln, und dann auf Degen, und zu was für Bedingungen!

SILIA: Ach, hörst du? Hörst du? Dann noch auf Degen! Die Pistole hat ihm nicht genügt! Auch noch auf Degen?

BARELLI: Aber nein, Signora! Der Degen ist einvernehmlich gewählt worden. Die Pistole war eine Draufgabe, einfach so, wie für einen Wettkampf… um auch im wahrsten Sinne des Wortes mit dem Feuer zu spielen!

SILIA: Aber das ist ja Mord!

BARELLI: Ja, Signora. Das scheint mir auch so! Aber verzeihen Sie: Es hätte ja gerade an Ihnen gelegen, das zu verhindern!

SILIA: Wieso? An mir? Er hier kann Ihnen sagen, wie das zugegangen ist! *(Deutet auf Leone.)*

LEONE: Ja, ja.

SILIA: Ich habe ja nicht gewollt, daß es so ernst wird.

LEONE: *(laut und befehlend zu Barelli)* Schluß jetzt! Ich finde das unnötig, verzeih, daß du jetzt mit ihr zu diskutieren beginnst.

BARELLI: Nein... aber es ist, weil, du weißt ja nicht... die ganze Stadt ist voll davon... man spricht von nichts anderem mehr...

SILIA: Und man sagt, daß ich –?

BARELLI: Nicht Sie! Er, Venanzi, Signora! *(Zu Leone:)* Du verstehst... das geht nicht gegen dich... du hast damit nichts zu tun! Der Haß, die Wut Miglioritis richten sich gegen Venanzi. Denn es hat sich herumgesprochen – und die Signora hier kann das bestätigen; aber im übrigen hat er selbst es mir gestanden – es hat sich herumgesprochen, verstehst du? Daß er selbst dort war ... dort ... zu Besuch ... Und er hat nichts verhindert! Etwas hat ihn zurückgehalten, vielleicht ... ich weiß nicht ... ich glaube nicht, daß es böser Wille war, nein. Aber vielleicht doch ein wenig Eifersucht, Eifersüchteleien unter Fechtern. Meine Herrschaften, da versteckt er sich; da greift er nicht ein, da erstickt er diesen schäbigen Skandal nicht im Keim ... – denn sie waren ja wirklich betrunken – und obendrein geht er jetzt selbst hin, um die Forderung zu überbringen! Das sind ja ganz unglaubliche Dinge! Ich ... also ich für meinen Teil ... ich weiß gar nicht mehr, wo ich bin!

SPIGA: *(zu Leone)* Hör mal, mein Lieber... ich könnte...

LEONE: *(fährt auf)* Nur Geduld, mein Freund!

SPIGA: Nein... ich meine... da es doch hier in der Nähe stattfinden soll...

BARELLI: Hier unten, jawohl: morgen früh um sieben. Sieh her: Ich habe dir zwei Degen gebracht...

LEONE: *(schnell, tut, als würde er nicht verstehen)* Soll ich sie dir gleich bezahlen?

BARELLI: Aber nein, was heißt denn bezahlen? Das sind

meine Degen... ich will dich nur ein bißchen unterrichten... dich ein wenig damit üben lassen...

LEONE: *(ruhig)* Mich?

BARELLI: Ja, wen sonst? Mich vielleicht?

LEONE: *(lachend)* Nein, nein, nein, nein, vielen Dank. Das ist nicht nötig!

BARELLI: Was heißt, das ist nicht nötig, entschuldige! *(Nimmt einen der Degen heraus.)* Ich wette, du hast noch nicht einmal einen gesehen, einen Degen... wie man ihn in die Hand nimmt...

SILIA: *(beginnt beim Anblick des gezückten Degens zu zittern)* Um Himmels willen... um Himmels willen...

LEONE: *(laut)* Schluß damit, Barelli. Ich glaube, jetzt willst du auch noch Scherze mit uns treiben.

BARELLI: Aber ich scherze nicht im geringsten! Du mußt doch wenigstens lernen, wie man ihn hält...

LEONE: Und ich sage dir, Schluß damit. *(Entschieden:)* Schluß! Das gilt für dich und für alle! Laßt mich in Ruhe.

BARELLI: Nun ja, es ist gut... es ist gut, wenn du vor allem Ruhe bewahrst.

LEONE: Mach dir keine Sorgen, ich werde sie bewahren; aber das Ganze dauert mir nun schon ein bißchen zu lange. Ich muß etwas verschnaufen, das ist alles. Wenn du dich mit diesem Spielzeug vergnügen willst: Heute abend, wenn Venanzi kommt, könnt ihr beiden Tüchtigen ein wenig Spaß damit haben untereinander, und ich werde zusehen. Gut so? Laß sie einstweilen hier, und du... nimm mir's nicht übel, aber bitte, geh.

BARELLI: Ach, meinetwegen... wie du willst...

LEONE: Und auch du, lieber Doktor... verzeih...

SPIGA: Aber ich bitte dich!

LEONE: Du kannst ihn nach allen Informationen fragen, die du brauchst.

Barelli: *(verbeugt sich vor Silia)* Signora… *(Silia deutet nur ein leises Kopfnicken an.)*

Spiga: Verehrte Signora… *(Drückt ihr die Hand. Zu Leone:)* Also dann auf Wiedersehen, hm? Nur ruhig Blut… nur ruhig Blut…

Leone: Aber ja! Leb wohl.

Barelli: Bis heute abend also!

Leone: Auf Wiedersehen!

Barelli und Spiga ab.

Neunte Szene

Leone, Silia, dann Filippo.

Leone: Ach mein Gott, es reicht, es reicht. Jetzt kann ich wirklich nicht mehr!

Silia: Ich gehe auch.

Leone: Nein, nein, du… bleib ruhig, wenn du willst, nur unter der Bedingung, daß du mir nicht mehr von dieser Sache sprichst.

Silia: Das wäre nicht möglich. Und außerdem… ich könnte nicht mehr für mich einstehen, wenn er hier hereinkäme, und das kann jeden Moment passieren.

Leone: *(lacht laut und lange)*

Silia: *(durch sein Lachen schwer gekränkt)* Lach nicht! Lach nicht!

Leone: Aber ich lache ganz ehrlich, weißt du? Weil ich mich so freue – du ahnst gar nicht, wie sehr – wenn ich sehe, wie du dich veränderst.

Silia: *(den Tränen nahe)* Aber findest du das nicht natürlich?

Leone: Ja, und eben deshalb freue ich mich so: weil du so natürlich bist!

Silia: *(schnell, wütend)* Du hingegen gar nicht!

Leone: Ach, das ist sicher. Aber wehe, wenn ich es wäre!

Silia: Ich verstehe dich nicht… ich verstehe dich nicht…

ich verstehe dich nicht... *(Das sagt sie zunächst mit einer beinahe wütenden Angst, dann mit Bewunderung, schließlich in einem fast bittenden Ton.)*

LEONE: *(zärtlich, geht auf sie zu)* Das kannst du nicht, Liebe. Aber glaube mir, es ist besser so. *(Pause, dann mit leiser Stimme:)* Aber ich verstehe.

SILIA: *(hebt den Blick kaum zu ihm auf, mit Entsetzen)* Was verstehst du?

LEONE: *(ruhig)* Das, was du willst.

SILIA: *(wie oben)* Was will ich?

LEONE: Das weißt du und weißt es selbst auch nicht, was du willst.

SILIA: *(wie oben, als ob sie nach einer Entschuldigung suchte)* O Gott, Leone, ich habe Angst, ich bin verrückt geworden.

LEONE: Aber nein! Was heißt verrückt!

SILIA: Doch, doch... Angst, wirklich eine Verrücktheit begangen zu haben.

LEONE: Nur keine Angst. Ich bin ja da.

SILIA: Aber wie willst du es machen?

LEONE: Wie ich es immer gemacht habe, seit du mir diese Notwendigkeit vor Augen geführt hast.

SILIA: Ich?

LEONE: Du.

SILIA: Welche Notwendigkeit?

LEONE: *(Pause, dann leise)* Dich zu töten. *(Pause.)* Glaubst du nicht, daß du mir mehr als einmal Grund dazu gegeben hattest? Aber ja! Nur war das immer ein Grund, der bewaffnet mit einem Gefühl daherkam, zuerst mit Liebe, dann mit Rache. Von diesen beiden Gefühlen galt es sich zu befreien, sich leer zu machen. Und ich habe mich leer gemacht, um diesen Grund loszuwerden und dich leben zu lassen, nicht so, wie du leben willst, denn das weißt du selbst nicht: so, wie du leben kannst, wie du leben mußt, da es dir nicht gegeben ist, es so zu machen wie ich.

Silia: *(demütig)* Aber wie machst du es?

Leone: *(nach einer Pause, mit einer vagen, traurigen Geste)* Ich lenke mich ab. *(Pause.)* Glaubst du nicht, daß auch in mir Gefühlswallungen aufsteigen? Aber ich lasse sie nicht von der Kette; ich packe sie, ich zähme sie; ich nagle sie fest. Hast du schon einmal die Raubtiere und den Dompteur in der Manege gesehen? Aber glaub das nicht: Ich bin zwar der Dompteur, aber dann... lache ich über mich selbst, wenn ich mich in dieser Rolle sehe, die ich mir meinen Gefühlen gegenüber auferlegt habe. Und ich schwöre dir, manches Mal überkommt mich die Lust, mich von einem dieser Raubtiere zerreißen zu lassen... auch von dir, die du mich jetzt so sanft und reumütig ansiehst... Aber nein! Denn glaub mir: Alles ist ein Spiel. Und dieses wäre dann das letzte und würde ein für alle Mal das Vergnügen aller weiteren mit sich fortnehmen. Nein, das nicht... Geh, geh...

Silia: *(zögernd, bietet sich ihm beinahe an)* Willst du, daß ich... daß ich bleibe? *(Sie zittert.)*

Leone: Du?

Silia: Oder willst du, daß ich heute abend wiederkomme, wenn alle fort sind?

Leone: O nein, meine Liebe. Da wäre alle meine Kraft...

Silia: Aber nein, nur um dir nahe zu sein... um dir beizustehen...

Leone: Ich werde schlafen, meine Liebe. Sei ganz sicher, ich werde schlafen. Und so, wie ich es gewohnt bin. Weißt du? Ohne Träume.

Silia: *(mit tiefem Bedauern)* Deshalb, weißt du, deshalb ist es nicht möglich! Du wirst es nicht glauben, aber im Bett ist meine wahre Liebe immer der Schlaf, der mir sofort Träume schickt.

Leone: Ach, das glaube ich, das glaube ich...

Silia: Aber es kommt nicht vor. Ich kann nicht schlafen! Und nun heute Nacht, stell dir das vor! *(Bricht ab:)* Genug, morgen früh bin ich hier.

Leone: Ah, nein, nein! Das will ich nicht, hörst du, das will ich nicht!

Silia: Willst du mich daran hindern?! Das ist nicht dein Ernst!

Leone: Ich verbiete es dir! Ich sage dir, ich will das nicht!

Silia: Das ist sinnlos, weißt du? Ich werde kommen.

Leone: Tu, was du willst… *(In diesem Augenblick tritt Filippo aus der linken Tür mit dem Serviertablett auf.)*

Filippo: *(in scharfem, herausforderndem, herrischem Tonfall)* He! Es ist Zeit.

Silia: *(mit einem leidenschaftlichen Gruß)* Auf morgen.

Leone: *(resignierend)* Auf morgen… *(Silia ab. Leone bleibt ein wenig nachdenklich und gedankenverloren stehen, dann dreht er sich um und geht auf den Tisch zu, um sich zum Mittagessen zu setzen.)*

Vorhang

DRITTER AKT

Dasselbe Bühnenbild wie im vorhergehenden Akt. Morgengrauen des folgenden Tages.

Erste Szene

Filippo, Doktor Spiga.

Wenn der Vorhang aufgeht, ist die Bühne leer und fast dunkel. Man hört die Türglocke schellen.

FILIPPO: *(kommt aus der Tür links und geht über die Bühne)* Wer zum Teufel mag das sein, um diese Zeit? Das fängt ja gut an! *(Ab durch die Tür rechts; wenig später tritt er wieder auf, mit Doktor Spiga im Gehrock und mit Zylinder, sehr schwer beladen mit zwei riesigen, gewichtigen Reisetaschen, die ein vollständiges chirurgisches Besteck enthalten.)*

SPIGA: Ach... er schläft noch?

FILIPPO: Er schläft. Sprechen Sie leise.

SPIGA: Ganz leise, jawohl. Mein Gott, er schläft! Und ich habe die ganze Nacht kein Auge zugetan!

FILIPPO: Seinetwegen? *(Er deutet auf die Tür im Hintergrund.)*

SPIGA: Seinetwegen... das heißt, um nur ja nichts zu vergessen.

FILIPPO: Und was haben Sie da drinnen? *(Deutet auf die beiden Taschen.)*

SPIGA: Alles, alles, sage ich dir... *(Er geht zu dem Tisch, auf dem ein Tischtuch aufgelegt ist.)* Los, los, nimm dieses Tischtuch weg...

FILIPPO: Was sagen Sie?

SPIGA: Ich habe mein eigenes mit... *(Er zieht das Tuch aus einer der Taschen. Es ist ein Operationstuch aus weißen Wachstuch.)*

Filippo: Und was wollen Sie damit tun?

Spiga: Ich bereite hier alles vor…

Filippo: Diesen Tisch rühren Sie mir nicht an!… Hier decke ich zum Frühstück auf!

Spiga: Aber was heißt da Frühstück! Verschwinde! Das fehlte noch, ein Frühstück!

Filippo: Ich sage Ihnen, rühren Sie den Tisch nicht an!

Spiga: *(wendet sich dem Schreibtisch zu)* Dann räum mir statt dessen diesen da ab!

Filippo: Soll das ein Scherz sein? Begreifen Sie denn nicht, daß diese beiden Tische hier – sprechen?

Spiga: Aber ja, das weiß ich! Wiederhol mir nicht auch noch, was er immer sagt: zwei Symbole: Schreibtisch und Eßtisch; Bücher und Geschirr; die Leere und die Fülle. Begreifst du nicht, daß es mit all diesen Spinnereien von einem Augenblick zum anderen vorbei sein kann?

Filippo: Na hören Sie, haben Sie ihm vielleicht auch noch den Sarg bestellt? Sie kommen mir ja vor wie der Direktor eines Bestattungsinstituts!

Spiga: Rindvieh! Mein Gott, was für ein Rindvieh das ist… Mir wurde gesagt, daß man sich da so anzieht… Aber schau, Gott allein weiß, was ich für eine Nacht verbracht habe!

Filippo: Reden Sie leise!

Spiga: *(leise)* Und da soll ich jetzt auch noch mit dem da streiten. Beeil dich! Mach mir wenigstens dieses Tischchen da frei. Ich habe keine Zeit zu verlieren…

Filippo: Ach, damit gibt's keine Schwierigkeiten. Das ist schnell geschehen! *(Er nimmt ein Zigarrenetui und eine Blumenvase von diesem Tisch fort.)* Ist schon frei.

Spiga: *(legt dort das Operationstuch auf, das er noch über dem Arm gehalten hat)* Na endlich! *(Und während nun Doktor Spiga aus seinen beiden Taschen seine blitzenden, schrecklichen chirur-*

gischen Instrumente holt, um sie auf dem Tischchen aufzulegen, auf dem er das Tuch ausgebreitet hat, tritt Filippo immer wieder durch die Küchentüre ab und wieder auf und deckt dabei den Eßtisch.) Bistouri für den Gelenkschnitt… Knochenmesser, Zangen, Bogensäge… Klemmen… Kompressen…

FILIPPO: Aber was wollen Sie denn anfangen mit diesem Fleischerwerkzeug?

SPIGA: Was heißt, was will ich damit anfangen? Auf Pistolen! Verstehst du nicht, daß wir, wenn er Gott bewahre eine Kugel in den Leib kriegt, es am Ende mit einer Amputation zu tun bekommen könnten? Ein Bein… einen Arm…

FILIPPO: Ach, sehr gut, warum haben Sie dann nicht gleich ein Holzbein mitgebracht?

SPIGA: Mein Lieber, bei Waffen weiß man nie! Ich habe auch noch diese Instrumentchen hier mitgebracht… für die Extraktion… Sonde… Nelaton-Sonde… Kugelzieherzange. Sieh mal, englisches Modell, wunderschön. Hm, die Nadeln? *(Er sucht in der Tasche.)* Ah, da sind sie ja… Mir scheint, ich habe alles. *(Sieht auf die Uhr.)* Es ist sechs Uhr fünfundzwanzig, weißt du das? Die Sekundanten werden jeden Augenblick hier sein.

FILIPPO: Und was geht das mich an?

SPIGA: Na, ich meine ja nicht dich. Ich weiß, daß es dir egal sein kann. Ich meine seinetwegen. Wenn er noch nicht wach ist.

FILIPPO: Das ist noch nicht seine Zeit.

SPIGA: Soll er sich denn auch heute an den üblichen Stundenplan halten? Der Termin ist um sieben.

FILIPPO: Das heißt dann wohl, daß er sich selbst ums Aufwachen, ums Aufstehen, ums Ankleiden kümmert… Vielleicht ist er sogar schon auf.

SPIGA: Du könntest ja mal nachsehen gehen!

FILIPPO: Den Teufel gehe ich nachsehen! Ich bin seine Uhr

für die üblichen Tagesabläufe, und ich bin nicht bereit, vor- oder nachzugehen, nicht um eine Minute. Wecken: um halb acht!

SPIGA: Ja, weißt du denn nicht, daß er heute um halb acht, Gott bewahre uns davor, schon tot sein könnte?

FILIPPO: Und um acht Uhr bringe ich ihm das Frühstück! *(Man hört die Türglocke.)*

SPIGA: Da, siehst du? Das werden die Sekundanten sein. *(Filippo geht öffnen und kommt wenig später mit Guido Venanzi und Barelli zurück.)*

Zweite Szene

Spiga, Filippo, Guido, Barelli.

GUIDO: *(im Eintreten)* Oh, lieber Herr Doktor…

BARELLI: *(ebenso)* Guten Morgen, Herr Doktor.

SPIGA: Guten Morgen, guten Morgen.

GUIDO: Alles bereit?

SPIGA: Was mich betrifft, ganz und gar bereit.

BARELLI: *(lacht beim Anblick des gesamten chirurgischen Arsenals, das der Doktor auf dem Tischchen aufgebaut hat)* Hohoho, sieh nur, sieh, Venanzi, der hat wirklich den Tisch gedeckt!

GUIDO: *(gereizt)* Nein, zum Teufel! Da gibt's gar nichts zu lachen! *(Zu Spiga:)* Hat er das gesehen?

SPIGA: Wer? Entschuldigen Sie… Quod abundat non vitiat…

GUIDO: Ich frage Sie, ob Leone dieses herrliche Schauspiel hier schon zu Gesicht bekommen hat. *(Zu Barelli:)* Du verstehst, daß er jetzt die größtmögliche Ruhe braucht und…

SPIGA: Aber nein! Er hat noch gar nichts gesehen.

GUIDO: Und wo ist er?

SPIGA: Tja… Sieht so aus, als wäre er noch gar nicht aufgestanden.

BARELLI: Wie?

GUIDO: Er ist noch nicht aufgestanden?

SPIGA: Ich sagte, es scheint so, ich weiß es nicht... Hier hat er sich nicht blicken lassen.

GUIDO: Ja, um Gottes willen, dann sofort! Er ist sicher schon auf! Wir haben keine Viertelstunde mehr! *(Zu Filippo:)* Geh sofort und sag ihm, daß wir da sind!

BARELLI: Na, das ist ja prächtig!

GUIDO: *(zu Filippo, der mit finsterem Gesicht unbeweglich stehengeblieben ist)* Was ist, willst du nicht gehen?

FILIPPO: Um halb acht.

GUIDO: Zum Teufel mit dir! *(Er stürzt zur Tür im Hintergrund.)*

SPIGA: Er wird doch sicher schon auf sein...

BARELLI: Das ist prächtig, Ehrenwort!

GUIDO: *(klopft laut an die Tür im Hintergrund und legt das Ohr daran)* Aber was macht er? Schläft er? *(Klopft wiederum, noch lauter, und ruft:)* Leone! Leone! *(Horcht.)* Der schläft noch! Meine Herrschaften, der schläft wirklich noch! *(Klopft wiederum, versucht die Tür zu öffnen:)* Leone? Leone?

BARELLI: Prächtig ist das! Prächtig!

GUIDO: Schließt er sich denn ein?

FILIPPO: Den Riegel legt er vor.

BARELLI: Und er hat einen so tiefen Schlaf?

FILIPPO: Unglaublich tief. Zwei Minuten dauert's, jeden Morgen.

GUIDO: Zum Teufel, ich trete die Tür ein! Leone! Leone! Ach, da... jetzt ist er aufgewacht... meine Herrschaften, jetzt wacht er gerade auf! *(Er spricht durch die Tür:)* Zieh dich an! Sofort! Du darfst keine Minute verlieren! Wir sind schon da! Sofort, zum Teufel! Es ist schon fast sieben!

BARELLI: Na hört mal, das übersteigt wirklich die kühnste Phantasie!

SPIGA: Und was für einen Schlaf!

FILIPPO: Er zieht sich jedesmal mit Mühe herauf, wie aus einem Brunnen.

GUIDO: Ach, besteht die Gefahr, daß er wieder hineinfällt? *(Geht wieder auf die Tür im Hintergrund zu.)*

BARELLI: *(der ein Geräusch an der Tür gehört hat)* Nein, da: Er macht auf.

SPIGA: *(baut sich vor dem Tischchen mit dem Chirurgenbesteck auf)* Ich stelle mich lieber davor.

Dritte Szene

Die Vorigen, Leone, dann Silia.

Leone erscheint ganz ruhig, noch ein wenig verschlafen, in Pyjama und Pantoffeln.

LEONE: Guten Morgen.

GUIDO: Was denn! Noch immer so? Anziehen, aber schnell, zum Teufel! Wir haben keine Minute zu verlieren, sag' ich dir!

LEONE: Entschuldige, wieso?

GUIDO: Was heißt wieso?

BARELLI: Weißt du nicht mehr, daß du heute ein Duell auszufechten hast?

LEONE: Ich?

SPIGA: Der schläft ja noch!

GUIDO: Das Duell! Das Duell! Um sieben!

BARELLI: In kaum zehn Minuten!

LEONE: Ich habe verstanden. Ich habe begriffen. Und ich bitte euch, mir zu glauben, daß ich völlig wach bin.

GUIDO: *(in höchster Verblüffung, geradezu entsetzt)* Wie bitte?

BARELLI: *(ebenso)* Was meinst du?

LEONE: *(seelenruhig)* Das frage ich doch euch.

SPIGA: *(fast zu sich selbst)* Ob er übergeschnappt ist?

LEONE: Nein, lieber Doktor, compos mei, ich bin vollständig bei Sinnen.

GUIDO: Du mußt dich schlagen!

LEONE: Das auch?

BARELLI: Was heißt auch?

LEONE: Aber nein, liebe Freunde, ihr befindet euch im Irrtum!

GUIDO: Willst du jetzt kneifen?

BARELLI: Willst du dich nicht mehr schlagen?

LEONE: Ich? Kneifen? Aber du weißt doch sehr gut, daß ich immer felsenfest auf meinem Posten stehe, um meine Pflicht zu tun.

GUIDO: Ich finde dich derart…

BARELLI: Und wenn du sagst…

LEONE: Wie findest du mich? Was sage ich? Ich sage, du und meine Frau, ihr habt mir gestern den ganzen Tag durcheinandergebracht, um mich dahin zu bringen, das zu tun, was, wie ich erkannt habe, meine Pflicht war.

GUIDO: Und also –

BARELLI: – also schlägst du dich!

LEONE: Das muß nicht mehr ich tun.

BARELLI: Und wer sonst?

LEONE: Er. *(Deutet auf Guido.)*

BARELLI: Wieso er?

LEONE: Er, natürlich er… *(Er tritt auf Guido zu, der bestürzt stehengeblieben ist, die Hände vor dem Gesicht, und reißt ihm eine Hand weg, um ihm in die Augen zu sehen.)* Und du weißt das! *(Zu Barelli:)* Er weiß das! Ich, der Ehemann, habe die Forderung geschickt, denn das konnte er nicht tun, da es um meine Frau ging. Aber was das Schlagen anbelangt, nein. Was das Schlagen anbelangt, Entschuldigung, *(Zu Guido, leise, während er ihn am Kragen packt und schüttelt, dabei betont er jedes einzelne Wort:)* Du weißt das sehr gut, nicht wahr? Daß mich das nichts angeht, denn nicht ich schlage mich, sondern du schlägst dich!

GUIDO: *(zittert, der kalte Schweiß bricht ihm aus, er fährt sich mit den verkrampften Händen über die Schläfen)*

BARELLI: Das ist phantastisch!

LEONE: Nein, das ist normal, mein Lieber, vollkommen nach Regeln des Rollenspiels. Ich spiele meine Rolle und er die seine. Aus meiner Verankerung löse ich mich nicht. Und genauso wie ich denkt auch sein Gegner: Du selbst hast das ja gesagt, Barelli, daß er auf ihn wütend ist, sein Gegner, und nicht auf mich. Denn alle wissen es, und du weißt es am allerbesten, was man mit mir vorhatte. Ach, ihr wolltet mich also tatsächlich zur Schlachtbank führen?

GUIDO: *(mit Nachdruck widersprechend)* Ich nicht! Ich... nicht!

LEONE: Ach... hör doch auf, du und meine Frau, ihr habt euch doch gestern hier regelrecht aufgeschaukelt, rauf und runter und ich in der Mitte, um mich und euch auszubalancieren! Ah! Da habt ihr geglaubt, ihr könnt mit mir spielen, mit mir und meinem Leben? Da habt ihr euch getäuscht, meine Lieben. Ich habe mit euch gespielt.

GUIDO: Nein! Du bist mein Zeuge, daß ich gestern... und zwar von Anfang an...

LEONE: O ja, du hast versucht, besonnen zu sein... Sehr besonnen.

GUIDO: Wie sagst du denn das? Was willst da damit sagen?

LEONE: Tja, mein Lieber; aber besonnen bis zum Letzten, das warst du dann doch nicht, das mußt du zugeben! In einem bestimmten Moment – und aus Gründen, die ich, wohlgemerkt, sehr gut verstehe – und ich bedaure dich! – da hat dich die Besonnenheit verlassen, und nun mußt du, so leid es mir tut, die Konsequenzen tragen.

GUIDO: Denn du wirst dich nicht schlagen?

LEONE: Das ist nicht meine Sache, geht nicht mich an.

GUIDO: Na gut! Dann ist es also meine.

BARELLI: *(protestiert)* Was heißt gut?

GUIDO: *(zu Barelli)* Na gut! Warte! *(Zu Leone:)* Und du?

LEONE: Ich werde frühstücken.

GUIDO: Nein, ich meine… verstehst du nicht, daß, wenn ich nun deinen Platz einnehme…

LEONE: Aber nein, mein Lieber, nicht meinen: deinen!

GUIDO: Na gut, meinen. Aber du wirst dann disqualifiziert!

BARELLI: Disqualifiziert! Ja, wir müssen dich unweigerlich disqualifizieren!

LEONE: *(lacht laut)* Hahahaha!

BARELLI: Du lachst? Disqualifiziert! Disqualifiziert!

LEONE: Aber ich habe verstanden, meine Lieben! Ich lache. Seht ihr nicht, wie ich lebe? Wo ich lebe? Und was soll ich da anfangen mit all euren… Qualifikationen?

GUIDO: Verlieren wir keine Zeit mehr, los! Gehen wir! Gehen wir!

BARELLI: Willst du dich wirklich schlagen?

GUIDO: Jawohl, ich! Hast du nicht begriffen?

BARELLI: Aber nein!

LEONE: Jaja, glaub mir, Barelli, es ist seine Sache.

BARELLI: Das ist Zynismus!

LEONE: Nein, mein Lieber: Das ist die Vernunft, wenn einer sich leer gemacht hat, befreit hat von jeder Leidenschaft und…

GUIDO: *(unterbricht ihn und packt Barelli am Arm)* Komm, Barelli, jetzt hat's keinen Sinn mehr zu diskutieren! Und Sie, Doktor, kommen mit mir hinunter!

SPIGA: Ich bin schon da, ich bin schon da!

In diesem Augenblick kommt Silia Gala durch die Tür rechts herein. Eine kurze Stille tritt ein, während derer sie wie verloren und verwirrt stehen bleibt.

GUIDO: *(tritt auf sie zu, totenbleich, und drückt ihr die Hand)* Leben Sie wohl, Signora! *(Dann wendet er sich Leone zu:)* Leb wohl! *(Er stürzt hinaus, gefolgt von Barelli und Spiga.)*

Vierte Szene

Leone, Silia, dann Doktor Spiga, Filippo.

SILIA: Was hat das zu bedeuten?

LEONE: Ich hatte dir doch gesagt, meine Liebe, daß es völlig unnötig war, hierherzukommen. Du wolltest es ja unbedingt...

SILIA: Aber du... wieso bist du hier?

LEONE: Ich bin hier zu Hause.

SILIA: Und er? Aber wieso? Findet das Duell nicht statt?

LEONE: Ach, das wird schon stattfinden, nehme ich an. Vielleicht gerade jetzt.

SILIA: Ja, wie denn? Wenn du doch hier bist?

LEONE: Ah, ich schon, ich bin hier. Aber er, siehst du? Er ist hingegangen.

SILIA: O Gott! Aber dann? Er ist hingegangen? Er ist gegangen, um sich für dich zu schlagen?

LEONE: Nicht für mich, Liebe, für dich!

SILIA: Für mich? O Gott! Für mich, sagst du? Ah! Du hast das getan? Du hast das getan?

LEONE: *(auf sie zu, mit der Miene, der Autorität und dem Groll eines strengen Richters)* Ich habe das getan? Du hast die Unverfrorenheit, mir ins Gesicht zu sagen, das hätte ich getan?

SILIA: Aber du hast die Situation für dich ausgenützt!

LEONE: *(lautstark)* Ich habe euch bestraft!

SILIA: *(verbeißt sich geradezu in ihn)* Und hast dich vor allen Leuten mit Schande bedeckt!

LEONE: *(der sie beim Arm gepackt und weit fortgestoßen hat)* Du allein bist doch meine Schande!

SILIA: *(stammelt zusammenhanglos, geht im Zimmer auf und ab)* O Gott! Und unterdessen... O mein Gott. Was soll denn das... Es ist entsetzlich... Da unten schlägt er sich also? Und zu diesen Bedingungen... Und er selbst hat sie so gewollt!... Oh, das ist nicht zu übertreffen... Und er *(deutet auf ihren Mann),* er hat ihm noch recht gegeben... Das glaube ich! Er mußte sich ja nicht schlagen... du bist der Teufel! Du bist der Teufel! Wo ist das Duell? Wo? Hier unten? *(Sie sucht nach einem Fenster.)*

LEONE: Das ist sinnlos, weißt du? Hier sind keine Fenster zu den Gärten hinaus. Entweder gehst du hinunter, oder du steigst aufs Dach hinauf... auf dieser Seite... *(Deutet auf den Haupteingang. In diesem Augenblick erscheint totenbleich und ganz verstört Doktor Spiga, er stürzt in grotesker Auflösung herein, läuft sofort zu seinen chirurgischen Instrumenten, die er auf dem Tischchen hergerichtet hat, rollt sie hastig in das ausgebreitete Tuch und läuft in fliegender Eile wieder fort, ohne ein Wort zu sagen.)*

SILIA: Oh, Herr Doktor... Sie? Sagen Sie... sagen Sie mir... was ist geschehen? *(Mit einem großen Schrei:)* Ah! *(Will es nicht glauben:)* Tot? *(Sie läuft ihm nach:)* Tot?... Tot?...

LEONE: *(bleibt gedankenverloren zurück, in düsterem Ernst, unbeweglich. Eine lange Pause.)*

FILIPPO: *(kommt durch die Tür links mit dem Frühstückstablett herein und stellt es auf den gedeckten Tisch. Dann ruft er in die tragische Stille hinein mit schriller Stimme:)* Heee! *(Da Leone sich kaum umwendet, deutet er mit einer unsicheren Geste auf das Frühstück:)* Es ist Zeit.

(Leone, als hörte er ihn nicht, verharrt unbeweglich.)

Vorhang

Originaltitel: *Il giuoco delle parti* (»Das Spiel der Rollen bzw. der Parteien«). Das für Ruggero Ruggeri zwischen März und August 1918 geschriebene Stück, das zu den zentralen Werken der gemäßigt avantgardistischen Bewegung der »grotteschi« gezählt wird, sollte zunächst wie die zugrunde liegende Novelle *Quando s'è capito il giuoco* (»Wenn man das Spiel verstanden hat«, 1913; enthalten in Band 11 dieser Edition) heißen. Im September änderte der Autor dann den Titel. Die Premiere in Rom fand geteilte Aufnahme, bei der Mailänder Aufführung im Mai 1919 kam es zu wütenden Schreiduellen und Ohrfeigenszenen, die Pirandello dann im zweiten Stück der Theatertrilogie *Jeder auf seine Weise* (enthalten in Band 6 dieser Edition) selbst auf die Bühne brachte. Pirandello inszenierte das Stück mehrfach im Teatro d'Arte, im Nachkriegsitalien wurde es zu einem Klassiker, der immer wieder von den größten Schauspielern (zum Beispiel Romolo Valli) auf die Bühne gebracht wurde.

DER MENSCH, DAS TIER UND DIE TUGEND
(L'UOMO, LA BESTIA E LA VIRTÙ)

Aus dem Italienischen von Michael Rössner

Uraufführung: 2. Mai 1919, Mailand

PERSONEN

Der durchsichtige HERR PAOLINO, Privatlehrer
Die tugendhafte FRAU PERELLA, Gattin von
KAPITÄN PERELLA
Der Doktor NINO PULEJO
Der HERR TOTÒ, Apotheker, dessen Bruder
ROSARIA, Haushälterin des Herrn Paolino
GIGLIO, Schüler
BELLI, Schüler
NONÒ, ein elfjähriger Junge, Sohn der Perellas
GRAZIA, Dienstmädchen im Hause Perella
Ein Matrose

Ort: In irgendeiner Stadt am Meer
Zeit: Heute

ERSTER AKT

Ein bescheidenes Arbeits- und Empfangszimmer im Hause des Herrn Paolino. Schreibtisch, Bücherregale, Sofa, Sessel usw. Die Eingangstür ist links, eine andere Tür rechts, eine weitere im Hintergrund führt zu einem fast völlig dunklen Abstellraum.

Erste Szene

Rosaria und Herr Totò.

Wenn der Vorhang aufgeht, ist das Zimmer in Unordnung. Einige Stühle in der Mitte der Bühne mit den Füßen nach oben aufeinandergestellt, die Sessel beiseite gerückt usw. Rosaria kommt durch die Eingangstür. Sie hat eine Haube auf dem Kopf und noch die Lokkenwickel in den mit einer gräßlichen rosa Farbcreme eingeschmierten Haaren. Sie hat das dumme und aufdringliche Getue einer alten Henne. Ihr folgt auf den Fersen Herr Totò, den Hut auf dem Kopf, er wirkt wie ein Betbruder, der aussieht wie ein reumütiger Fuchs. Er reibt sich in einem fort die Hände unter dem Kinn, als wolle er sie sich am Born seiner süßlich-dümmlichen Liebenswürdigkeit waschen.

ROSARIA: Hören Sie, warum müssen Sie mir jeden Morgen das Haus einrennen? Sehen Sie nicht, daß noch nicht aufgeräumt ist?

TOTÒ: Macht doch nichts! Ach, liebe Rosaria, meinetwegen...

ROSARIA: *(ärgerlich aufbrausend, fährt herum, als wolle sie mit dem Schnabel nach ihm hacken)* Was heißt – macht doch nichts?

TOTÒ: *(peinlich berührt, mit einem vagen Lächeln)* Ich meine, auf so was gebe ich gar nicht acht... Den Schlüssel lasse ich Ihnen also hier, und Sie geben ihn meinem Bruder, dem Doktor, wenn er vom Nachtdienst aus dem Krankenhaus kommt, der Arme.

ROSARIA: Gut, gut. Den hätten Sie mir aber auch an der Tür geben können, den Schlüssel, und wieder verschwinden, ohne gleich reinzukommen.

TOTÒ: Es ist mir halt zur lieben Gewohnheit geworden, daß ich…

ROSARIA: Sagen Sie besser, zu einem schrecklichen Laster!

TOTÒ: Sie behandeln mich schlecht, Rosaria…

ROSARIA: Ich habe zu tun! Ich habe zu tun! Und außerdem ärgert es mich, verstehen Sie! Ich bin noch so… *(deutet auf die Lockenwickel)* und hier, die Stühle, sehen Sie, mit den Beinen in der Luft. Ein Haus hat auch sein Schamgefühl, wenn es ein anständiges Haus ist – wie eine Frau, wenn sie eine anständige Frau ist.

TOTÒ: Ah, das glaube ich, das glaube ich gern! Und ich freue mich sehr, daß Sie das sagen…

ROSARIA: Ach so! Sie glauben es, Sie freuen sich darüber und dabei… verletzen Sie es!

TOTÒ: *(wie erstarrt)* Ich?

ROSARIA: Jawohl, mein Herr! Sie verletzen das Schamgefühl dieses Hauses! *(Währenddessen stellt sie die umgedrehten Stühle wieder auf ihre vier Beine und schlägt mit grotesker Schamhaftigkeit deren Tuchüberzug herunter, als wolle sie die Beine einer Tochter verstecken.)* Gott weiß, wie sehr ich darauf achte. Und das mit einem Herrn, der… *(sie weist bekümmert auf die Tür zur Rechten) – der sogar*… sogar die Stühle zum Davonlaufen bringen könnte, jawohl, damit sie ihn nicht anhören müssen, in seiner ständigen Raserei… Ich, als Stuhl in diesem Hause, ich wäre lieber… ja, sehen Sie, ich wäre es lieber bei einem von den Straßenhändlern, die auf die Stühle steigen, um ihre Ware auszurufen. *(Sie zeigt wieder auf die Tür rechts.)* Dieser Lümmel! Wenn er die Wut hat, packt er sie so *(packt einen Stuhl bei der Rückenlehne),* schmeißt sie hin, trampelt darauf herum, wirft sie sogar aus dem Fenster...

TOTÒ: Sie sind ihnen gut, als wären es Ihre Kinder...

ROSARIA: Ja, ich möchte, daß sie aussehen wie kleine Bräute. Ich hab' sie liebgewonnen, ja, das hab' ich!

TOTÒ: Ach, wenn man ein Zuhause hätte!

ROSARIA: Was soll das heißen? Haben Sie denn kein Zuhause, da drüben? Sagen Sie lieber, Sie wollen sich die Putzfrau sparen.

TOTÒ: Zuhause, ach, Zuhause – damit meine ich Familie, meine liebe Rosaria...

ROSARIA: Ja, dann nehmen Sie sich doch eine Frau! Oder eine liebevolle Haushälterin! Das wäre auch für Ihren Bruder ein Segen, für den Doktor.

TOTÒ: *(schnell, schaudernd)* Ach... wenn überhaupt einer von uns, dann mein Bruder. Und ich schwöre Ihnen, ich wäre sehr glücklich darüber. Aber er heiratet nicht. Er heiratet nicht, weil er ja mich hat.

ROSARIA: Und Sie können für Ihren Bruder die Ehefrau abgeben?

TOTÒ: Nein! Aber ich kümmere mich um alles, verstehen Sie? Und so hat er gar kein Bedürfnis nach Ehe. Wenn er vom Nachtdienst kommt, holt er sich hier seinen Schlüssel ab, und dann findet er zu Hause alles aufgeräumt und in Ordnung, alles hergerichtet, was er braucht...

ROSARIA: Ah ja, das ist bequem für ihn.

TOTÒ: Ich tue es von Herzen gern, glauben Sie mir. Mein Bruder ist mein ein und alles. Unser Zuhause ist für ihn da, nicht für mich...

ROSARIA: Natürlich, Sie stehen ja doch den ganzen Tag in der Apotheke...

TOTÒ: Nein, nicht deshalb. Auch er ist ja den ganzen Tag unterwegs bei seinen Patienten, der Arme... Unser Zuhause, glauben Sie mir, liebe Rosaria, ist nie dasjenige, das wir uns selber mit so viel Mühe und Kopfzerbrechen schaffen. Das wahre Zuhause, dessen Geschmack wir auf der Zunge spüren, wenn wir das Wort Zuhause aussprechen... ein Geschmack, der in der Erinnerung so süß und bang zugleich ist... das wahre Zuhause ist immer das, was andere für uns geschaffen haben, ich meine unser Vater, unsere Mutter, mit all ihrer Mühe und Sorge. Und auch für sie, für unseren Vater und unsere Mutter, was war für sie das wahre Zuhause? Das ihrer Eltern, nicht das, das sie für uns aufgebaut haben... ja, das ist immer so... Oh, da kommt Paolino.

Zweite Szene

Die Vorigen und Paolino.

Herr Paolino stürzt durch die Tür rechts herein. Er ist ein Mann um die Dreißig, äußerst lebhaft, aber diese Lebhaftigkeit ist nervös, sie entsteht aus Unduldsamkeit. Alle Leidenschaften, alle Seelenbewegungen werden bei ihm mit einer erschreckenden Deutlichkeit transparent. Plötzliche Ausbrüche, Änderungen im Tonfall und in der Stimmung. Er duldet keinen Widerspruch und schneidet jede Diskussion ab.

PAOLINO: *(zu Herrn Totò)* Mein Bester... *(Wendet sich sofort zu Rosaria:)* Haben Sie ihm denn noch keinen Kaffee gegeben? Bringen Sie ihm doch seinen Kaffee, um Himmels willen! Mit wieviel Geschwätz soll er Ihnen denn jeden Morgen seine Tasse Kaffee bezahlen?

TOTÒ: O Gott, nein, Paolino! Doch nicht deshalb!

PAOLINO: Totò, bitte tu mir den Gefallen, sei ein Schnorrer, aber nicht auch noch ein Heuchler!

TOTÒ: Aber ich rede doch...

PAOLINO: Vom Zuhause, seit einer halben Stunde redest du vom Zuhause, ich habe es von nebenan mitgehört: von der Poesie des Zuhause.

Totò: Aber ich empfinde das wirklich!

Paolino: Das bestreite ich gar nicht. Aber du verwendest es, um vor dir selbst dezent dein Schnorrertum zu bemänteln.

Totò: Nein, das...

Paolino: Es ist so, wie ich es sage! Jedenfalls wirst du, sobald Rosaria dir den Kaffee serviert hat, händereibend die Treppe hinunterlaufen, höchst zufrieden mit der Tasse Kaffee, die du jeden Morgen mit diesen poetischen Schwätzereien hier bei mir herausschindest.

Totò: Na, wenn du mich so einschätzt... *(Geknickt tut er, als wolle er gehen.)*

Paolino: *(faßt ihn schnell am Arm)* Was soll das? Jetzt mußt du deinen Kaffee auch trinken, verdammt noch mal! Ich schätze dich so ein, weil das die Wahrheit ist!

Totò: Aber nein...

Paolino: Aber ja! Und eben weil das die Wahrheit ist, mußt du jetzt deinen Kaffee trinken!

Totò: Nein, ich trinke ihn nicht!

Paolino: *(weiter, mit steigender Erregung)* Zwei Kaffee, drei Kaffee! Denn jetzt hast du sie dir wirklich verdient, weil du mir ermöglicht hast, Dampf abzulassen, verstehst du? Wenn mir etwas hier steckenbleibt *(deutet auf den Mageneingang)*, dann geh' ich kaputt, mein Lieber! Nein, ich hab' dir's gesagt, ich zahle. Einen Kaffee pro Tag, damit kannst du rechnen! Und nun verschwinde! *(Er schiebt ihn hinaus, als wäre die Sache erledigt, und als Herr Totò sich umwenden will, setzt er hinzu:)* Nein, verschwinde, verschwinde, ohne mir zu danken!

Totò: Ich will dir gar nicht danken! Aber es wäre mir viel angenehmer, wenn du mich dafür...

Paolino: *(zornig auffahrend)* Zahlen ließest?

Totò: *(wie immer unterwürfig)* Zum Monatsende, wie ich dir das vorgeschlagen habe.

PAOLINO: Ja, bin ich denn ein Wirt? Ist das hier ein Kaffeehaus, mein Haus?

TOTÒ: Nein. Nur, dort bei mir ist niemand, der mir einen macht. Du hast hier deine Haushälterin. Du machst den Kaffee ja nicht für mich, um ihn zu verkaufen. Du machst ihn für dich. So machst du eben ein Täßchen mehr, und ich bezahle es.

PAOLINO: Ah schön! Ich nehme also eine Frau. Natürlich nehme ich sie nicht für dich, um sie dir zu verkaufen. Ich nehme sie für mich. Aber ich trete sie dir ab, ja, jeden Tag, nur für fünf Minuten. Recht so? Was sind schon fünf Minuten?

TOTÒ: *(lächelnd)* Nein, was soll das? Die Frau…

PAOLINO: *(schnell)* Und die Haushälterin…

TOTÒ: *(begreift nicht)* Wie?

PAOLINO: *(schreit)* Na, der Kaffee macht sich schließlich nicht von selbst! Um Kaffee zu machen, braucht man eine Haushälterin. Du Rindvieh, warum sonst glaubst du, wäre denn ein Arbeiter besser dran als ein Professor? Ein Arbeiter kann sich, wenn er will, alles selber machen, aber ein Professor nicht: Der braucht eine Haushälterin, der Professor!

ROSARIA: *(schaltet sich ein, honigsüß und suggestiv)* Die ihn umsorgt, umhegt und alles tut, um es ihm recht zu machen…

PAOLINO: *(der in all diesem Honig die Galle schmeckt, schneidet ihr das Wort ab)* Genug jetzt! Das reicht.

ROSARIA: *(gekränkt und mit vorwurfsvollem Unterton)* Ich meine, damit er nicht unordentlich oder verwahrlost herumlaufen muß.

PAOLINO: Na, ich danke! *(Zu Herrn Totò:)* Hörst du, was sie sagt? Ja, und für dieses herrliche Los, Professor zu sein, soll ich die Konsequenzen tragen und du nicht für deines, daß du Apotheker bist? Ach, geh doch zum Teufel!

Hören Sie, Rosaria: Heute bringen Sie ihm noch seinen Kaffee, ab morgen gibt's nichts mehr!

TOTÒ: Entschuldige, aber du hast mich sogar Rindvieh genannt!

PAOLINO: Ah ja, das stimmt! Also, Rosaria, Sie geben ihm auch morgen seinen Kaffee. Aber jetzt verschwinde! Wolltest du vielleicht, daß ich dich mit Beschimpfungen überhäufe, damit du für jede eine Tasse Kaffee kriegst?

TOTÒ: Nein, nein, ich geh' ja schon... Danke, Paolino... *(Geht mit Rosaria durch den Abgang links ab.)*

Dritte Szene

Paolino, dann Giglio und Belli.

PAOLINO: Gott, was für Menschen! Was für Menschen!... Ja, sind denn wirklich alle so?

GIGLIO: *(von innen)* Gestatten Sie, Herr Professor?

PAOLINO: O ja, das ist schon die erste Stunde heute. Herein! *(Mit den Büchern unterm Arm und Wollschals um den Hals – einer rot, der andere türkisfarben – treten Giglio und Belli ein. Auch sie erinnern auf tröstliche Weise an Tiere: Giglio an einen schwarzen Ziegenbock, Belli an einen Brillenaffen.)*

GIGLIO: Guten Tag, Herr Professor.

BELLI: Guten Tag, Herr Professor.

PAOLINO: Guten Tag. Setzen. *(Deutet auf den Schreibtisch.)*

GIGLIO: *(setzt sich)* Danke, Herr Professor.

BELLI: *(setzt sich)* Danke, Herr Professor!

PAOLINO: *(setzt sich gleichfalls und imitiert sie, erst zum einen, dann zum anderen gewandt, indem er eine Verbeugung andeutet)* Keine Ursache, lieber Giglio! Keine Ursache, lieber Belli! *(Er blickt sie an und schreit verzweifelt auf.)* Ahhhhh! *(Er nimmt den Kopf zwischen die Hände.)* Mein Gott! Mein Gott! Ogottogottogott! Ich glaube wirklich, bald halte ich 's nicht mehr aus, unter Menschen zu leben!

GIGLIO: Warum, Herr Professor?

BELLI: Ist es wegen uns, Herr Professor?

PAOLINO: *(sieht sie wiederum mit verhaltenem Zorn an)* Wie alt seid ihr eigentlich?

GIGLIO: Achtzehn, Herr Professor!

BELLI: Siebzehn, Herr Professor!

PAOLINO: *(wiegt den Kopf, versunken in die Betrachtung ihrer Tierähnlichkeit)* Und schon so sehr Menschen alle beide! Sagt einmal: Was heißt Schauspieler auf Griechisch?

GIGLIO: Auf Griechisch?

PAOLINO: Nein – auf Arabisch! Sie haben keine Ahnung! *(Zu Belli:)* Und Sie?

BELLI: Schauspieler? Ich erinnere mich nicht.

PAOLINO: Ah, Sie erinnern sich nicht? Das heißt, zuvor wußten Sie es, nicht wahr? Und jetzt erinnern Sie sich nicht mehr!

BELLI: Nein, Herr Professor. Ich hab' es nie gewußt.

PAOLINO: So sagt man das: *(die einzelnen Silben gesondert artikulierend)* Ich-weiß-es-nicht! Aber ich werde es euch sagen: Schauspieler heißt auf Griechisch Hypokritès! Und warum Hypokritès? *(Zu Belli:)* Sie frag' ich das! Was tun die Schauspieler?

BELLI: Na... sie spielen Theater, glaub' ich.

PAOLINO: Glauben Sie? Sie sind also nicht sicher? Und weil sie Theater spielen, heißen sie Hypokriten? Scheint Ihnen das gerechtfertigt, jemanden einen Hypokriten zu nennen, der von Berufs wegen Theater spielt? Wenn er Theater spielt, tut er seine Pflicht! Dann kann man ihn nicht einen Hypokriten nennen! Wen also würden Sie viel eher mit diesem Namen belegen, den die Griechen den Schauspielern gaben?

GIGLIO: *(als hätte er eine plötzliche Erleuchtung)* Ah, einen, der sich verstellt, Herr Professor!

PAOLINO: Richtig. Einen, der sich verstellt. Wie ein Schauspieler eben, der sich verstellt, um eine Rolle zu spielen, als König beispielsweise, während er in Wahrheit ein armer Teufel ist, oder irgendeine andere Rolle. Was ist daran schon Böses? Nichts. Seine Pflicht! Sein Beruf! Wo liegt also das Böse? Wenn man nicht pflichtgemäß, von Berufs wegen auf der Bühne Hypokrit ist, sondern im Leben – aus Freude daran, zum eigenen Vorteil, aus Bosheit, aus Gewohnheit – oder auch aus Höflichkeit – ja, sicher! Denn höflich, höflich sein, das heißt genau das! – innen pechrabenschwarz, außen weiß wie Tauben! Im Herzen Gift und Galle, auf den Lippen Honigseim! Wenn man zum Beispiel hier hereinkommt und sagt: Guten Tag, Herr Professor!, während man doch in Wahrheit sagen möchte: Gehen Sie zum Teufel, Herr Professor!

GIGLIO: *(fährt auf)* Wieso? Entschuldigen Sie. Deshalb?

BELLI: *(ebenso)* Wir sollten sagen »Gehen Sie zum Teufel!«?

PAOLINO: Es wäre mir lieber, mein Bester, es wäre mir lieber, glauben Sie mir das! Oder wenigstens sollten Sie gar nichts sagen, heiliger Gott, gar nichts!

GIGLIO: Jaja! Und dann würden Sie sagen: Was sind das für Flegel!

PAOLINO: Ganz recht! Denn die Höflichkeit verlangt, daß man jemandem einen guten Tag wünscht, den man am liebsten zum Teufel schicken würde, und wohlerzogen sein heißt eben Schauspieler sein. Quod erat demonstrandum. Genug damit. Heute haben wir Geschichte, nicht wahr?

BELLI: *(gekränkt)* Aber entschuldigen Sie, Herr Professor…

PAOLINO: Genug, hab' ich gesagt. Schluß mit dem Abschweifen. Diese Höflichkeit, Kinder, diese Höflichkeit schlägt mir auf den Magen. Schluß. Schluß mit dem Abschweifen. – Geschichte also. – Sie sind dran, Giglio. *(Es klopft an der Tür.)* Wer ist da? Herein!

Vierte Szene

Die Vorigen und Rosaria.

ROSARIA: *(kommt durch die Eingangstür und winkt Herrn Paolino mit einer komischen Handbewegung zu sich heran)* Kommen Sie einen Augenblick, Herr Professor!

PAOLINO: Was wollen Sie denn? Ich habe Unterricht, und Sie wissen genau, wenn ich Unterricht habe…

ROSARIA: Ja, weiß ich doch, guter Gott, weiß ich doch! Aber gerade weil ich es weiß, entschuldigen Sie, wenn ich dann trotzdem reinkomme, ist das doch ein Zeichen, daß ich Ihnen was Dringendes zu sagen habe.

PAOLINO: *(zu den Schülern)* Einen Augenblick Geduld, bitte. *(Tritt zu Rosaria.)* Was Dringendes?

ROSARIA: Eine Dame ist draußen, mit einem Jungen. Sie kennen sie gut, sagt sie.

PAOLINO: Die Mutter eines Schülers?

ROSARIA: *(argwöhnisch)* Ich weiß nicht. Kann sein! Sie ist aber furchtbar aufgeregt.

PAOLINO: Furchtbar aufgeregt?

ROSARIA: Jawohl, Herr Professor. Und als sie nach Ihnen fragte, da wurde sie erst weiß, dann rot… na, einfach alle Farben…

PAOLINO: Aber wer ist sie? Den Namen! Hundertmal hab' ich Ihnen gesagt, Sie sollen Leute, die mich sprechen wollen, nach ihrem Namen fragen.

ROSARIA: Das hab' ich ja getan! Und sie hat ihn mir gesagt. Sie heißt… warten Sie… Sie heißt Frau… Frau Pe…

PAOLINO: *(fährt auf, wie vom Blitz getroffen, in höchster Erregung)* Perella? Frau Perella ist hier? O Gott! Was kann da passiert sein?… Warten Sie… Sagen Sie ihr, sie soll sich einen Augenblick gedulden.

ROSARIA: Ach, Sie kennen sie also wirklich?

PAOLINO: *(wirft ihr böse Blicke zu)* Bringen Sie mich nicht zur

Weißglut! Sagen Sie ihr, sie soll sich einen Augenblick gedulden.

ROSARIA: Schon gut... Ist ja schon gut... *(Ab.)*

PAOLINO: *(versucht, seine Erregung zu zügeln und setzt sich wieder an den Schreibtisch)* Kinder, wir wollen... wir wollen keine Zeit verlieren. Paßt auf: Statt Geschichte und Geographie macht ihr mir auch heute eine kleine Übersetzung...

GIGLIO UND BELLI: *(protestieren)* Aber nein, bitte nicht, Herr Professor!

PAOLINO: Vom Italienischen ins Lateinische!

GIGLIO UND BELLI: Nein, Herr Professor, bitte, bitte nicht!

PAOLINO: Ganz kinderleicht!

GIGLIO: Das haben wir doch erst gestern gemacht!

BELLI: Immer Latein! Immer Latein!

PAOLINO: Das ist auch eure schwache Seite!

GIGLIO: Wir können nicht mehr...

PAOLINO: *(streng)* Schluß jetzt!

BELLI: Wir haben nicht mal Wörterbücher dabei.

PAOLINO: Die gebe ich euch. *(Zieht sie hastig aus dem Regal.)* Da sind sie! Bitte sehr!

GIGLIO: Aber Herr Professor...

PAOLINO: Schluß jetzt, hab' ich gesagt! *(Nimmt ein Buch vom Schreibtisch und beginnt darin zu blättern.)* Ihr werdet mir übersetzen... Ihr werdet mir übersetzen... *(Während des Blätterns schweifen seine Gedanken ab, und er beginnt, mit sich selbst zu sprechen.)* Hier?... So zeitig?... Und wann sonst?... Sollte... *(Er bemerkt, daß die beiden Schüler sich über das offene Buch in seiner Hand beugen und hineinstarren, als suchten sie darin die Worte, die er eben ausgesprochen hat; daraufhin fängt er sich wieder.)* Was sucht ihr?

GIGLIO: Na... die Übersetzung...

BELLI: Was Sie da eben gelesen haben...

PAOLINO: Einen Dreck hab' ich gelesen! – Ihr übersetzt...

hier, da haben wir's schon... diese Stelle da... sie ist ganz kurz. – Oh – tut mir den Gefallen... *(geht nach hinten, öffnet die Tür zum Abstellraum und winkt die beiden zu sich)* und kommt hierher... hier in diese Kammer... nur Geduld!

BELLI: *(entsetzt)* Da hinein?

GIGLIO: *(ebenso)* Aber Herr Professor, da sieht man doch nichts!

PAOLINO: Habt doch einen Augenblick Geduld! Los, rein! *(Er stößt sie beide hinein.)* Und daß mir jeder für sich übersetzt, verstanden? Und nun an die Arbeit, an die Arbeit! Wir haben keine Zeit zu verlieren! *(Schließt die Tür und läuft zur Eingangstür, um Frau Perella hereinzulassen.)* Gnädige Frau, kommen Sie... kommen Sie nur herein...

Fünfte Szene

Herr Paolino, Frau Perella und Nonò, dann hinter der Tür der Kammer Giglio und Belli.

Durch die Eingangstür links kommt Frau Perella mit Nonò herein. Die Frau Perella muß die Tugend, die Bescheidenheit, die Keuschheit in Person sein, was unglücklicherweise nichts daran ändert, daß sie seit zwei Monaten schwanger ist – wenn man das auch noch nicht sieht –, und zwar von Herrn Paolino, dem Privatlehrer Nonòs. Nun kommt sie, um ihrem Liebhaber zu bestätigen, daß ihre Befürchtung leider zur Gewißheit geworden ist. Ihre Schamhaftigkeit und Nonòs Gegenwart hindern sie daran, das offen auszusprechen, aber sie gibt es ihm mit Blicken zu verstehen und auch dadurch, daß sie unwillkürlich von Zeit zu Zeit den Mund aufreißt, wenn sie in der Erregung ein Brechreiz überfällt. Dann führt sie ihr Taschentuch zum Mund, und mit derselben Qual, mit der sie Tränen in dieses Tuch vergießen würde, gießt sie statt dessen heimlich einen reichlichen und symptomatischen Speichelfluß hinein. Frau Perella ist überaus niedergeschlagen, weil sie überzeugt ist, durch ihre großen

Tugenden und ihre beispielhafte Keuschheit gerade das vom Schicksal nicht verdient zu haben. Sie hält die Augen ständig gesenkt, hebt sie nur flüchtig, um Herrn Paolino, ohne daß Nonò es merkt, ihre Angst und ihre Pein mitzuteilen. Sie ist, versteht sich, ohne Schick gekleidet, denn die Mode hat es nun einmal so an sich, die Tugend unelegant erscheinen zu lassen, und Frau Perella ist ja gezwungen, sich nach der Mode zu kleiden – Gott allein weiß, wie sehr sie darunter leidet. Sie spricht mit einer klagenden Stimme, beinahe wie aus der Ferne, als würde in Wirklichkeit nicht sie sprechen, sondern der unsichtbare Marionettenspieler, der sie bewegt und der schlecht und ungeschickt die Stimme einer melancholischen Frau imitiert. Wenn freilich eine empfindliche Stelle in ihr berührt wird, vergißt sie das, und dann sind plötzlich Stimme, Tonfall und Modulation völlig natürlich. Nonò sieht wunderschön wie ein sympathischer Kater aus, mit einer herrlichen roten Riesenschleife und einem runden, gestärkten Kragen. Es wäre nicht schlecht, wenn er selbstbewußt ein Kinderstöckchen mit einem kleinen Hundekopfgriff in der Hand hielte. Er lacht oft, und noch öfter zieht er in der Nase hoch, um das Taschentuch zu schonen, das sich sehr gut ausnimmt, wie es da wohlgefaltet und unberührt aus der Jackentasche hervorragt.

PAOLINO: *(sieht sie an, erbleicht und sagt nach einem Blickwechsel des Einverständnisses, bei dem sie ihm auch bedeutet, an Nonòs Gegenwart zu denken, schnell)* Also doch? Mein Gott… doch? *(Wendet sich auf ihr Zeichen hin zu Nonò:)* Lieber Nonò!

NONÒ: Guten Morgen!

PAOLINO: Guten Morgen! Sehr gut, mein lieber Nonò… Nehmen Sie doch Platz, gnädige Frau… *(Leise, während er ihr den Sessel zurechtrückt:)* Kein Zweifel mehr? Ist es ganz sicher? *(Auf einen neuen, noch dringenderen Blick Frau Perellas hin wendet er sich wieder zu Nonò.)* Na, du bist also deinen alten Lehrer besuchen gekommen, mein lieber kleiner Nonò?

NONÒ: *(verneint mit dem Finger, ehe er zu sprechen beginnt, mit einer bei ihm gewohnheitsmäßigen Geste)* Wir sind zur Mole gegangen, nach Santa Lucia.

PAOLINO: Ah ja? Um die Boote anzuschauen?

NONÒ: *(wie vorher)* Um zu fragen, wann Papa mit der »Segesta« einläuft. *(Dann blickt er auf die Mutter und macht mit einem einfältigen Grinsen Paolino darauf aufmerksam, daß sie, kaum daß sie sich gesetzt hat, den Mund aufreißt wie ein Fisch:)* Da reißt die Mama ja schon wieder den Mund auf!

PAOLINO: *(fährt herum)* Wer? Wie? Den Mund? *(Erschrickt über den Anblick der Frau Perella mit ihrem offenen Mund:)* Mein Gott? Was ist das?... Was ist das?... *(Er läuft zu ihr hin, während sie, mit dem Taschentuch vor dem Mund, aufsteht und nach hinten, in die Nähe der Tür zum Abstellraum, zurückweicht.)*

FRAU PERELLA: *(stützt sich erschöpft auf eines der Regale, noch immer das Taschentuch vor dem Mund, mit verzweifelten Zeichen zu Paolino, er solle nicht näherkommen und um Gottes willen auf Nonò achten)* Um Himmels willen... Um Himmels willen...

NONÒ: *(zu Paolino, der sich halb ohnmächtig zu ihm umdreht, ruhig lächelnd)* Seit drei Tagen reißt sie so den Mund auf!

PAOLINO: Ach ja, das ist nichts weiter, lieber Nonò... Gar nichts! Die... die Mama... die Mama gähnt – ja, die gähnt so.

NONÒ: *(vollführt seine übliche Geste mit dem Finger, dann deutet er mit demselben Finger auf seinen Bauch)* Das kommt ihr von hier.

PAOLINO: *(schreit auf)* Nein! Kind Gottes, was sagst du da?

NONÒ: Aber ja, ja, eine Magenschwäche. Das hat sie selbst gesagt!

PAOLINO: *(holt tief Atem)* Ah... ja – ja natürlich, eine Schwäche, das ist es. Eine kleine Magenschwäche, Nonò. Sonst gar nichts!

FRAU PERELLA: *(seufzt aus dem Hintergrund)* Oooh! Um Himmels willen…

NONÒ: Und jetzt spuckt sie ins Taschentuch, schau! Und wie sie spuckt!

FRAU PERELLA: Um Himmels willen…

PAOLINO: Aber Nonò! Was soll das? Bist du übergeschnappt? Spricht man denn so was aus?

NONÒ: Warum denn nicht?

FRAU PERELLA: *(klagend, hat kaum die Kraft zu sprechen)* Er spricht es aus… sogar vor dem Dienstmädchen spricht er es aus…

NONÒ: Was ist denn da Schlimmes dran?

PAOLINO: Schlimmes nicht, nein. Aber hör, findest du das wohlerzogen, so vor einem Dienstmädchen…

FRAU PERELLA: *(wie vorhin)* Und vor dem Vater! Dem Vater wird er es auch gleich sagen, sobald der ankommt! *(Leise, mit Entsetzen, zu Paolino:)* Heute kommt er an! Heute!

PAOLINO: *(bestürzt)* Heute?

NONÒ: *(fröhlich, klatscht in die Hände)* Heute, ja – *(läuft plötzlich zur Mutter, insistierend:)* darf ich gehen, Mama, darf ich mit dem Matrosen an Bord?

PAOLINO: Aber Nonò! Laß die Mama in Ruhe!

NONÒ: *(um ihn zu beruhigen)* Ach, das ist nichts! Das geht gleich vorbei. *(Zur Mutter:)* Darf ich an Bord, Mama? O bitte! Mir macht das solchen Spaß, wenn Papa von der Kommandobrücke aus das Landungsmanöver kommandiert, mit seiner Kapitänsmütze und im Ölzeug! Läßt du mich gehen, Mama?

FRAU PERELLA: Ja, ich lasse dich gehen… ich lasse dich gehen… *(Zu Paolino, auf Nonò deutend:)* Er bringt mich noch ins Grab…

PAOLINO: Weißt du, Nonò, da geht aber meine ganze gute Meinung von dir flöten… siehst du denn nicht, wie die Mama leidet?

Nonò: Ich muß so lachen, wenn sie den Mund aufreißt – *(macht sie nach)* so – wie ein Fisch…

Paolino: Bravo! Die Mama leidet, und du lachst! Bravo! Und natürlich wirst du auch Papa erzählen, daß die Mama den Mund aufmacht wie ein Fisch, damit er auch darüber lacht, nicht wahr? *(Geht zum Schreibtisch und nimmt ein dickes, bebildertes Buch.)* Sieh mal: Das wollte ich dir heute schenken.

Nonò: »Das Leben der Insekten« – Oh, schön! Ja, bitte! Ja!

Paolino: Nein, mein Lieber! Du bist böse, und deshalb bekommst du es nicht mehr!

In diesem Augenblick hört man starkes Klopfen an der hinteren Tür und gleichzeitig:

Giglios und Bellis Stimmen: Herr Professor! Herr Professor!

Frau Perella: *(die noch immer dort gestanden hatte, fährt erschreckt auf und läuft nach vorn)* O Gott… Wer ist das?

Paolino: Ach diese beiden Ochsen! Nichts, gnädige Frau, nur zwei Schüler… haben Sie keine Angst!

Nonò: Toll! Die sind da versteckt?

Paolino: *(geht zur hinteren Tür, öffnet sie einen Spalt und steckt den Kopf hinein)* Was zum Teufel wollt ihr?

Nonò: *(läuft neugierig hinzu und späht durch Paolinos Beine)* Sind die da zur Strafe drin?

Frau Perella: *(ruft ihn zurück)* Hierher, Nonò!

Giglios Stimme: Ein Licht, bitte! Wenigstens eine Kerze, Herr Professor! Hier sieht man überhaupt nichts!

Bellis Stimme: Wir können nicht einmal die Buchstaben im Wörterbuch entziffern!

Paolino: Gut, gut! Ruhe! Ich bringe euch eine Kerze! *(Schließt die Tür.)*

Nonò: Und warum hast du die da drin versteckt?

Paolino: Aber ich habe sie doch nicht versteckt! Sie machen eine Übersetzung.

Nonò: *(erschreckt)* Im Dunklen?

Paolino: Nein, schau her: Ich bringe ihnen eine Kerze. *(Geht los.)*

Nonò: Ich seh' mir einstweilen das Buch an.

Paolino: Nein, das kriegst du jetzt nicht mehr... das kriegst du nicht! *(Ab durch die Eingangstür. Wenig später kommt er mit einer brennenden Kerze in der Hand zurück. Unterdessen strecken die beiden Schüler Giglio und Belli nacheinander die Köpfe aus der Tür und starren mit boshaftem Grinsen Frau Perella an, die ganz entsetzt und bedrückt ist, dann Nonò, dem sie die Zunge herausstrecken.)*

Nonò: *(zu dem eintretenden Paolino)* Die haben die Köpfe rausgestreckt, weißt du?

Frau Perella: *(bebend)* Sie haben mich gesehen! Sie haben mich gesehen!

Nonò: Erst der eine, dann der andere. Und sie haben – so – zu mir gemacht! *(Streckt die Zunge heraus.)*

Paolino: Ich habe vergessen, abzuschließen! Einen Augenblick, gnädige Frau. *(Geht zur hinteren Tür, öffnet sie wieder einen Spalt, reicht die Kerze hinein.)* Hier ist die Kerze! Und nun, weiter mit der Übersetzung! *(Schließt die Tür ab und tritt zu Nonò.)* Du möchtest also gern dieses Buch haben?

Nonò: Ja, sehr gern! Hast du es für mich gekauft?

Paolino: Ja. Und ich schenke es dir, aber unter der Bedingung, daß du versprichst...

Nonò: Ja, ja... *(Blickt die Mutter an, die wieder den Mund aufreißt.)* Aber sieh doch mal, da! Ich sage gar nichts, aber sie macht es immer wieder!

Paolino: O Gott, o Gott, das ist ja grauenhaft! *(Wieder zu Nonò:)* Aber du, mein Junge, du sprichst nicht mehr darüber! Du hast es mir versprochen, denk daran! Wenn du das nicht hältst, ist das Buch fort! Setz dich hierher. *(Er drückt ihn auf einen Stuhl, mit dem Rücken zur Mutter, stellt einen zweiten Stuhl vor ihn und legt das Buch darauf.)* So, bitte sehr… Sieh es dir an! *(Tritt wieder zu Frau Perella, die noch immer mit dem Brechreiz kämpft, das Taschentuch vor dem Mund.)* Es ist entsetzlich! Es ist entsetzlich! Das ist ja der schlagende Beweis, all das!

Frau Perella: *(klagend)* Ich bin verloren… ich bin am Ende… Für mich gibt es keine Rettung mehr… Nur noch den Tod…

Paolino: Aber nein! Was sagst du da?

Frau Perella: Aber ja… aber ja…

Paolino: Wenn du dich so gehen läßt, machst du alles noch schlimmer!

Frau Perella: Aber versteh doch, wenn es mir kommt, wenn ich vor ihm dieses Gesicht machen muß…

Paolino: Na, dann mach es eben nicht!

Frau Perella: *(plötzlich mit natürlicher Stimme)* Als ob das von mir abhinge! Es überkommt mich eben. *(Spricht wieder wie zuvor:)* Und es ist genau dasselbe Anzeichen wie damals, als Nonò unterwegs war.

Paolino: Auch damals? Und er weiß das?

Frau Perella: Er weiß es. Und er hat darüber gelacht, wenn er mich so den Mund aufreißen sah, so wie jetzt Nonò lacht…

Paolino: Mein Gott! Dann wird er es also sofort merken?

Frau Perella: Ich bin verloren. Ich bin am Ende…

Paolino: Aber kannst du dich nicht zwingen, es zu unterdrücken, zum Teufel?

Frau Perella: *(mit natürlicher Stimme)* Es kommt mir doch von da unten, ganz plötzlich… Eine Art Krampf!

Nonò: *(läuft mit dem Buch in der Hand hinzu)* O schau, da, Mama! Schööön! Die kleine Spinne, die das Netz spinnt!

Paolino: *(aufbrausend, beherrscht sich aber sofort und geht zu einer komisch übertriebenen Herzlichkeit über)* Aber ja, nun laß das mal jetzt… lieber, guter Nonò, natürlich, die kleine

Spinne, die das Netz spinnt...aber sieh dir das mal allein an! Da sind noch so viele andere liebe Tierchen, weißt du? So viele, sehr, sehr viele! Schau sie dir nur allein an! Nachher sieht auch die Mama sie sich an, in aller Ruhe, gelt? Kleine Spinnen, kleine Ameisen, kleine Schmetterlinge... *(Er führt ihn wieder auf seinen Platz wie oben.)* Hierher, hierher... brav sein, ganz brav! *(Wiederum Klopfen an der hinteren Tür und gleichzeitig:)*

BELLIS STIMME: Herr Professor! Herr Professor!

PAOLINO: Ich bring' sie um, so wahr mir Gott helfe! *(Läuft zur Tür und öffnet sie einen Spalt wie vorhin.)* Was ist denn jetzt schon wieder? Könnt ihr nicht einmal eine Viertelstunde ruhig bei einer Übersetzung bleiben, die ein kleiner Junge in der zweiten Klasse mit der linken Hand erledigt?

BELLI: *(steckt den Kopf durch die Tür)* Nicht nur, sondern auch, Herr Professor.

PAOLINO: Was, aber auch?

BELLI: So heißt es hier. *(Zeigt das Buch vor:)* Nicht nur, sondern auch. Das ist die adversative Form, nicht wahr?

PAOLINO: Die adversative? Was heißt hier adversativ, du Esel! Siehst du nicht, daß dies eine Beiordnung ausdrückt?

GIGLIO: *(drängt sich vor)* Eben! Eben! Ich hab' ihm das gleich gesagt, Herr Professor! Steigerung der Intensität und des Aussagewerts...

PAOLINO: Das weiß doch sogar der Junge hier. *(Deutet auf Nonò.)* »Nicht nur, sondern auch«, du bist dran, Nonò! Wie übersetzt man das? Nicht nur...

NONÒ: *(springt sofort auf, nimmt Haltung an)* Non solum!

PAOLINO: Sehr gut! Oder?

NONÒ: Oder... Non tantum!

PAOLINO: Sehr gut! Oder?

GIGLIO: Non modo. Herr Professor, non modo, oder tantum modo!

PAOLINO: *(jagt sie wieder in die Kammer)* Wenn ihr es doch ohnedies wißt! Geht zum Teufel, alle beide! *(Er schließt die Tür wieder.)*

FRAU PERELLA: Mein Gott, was für eine Schande… Mein Gott, was für eine Schande!

PAOLINO: Aber nein! Warum denn? Keine Angst! Du erscheinst hier als Mutter eines Schülers… Ich habe Nonò ja absichtlich drangenommen! Es geht eher um diese verdammte Rosaria!

FRAU PERELLA: Wie die mich angesehen hat! Wie die mich angesehen hat!

PAOLINO: Du hättest hier nicht auftauchen sollen. Ich wäre ohnedies am Nachmittag gekommen!

FRAU PERELLA: Aber wenn doch die »Segesta« um fünf Uhr einläuft! Ich mußte dir doch vorher sagen, daß kein Zweifel mehr besteht. Siehst du? Es besteht kein Zweifel mehr, nicht der geringste Zweifel, leider Gottes! Was tu ich jetzt?

PAOLINO: Weißt du, wann er wieder abfährt?

FRAU PERELLA: Morgen schon!

PAOLINO: Morgen?

FRAU PERELLA: Ja, Richtung Levante! Und dann bleibt er mindestens wieder zwei Monate weg!

PAOLINO: Das heißt, er wird nur diese Nacht hier verbringen?

FRAU PERELLA: Ja, aber er wird sich aufführen wie immer, du wirst schon sehen!

PAOLINO: Nein, zum Teufel, das wird er nicht!

FRAU PERELLA: Was heißt nein? Du weißt es doch!

PAOLINO: Er darf nicht!

FRAU PERELLA: Wie sollte er nicht? Wie? Du weißt doch, wie er ist. Nein, ich bin verloren, Paolino. Ich bin verloren. *(Es klopft an der linken Tür.)*

PAOLINO: Wer ist da?

Sechste Szene

Die Vorigen und Rosaria.

ROSARIA: *(öffnet die Tür)* Ich hole, wenn Sie gestatten, nur den Schlüssel, den Herr Totò für seinen Bruder, den Doktor, abgegeben hat. Ich hab' ihn hier auf dem Tischchen liegenlassen. *(Sie geht den Schlüssel holen.)*

PAOLINO: *(dem plötzlich eine Idee gekommen ist)* Der Doktor? Warten Sie! Ist der Doktor da?

ROSARIA: Ja, er will den Schlüssel haben.

PAOLINO: *(reißt ihr den Schlüssel aus der Hand)* Geben Sie ihn mir. Sagen Sie, er soll einen Augenblick warten, ich habe etwas mit ihm zu besprechen.

ROSARIA: Aber hören Sie, der fällt um vor Müdigkeit! Er hat die ganze Nacht Dienst gehabt.

PAOLINO: Ich habe Ihnen gesagt, Sie sollen ihn bitten, einen Augenblick zu warten.

ROSARIA: Bitte, bitte, ich gehorche... *(Geht ab.)*

FRAU PERELLA: *(erschreckt)* O Gott, was hast du vor? Was hast du mit dem Doktor vor, Paolino?

PAOLINO: Ich weiß nicht. Ich werde mit ihm reden. Ich werde ihn um Rat und Hilfe bitten.

FRAU PERELLA: Was für eine Hilfe? Für mich?

PAOLINO: Ja! Laß mich nur machen, laß mich versuchen...

FRAU PERELLA: Nein, nein, Paolino! Was willst du ihm sagen? Um Himmels willen!

PAOLINO: Aber ich muß dir doch helfen!

FRAU PERELLA: Du kompromittierst mich!

PAOLINO: Willst du lieber sterben?

FRAU PERELLA: O ja, lieber sterben! Nur nicht diese Schande!

PAOLINO: Du bist ja verrückt! Schließlich bin ich auch noch da! Laß mich nur machen.

FRAU PERELLA: Was hast du vor?

PAOLINO: Ich weiß es nicht, ich sag' dir's ja! Irgend etwas!

Der Doktor ist mein Freund, ein ganz enger Freund, wie ein Bruder. Laß mich nur mit ihm reden. Und du, geh jetzt! Ich komme noch vor Ankunft der »Segesta« hinüber und esse mit euch. *(Er geht auf Nonò zu, der sich noch immer das Buch ansieht.)* Los, los, Nonò. Nimm dieses Buch mit und geh jetzt mit der Mama. Später schreibe ich dir hier *(deutet auf die erste Seite des Buches)* eine schöne Widmung rein: »Dem lieben Nonò als Anerkennung für seine Fortschritte in Latein«. Gut so?

NONÒ: Ja, ja ... Weißt du, das ist wirklich ein schönes Buch. Auch wie es geschrieben ist!

PAOLINO: Gib mir ein Küßchen.

FRAU PERELLA: Und sag dem Herrn Professor danke, Nonò ...

NONÒ: *(die übliche Geste mit dem Finger, dann)* Nein, da hab' ich keine Ursache.

FRAU PERELLA: Was heißt das, keine Ursache?

NONÒ: Das hat er mir gesagt. *(Zu Paolino:)* Stimmt's?

PAOLINO: Ja freilich, das stimmt. Geh jetzt, geh, Nonò.

NONÒ: Kommst du zu uns zum Essen?

PAOLINO: Ja, und ich bringe dir die Kuchen mit, die du so gerne hast.

NONÒ: Ja ... ja! Wiedersehen! Komm bald, ja?

PAOLINO: Auf Wiedersehen, gnädige Frau, bis nachher. *(Leise:)* Nur Mut! Nur Mut!

FRAU PERELLA: Auf Wiedersehen!

(Sie geht mit Nonò durch die Eingangstür ab. Herr Paolino begleitet sie hinaus. Die Bühne bleibt für einen Augenblick leer.)

Siebente Szene

Paolino, Doktor Pulejo, später Giglio und Belli.

PAOLINO: *(läßt Doktor Pulejo den Vortritt)* Tritt ein, tritt ein, lieber Doktor ... *(Er schiebt ihn ins Zimmer und tritt hinter ihm selbst ein.)* Und nimm hier Platz. *(Er deutet auf einen Lehnstuhl.)*

PULEJO: *(ein gutaussehender Mann um die Dreißig, blond, mit Brille)* Platz nehmen? Nein, das wirklich nicht! Ich muß schleunigst ins Bett, mein Lieber!

PAOLINO: Und ich sage dir, das kannst du für heute vergessen!

PULEJO: Was soll das heißen?

PAOLINO: Ich muß dich in einer überaus ernsten Sache sprechen!

PULEJO: Und da willst du verhindern, daß ich schlafen gehe? Du spinnst wohl!

PAOLINO: Bist du Arzt, ja oder nein?

PULEJO: Ah, du brauchst meine berufliche Hilfe?

PAOLINO: Ja, und zwar sofort!

PULEJO: Also gut. Erzähle.

PAOLINO: Ich erzähle... Herrlich! Ich erzähle... Ich sage dir, es handelt sich um eine überaus ernste Sache, und du willst, daß ich sie dir so zwischen Tür und Angel erzähle, während du mir gleichzeitig vorjammerst, du wärst müde und würdest gern ins Bett gehen?

PULEJO: Entschuldige, wenn ich müde bin, dann gibt's da nichts herumzureden: Ich bin eben müde! Schließlich hab' auch ich ein Recht auf Schlaf nach einem Nachtdienst, glaube ich!

PAOLINO: Ich lasse dir sofort einen Kaffee bringen! Zwei Kaffee!

PULEJO: Kaffee, Kaffee! Red lieber endlich!

PAOLINO: Du, weißt du, was ich tue? Ich klettere da auf dieses Regal, ich stürze mich hinunter, ich breche mir ein Bein und zwinge dich damit, einen halben Tag lang bei mir zu bleiben!

PULEJO: Wunderbar! Du zwingst mich, dein Bein zu behandeln, aber reden tust du nicht!

PAOLINO: Aber ja, aber ja, ich werde schon reden, zum Teufel!

PULEJO: Na gut, du wirst reden, aber ich werde dir nicht zuhören, denn ich muß ja dein Bein behandeln.

PAOLINO: Aber du wirst nicht schlafen gehen!

PULEJO: Na und – was hast du davon? Ich verliere meinen Schlaf, du brichst dir dein Bein, und ein halber Tag wird vertan. Wenn du mich statt dessen ein paar Stunden ausruhen läßt…

PAOLINO: Ich kann nicht! Ich kann nicht! Wir dürfen keine Zeit verlieren! Du mußt mir helfen, auf der Stelle!

PULEJO: Wobei helfen? Worum geht es denn eigentlich?

PAOLINO: Um mein Leben, Nino! Um mein Leben, denn ich bin ruiniert – wenn du mir nicht hilfst; ich bin so gut wie tot, ich kann mich begraben lassen! Und nicht ich allein! Das Leben von vier Menschen steht auf dem Spiel, nein was sag ich, von fünf, ja, beinahe von fünf! Denn ich bin so weit, daß ich auch ein Blutbad anrichten könnte!

PULEJO: Donnerwetter!

PAOLINO: Ja, ja, ich schwöre es dir! Es braut sich eine Katastrophe zusammen, Ehrenwort!

PULEJO: Ja, aber was ist es denn nun? Was ist passiert?

PAOLINO: Du mußt mir ein Mittel verschaffen, sofort, noch heute vormittag!

PULEJO: Ein Mittel? Was für ein Mittel?

PAOLINO: Das weiß ich eben nicht! Laß mich erzählen…

PULEJO: Wenn ich helfen kann…

PAOLINO: Ja, ein Mittel, das vielleicht du allein mir beschaffen könntest!

PULEJO: Na gut, laß hören. *(Er setzt sich.)*

PAOLINO: Hörst du mir auch gut zu?

PULEJO: Aber ja, Himmel noch einmal! Sprich endlich!

PAOLINO: Wie zu einem Bruder, verstehst du? Ich spreche

zu dir wie zu einem Bruder. Nein, mehr noch: Der Arzt ist doch wie ein Beichtvater, nicht wahr?

PULEJO: Ja, sicher haben wir auch die Schweigepflicht.

PAOLINO: Sehr gut, sehr gut. Dann spreche ich jetzt also mit dir unter dem Siegel des Beichtgeheimnisses. Wie zu einem Bruder und wie zu einem Priester. *(Er legt eine Hand auf den Magen und fügt feierlich, mit einem Blick des Einverständnisses, hinzu:)* Verschwiegen wie ein Grab, hm?

PULEJO: *(lachend)* Wie ein Grab, ja, ja, wie ein Grab! Los!

PAOLINO: Nino! *(Er reißt die Augen ganz weit auf und legt Daumen und Zeigefinger aneinander, als wollte er die Worte gut abwägen, die er ausspricht.)* Perella hat zwei Familien.

PULEJO: *(verblüfft)* Perella? Und wer ist Perella?

PAOLINO: *(losbrechend)* Na, Perella, der Kapitän Perella, zum Donnerwetter! *(Dann leise, weil er sich daran erinnert, daß die beiden Schüler im Nebenzimmer sind:)* Perella von der Allgemeinen Schiffahrtsgesellschaft! Der Kapitän auf großer Fahrt! Der Kommandant der »Segesta«!

PULEJO: Na gut. Ich habe verstanden. Der Kapitän Perella. Kenn' ich nicht.

PAOLINO: Ah, du kennst ihn nicht? Um so besser! Aber trotzdem: Verschwiegen wie ein Grab, ja? *(Mit demselben schrillen und feierlichen Ton wie zuvor:)* Zwei Familien hat er. Eine hier, eine in Neapel.

PULEJO: Der Glückliche. Zwei Familien. Und was weiter?

PAOLINO: *(mustert ihn, dann bricht die ganze Wut aus ihm heraus, die ihn innerlich auffrißt)* Ah, da findest du nichts dabei? Ein verheirateter Mann mit einem Sohn, der seinen Seemannsberuf niederträchtig dafür ausnützt, in einem anderen Ort eine neue Familie zu gründen, mit einer zweiten Frau, das ist in deinen Augen gar nichts? Das ist ja wie bei den Türken, zum Donnerwetter!

PULEJO: Schlimmer als bei den Türken, das bestreitet ja

niemand! Aber was geht dich das an? Was hast du damit zu schaffen?

PAOLINO: Was mich das angeht, fragst du?

PULEJO: Ist Perellas Frau vielleicht deine Verwandte?

Es klopft wieder sehr laut an die hintere Tür.

GIGLIOS UND BELLIS STIMMEN: Herr Professor! Herr Professor!

PAOLINO: *(mit einem Wutausbruch)* Schon wieder! Die treiben mich heute noch zu einer Wahnsinnstat... *(Brüllt zu der Tür hin, ohne aufzustehen:)* Was habt ihr jetzt schon wieder?

BELLIS STIMME: Wir sind fertig, Herr Professor!

GIGLIOS STIMME: Machen Sie auf! Hier drinnen erstickt man ja! Machen Sie auf!

PAOLINO: Noch einen Augenblick! Ihr könnt unmöglich schon fertig sein!

BELLIS STIMME: Aber wenn wir's doch wirklich sind, Herr Professor!

GIGLIOS STIMME: Wir kriegen hier drinnen keine Luft mehr! Machen Sie auf!

PAOLINO: Den Teufel werde ich! Lest euch alles noch einmal durch und haltet den Mund! Die Stunde ist noch nicht zu Ende. *(Zu Doktor Pulejo:)* Du meinst also, es müsse mich nichts angehen, weil sie nicht mit mir verwandt ist? Und wenn sie es doch wäre?

PULEJO: Ah, wenn sie eine Verwandte von dir ist...

PAOLINO: Nein! Sie ist eine unglückliche Frau, verstehst du? Die in infamster Weise betrogen wird, verstehst du? Vom eigenen Mann! Muß man da mit ihr verwandt sein, daß man sich betroffen fühlt, daß man Abscheu empfindet, daß man empört ist?

PULEJO: Ja gut... gut... aber verzeih, ich sehe beim besten Willen nicht, was ich da tun könnte...

PAOLINO: Weil du mich nicht aussprechen läßt! Aber das

gefällt mir, wie du da so unbeteiligt sitzt, während ich innerlich koche! Siehst du nicht, daß ich koche! Erlaubst du? *(Packt eine seiner Hände und drückt sie, bis er schreit.)*

PULEJO: *(zieht seine Hand zurück)* Auuu! Au, du tust mir weh! Bist du verrückt geworden?

PAOLINO: Ich will dir nur zeigen, wie das ist, wenn man über andere spricht! Du schaust sie von außen an, die anderen, und du interessierst dich nicht für sie! Was sind sie für dich? Nichts! Bilder, die vor deinen Augen vorüber ziehen, und Schluß! Drinnen, drinnen in dir mußt du sie fühlen! Du muß dich in sie versenken, du mußt… ja, so… *(deutet auf die Hand, die der Doktor sich immer noch reibt, während er die Finger zu bewegen versucht)* ihr Leid so fühlen, indem du es zu deinem eigenen machst!

PULEJO: Na, danke vielmals, mein Lieber! Ich hab' mit meinen eigenen Leiden schon mehr als genug. Jedem die seinen. Aber weißt du eigentlich, daß du wirklich komisch bist? *(Er sieht ihn an und lacht.)*

PAOLINO: Lächerlich bin ich, ja, ich weiß! Zutiefst lächerlich. Ich weiß. Der klare, offene Anblick der Leidenschaften – und seien es auch die allertraurigsten, die allerschrecklichsten – vermag alle zum Lachen zu bringen, ich weiß! Natürlich! Ihr habt sie ja nie verspürt, oder ihr seid so sehr daran gewöhnt, sie hinter einer Maske zu verbergen (denn ihr seid alle mit Lügen angefüllt!) und könnt sie in einem Unglücklichen wie mir nicht wiedererkennen, der damit geschlagen ist, daß er sie nicht zu verbergen und zu unterdrücken vermag! F ü h l m i c h ! S o f ü h l m i c h doch, zum Teufel! F ü h l m i c h da drinnen in dir! Ich leide!

PULEJO: Ja, aber woran leidest du? Hier bin ich ja! Ich stehe doch bereit! Aber wenn du mir nicht sagst, woran du leidest! Du erzählst mir was von dieser Frau Perella…

PAOLINO: Von ihr, ja eben!

PULEJO: Du leidest an Frau Perella?

PAOLINO: Ja, mein lieber Nino! Denn du hast ja keine Ahnung! Du hast keine Ahnung! Laß mich dir erzählen! Dieser liebe Kapitän Perella, dieser allerliebste Kapitän Perella hat nämlich nicht genug damit, verstehst du, daß er seine Frau betrügt, daß er dort in Neapel eine zweite Familie hat, wie ich dir gesagt habe, mit einer anderen Frau! Nein! Er hat dort auch noch drei oder vier Kinder, mit der anderen, und eines hier mit seiner Frau. Und mehr Kinder will er nicht!

PULEJO: Na ja, fünf – das ist auch genug, finde ich.

PAOLINO: Ah, meinst du das? Mit seiner Frau hat er aber nur eins, ein einziges! Die dort in Neapel sind nicht legitim, und wenn er mit der da noch eins macht, kann er es weggeben wie nichts, in ein Findelhaus, verstehst du? Hier hingegen, bei seiner Frau, da könnte er das nicht! Ein eheliches Kind kann er nicht so mir nichts dir nichts loswerden, stimmt's?

PULEJO: Na klar...

PAOLINO: Na und was macht er da, der Lump, der elende, was macht er da? – Diese Geschichte, weißt du, die dauert schon gute drei Jahre! – In den Tagen, in denen er hier an Land ist, nimmt er den geringsten Vorwand zum Anlaß, einen Streit mit seiner Frau anzuzetteln, und dann schließt er sich nachts ein und schläft allein. Er schlägt ihr die Tür vor der Nase zu, verstehst du? Er legt den Riegel vor. Tags darauf läuft er wieder aus und wird nicht mehr gesehen! Seit drei Jahren geht das so.

PULEJO: *(mitleidig, ohne daß er ein Lächeln unterdrücken könnte)* Die arme Frau... Die Tür zu – vor der Nase?

PAOLINO: Vor der Nase... und den Riegel... und tags darauf... *(Macht eine Handbewegung, um auszudrücken »... haut er ab!«.)*

PULEJO: Die arme Frau, also wirklich!

PAOLINO: Ah, so... Was anderes hast du mir nicht zu sagen?

PULEJO: Ja, was soll ich dir denn sagen? Ich verstehe noch immer nicht, was ich dabei tun könnte... Sie tut mir leid... Die ganze Sache ist wirklich sehr bedauerlich...

PAOLINO: Und das ist alles? Und wenn sie deine Schwester wäre, und Perella dein Schwager, und du wüßtest, daß er seine Frau so behandelt...

PULEJO: Ah, zum Teufel! Dann würde ich ihn mir gehörig vorknöpfen!

PAOLINO: Siehst du? Siehst du? Vorknöpfen würdest du ihn dir!

PULEJO: Na sicher! Als Bruder!

PAOLINO: Und wenn diese arme Frau nun keine Brüder hat? Wenn sie niemanden hat? Niemanden, der das Recht hätte, ihn sich vorzuknöpfen, diesen Herrn Kapitän Perella, ihn an seine ehelichen Pflichten zu erinnern? Dann muß man also eine Frau so zugrunde gehen lassen, ohne ihr zu helfen? Findest du das gerecht? Findest du das anständig?

PULEJO: Tja... Aber du...?

PAOLINO: Ich – was?

PULEJO: Ich meine... Entschuldige, woher weißt gerade du über diese ganze Sache Bescheid?

PAOLINO: Woher ich das weiß!... Ich weiß es... ich weiß es... weil... ja, weil ich seit... seit einem Jahr... Stunden gebe... Lateinstunden, dem Jungen nämlich, dem elfjährigen Sohn des Herrn Perella.

PULEJO: *(versteht langsam)* Ah... Dann war das vielleicht die Dame, die da eben mit einem Jungen hier herauskam?

PAOLINO: *(abrupt, indem er sich fast auf ihn stürzt)* Verschwiegen wie ein Grab, hörst du! Ärztliche Schweigepflicht!

PULEJO: Aber ja, zum Teufel! Nur keine Angst!

PAOLINO: Ich flehe dich an! Sie ist die Tugend in Person! Und du kannst dir nicht vorstellen, mein lieber Nino, du kannst dir nicht vorstellen, wieviel Mitleid ich für sie empfunden habe, für all die Tränen, die sie vergossen hat, diese arme Frau! Was für eine Güte! Was für eine Lauterkeit der Gefühle! Was für eine Reinheit! Und schön ist sie auch noch! Hast du sie gesehen?

PULEJO: Nein... sie hatte den Schleier heruntergelassen...

PAOLINO: Sie ist schön! Wäre sie häßlich, würde ich ja alles verstehen. Aber sie ist schön! Und noch jung! Und sie muß erleben, wie sie so behandelt wird, betrogen, mißachtet und in eine Ecke geworfen, da, wie ein Lappen, der nicht mehr gebraucht wird... Ich möchte die sehen, die da hätte widerstehen können! Die sich nicht aufgelehnt hätte! Und wer dürfte sie verurteilen? *(Springt ihm beinahe ins Gesicht.)* Würdest du es wagen, sie zu verurteilen?

PULEJO: Ich? Aber woher denn!

PAOLINO: Das möchte ich doch sehen, daß du sie verurteilen würdest!

PULEJO: Aber nein! Wenn sie der Mann wirklich so behandelt!

PAOLINO: Genau so! Ich hoffe, du zweifelst nicht an meinen Worten!

PULEJO: Aber nicht im geringsten!

PAOLINO: Also dann, lieber Freund: Dann hilf mir, sie zu retten, denn diese Frau steht jetzt am Rande eines Abgrunds! Hilf mir, hilf mir, bevor sie hinunterstürzt! Man muß sie retten!

PULEJO: Tja... aber wie?

PAOLINO: Wie? Ja, verstehst du denn nicht, was das für ein Abgrund sein kann, wenn sie seit drei Jahren von ihrem Ehemann vernachlässigt wird? Sie ist... sie ist leider...

PULEJO: *(sieht ihn an, glaubt zu verstehen und will es nicht wahrhaben)* Was...?

PAOLINO: *(zögernd, aber doch so, daß kein Zweifel mehr bleibt)* Ja, in einer, in einer entsetzlichen… in einer verzweifelten Lage…

PULEJO: *(wird ganz steif und sieht ihn nun kalt und streng an)* Ah nein, mein Lieber, das nicht! Nein, weißt du, so etwas mach' ich nicht. Mit dem Strafgesetz leg' ich mich nicht an!

PAOLINO: *(verblüfft und wütend)* Du Vollidiot! Was glaubst du denn jetzt? Was glaubst du denn, was ich von dir will?

PULEJO: Was heißt, was ich glaube! Ich bin Arzt… und wenn du mir sagst, sie wäre…

PAOLINO: Du Riesenesel! Wofür hältst du mich denn? Das ist eine anständige Frau! Ich sag dir doch, sie ist die Tugend in Person!

PULEJO: Na ja… lassen wir das!

PAOLINO: Nein! Gar nicht – lassen wir das! Es ist so, wie ich es dir sage!

PULEJO: Mag sein. Aber verzeih – du bittest mich nicht um…?

PAOLINO: *(setzt nach)* Worum bitte ich dich? Soll ich dich um ein Verbrechen bitten? Eine unmoralische Tat von dieser Sorte, für sie und für mich selbst? Hältst du mich für einen Schurken, der zu so etwas fähig wäre? Der dich um deine Hilfe bäte für… Oh, es ekelt mich, mir graut, wenn ich nur daran denke!

PULEJO: *(verliert jetzt endgültig die Geduld)* Na, verdammt noch mal! Sagst du mir endlich, was du von mir willst? – Ich ver-ste-he-dich-nicht!

PAOLINO: *(unbeeindruckt)* Ich will das, was gerecht ist! Ich will das, was anständig und moralisch ist!

PULEJO: Was?

PAOLINO: *(mit lauter Stimme)* Daß Perella sich wie ein guter Ehemann benimmt! Das will ich! Daß er seiner Frau nicht mehr die Tür vor der Nase zuschlägt, wenn er hier an Land geht! Das will ich!

PULEJO: Und das willst du von mir? *(Bricht in ein anhaltendes Lachen aus.)* Hahahaha! Und du ver... und du ver... und du verlangst... hohoho... hahaha... verlangst also von mir, daß ich den Esel mit Gewalt zum Saufen bringe...

PAOLINO: *(während der Doktor noch immer lacht, schaut er ihm auf den Mund)* Was lachst du? Was lachst du bloß, du Rindvieh? Da droht eine Tragödie, und du lachst! Die Ehre einer Frau, ihr Leben steht auf dem Spiel, und du lachst? Von mir rede ich gar nicht! *(Plötzlich entschlossen, packt den Doktor bei den Armen:)* Hör mal! Weißt du, was sein wird? *(Grimmig:)* Perella, der seit drei Monaten auf hoher See ist, kommt heute abend hier an. Er verbringt bloß eine Nacht hier. Diese Nacht. Morgen sticht er wieder in See, Richtung Levante, und bleibt wiederum wenigstens zwei Monate weg. Hast du jetzt verstanden? Wir müssen unbedingt diesen Tag nutzen, den er hier verbringt, sonst ist alles verloren!

PULEJO: *(unterdrückt mühsam das Lachen)* Na gut, na gut... aber... aber ich...

PAOLINO: Hör auf zu lachen! Hör auf zu lachen, oder ich erwürge dich!

PULEJO: Ich lache ja gar nicht!

PAOLINO: Aber ja, lach, lach ruhig, wenn du willst, lach über meine Verzweiflung! Aber hilf mir, um Gottes willen! Du wirst doch ein Mittel wissen... du bist schließlich Arzt... du wirst einen Weg kennen...

PULEJO: Um zu vermeiden, daß der Kapitän unter irgendeinem Vorwand versucht, heute abend mit seiner Frau Streit anzufangen?

PAOLINO: Genau!

PULEJO: Um der Moral willen, was?

PAOLINO: Um diese arme Märtyrerin zu retten – und auch mich selbst. Willst du noch weiter scherzen?

PULEJO: Nein – ich nehme Anteil, merkst du das nicht? – Aber wenn dieser Kapitän ... Entschuldige: Wie alt ist er?

PAOLINO: Ich weiß nicht. Um die Vierzig.

PULEJO: Noch gut beisammen?

PAOLINO: Ein Bulle von einem Mann!

PULEJO: Du hast gesagt, er kommt von einer dreimonatigen Schiffsreise zurück?

PAOLINO: Ja, ja, aber er war zuvor schon in Neapel, verstehst du?

PULEJO: Ah... wo er die andere Familie hat?

PAOLINO: Genau. Der Lump! Und so macht er's immer!

PULEJO: Er legt immer zuerst in Neapel an?

PAOLINO: In Neapel, jawohl!

PULEJO: Es geht also darum, daß er sich heute abend um jeden Preis – daran erinnert, daß er auch hier eine Familie hat?

PAOLINO: Eine Ehefrau!

PULEJO: Die auf ihn wartet...

PAOLINO: *(merkt einen ironischen Unterton in den Worten des Doktors, irritiert)* Du, hör mal! Willst du anfangen, mit mir zu diskutieren?

PULEJO: Nein, nein! Da sei Gott vor! Er ist der Schuldige! Aber hm... da ist... da ist vielleicht... ja, ich würde sagen... da kommt vielleicht noch etwa hinzu...

PAOLINO: Nein! Gar nichts! Es gibt nur seine Schuld und die Folgen daraus!

PULEJO: Ja, natürlich... Eine Folge, die du vielleicht hättest...

PAOLINO: *(unterbricht ihn)* Aber wer hat es denn gewollt? – Weder ich noch sie! – Das steht fest! – Und nun hör mal! Was kann man denn anklagen? Den Vorsatz, nicht wahr? Nicht den Zufall. – Wenn du aber keinen Vorsatz hattest! – Dann bleibt nur der Zufall. – Ein Unglücksfall! – Sieh mal: Das ist, wie wenn du ein Stück Land hättest, das du brachliegen läßt. – Auf diesem Land wächst ein Baum, und du kümmerst dich nicht um ihn. Als ob er niemandem gehören würde! – Gut. Nun kommt einer vorüber. – Er pflückt eine Frucht von diesem Baum. Er ißt sie. Er wirft den Kern weg. – Du wirfst ihn weg, einfach so, nur deshalb, weil du eine Frucht von diesem verlassenen Baum gepflückt hast. – Gut. Und eines schönen Tages wächst dir aus diesem weggeworfenen Kern ein neuer Baum. – Hast du das gewollt? – Nein! – Und die Erde, die den Kern aufgenommen hat, hat es auch nicht gewollt… so, da… dieser Kern. – Und nun frage ich dich: Wem gehört der Baum, der da wächst? – Dir, der du der Besitzer des Grundstücks bist!

PULEJO: Mir? Nein, danke vielmals!

PAOLINO: *(stürzt sich sofort wütend auf ihn, packt ihn bei den Armen und schüttelt ihn)* Ja, dann gib doch acht auf dein Land, zum Teufel! Gib doch acht darauf! Verhindere doch, daß ein anderer vorübergeht und eine Frucht von dem verlassenen Baum pflückt!

PULEJO: Ja, ja, ich bin ja ganz deiner Meinung! – Aber du sagst das zu mir, entschuldige schon! Und ich hab' damit nichts zu tun! Das ist Sache des Kapitäns!

PAOLINO: Und der muß es tun! Der muß es tun! – Und du sagst, er wird?

PULEJO: Mein Gott, wir werden versuchen, ihn dazu zu bringen…

PAOLINO: *(küßt ihn in einem lebhaften Ausbruch von Dankbarkeit und Bewunderung)* Nino, du bist ein Gott! Aber sag, sag: Wie? Wie?

PULEJO: Wie… Warte einmal… *(Pause. Er denkt nach.)* Sag mal: Speist der Herr Kapitän zu Hause?

PAOLINO: Ja, zu Hause. Um sechs, gleich wenn er angekommen ist. Ich bin auch eingeladen.

PULEJO: Ah, sehr gut. – Na, dann wirst du, nehme ich an, nicht mit leeren Händen kommen.

PAOLINO: Warum? – Ah ja, ich habe dem Jungen versprochen, ihm ein paar Stücke Kuchen mitzubringen.

PULEJO: Ausgezeichnet! *(Schneidet die Debatte ab:)* Hör zu: Geh jetzt diese Kuchen kaufen.

PAOLINO: *(versteht noch nicht)* Wie? Warum? Und was machst du?

PULEJO: Dann bringst du sie in die Apotheke zu meinem Bruder Totò.

PAOLINO: Aber was hast du vor?

PULEJO: Warte in der Apotheke auf mich. Laß mir wenigstens so viel Zeit, daß ich mir das Gesicht waschen kann, mein Gott! Wenn du mich schon um den Schlaf gebracht hast!

PAOLINO: O nein, das nicht! Ich lasse dich nicht fort, Nino! Ich lasse dich nicht fort, bevor du mir nicht sagst...

PULEJO: Was soll ich dir noch sagen, entschuldige mal? Ich sage dir: Geh die Kuchen kaufen und gib mir einstweilen meinen Schlüssel.

PAOLINO: Aber die Kuchen sind für den Jungen.

PULEJO: Na gut. Aber du wirst doch auch der Dame des Hauses davon anbieten, nehme ich an, und auch dem Herrn Kapitän. *(Sieht ihn vielsagend an.)* Verstehst du mich?

PAOLINO: Von den Kuchen?

PULEJO: Ja, natürlich! Laß mich nur machen. Gib mir meinen Schlüssel.

PAOLINO: Nein! Den geb' ich dir nicht! Dann legst du dich schlafen...

PULEJO: Aber nein, keine Angst. Der Schlaf ist mir vergangen.

PAOLINO: Wasch dir's doch hier bei mir, das Gesicht!

PULEJO: Jetzt hör aber auf. Du benimmst dich ja wie ein kleiner Junge! Gib schon her!

PAOLINO: *(gibt ihm den Schlüssel)* Hier. Aber ich verlaß mich auf dich! Denk dran, Nino, es geht um Leben oder Tod! *(Erneut ängstlich und zweifelnd:)* Aber was hast du mit diesen Kuchen vor?

PULEJO: Ich sage dir doch: Laß mich nur machen!

PAOLINO: Ah … ja? Du kannst … du kannst … mit Hilfe der Wissenschaft? *(Er faßt sich wieder, mit einem Anflug von Ekel:)* O Gott! So etwas, so etwas tu ich!

PULEJO: Was ist denn?

PAOLINO: Was ist denn … was ist denn … Glaubst du denn, ich, so wie ich bin, stecke völlig drin in dieser schrecklichen Geschichte, in der ich dich um Hilfe bitte? Ich, ich muß um Hilfe bitten, dafür, um Hilfe von der Wissenschaft – ich! – ich, dich bitten, der du die Wissenschaft … ja, der du die Wissenschaft benutzt, um davon zu leben – während ich sie selbstlos liebe, die Wissenschaft! Ich verehre sie und habe so viele Opfer für sie gebracht!

PULEJO: Na hör mal! Wenn du meinst, du würdest sie damit beflecken …

PAOLINO: Nein! Versteh mich doch! Ich meine, daß man gezwungen ist, sie in Anspruch zu nehmen … *(Schnaubt.)* Ufff … Alle meine Eingeweide krampfen sich zusammen, glaub mir! Daß du so gefangen sein kannst … ohne zu wissen, wie dir geschieht … ohne Grund … nur weil du ein bißchen Mitleid hast mit einer Frau, die du weinen siehst und die dir zuerst nicht sagen will, warum … Du zwingst sie, es dir zu beichten … Du … du tröstest sie … heute … morgen … Und … und dann … ja, dann findest du dich plötzlich festgeklemmt – durch die bösartige, zynische Grausamkeit eines Schurken, jawohl – in einer Situation wie dieser – komisch, was? Glaubst du, ich empfinde das nicht auch? Du lachst darüber … du hast darüber gelacht …

PULEJO: Also, wirklich… Aber nein!

PAOLINO: Aber ja! Aber ja! Und ich habe dich zum Lachen gebracht! Weil ich will…

PULEJO: Daß der Kapitän seine eheliche Pflicht erfüllt!

PAOLINO: Weil ich nichts anderes wollen kann – du verstehst mich!

PULEJO: Tja, die Moral, die Moral…

PAOLINO: Aber nicht meine Moral! Eure Moral! So, wie ihr sie haben wollt! Denn ich würde ihn viel lieber umbringen – und ich bringe ihn auch um, das schwöre ich dir, ich höchstpersönlich – wenn er nicht seine Pflicht tut, der Herr Kapitän! – Du mußt es doch merken, zum Donnerwetter, daß ich ein anständiger Mensch bin, ich würde sie auch heiraten, auf der Stelle, diese Dame, wenn es auf mich ankäme, um alles wieder in Ordnung zu bringen!

PULEJO: Ja, ja, natürlich … Aber los jetzt: Schluß mit Reden …

PAOLINO: Ja, los jetzt. – Ich bringe ihn um, ich schwöre es dir!

PULEJO: Aber nein! Wir wollen hoffen, das wird nicht notwendig sein.

PAOLINO: Sag: Werden zwanzig reichen?

PULEJO: Zwanzig was?

PAOLINO: Zwanzig Kuchen?

PULEJO: Ach, viel zu viel!

PAOLINO: Ich kaufe dreißig, weißt du? Dreißig, vierzig… *(Er macht sich mit Pulejo auf den Weg und ist eben im Begriff abzugehen, da bricht hinter der Tür im Hintergrund ein großer Lärm mit schrillem Geschrei los.)*

GIGLIOS UND BELLIS STIMMEN: Herr Professor! Herr Professor! Machen Sie auf! Wollen Sic uns denn hierlassen!

PAOLINO: *(zum Doktor)* Ach ja, richtig… Warte bitte!… Die Schüler… Wer hätte denn noch an die gedacht? *(Läuft hin und sperrt die Tür auf.)*

Giglio und Belli: *(stürzen wütend, zerzaust, mit verzerrten Gesichtern heraus, werfen Bücher und Lexika auf den Boden und protestieren im Chor)* – Das ist Nötigung! Das ist Gewalt! – Wir sind halb erstickt! – Wir kommen nie mehr wieder!

Paolino: *(läuft hin, um sie zu besänftigen)* Nur immer mit der Ruhe! Nur immer mit der Ruhe!

Vorhang

ZWEITER AKT

Speisezimmer im Hause des Kapitäns Perella. Im Hintergrund eine Veranda mit einem weiten Ausblick auf das Meer. Zwei Türen an der linken Wand: die näher zum Proszenium gelegene ist die Eingangstür, die andere führt ins Schlafzimmer des Kapitäns Perella. Zwischen den beiden Türen ein Blumentischchen mit fünf gut sichtbaren Blumentöpfen. Auf der rechten Seite eine andere Tür, Vitrinen mit Tischgerät, eine Kredenz, dann ein Sofa, über dessen Rückenlehne ein Spiegel hängt; Sessel, ein kleines Tischchen. Der Eßtisch in der Mitte ist sorgfältig für vier Personen gedeckt. Die Bilder an der Wand sind Meereslandschaften, auch alte Photographien; da und dort exotische Souvenirs von den Reisen des Kapitäns Perella.
Derselbe Tag wie im ersten Akt, nachmittags. Nach und nach wird es Abend, gegen Ende des Aktes dringt durch die Veranda ein schönes Mondlicht herein.

Erste Szene

Herr Paolino, Nonò, dann Grazia.
Herr Paolino, der mit Nonò an dem Tischchen sitzt, blättert ein Heft mit lateinischen Übersetzungen durch und schreibt mit einem rotblauen Stift unter jede Übersetzung eine Note.

Paolino: Und hier können wir eine schöne Neun drauf geben.

Nonò: Noch eine Neun? *(Klatscht in die Hände, strahlend:)* Toll! Das sind dann also: drei Achten, eine Zehn und zwei Neunen!

Paolino: Ja, und dieses Heft zeigst du deinem Papa, gleich, wenn er kommt!

Nonò: Na klar! Na klar! *(Zählt an den Fingern ab.)*

Paolino: Denn – Paß auf, Nonò – heute mußt du alles tun, damit der Papa sich freut…

Nonò: *(ohne auf ihn zu achten, rechnet weiter)* Ja… ja…

Paolino: *(setzt fort)* Und du darfst ihm nicht den mindesten Grund zur Aufregung geben! Aber was rechnest du da eigentlich?

Nonò: Warte! Drei… *(hält mit der Rechten drei Finger seiner linken Hand fest),* dann vier und fünf… *(zeigt die fünf Finger der Linken),* sechs und sieben *(zeigt den Zeigefinger und den Daumen der Rechten),* acht, neun und zehn. *(Zeigt einen nach dem anderen die restlichen Finger der Rechten.)* Eine halbe Lira! Eine halbe Lira!

Paolino: Was heißt das, eine halbe Lira?

Nonò: Aber ja, eine halbe Lira! Toll! Papa gibt mir nämlich einen Fünfer für jede Acht: Drei sind's, macht also drei Fünfer. Dann zwei Fünfer für jede Neun: Zwei sind's, das macht vier Fünfer. Und drei Fünfer für jede Zehn. Das sind zusammen: Drei und vier macht sieben; und drei macht zehn, also eine halbe Lira!

Paolino: Ah, sehr gut! Freust du dich?

Nonò: Ich schon! Was glaubst du denn! Nur er nicht.

Paolino: *(verdattert)* Wieso? Er wird sich nicht freuen?

Nonò: Nein, sicher nicht… Zuerst hat er mir ja drei Fünfer für jede Neun und fünf für jede Zehn gegeben, aber dann – weil du so mit Achten, Neunen und Zehnen um dich wirfst…

Paolino: Ach so? Hat er das gesagt? Ich werfe damit um mich?

Nonò: Ja, beim letzten Mal hat er das Heft genommen und in die Luft geschmissen, so… *(tut es mit dem Ausdruck der Verachtung),* und dazu hat er gebrüllt: Ja, zum Teufel, der wirft ja nur so um sich mit Achten, Neunen und Zehnen, dieser Professor…!

PAOLINO: Und da ist er wütend geworden?

NONÒ: Und wie! Und er hat den Tarif heruntergesetzt!

PAOLINO: *(sofort)* Ja, na dann… *(Nimmt das Heft wieder zur Hand und blättert es aufgeregt durch.)* Warte warte, mein kleiner Nonò… dann setzen wir die Noten doch gleich herunter… hier geben wir Fünf, da geben wir Sechs… da geben wir Sieben…

NONÒ: *(mit einem Schrei, als würde ihm ein Zahn gezogen)* Was? Nein! Nein! Und meine halbe Lira?

PAOLINO: Aber die kriegst du ja von mir, Nonò! Da… da… *(Kramt die Börse aus der Tasche.)* Die kriegst du von mir… die kriegst du von mir…

NONÒ: Nein… nein…

PAOLINO: Doch, doch, mein Kind! Ich habe gedacht, dein Papa würde sich über die guten Noten freuen! Wenn du mir aber sagst, daß er statt dessen wütend wird… Da, nimm… Dir kann es doch gleich sein, ob du die halbe Lira von mir kriegst oder von deinem Papa, nicht wahr?

NONÒ: *(stampft mit den Füßen)* Nein, nein. Ich will die drei Achten, die zwei Neunen und die Zehn!

PAOLINO: Aber du verdienst sie ja nicht, ganz ehrlich, mein Kind! Du verdienst sie wirklich nicht!

NONÒ: Und warum hast du sie mir dann gegeben?

PAOLINO: Na, weil… weil ich nicht wußte, daß es deinen Papa Geld kostet und ihn ärgert. Wir dürfen Papa nämlich nicht ärgern, Nonò. Und besonders heute, heute müssen wir alle fröhlich sein! Auch du, mit deiner halben Lira, die dir dein alter Lehrer heimlich als Belohnung gibt – daß du nur ja Papa nichts davon sagst, verstanden? – ich gebe sie dir, denn du hast zwar keine Neunen und Zehnen verdient, aber eine Belohnung schon, ja, die hast du dir verdient für die Fortschritte, die du gemacht hast…

NONÒ: Wie du es mir in mein Buch geschrieben hast?

Paolino: Jaja, genau... sehr gut! Wie ich es dir ins Buch geschrieben habe.

(Durch die Eingangstür tritt Grazia auf, eine Alte mit einem mürrischen Pferdegesicht.)

Grazia: Ist die gnädige Frau nicht da?

Paolino: *(deutet auf die Tür rechts)* Ich glaube, die gnädige Frau ist da drinnen, Grazia.

Grazia: Dann soll er *(deutet auf Nonò)* mal schnell zu ihr reingehen und ihr sagen, daß der Matrose da ist.

Nonò: *(springt sofort auf)* Der Matrose? Dann ist Papa angekommen! Ich gehe an Bord! Ich gehe an Bord! *(Läuft zur Eingangstür.)*

Paolino: Aber nein, was machst du denn, Nonò? Komm her! Erst mußt du es doch der Mama sagen!

Nonò: Die Mama weiß es doch! Die weiß es doch! *(Will abgehen.)*

Paolino: Hiergeblieben, hab' ich gesagt! *(Zu Grazia:)* Gehen Sie doch bitte und sagen Sie es der gnädigen Frau.

Nonò: Du lieber Gott, die weiß es doch!

Grazia: *(geht zur rechten Tür, brummt)* Was für Umstände! Was für Umstände! *(Sie klopft an und tritt, ohne auf eine Antwort zu warten, ein.)*

Zweite Szene

Die Vorigen, Frau Perella, der Matrose.

Nonò: *(der an der Eingangstür stehen geblieben ist, ruft hinter die Bühne)* Matrose! Matrose! Komm her!

Matrose: *(tritt sofort ein)* Da bin ich! *(Geht in die Knie und breitet die Arme aus, um Nonò aufzufangen, der einen Sprung macht und sich ihm an den Hals hängt.)* Hoho! Es lebe der Admiral!

Nonò: Bring mich zu Papa! Auf der Stelle!

(Durch die rechte Tür tritt Frau Perella herein. Sie hat sich viel

Mühe gegeben mit dem Anziehen, und nun wirkt sie noch plumper.)

MATROSE: *(zu Nonò, den er im Arm hält)* Warten wir, was die Mama sagt! *(Reißt sich die Mütze vom Kopf.)* Was befehlen Sie, gnädige Frau?

FRAU PERELLA: Ist der Dampfer schon eingelaufen?

MATROSE: Er war gerade dabei, gnädige Frau. Jetzt muß er wohl schon angelegt haben.

NONÒ: Dann gehen wir sofort los! Ich will doch das Manöver sehen!

MATROSE: Ach, das wird eine Weile dauern, bis sie die Reling herunterlassen!

FRAU PERELLA: Um Gottes willen, vorsichtig, Nonò! Ich vertraue Ihnen den Jungen an, Filippo!

MATROSE: Keine Angst, gnädige Frau! Dem alten Filippo können Sie ihn auch anvertrauen! Auf Wiedersehen! Los, mein Admiral! *(Durch die Eingangstür mit Nonò im Arm ab.)*

Dritte Szene

Frau Perella und Herr Paolino.

PAOLINO: *(wendet sich, sobald Nonò und der Matrose abgegangen sind, zu Frau Perella um, die beschämt und niedergeschlagen in der plumpen Verpackung ihrer merkwürdigen Aufmachung steckt)* Aber nein! Aber nein, meine Liebe, nein! Wie hast du dich denn hergerichtet? So doch nicht!

FRAU PERELLA: Ich… ich habe mich ein bißchen zurechtgemacht…

PAOLINO: Was heißt zurechtgemacht! Nein, da müssen ganz andere Mittel her!

FRAU PERELLA: *(sieht an sich herunter)* Warum?

PAOLINO: Weil's so nicht geht! Darum!

FRAU PERELLA: Noch mehr? Gott weiß, was mich das gekostet hat!

PAOLINO: Das sehe ich! Aber so geht es nicht, mein Herz! Denn alles hängt, vielleicht, von der ersten Begegnung ab! Jeden Augenblick kann er hier sein! Und er muß dich anziehend finden! So geht es jedenfalls nicht... Ich verstehe ja, ich verstehe, was dich das gekostet hat! Aber es ist noch nicht genug!

FRAU PERELLA: O Gott, was denn noch alles?

PAOLINO: Es ist ungeheuerlich, ja, mein Herz, ich verstehe das, es ist ungeheuerlich, was du für ein Opfer bringen mußt, du, die du so keusch bist, so rein – damit du einem Tier wie ihm begehrenswert erscheinst! Aber du mußt es bringen, und zwar ganz!

FRAU PERELLA: *(zögernd, die Augen niedergeschlagen)* Noch... noch mehr Ausschnitt?

PAOLINO: Mehr, ja mehr! Viel, viel mehr!

FRAU PERELLA: Nein, nein... O mein Gott!

PAOLINO: Doch! Ich flehe dich an! Du hast Reize, du hast einen ganzen Schatz von Reizen an deinem Körper, die du mit heiliger Eifersucht verbirgst! Aber du mußt dir selbst ein bißchen Gewalt antun!

FRAU PERELLA: Nein, nein... O Gott! Paolino, was verlangst du von mir? Und dann – es wäre ganz umsonst, glaub mir! Er hat nie darauf geachtet!

PAOLINO: Dann müssen wir ihn eben zwingen, darauf zu achten! Wir müssen es zwingen, dieses Tier, das die bescheidene, züchtige Schönheit nicht versteht, die ihre Schätze von Reizen verbirgt! Wir müssen sie ihm vorführen, jawohl – laß mich nur machen – wir müssen sie ihm vor Augen führen, ein bißchen wenigstens... *(Kommt mit ausgestreckten Händen auf sie zu:)* Sieh mal... so, du gestattest?

FRAU PERELLA: *(weicht zurück, entsetzt, bedeckt sich voller Abscheu die Brust)* Nein! Er kennt sie ja, mein Gott, Paolino!

PAOLINO: *(drängend)* Sie ihm in Erinnerung rufen!

FRAU PERELLA: *(wie vorhin)* Wenn ihm doch nichts daran liegt!

PAOLINO: Ich weiß! Aber doch nur deshalb, weil du, mein Herz – und gerade darin liegt ja dein Wert für mich! Das ist es, weshalb du mir so teuer bist und ich dich achte und verehre! – weil du diese Schätze nie zur Geltung zu bringen verstanden hast...

FRAU PERELLA: *(entsetzt)* Zur Geltung bringen? Wie denn?

PAOLINO: Wie? Siehst du, du kannst es dir nicht einmal vorstellen, wie! Tja! Die meisten verstehen sich nur zu gut darauf!

FRAU PERELLA: *(ebenso)* Aber was machen sie denn? Wie machen sie das?

PAOLINO: Nichts machen sie. Sie... sie verstecken ihre Reize nicht so, das ist es! Und außerdem... ach, treib mich nicht zur Verzweiflung! Im übrigen... glaubst du, es wäre nur für dich ein Opfer? Auch für mich ist es eines, bei Gott, wenn ich dich so herrichten muß, so zurechtmachen, damit du einem anderen gefällst! *(Hebt die Arme zum Himmel.)* Die Tugend selbst dafür vorzubereiten, vor dem Tier zu erscheinen! Aber es muß sein, um dich zu retten und auch mich! Laß mich nur machen! Wir haben keine Zeit mehr zu verlieren! Vor allem, fort mit dieser Bluse! Darin siehst du ja aus wie ein Trauerkloß! Lila, was für eine deprimierende Farbe! Nimm eine rote, schreiendes Rot!

FRAU PERELLA: So etwas besitze ich nicht!

PAOLINO: Dann nimm die aus Japanseide, die dir so gut steht!

FRAU PERELLA: Aber die ist hochgeschlossen...

PAOLINO: Dann schneid sie aus, in Gottes Namen, schneid sie aus! Da ist doch nichts dabei... Die beiden Ränder hier vorn klappst du nach innen, steckst dir ganz schnell eine Spitze an... aber mach ihn weit, den Ausschnitt, verstanden!... weit, ganz weit! Wenigstens bis hier... *(Deutet auf ihre Brust, sehr weit unten.)*

Frau Perella: *(entsetzt)* Nein! So weit?

Paolino: So weit! So weit! Hör auf mich!

Frau Perella: *(wie vorhin)* Aber doch nicht so weit!

Paolino: Doch, so weit; ich sage dir, das ist noch immer zu wenig! Und frisier dich ein bißchen besser, um Himmels willen! Ein paar Löckchen in die Stirn. Da, in der Mitte, ein längeres, wie ein Haken! Und da zwei, die auf die Wangen runterhängen, wie zwei Häkchen!

Frau Perella: *(wie vorhin, versteht nicht)* Wie Häkchen? O Gott, was heißt denn wie Häkchen? Warum?

Paolino: Darum! Hör auf mich! Laß uns doch keine Zeit verlieren mit Erklären! Wie Häkchen, das heißt so... *(zeigt es ihr, indem er einen Finger krümmt)* mit einem Wort, wie ein umgekehrtes Fragezeichen! Hier eine und da eine und da eine... *(Deutet auf die Stirn, dann auf die rechte und auf die linke Wange.)* Wenn du nicht weißt, wie, dann mache ich sie dir! Geh jetzt, geh, meine Liebe! *(Schiebt sie zur Tür rechts.)* Und schneid sie aus, schneid sie weit aus, die Bluse! Ich sehe mir einstweilen den Tisch an, ob auch nichts fehlt für die Raubtierfütterung!

Frau Perella ab durch die rechte Tür, die sie offen läßt. Paolino geht zu dem gedeckten Tisch in der Mitte und betrachtet ihn prüfend, richtet da und dort Besteck und Gläser.

Paolino: So... so... so... Und dieses Murmeltier von einem Totò kommt und kommt nicht! In fünf Minuten, hat er gesagt! Das also sind fünf Minuten bei dem Herrn Apotheker! Eine Stunde! Eine Stunde ist vergangen!

Frau Perella: *(von drinnen, mit einem Schrei)* Ah!

Paolino: *(läuft zur Tür)* Was hast du gemacht?

Frau Perella: Ich hab' mich mit der Nadel in den Finger gestochen!

Paolino: Blutest du?

Frau Perella: Nein. Ich habe ja keinen Tropfen Blut mehr in den Adern.

PAOLINO: Oh – ich weiß! Und du würdest es so sehr brauchen, mein Herz, um deine bleichen Wangen ein wenig rot zu färben!

FRAU PERELLA: Die Scham wird mir dabei helfen, Paolino!

PAOLINO: Verlaß dich darauf nicht! Du hast so große Angst, daß deine Scham es nicht einmal wagen wird, zu erröten! Aber ich habe alles Notwendige da! Nur keine Angst! Ich habe alles mitgebracht. *(Zieht eine Schachtel mit Schminkfarben und anderen Schminkutensilien aus der Tasche und legt sie auf das Tischchen.)* Hier habe ich alles. Nur dieser Idiot von Totò bringt und bringt die Kuchen nicht! Ich sitze wie auf Kohlen. Wenn man sich auf andere verläßt! Wenn er nun nicht rechtzeitig kommt! Dabei hat er mir gesagt: Geh nur, in fünf Minuten bin ich bei dir…

FRAU PERELLA: *(von drinnen, weinend)* O Gott… O Gott… O Gott…

PAOLINO: Was ist los? Hast du dich schon wieder gestochen? Weinst du? *(Blickt über die Schwelle ins Zimmer und weicht zurück.)* Ha! Das ist entsetzlich! Sie reißt schon wieder den Mund auf!

FRAU PERELLA: *(wie vorhin, mit einem Seufzer)* Was für eine Schande… Was für eine Schande…

Vierte Szene

Die Vorigen, Grazia und Herr Totò.

Es klopft an die Eingangstür.

GRAZIA: *(von draußen)* Ist es gestattet?

PAOLINO: Herein.

GRAZIA: *(tritt ein, in unfreundlichem Ton)* Da ist ein Herr mit einem Päckchen, der fragt nach Ihnen.

PAOLINO: Ah, Totò… Gott sei Dank! Lassen Sie ihn doch herein.

GRAZIA: Hier herein?

PAOLINO: Ja, hier herein... wenn Sie nichts dagegen haben...

GRAZIA: Was soll ich denn dagegen haben, ausgerechnet ich? Wenn Sie sagen, hier herein, dann lasse ich ihn hier herein und damit basta!

PAOLINO: Ja, natürlich... hier herein... entschuldigen Sie...

GRAZIA: Meine Güte, was für Umstände! *(Geht ab.)*

PAOLINO: Schluck's runter, Paolino! *(Dann läuft er schnell zur rechten Tür, um sie zu schließen, und ruft vorher noch hinein:)* Die Kuchen! Die Kuchen!

TOTÒ: *(von draußen)* Darf ich eintreten?

PAOLINO: Komm herein, Totò, komm. Fünf Minuten, wie?

Herr Totò kommt herein, wobei er ein Päckchen auf dem Rücken verbirgt.

TOTÒ: Immer mit der Ruhe, Paolino, das ist eine heikle Sache. Schließlich bin ich haftbar, das wirst du verstehen... und mein Bruder auch... und hier ist ja ein Unschuldiger beteiligt...

PAOLINO: *(stürzt sich auf ihn)* Ein Unschuldiger? Wer? Wer ist der Unschuldige? Ach, du willst mir erzählen, hier wäre ein Unschuldiger beteiligt? Er, er wäre unschuldig? Wenn wir doch alle hier sind, auch du, um ihn zu zwingen, seine Pflicht zu tun, nichts als seine Pflicht, und wenn mir auch das Herz zerspringt vor Zorn, vor Angst und vor Verzweiflung! Einer wie ich, der sich nie verstellt hat, der immer allen die Wahrheit ins Gesicht gesagt hat, der ist nun gezwungen, zu einer so infamen Täuschung Zuflucht zu nehmen, mit Hilfe eines Idioten, wie du einer bist!

TOTÒ: Aber nein, was denkst du denn! Ich rede doch von dem Jungen, Paolino! Entschuldige, ist denn hier nicht ein Junge im Haus?

PAOLINO: Ach, du hast von dem Jungen gesprochen?

Totò: Aber ja, von dem Jungen. Verzeih, wenn ich sage: ein Unschuldiger…

Paolino: Verzeih, verzeih du mir bitte! Verzeih mir, Lieber… Ich bin in einem Zustand… Aber hast du mir jetzt gebracht, was du bringen solltest?

Totò: Ja, das wollte ich dir gerade sagen… Da doch ein Junge hier ist… du wirst verstehen – da habe ich gedacht… wenn Gott behüte…

Paolino: *(versteht ihn)* Ja… Ja, natürlich…

Totò: Und da wollte ich… da wollte ich auf keinen Fall…

Paolino: *(entsetzt)* Was? Du wolltest auf keinen Fall? Und was hast du dann gemacht?

Totò: Mit den Kuchen? Die hab' ich gegessen.

Paolino: Was, du? Du hast sie gegessen? Vierzig Stück Kuchen?

Totò: Die Hälfte. Die andere Hälfte hab' ich für meinen Bruder aufgehoben, für heute abend.

Paolino: Was? Und nun? Was hast du mir mitgebracht?

Totò: Oh, du hast bei dem Handel nichts verloren, keine Angst! Im Gegenteil, du hast dabei gewonnen! *(Zeigt ihm das Päckchen.)* Eine schöne Cremetorte, feinste Qualität.

Paolino: O ja, mir läuft schon das Wasser im Mund zusammen! Das wird ein wahres Festessen für mich!

Totò: Nein, das meine ich ja nicht; reg dich nicht auf. Ich sage das nur, um meine Verspätung zu erklären. Ich mußte sie ja erst präparieren… Schau… *(Stellt das Päckchen auf den kleinen Tisch und öffnet die Verpackung.)*

Paolino: Aber… Ach so! *(Mit einer Geste des Einverständnisses.)*

Totò: Keine Angst! *(Er zeigt ihm die Torte.)* Wunderbar hergerichtet, so, daß jeder Irrtum ausgeschlossen ist. Siehst du? Die eine Hälfte ist weiß… und die ist für den Jungen… auch für dich, wenn du davon essen willst. Und die andere Hälfte ist schwarz, mit Schokoladencreme.

Aber von der darf der Junge kein Krümelchen haben, um Gottes willen! Paß bloß auf!

PAOLINO: Die schwarze, ja, sehr gut! Aber… *(Geste wie vorhin.)*

TOTÒ: Nur keine Angst!

PAOLINO: Sehr gut. Dann geh jetzt, geh, lieber Freund! Es ist schon spät! Der Dampfer ist bereits eingelaufen! Geh, geh… Wollen wir hoffen! Hoffen wir das Beste!

TOTÒ: Sei unbesorgt!

PAOLINO: Wie soll ich denn unbesorgt sein! *(Plötzlich:)* Und – verschwiegen wie ein Grab, nicht wahr?

TOTÒ: Kannst du daran zweifeln?

PAOLINO: Du bist ein Freund… Und den Kaffee kriegst du jeden Morgen von mir, hörst du? Da kannst du drauf zählen. Und jetzt geh! Geh!

TOTÒ: Ist schon gut, danke. Leb wohl, Paolino. *(Durch die Tür links ab.)*

PAOLINO: *(ergreift die Torte und stellt sie mit priesterlicher Würde in die Mitte des Tisches, den Altar des Tieres, nachdem er sie vorher hochgehoben hat wie eine geweihte Hostie)* O mein Gott, gib, daß es wirkt! Gib, daß es wirkt! Das Schicksal einer Familie, das Leben, die Ehre einer Frau, mein Gott, mein eigenes Leben, all das hängt davon ab!

Fünfte Szene

Die Vorigen und Frau Perella.

Frau Perella tritt, verschämter als je zuvor, wieder durch die rechte Tür auf. Sie kehrt Paolino den Rücken zu, hat den Kopf gesenkt, die Augen niedergeschlagen und beide Hände vor der Brust, um ihr Dekolleté zu bedecken. Sie hat sich einen riesigen Ausschnitt gemacht und dazu die hakenförmigen Locken, eine in der Mitte der Stirn, die beiden anderen auf den Wangen.

FRAU PERELLA: Paolino.

PAOLINO: *(läuft hinzu)* Ah, bist du fertig? Bravo, sehr schön! Laß dich ansehen.

FRAU PERELLA: *(versucht sich zu verstecken)* Nein… nein… ich sterbe vor Scham… nein…

PAOLINO: Ja, willst du vor ihm auch so dastehen? Wozu hast du dir dann den Ausschnitt gemacht? Los, runter mit den Händen!

FRAU PERELLA: *(ebenso)* Nein… nein…

PAOLINO: Ja, verstehst du denn nicht, daß er es sehen muß? *(Frau Perella schlägt daraufhin die Hände vors Gesicht und hebt beide Arme, um ihr freizügiges Dekolleté im Überfluß zu enthüllen.)*

FRAU PERELLA: Da hast du, da hast du…

PAOLINO: Ach… Herr… herrlich… ja… ganz… ganz herrlich! *(– nur, daß Frau Perella hinter den vors Gesicht geschlagenen Händen in lautes Schluchzen ausbricht.)* Was? Du weinst? Aber nein! Du weinst? Na dann nur zu! Dann weine jetzt mal schön! Damit du nur ja rote Augen kriegst! *(Plötzlich von Rührung erfaßt, umarmt er sie.)* Mein Herz! Verzeih mir, mein Herz! Glaub mir, ich leide ja mehr als du, mehr als du an deinen Qualen, die fürchterlich sein müssen! Am liebsten würde ich mich umbringen, glaub mir, umbringen würde ich mich, um nicht dieses Schauspiel mit ansehen zu müssen, wie die Tugend sich so prostituieren muß! Aber Mut, nur Mut… Das ist jetzt dein Martyrium, meine Liebe! Du mußt es mutig ertragen, und ich muß dir diesen Mut geben!

FRAU PERELLA: Wenn es nur etwas nützen würde!

PAOLINO: So nützt es sicher nichts! Du mußt selbst davon überzeugt sein! So nützt es überhaupt nichts! Nein, lächeln mußt du, lächeln – meine Liebe! Versuch es doch, zwing dich zu lächeln!

FRAU PERELLA: Aber wie, Paolino?

PAOLINO: Wie? So... bitte... sieh her... *(Er lächelt kalt, grimassenhaft.)*

FRAU PERELLA: So kann ich es nicht...

PAOLINO: Aber ja, aber ja... so... sieh her... Was soll ich dir vormachen, um dich zum Lachen zu bringen? Soll ich ein bißchen den Affen spielen? *(Tut es.)* Da, siehst du?... Jawohl, jawohl... so, hm? Ja... Du lachst! Ich kratze mich... ja, ja... *(Frau Perella beginnt unter Tränen verkrampft zu lachen.)* Du lachst... ja... bravo, so ist's gut... Du lachst! Schau, und jetzt werfe ich mich auf den Boden, hm?... so, wie ein alter Kater! *(Tut es, und Frau Perellas verkrampftes Lachen wird stärker.)* Bravo, so ist's gut! Du lachst... du lachst... du lachst... Und jetzt hüpfe ich wie ein Geißbock! *(Tut es, und das Lachen der Frau Perella steigert sich zu einem Lachkrampf.)* Es lebe das Tier! Es lebe das Tier!

FRAU PERELLA: *(während Paolino weiter Geißbocksprünge vollführt, sich schüttelnd vor Lachen)* Genug... um Himmels willen... ich kann nicht mehr... ich halte das nicht aus... *(Fällt urplötzlich aus dem Lachen in ein verzweifeltes Weinen.)*

PAOLINO: *(hört sofort auf zu hüpfen und läuft hinzu, erregt)* Was? Du fängst wieder an zu heulen? Und du hast doch schon so schön gelacht! Na ja, es ist die Verzweiflung, ich weiß. Kopf hoch, Schluß damit! Hör auf, zum Donnerwetter! Du treibst mich zum Wahnsinn! *(Mit ständig wachsender Erregung schüttelt er sie wütend und zwingt sie, aufrecht zu stehen, wie eine Gliederpuppe, die ihm unter den Händen in Stücke fällt.)* Du treibst mich zum Wahnsinn! Los! Steh gerade! Halt den Mund! Ich will, daß du den Mund hältst und gerade stehst! So! So! Ich muß dich anmalen!

FRAU PERELLA: *(von dem Schütteln wie betäubt, verschreckt und verwirrt)* Anmalen?

PAOLINO: Jawohl! *(Drückt sie auf einen Stuhl neben dem Tischchen nieder, so daß sie mit dem Rücken zum Publikum sitzt.)*

Wisch dir die Tränen gut ab! Auch von den Wangen! Du bist blaß! Du bist totenbleich! Wie soll denn das Tier die zarte, feine Schönheit verstehen, die sanfte, melancholische Anmut? Nein, ich muß dich anmalen! Heb das Gesicht... so! *(Er hebt ihr den Kopf)*

FRAU PERELLA: *(wie ein Automat, verharrt so mit erhobenem Kopf, während Paolino die Schminkutensilien vom Tischchen nimmt)* O mein Gott, tu mit mir, was du willst...

PAOLINO: *(beginnt sie zu schminken, auf den Wangen, um die Augen, auf dem Mund, in einer schrecklich übertriebenen Weise)* So, warte. Zuerst die Wangen... so! So! Für ihn, der sonst nichts begreift, mußt du aussehen wie eine von denen!... So!... Und jetzt der Mund... Wo ist der Lippenstift? Ah ja, hier... Mach den Mund einen Augenblick zu... Ja, warte... So... Heul nicht, zum Donnerwetter! Du verwischst mir ja alles! So... so... Und jetzt die Augen!... So... Lidschatten... Ich hab' alles da... Alles hab' ich da... Mach die Augen zu, zu die Augen... Ja... so... so... so... Und jetzt zieh' ich dir die Brauen nach... So... so... so... Und jetzt laß dich ansehen! *(Die ganz verstörte Frau Perella wird wieder auf die Füße gestellt und zeigt ihr schreckenerregend bemaltes Gesicht, das aussieht wie das einer Straßendirne.)*

PAOLINO: *(wie berauscht, mit einem grotesken Triumph in der Stimme)* Und jetzt soll er mir sagen, der Herr Kapitän Perella, ob seine Frau in Neapel besser aussieht!

FRAU PERELLA: *(nachdem sie eine Zeitlang so verharrt hat, ausgestellt wie eine schmierige Jahrmarktspuppe, reckt den Kopf und dreht sich herum, um sich im Spiegel über dem Sofa zu betrachten; entsetzt)* O Gott! Ich bin ja ein Schreckgespenst!

PAOLINO: Du bist so, wie du für ihn sein mußt! *(Dabei verstaut er nach und nach die Schminkutensilien.)*

FRAU PERELLA: Aber das bin ja nicht mehr ich!... Er wird mich nicht wiedererkennen!

PAOLINO: Er soll dich ja auch nicht wiedererkennen! Eben! Er soll dich einfach so sehen!

FRAU PERELLA: Aber das ist ja eine entsetzliche Maske!

PAOLINO: Genau die, die für ihn richtig ist!

FRAU PERELLA: *(gequält)* Und Nonò? Nonò? Ich bin doch auch eine unglückliche Mutter, Paolino!

PAOLINO: *(zu Tränen gerührt, umarmt sie)* Ja, ja... du hast ja recht, mein armes Herz, du hast recht! Aber was willst du schon tun? Er will dich so! Er will dich nicht als Mutter! Und ihm gibst du diese Maske, seiner Bestialität! Unter ihr aber bist du doch immer du, die daran leidet, du, so wie du für dich und für mich bist, mein Herz! Und unsere ganze Liebe.

Sechste Szene

Die Vorigen, Nonò, Kapitän Perella, dann Grazia.

Von hinten hört man die Stimme Nonòs, der gelaufen kommt.

NONÒS STIMME: Papa ist da! Papa ist da!

PAOLINO: *(bricht sofort die Umarmung ab und geht von Frau Perella weg)* Da ist er! Nimm dich zusammen!

FRAU PERELLA: O Gott... o Gott...

PAOLINO: Lächeln! Lächeln, mein Schatz! Lächeln!

NONÒ: *(noch immer hinter der Bühne, brüllt wieder)* Papa ist schon d... *(Da fliegt er mit einem sanften Tritt des Kapitäns, der ihm das Wort abschneidet, auf die Bühne.)*

Kapitän Perella tritt auf; er sieht aus wie ein riesiges, schnaubendes, struppiges Wildschwein.

PERELLA: *(zu Nonò, als Kommentar zu dem Fußtritt, den er ihm hinter der Bühne versetzt hat)* Und Schnauze, ich brauche keine Herolde!

FRAU PERELLA: *(mit einem Aufschrei, fängt Nonò in ihren Armen auf)* Ach, mein Nonò!

PAOLINO: Hast du dir weh getan, Nonò?

Perella: Nichts hat er sich getan! Mein lieber Professor, wissen Sie, was mein Vater tat, als ich sechs Jahre alt war, um mich dafür zu bestrafen, daß ich noch immer nicht schwimmen gelernt hatte? Er packte mich beim Kragen und warf mich mitsamt den Kleidern von der Mole ins Meer, und dazu schrie er: »Schwimm oder stirb!«

Paolino: Und Sie sind nicht gestorben!

Perella: Nein, ich habe schwimmen gelernt! Und damit will ich sagen, daß ich mit Ihrer Methode nicht einverstanden bin, lieber Herr Professor! Viel zu weich sind Sie, viel zu weich!

Paolino: Weich? Ich? Aber wieso denn, entschuldigen Sie? Auch ich, glauben Sie mir, wenn es notwendig ist...

Perella: Notwendig! Notwendig! Härte braucht man, Härte! Ich sage Ihnen, Sie sind zu weich und Sie verwöhnen ihn mir, ja, Sie verwöhnen ihn mir, diesen Jungen da.

Paolino: *(sofort, hitzig)* Nein! Nein, das nicht! Entschuldigen Sie, aber das... das dürfen Sie mir nicht vorwerfen, Herr Kapitän, denn – wenn Sie es wissen wollen – das wahre Übel ist hier ein ganz anderes: Das hätten Sie schon seit langem merken können!

Perella: Die Mutter?

Paolino: Nein, nicht die Mutter! – Aber hören Sie, das ist doch ganz logisch, daß der Junge Flausen bekommt: Schließlich ist er ein Einzelkind!

Perella: Aber keine Spur! Was heißt Einzelkind! Das sagen Sie!

Paolino: Wieso denn! Verzeihung, ist er vielleicht kein Einzelkind?

Perella: *(laut, erhitzt sich)* Man muß eben verstehen, ihn zu erziehen!

Paolino: Ja! Natürlich muß man das! Aber wenn er zu zweit wäre...

PERELLA: *(gerät in Wut, sieht rot)* Sagen Sie das ja nicht noch einmal! Nicht einmal im Scherz, verstanden? Nicht einmal im Scherz! Ich habe mit einem mehr als genug!

PAOLINO: *(gibt sofort nach)* Regen Sie sich nicht auf… regen Sie sich nicht auf, um Himmels willen! Ich habe das… ich habe das gesagt… um mich zu rechtfertigen…

PERELLA: Noch ein Kind! Das wäre ja 'ne Bescherung… *(Während sich zwischen Perella und Herrn Paolino dieser Dialog entspinnt, läuft dahinter ein anderer, stummer, ab zwischen Nonò und seiner Mutter. Nonò, der zu weinen aufgehört hat, ist, Augen und Mund weit aufgerissen, erstarrt stehengeblieben, als er die Mutter so zugerichtet vor sich gesehen hat. Die hat daraufhin verzweifelt die Hände vorgestreckt, um ihn zu bitten, seinen Schrecken und sein Befremden nicht laut herauszuschreien; dann wird sie aber von ihren Magenkrämpfen überfallen, reißt den Mund auf wie ein Fisch und führt sich sofort das Taschentuch zum Mund, worauf Nonò völlig verdutzt mit den Händen in der Luft herumfuchtelt.)*

PERELLA: *(ruft, als ob es ihn reute)* Nonò, hierher! *(Er dreht sich um und sieht ihn, wie er mit den Händen in der Luft rudert.)* Heh! Was machst du da? *(Blickt zu seiner Frau hin.)* Was ist denn? *(Als er sie so angemalt und dekolletiert sieht:)* Oh… Ja, wie… was hast denn du…? *(Bricht in ein nicht enden wollendes, schallendes, für die anderen kaum zu ertragendes Gelächter aus. Herr Paolino ballt hinter seinem Rücken verkrampft die Fäuste, dann öffnet er sie, mit gekrümmten Fingern, als wollte er sich auf ihn stürzen, um ihn zu erwürgen, während Frau Perella, beschämt, erniedrigt, zerstört, zu Boden blickt.)* Ja, wie hast denn du dich… wie hast denn du dich aufgedonnert? Hahahaha… wie ein Affe… Hahahaha! Ein Affe in Kleidern auf der Drehorgel… Ehrenwort! *(Geht zu ihr hin, nimmt sie bei einer Hand, betrachtet sie, immer weiter lachend.)* Ooooh!… Na sieh mal einer an!… *(Sieht ihre nackte Brust.)* Ooooh!… Keine Hülle vor der Fülle… Und was ist eigentlich los? *(Dreht sich zu Herrn Paolino um.)* Herr Professor!... Hahahaha! Na, sind Sie nicht auch ganz baff von diesem herrlichen Anblick?

PAOLINO: *(unterdrückt mit Mühe seine Empörung, mit krampfhaftem Lächeln)* Nicht... nicht im geringsten!... Verzeihung – warum denn? Ich sehe, daß... daß die gnädige Frau sich... sich mit besonderer Sorgfalt...

PERELLA: Was, Sorgfalt? Sorgfalt nennen Sie das? Diese Maskerade? Sie hat sich *(deutet auf die entblößte Brust)*... sie hat alles aufgetischt, was sie hat! Hahahaha!

FRAU PERELLA: Aber Francesco... O mein Gott... Verzeih...

PERELLA: Hast du dich am Ende für mich so aufgezäumt? Nein, nein, nein, nein, danke vielmals! Nein, nein, nein, nein, nein! *(Deutet auf ihre Brust:)* Du kannst ruhig den Laden zumachen. Ich kaufe nichts! *(Wendet sich zu Herrn Paolino um:)* Vorbei sind die goldenen Jugendtage, lieber Professor! Das kitzelt mich nicht mal mehr in den Zehenspitzen! *(Zu seiner Frau:)* Danke, meine Liebe, danke! Geh, geh, wasch dir das Gesicht, geh! Ich will sofort zu Tisch, verstanden? Sofort!

FRAU PERELLA: Es ist schon angerichtet, Francesco.

PERELLA: Schon angerichtet! Sehr gut! Dann können wir uns also setzen? Und Sie, Professor, bleiben Sie zum Essen?

PAOLINO: Ja, also... ich glaube...

FRAU PERELLA: Ja, ja, Francesco... der Professor ist unser Gast...

PERELLA: Das freut mich! Kommen Sie, kommen Sie, setzen Sie sich, Professor. Aber kriegen Sie keinen Schreck, denn wenn ich esse, wissen Sie, dann esse ich. Ich esse! Und man sieht's, was? Das sieht man... *(Zeigt seinen Wanst; dann zu seiner Frau, die sich ihm gegenübersetzen will:)* Nein, nein, meine Liebe, sei so gut, hör mal. Wenn du nicht gehen willst, dir das Gesicht zu waschen, dann setz dich auch nicht mir gegenüber – so angepinselt! Da fang' ich wieder an zu lachen, und dabei bleibt mir, Gott behüte, am Ende noch ein Bissen im Halse stecken. Was ist dir da bloß eingefallen, sag mal!

FRAU PERELLA: Mein Gott, gar nichts ist mir eingefallen, Francesco…

PERELLA: Ja, wie dann? Einfach so? *(Macht eine Handbewegung, als wollte er sagen »Eine Laune!« und lacht:)* Hahahaha! Ist das denn die Möglichkeit, daß Sie, Professor, ganz ernsthaft meinen, daß…

PAOLINO: *(unterbricht ihn)* Aber ja! Ich meine, Sie müßten doch anerkennen, entschuldigen Sie, daß die gnädige Frau so wirklich sehr gut aussieht!

PERELLA: Sehr gut, ja… Das leugne ich gar nicht! Wenn sie eine andere wäre, dann ja! Wenn sie eine… Sie verstehen mich! Aber als Ehefrau, nein… Entschuldigen Sie! Als Ehefrau – so, nein, also geben Sie's zu! Das ist einfach komisch! *(Bricht wieder in Lachen aus.)* Gar nichts! Ich lache! Nur mit der Ruhe, Professor! Treten Sie ihr bitte Ihren Platz ab und setzen Sie sich mir gegenüber!

PAOLINO: *(steht auf und setzt sich auf Frau Perellas Platz)* Oh, meinetwegen… wie es Ihnen beliebt…

PERELLA: Entschuldigen Sie, danke vielmals… *(Zu seiner Frau:)* Na, was ist, wird jetzt gegessen? *(Dreht sich zu Nonò um, der schmollend und ganz zusammengekauert auf dem Sofa hockt.)* Los, Nonò, zu Tisch!

NONÒ: Nein, ich mag nicht, nein!

PERELLA: *(schlägt mit der Faust auf den Tisch)* Zu Tisch, hab' ich gesagt! Und zwar sofort! Du gehorchst jetzt ohne Widerrede!

PAOLINO: Na komm, Nonò, komm schon!

PERELLA: *(schlägt wieder mit der Faust auf den Tisch)* Nein! Ich bitte Sie, Professor!

Paolino: Entschuldigen Sie, entschuldigen Sie…

Perella: Sie verwöhnen ihn mir, das hab' ich Ihnen doch gesagt! Er hat zu gehorchen, ohne Bitten! Ich habe gesagt zu Tisch, und also heißt es zu Tisch! *(Steht auf und zerrt ihn vom Sofa hoch.)*

Frau Perella: *(unterdessen leise zu Paolino, den Tränen nahe)* O mein Gott… o mein Gott…

Paolino: *(ebenso leise zu Frau Perella)* Nur Mut!… Durchhalten! Lächeln… lächeln… Ja, so… wie ich…

Perella: *(drückt Nonò mit Gewalt auf einen Stuhl beim Tisch)* Hierher! So! Da bleibst du sitzen und bekommst nichts zu essen zur Strafe! Sitz gerade! Sitz gerade, sag' ich! Sitz gerade, oder ich bieg' dich mit der Faust zurecht! *(Droht ihm, und als Nonò sich erschreckt geraderichtet:)* Ja, so! Und jetzt bleibst du so! *(Zu seiner Frau:)* Na und – wird jetzt gegessen oder nicht?

Frau Perella: *(die Grazia durch die Eingangstür mit der dampfenden Suppenschüssel hereinkommen sieht)* Da ist es schon, da ist es schon, Francesco…

(Grazia serviert von der Anrichte auf den Tisch und tritt während der Mahlzeit mehrmals auf und wieder ab.)

Perella: Na endlich! *(Zu Paolino, der nach seinem Zuspruch an Frau Perella ein unwillkürliches, resigniertes Lächeln auf den Lippen zurückbehalten hat:)* Hören Sie, Professor, ich sage Ihnen das, weil ich Sie als Freund betrachte. Sie täten mir wirklich einen Riesengefallen, nicht gerade zu lächeln, wenn ich meinen Sohn oder meine Frau zurechtweise.

Paolino: *(fällt aus allen Wolken)* Ich? Ich lächle? Ich?

Perella: Ja, Sie, das will ich doch meinen! Auch jetzt – Sie haben ein Lächeln auf den Lippen.

Paolino: Was? Wirklich? Ich lächle?

Perella: Sie lächeln! Na und ob!

Paolino: O Gott… Ja, dann weiß ich es einfach nicht! Ich

schwöre Ihnen, Herr Kapitän, ich habe richtig Angst, daß ich gar nicht ich selbst bin... Denn ich, das schwöre ich, ich lächle nicht.

PERELLA: Ja, wieso lächeln Sie nicht, wenn Sie doch lächeln?

PAOLINO: Was, noch immer? Das bin nicht ich! Das bin nicht ich! Das können Sie mir glauben! Das bin nicht ich! Ich habe nicht die geringste Absicht, in diesem Augenblick zu lächeln! Wenn ich trotzdem lächle, dann müssen das... ja, was soll ich Ihnen sagen? Dann müssen das die Nerven sein... die Nerven, die sich selbständig machen...

PERELLA: Ach, Sie haben Nerven, die lächeln so?

PAOLINO: Ja... Es scheint... Lächelnde Nerven...

PERELLA: Aber ich nicht, wissen Sie!

PAOLINO: Ja, also eigentlich ich auch nicht, für gewöhnlich. Offenbar ist es heute so über sie gekommen... über die Nerven! *(Beginnt zu essen – Pause.)*

NONÒ: *(vor den Grazia schon vor langer Zeit einen Suppenteller hingestellt hat)* Darf ich essen, Papa?

PERELLA: Ich habe gesagt: Nein! *(Zu seiner Frau:)* Wer hat ihm Suppe gegeben?

FRAU PERELLA: Grazia hat ihm die Suppe serviert, Francesco...

PERELLA: Das durfte sie nicht!

PAOLINO: Na ja... ehm... vielleicht... vielleicht wußte sie es nicht...

PERELLA: Dann hätte sie *(deutet auf seine Frau)* es ihr sagen müssen! *(Zu Nonò:)* Also Schluß! Ausnahmsweise, für heute: Iß!

(Nonò wetzt auf seinem Stuhl hin und her, ohne die Suppe anzurühren.)

FRAU PERELLA: Iß, Nonò, iß... *(Nonò macht seine übliche verneinende Geste mit dem Finger.)*

PERELLA: *(sieht das)* Was soll das heißen?

NONÒ: Ich habe nicht wegen der Suppe gefragt, Papa...

PERELLA: Weshalb dann? Jetzt wird die Suppe gegessen!

NONÒ: *(zögernd, verschmitzt)* Hmmm... ich sehe was...!

FRAU PERELLA: *(mit klagendem Vorwurf in der Stimme)* Aber was denn, Nonò...

PAOLINO: *(auf glühenden Kohlen)* Teufelsjunge...

NONÒ: *(deutet mit einer schnellen Geste, die Finger gleich wieder zurückziehend, auf die Torte in der Mitte des Tisches)* Das da!

PERELLA: Was ist da? *(Schaut hin.)* Ach, eine Torte?

PAOLINO: Tja... ich... ich habe mir erlaubt, Herr Kapitän...

PERELLA: Ach, die haben Sie mitgebracht?

PAOLINO: Ja... ver... verzeihen Sie... ich habe mir erlaubt...

PERELLA: Verzeihen? Wieso denn? Das ist doch die Höhe! Ich soll Ihnen verzeihen daß Sie mir eine Torte geschenkt haben? Ich glaube, da muß ich Ihnen doch eher danken, lieber Professor!

PAOLINO: Aber nein, was sagen Sie da? Um Himmels willen... ich bin es, ich bin es, der Ihnen zu danken hat, Herr Kapitän...

PERELLA: Daß ich Sie zum Essen eingeladen habe? Na gut, das heißt, am Schluß danken wir einander reihum!

PAOLINO: *(dem ein spontaner Ausruf entschlüpft)* Ja, hoffentlich!

PERELLA: Was heißt hoffentlich?

PAOLINO: *(versucht, sich herauszureden)* Ja... ich meine... daß es hoffentlich nach Ihrem Geschmack sein wird... ich meine... hoffentlich mögen Sie die Torte!

NONÒ: Ich sehr, weißt du, ich mag Torten! Sehr! *(Kniet auf seinem Stuhl.)* Schau! Schau mal, da! Die da! Die schwarze!

PERELLA: Runter! Setz dich, zum Donnerwetter! *(Nonò tut es.)*

PAOLINO: *(dem der kalte Schweiß ausbricht)* Und keine Geschichten, Nonò, verstanden? Fangen wir gar nicht erst an mit der schwarzen Hälfte, sonst tut mir's noch leid, daß ich die Torte mitgebracht habe! Von der schwarzen da darfst du nicht einmal kosten!

Nonò: Warum nicht?

Paolino: Darum nicht! Weil deine Mama mir gesagt hat, daß... daß du ein wenig an Erhitzung leidest, nicht wahr, gnädige Frau? Da unten, da im Magen... und deshalb ist Schokolade in diesem Augenblick für dich...

Nonò: Aber nein! Ich? Die Mama! Die Mama hat es mit dem Magen! Nicht ich!

Paolino: *(sofort)* Nonò!

Frau Perella: *(mit einem anderen Tonfall)* Nonò!

Perella: *(mit einem anderen Tonfall)* Nonò! Schluß jetzt, zum Donnerwetter!

Paolino: Ich hab' sie doch extra so machen lassen, mein Junge, die eine Hälfte so, die andere Hälfte...

Nonò: Aber ich hab' die mit Schokolade lieber!

Perella: Du wirst auch von der mit Schokolade was kriegen, halt den Mund! Ich mach' mir ohnedies nichts daraus!

Paolino: *(entsetzt, fällt sofort ein)* Was? Sie machen sich nichts daraus? Aus Schokolade?

Perella: Nein... also, das heißt... nicht sehr! Ich hab' die andere da lieber...

Paolino: *(fühlt seinen Mut sinken, es verschlägt ihm den Atem)* O Gott...

Perella: Was ist los?

Paolino: Nichts... nichts... ich sehe nur, daß ich... ich habe mich getäuscht... und...

Perella: Regen Sie sich nicht auf! Ich esse ja alles! Ich esse alles! Nur scheint mir, hier gibt's kein Essen, hier gibt's nur Gequatsche! Wo, zum Teufel, bleibt Grazia? Was macht sie denn? Was macht sie? *(Rüttelt am Tisch.)* Was macht sie?

(Grazia kommt mit dem nächsten Gang herein.)

FRAU PERELLA: Da ist sie ja schon, Francesco.

PERELLA: *(zu Grazia)* Ich will ruckzuck bedient werden! Hundertmal habe ich dir schon gesagt, ich will bei Tisch nicht warten! Gib her! *(Reißt ihr die Platte mit solcher Wucht aus der Hand, daß ihm fast der Inhalt auf die Hose fällt, springt auf, wirft die Platte auf den Tisch, wobei, wenn sich das ergibt, ein paar Teller und Gläser entzweigehen können.)* Zum Donnerwetter! Wie servierst du denn?

GRAZIA: Wenn Sie mir die Platte aus der Hand reißen!

PERELLA: Und du kippst mir das Zeug auf die Hose, alte Kuh! Eßt ihr allein weiter! Ich will nicht mehr. *(Will in sein Zimmer.)*

PAOLINO: *(läuft ihm nach)* Aber nein… ich bitte Sie, Herr Kapitän…

FRAU PERELLA: *(läuft ihm ebenfalls nach)* Mein Gott, Francesco, denk doch daran, daß wir einen Gast bei Tisch haben…

PERELLA: *(zu Paolino)* Was ich mir hier bieten lassen muß in diesem Haus, was ich mir hier bieten lassen muß! Sehen Sie das?

PAOLINO: Ich bitte Sie, haben Sie ein wenig Geduld!

PERELLA: Was heißt Geduld! Die machen das doch absichtlich!

FRAU PERELLA: Wir versuchen alles, um dich zufriedenzustellen…

PERELLA: *(bemerkt wieder ihr so grotesk bemaltes Gesicht)* Mensch, was für eine Visage… Was für eine Visage…

PAOLINO: Kommen Sie… Haben Sie die Güte… Kommen Sie… Tun Sie's mir zuliebe, Herr Kapitän… Natürlich, ich bin ein alter Freund des Hauses, aber… aber schließlich bin ich auch ein Gast…

PERELLA: Ihnen zuliebe, hören Sie! Ihretwegen gebe ich nach! Aber ich kann nicht garantieren, daß ich bis zum Ende durchhalte!

Paolino: Nein! Sagen Sie das nicht! Hoffen wir ... hoffen wir, daß Sie keinen Grund mehr finden, sich zu beklagen!

Perella: Was wollen Sie da hoffen! Seit Jahren ist es mir nicht vergönnt, in meinem eigenen Haus zu Ende zu essen! *(Wendet sich an seine Frau:)* Es hat keinen Zweck, hörst du, mir ständig vorzubeten, daß wir einen Gast bei Tisch haben! Wenn ich mich ärgere, Professor, Sie müssen entschuldigen, da verliere ich das Augenmaß, und da kümmere ich mich den Teufel darum, wer da ist und wer nicht da ist! Damit ich mich nicht ganz vergesse, räume ich mich lieber aus dem Weg!

(Während dieser Szene hat Nonò, der bei Tisch sitzen geblieben war, sich auf einen Stuhl gekniet und wie ein Kätzchen mit der Pfote von der Torte auf der Schokoladenseite genascht.)

Perella: *(entdeckt ihn)* Da haben wir's! Sehen Sie das? Sehen Sie das? So erzieht man also den Jungen! *(Packt Nonò am Ohr und zerrt ihn zur linken Tür hin.)* Sofort ins Bett mit dir! Sofort ins Bett, ohne Essen! Sofort! *(Vor der Tür angekommen, stößt er ihn mit einem Fußtritt hinaus.)* Fort mit dir! *(Geht zurück zum Tisch.)* Aber ich halte das nicht aus, hören Sie? Ich halte das nicht aus! Sehen Sie, was mir jedes Mal beim Essen passiert!

Frau Perella: Ach, dieser Junge! *(Zu Paolino:)* Der hat ganz schön was davon genascht!

Paolino: Aber nein, woher denn... ganz wenig... sehen Sie? Gerade hier ein kleines bißchen...

Perella: Ich bitte Sie, Professor, halten Sie mir das nicht auch noch unter die Nase! Mir ist danach, das ganze Zeug zu nehmen und wegzuschmeißen – da hinaus! *(Greift nach der Torte und deutet zur Veranda hin.)*

Paolino: *(wirft sich schützend davor)* Nein! Ich bitte Sie! Wollen Sie mich wirklich kränken, Herr Kapitän?

Perella: Na, dann essen wir sie eben, aber gleich!

Paolino: Gleich! Gleich! Ja, ja, bravo! Gute Idee! Und wenn Sie erlauben, schneide ich sie an... ich teile aus, ja? So... gleich, gleich! *(Tut es.)* Zuerst der gnädigen Frau – bitte sehr: dieses Stück für die gnädige Frau, hier bitte!

Frau Perella: Das ist zu viel.

Paolino: Gar nicht zu viel! *(Zum Kapitän gewendet:)* Und nun, wenn Sie gestatten... ich sage ausdrücklich, wenn Sie gestatten, denn wenn Sie nicht gestatten, dann gibt's nichts! In meiner Eigenschaft als Professor, nur in meiner Eigenschaft als Professor...

Perella: Da wollen Sie Nonò auch was geben?

Paolino: Aber nicht heute! Heute nicht, o nein! Sie haben ihn bestraft, und da haben Sie sehr gut daran getan! Ich meine, ihm eine Portion aufheben, wenn Sie gestatten, wohlgemerkt! Für morgen. Dieses ganze weiße Stück! Ich hatte es ihm als Belohnung versprochen, wissen Sie... Als sein Professor...

Perella: *(schlägt mit den Fingerknöcheln auf den Tisch, voll der Vorfreude über den bescheidenen Witz, den er jetzt anbringen wird)* Sehen Sie? Sehen Sie? Hab' ich Ihnen nicht gesagt, Ihre Methoden sind zu weich? Weich wie Cremetorte, was? *(Er bricht als erster in lautes Lachen aus.)*

Paolino: *(lacht gezwungen, Frau Perella stimmt wie ein Echo ein)* Haha... ja... sehr gut, sehr gut... Und mit dieser Hälfte hier, da machen wir es einfach so...

Perella: Was heißt so? Sie geben mir ja alles! Nein!

Paolino: Ich bitte Sie! Wissen Sie... Die Creme, die... die... nämlich, die... also, die... wie soll ich das sagen... ja, die... die macht mir Sodbrennen, das ist es... Sodbrennen krieg ich darauf... Je weniger ich davon nehme, desto besser... Und Sie haben heute so wenig gegessen!

Perella: *(stopft sich riesige Brocken in den Mund)* Mhm... sehr gut... sehr gut... Mhmmm, ist das gut... gut... gut! Ausgezeichnet, Professor!

PAOLINO: Sie wissen gar nicht, was Sie mir für eine Freude machen in diesem Augenblick.

FRAU PERELLA: Auch mir macht es eine solche Freude, wenn ich ihn einmal richtig mit Genuß essen sehe…

PAOLINO: Wollen Sie noch dieses andere Stück? Sehen Sie, ich hab' es nicht einmal angerührt!

PERELLA: Nein… nein…

PAOLINO: Nur keine falsche Höflichkeit. Ich sag' Ihnen ja, mir bekommt sie ohnedies nicht!

PERELLA: Wenn überhaupt, dann nehme ich ein Stück von Nonòs Portion. Die finde ich sowieso viel zu groß!

PAOLINO: Nein, sehen Sie, Sie tun mir wirklich einen Gefallen, wenn Sie mein Stück nehmen…

PERELLA: Also, wenn es Ihnen wirklich nicht bekommt… dann geben Sie her! *(Nimmt Paolinos Torte und ißt sie auch noch auf.)* Bei mir besteht keine Gefahr! Mir tut sie nichts! Ich könnte zweimal, dreimal so viel davon essen, mir macht das alles nichts aus! *(Zu seiner Frau:)* Und was gibst du mir jetzt zu trinken?

FRAU PERELLA: Ja… ich weiß nicht recht…

PERELLA: Was heißt das, du weißt nicht recht? Ist kein Schlückchen Marsala da?

FRAU PERELLA: Nein, Francesco, wir haben keinen Marsala im Haus…

PERELLA: *(redet sich absichtlich in Wut, zu Herrn Paolino gewandt, damit er einen Vorwand hat, seine Frau wie üblich sitzenzulassen und sich in seinem Zimmer einzuschließen)* Haben Sie das gesehen? Da lädt man sich einen Tischgast ein und stellt nicht einmal ein Schlückchen Marsala bereit!

PAOLINO: Ach, wissen Sie, meinetwegen…

PERELLA: Aber es geht ums Prinzip! Es geht um den Mangel an Voraussicht, an Ordnung, an anständiger Führung dieses Haushalts! Die gnädige Frau denkt nur daran, sich aufzuputzen!

Frau Perella: *(gekränkt)* Ich?

Perella: Ach – nicht? Willst du das etwa leugnen?

Frau Perella: Aber es ist das erste Mal, Francesco…

Perella: *(packt das Tischtuch, reißt es mit allem, was darauf steht, herunter und springt auf)* Ach, zum Teufel!

Paolino: *(erschreckt)* Herr Kapitän! Herr Kapitän!

Perella: Sie widerspricht auch noch, verdammt noch mal!

Frau Perella: Aber was hab' ich denn gesagt?

Perella: Zum ersten Mal ist es? Es wird auch zum letzten Mal sein, hörst du? Denn bei mir, meine Liebe, ist das verlorene Liebesmüh! Mich fängst du nicht! Mich nicht! Mich fängst du nicht! Eher stürz' ich mich aus dem Fenster! Geh doch zum Teufel!

(Während er das brüllend hervorstößt, läuft er auf die Tür seines Zimmers zu, verschwindet dahinter, und man hört den Lärm des Riegels, der vorgelegt wird. Es wäre gut, dieses Geräusch grotesk zu übertreiben.)

Siebente Szene

Paolino, Frau Perella und Grazia.

Beide bleiben wie erstarrt zurück und blicken einander eine Weile in dem immer stärker werdenden Halbdunkel des Zimmers an. Durch die Eingangstür tritt Grazia auf, sieht die Bescherung auf dem Boden, schüttelt den Kopf und schlägt die Hände zusammen.

Grazia: Die übliche Bescherung, was?

Frau Perella: *(erwidert das Kopfschütteln kaum merklich, dann sagt sie)* Nein, geh nur schlafen, Grazia. Du kannst morgen aufräumen. *(Deutet auf die Tür zum Zimmer ihres Mannes:)* Mach bloß keinen Lärm…

Grazia: Soll ich Licht machen?

Frau Perella: Nein, laß nur… laß nur…

Grazia: *(während sie sich zurückzieht)* Jedes Mal dasselbe! *(Durch die Eingangstür ab.)*

Achte Szene

Die Vorigen, ohne Grazia.

Langsam wird ein Mondstrahl immer stärker, der durch das geöffnete Verandafenster hereindringt und vor allem die fünf Blumentöpfe auf dem Blumentischchen zwischen den beiden Türen links beleuchtet.

FRAU PERELLA: Hast du gehört? Er sagt, lieber stürzt er sich aus dem Fenster!

PAOLINO: Na! Warte ein bißchen! Du mußt nur abwarten!

FRAU PERELLA: Hast du noch Hoffnung? Ich habe keine mehr, Paolino, keine...

PAOLINO: Beide Brüder haben gesagt, ich solle mir keine Sorgen machen... ich könne ganz sicher sein!

FRAU PERELLA: Ja. Aber ich meine, seinetwegen... Die kennen ihn ja nicht! Du kennst ihn auch nicht, Paolino. Er würde sich wirklich eher aus dem Fenster stürzen...

PAOLINO: Also, hör mal... wenn du der großen Prüfung mit dieser Einstellung entgegengehst...

FRAU PERELLA: Ich? Hier bin ich, Paolino. Ich warte... ich warte die ganze Nacht.

PAOLINO: Aber du mußt mit Vertrauen warten!

FRAU PERELLA: Ach nein, glaub mir, es ist vergebens.

PAOLINO: Du mußt Vertrauen haben, wenigstens ein bißchen. Glaub mir, wenn du Vertrauen hast, dann kann dir das helfen, ihn anzuziehen! Ja! Ja! Ich glaube an die Kraft des Geistes! Die mußt du haben! Du mußt! Denk daran, wenn es nicht klappt, dann stehen wir vor dem Abgrund! Ich weiß nicht, was ich dann tue, ich weiß nicht, was ich morgen tun werde! Ich flehe dich an, mein Herz!

FRAU PERELLA: Aber ja... bitte... siehst du? Ich setze mich hierher... so... *(Setzt sich in einen alten, riesigen Lehnstuhl, das Gesicht dem Eingang zum Zimmer ihres Mannes zuge-*

wandt, so daß dieser, wenn er die Tür öffnen würde, sie in der »Ecce-Ancilla-Domini-Haltung« vorfände, umflossen von den Strahlen des Mondes.)

PAOLINO: Ja... Ja... gut... so... O du meine Heilige! Ich bitte dich, ich bitte dich, laß mich morgen ein Zeichen finden, morgen bei Tagesanbruch. Heute nacht werde ich nicht schlafen. Morgen früh, beim ersten Morgengrauen, werde ich mich vor deinem Haus einfinden. Wenn die Antwort »ja« ist, dann gib mir ein Zeichen; da, sieh, einen dieser Blumentöpfe: Stell ihn auf das Fenster der Veranda dort hinten, damit ich ihn beim Morgengrauen von der Straße aus sehen kann. Hast du mich verstanden? *(Er verharrt für einen Augenblick in der Haltung des Engels der Verkündigung, den Blumentopf in der Hand, mit einer riesigen Lilie darin. Man hört das Knistern des Scheinwerfers, der den Mondstrahl auf die Bühne wirft.)*

FRAU PERELLA: Hier bin ich. Auf morgen, Paolino.

PAOLINO: So geschehe es!

Vorhang

DRITTER AKT

Derselbe Raum wie im vorhergehenden Akt. Morgengrauen des folgenden Tages. Auf dem Fensterbrett der Veranda im Hintergrund steht kein Blumentopf. Tischtuch und Gedecke liegen noch so auf dem Boden, wie sie Kapitän Perella hingeworfen hat.

Erste Szene

Grazia, dann Matrose.

Wenn der Vorhang aufgeht, ist Grazia, ganz aufgelöst und mit allerlei Putzutensilien ausgerüstet, in gebückter Stellung dabei, die Scherben des Geschirrs wegzuräumen, ebenso wie die heilgebliebenen Teller und Gläser, die sie, ein Stück nach dem anderen, auf den Tisch stellt. Von Zeit zu Zeit richtet sie sich auf, streckt sich und verzieht das Gesicht, um anzudeuten, daß sie der ganze Körper schmerzt, vor allem aber das Kreuz; dann streckt sie eine Faust gegen die Tür zum Zimmer des Kapitäns aus und murmelt irgendeinen unverständlichen Fluch.

GRAZIA: Seht euch das an – seht euch dieses Tohuwabohu an! Teller… Gläser… und alles verdreckt! Das arme Tischtuch! Ein Stall wäre noch zu gut für den! Ein Schweinekoben… ja, ein Schweinekoben, da gehört er hin! Ach, Gott sei Dank… wenigstens eine Flasche ist noch heil… *(Richtet sich auf.)* Au, au, au! Ich kann kaum mehr stehen! Mein armer Rücken!… Ganz zerschlagen… au, au, au! In tausend Stücken… *(Es läutet an der Tür.)* Wer kann das sein? *(Geht öffnen.)* Au, au, au… *(Noch eine Geste zur Tür des Kapitäns hin, ein Murmeln, und sie geht durch die Eingangstür ab. Wenig später kommt sie mit dem Matrosen wieder herein.)* Aber ich sage Ihnen doch, die gnädige Frau hat mir nichts für Sie hinterlassen!

MATROSE: Heißt das, der Kapitän läuft heute nicht wieder aus?

GRAZIA: Was weiß denn ich, ob er ausläuft oder nicht ausläuft!

MATROSE: Aber ja doch, er muß heute auslaufen! Und das Gepäck hätte die gnädige Frau schon gestern abend fertig machen sollen!

GRAZIA: Ah ja, ausgerechnet gestern abend. Da hatte sie ja auch nichts anderes im Kopf als das Gepäck fertig zu machen.

MATROSE: Großer Weltuntergang?

GRAZIA: Alle Teufel der Hölle mal vier!

MATROSE: Hm, und er hat alles kurz und klein geschlagen, wie üblich?

GRAZIA: Wenn's nur das wäre! Aber da... da sind Dinge passiert, die waren nicht mehr von dieser Welt! So was hat man noch nie gehört und gesehen, sag' ich Ihnen!

MATROSE: So? Was hat er denn gemacht? Was denn?

GRAZIA: Was er gemacht hat? Er hat...

MATROSE: Na los, sagen Sie schon...

GRAZIA: *(funkelt ihn drohend an)* Das weiß ich nicht!

MATROSE: Die gnädige Frau wird er mißhändeln, denk' ich mir, und grob zu dem Jungen wird er sein. Haben Sie auch was abgekriegt?

GRAZIA: *(sieht ihn an, will etwas sagen, läßt es dann aber)* Ach, lassen Sie mich weitermachen...

MATROSE: Sie also auch? Tja, zu der einen ist er gut, die andere kriegt eins auf den Hut... Auf der einen Seite steckt er ein und auf der anderen teilt er aus!

GRAZIA: Was teilt er aus? Was steckt er ein?

MATROSE: Er steckt ein! Er steckt ein! *(Deutet mit einer Geste, daß er von Prügeln spricht.)* Und wie! Von der anderen in

Neapel. Hier spielt er den Wolf, aber bei der anderen, da ist er zahmer als ein Lämmchen!

GRAZIA: Schönes Lämmchen! *(Leise, mit wütenden Blicken:)* Ein Riesenschwein ist er! Sonst gar nichts!

MATROSE: Ja, gut – aber die dort in Neapel, die hält ihn ganz schön unter dem Pantoffel. Da kann ich ein Lied davon singen. Seit ich unter ihm angeheuert habe. Ich war schließlich auch ein paarmal im Haus dieser Dame! Jeden Tag, solange wir in Neapel waren. Szenen hab' ich da erlebt! Aber die machte sie ihm, und nicht umgekehrt! Ein Kerl von einem Weib, sag' ich Ihnen, wenn Sie die sehen würden! Zwei Zentner! Und häßlich – uuh! – wie 'ne alte Hexe! Aber e r muß sie ja wohl schön finden. Und dann noch der reinste Ruin: jedes Jahr ein Kind! Seit damals wird er ihr wohl noch fünf oder sechs gemacht haben!

GRAZIA: Und wie ist sie? Noch jung?

MATROSE: Jung, jung... ja, muß sie wohl noch sein, unter dreißig...

GRAZIA: Ach! Und das reicht nicht?

MATROSE: Wem? Ihr?

GRAZIA: Nein, ihm! Ihm reicht das nicht?

MATROSE: Ach, Sie meinen, weil er hier noch seine Frau hat?

GRAZIA: Ach was, Frau! Die sieht er doch nicht einmal an, seine Frau!

MATROSE: Also, was dann? Ohoo! Können Sie vielleicht auch ein Lied davon singen?

GRAZIA: Lassen Sie mich aufräumen, hab' ich gesagt!

MATROSE: *(lacht)* Hahaha! Das wäre ja zum Quietschen...

GRAZIA: Also – machen Sie nun, daß Sie verschwinden?

MATROSE: Gut, gut, ich gehe. Ich komme später wieder. Aber sagen Sie der gnädige Frau, daß ich das Gepäck holen wollte... sie soll es fertig machen... Auf Wiedersehen!

Grazia: Wiedersehen.

(Der Matrose geht durch die Eingangstür ab. Grazia sucht weiter zwischen den Falten des Tischtuchs auf dem Boden nach einem heilgebliebenen Teller oder Glas; sie findet hier und da eines, stellt es auf den Tisch und wiederholt beim Aufstehen die Geste, an der man erkennt, daß sie Kreuzschmerzen hat. Wenig später hört man – wieder in grotesk übertriebener Lautstärke – das Geräusch, mit dem der Riegel von der Tür des Kapitäns zurückgeschoben wird.)

Zweite Szene

Die Vorigen und Kapitän Perella.

Grazia: Aha, da kommt das Raubtier aus dem Käfig! *(Der Kapitän kommt heraus, noch ganz verschlafen, mit Rändern um die Augen und mehr denn je in Raubtier-Laune.)*

Perella: *(entdeckt Grazia auf dem Boden kauernd)* Ah, du bist da? Mit wem hast du gesprochen?

Grazia: Mit dem Matrosen.

Perella: Ist er fort?

Grazia: Er ist fort.

Perella: Und was wollte er hier, um diese Zeit?

Grazia: Er wollte die Sachen abholen, die er an Bord bringen soll.

Pause.

Perella: Kannst du nicht Guten Morgen sagen zu deinem Herrn?

Grazia: Auch das noch! Da ist er, mein guter Morgen! *(Deutet auf die Scherben auf dem Boden.)*

Perella: Und das machst du jetzt? Was hast du denn den ganzen Abend getan?

Grazia: *(wirft ihm einen langen, bösen Blick zu, dann kehrt sie zu ihrer Arbeit zurück, ohne zu antworten.)*

Perella: Antworte! *(Tritt drohend vor sie hin.)*

Grazia: *(steht auf, blickt ihn wieder an, dann sagt sie)* Was ich getan habe? Das fragen Sie mich? *(Kleine Pause.)* Sie reißen alles runter, Sie schlagen alles kurz und klein, Sie… *(unterstreicht ihren Satz mit einer zweideutigen Geste)* zwingen die Leute zu Diensten, die nicht zu ihren Pflichten gehören…

Perella: Meinen Kaffee! Sofort!

Grazia: Der ist noch nicht fertig.

Perella: *(stürzt sich auf sie, hebt die Hand)* Was, so antwortest du mir?

Grazia: *(flieht vor ihm)* Kommen Sie mir nicht zu nahe! Rühren Sie mich nicht an, oder ich schreie!

Perella: Sofort gehst du und machst mir den Kaffee! Weißt du nicht, daß er fertig sein muß, wenn ich aufstehe?

Grazia: Ich konnte mir ja auch wirklich denken, daß Sie gerade heute beim ersten Hahnenschrei aus den Federn sein werden… nach allem, was…

Perella: Schluß jetzt! Aufhören mit diesen Gegenreden! Sofort gehst du und bringst den Kaffee!

Grazia: Ich geh' ja schon… Ich geh' ja schon… *(Geht durch die linke Tür ab.)*

Dritte Szene

Kapitän Perella, allein, dann Herr Paolino und Grazia.

Perella: *(schüttelt den Kopf)* So was…

(Mehr denn je mit finsterer und angewiderter Miene und mit düsterem, grimmigem Blick denkt er eine Weile nach; dann prustet er; dann tastet er seine Kleider wie wahnsinnig ab und begleitet das mit einer Art tierischem Knurren tief in der Kehle; er schüttelt den Kopf und läuft ein bißchen im Zimmer auf und ab. Heiß ist ihm! Heiß! Er erstickt förmlich. Er geht zur Veranda; er beugt sich zum Fenster im Hintergrund hinaus; er sieht auf das Meer hinüber und holt tief Luft; dann schaut er auf die Straße

hinunter und entdeckt dort Herrn Paolino; er zeigt sich überrascht und beugt sich hinunter, um mit ihm zu sprechen.)

PERELLA: O, guten Morgen, Professor! So früh schon aus dem Hause? Und gerade in unserer Gegend? *(Horcht hinunter.)* Wie? Ja, ja... Ich auch... Ein bißchen frische Luft... Diese kleine Brise... Ja. Herrlich. – Wollen Sie heraufkommen? Ja, kommen Sie nur, kommen Sie! Ich lade Sie ein zu einer Tasse Kaffee... Ja, sehr gut, kommen Sie herauf!

(Er verharrt noch ein bißchen auf der Veranda, dann geht er Herrn Paolino entgegen, der durch die Eingangstür hereinstürzt, mit totenbleichem, angstvollem Gesicht, geröteten Augen, in denen der helle Wahn leuchtet, als hätte er – da er kein Zeichen auf der Veranda vorgefunden hat – beschlossen, ein Verbrechen zu begehen.)

PERELLA: Hui, das ging aber schnell! Sind Sie heraufgerannt?

PAOLINO: Ja. Sagen Sie: Haben Sie gesehen, daß ich von der Mole zurückgekommen bin?

PERELLA: Ich hab' Sie nur mit der Nase in der Luft auf mein Fenster starren sehen.

PAOLINO: Ja, aber da war ich schon auf dem Rückweg. Bis zur Mole bin ich gelaufen. Und als ich auf dem Heimweg an Ihrem Haus vorüberkam, da war da ein Haufen von schreienden Leuten, ein Auflauf... Sagen Sie: Könnte zufällig von diesem Verandafenster da irgendein Blumentopf heruntergefallen sein?

PERELLA: *(verblüfft)* Ein Blumentopf? Runter auf die Straße?

PAOLINO: Ja, aus diesem Fenster!

PERELLA: Nein... Soviel ich weiß, nicht...

PAOLINO: Nein?

PERELLA: Ich weiß nichts von Blumentöpfen... Aber wieso?

PAOLINO: Weil es mir so vorkam, als hätte ich dort unten,

unter Ihrem Fenster, zwischen den schreienden Leuten, einen Haufen von… ich weiß nicht recht… von Scherben auf dem Boden gesehen – und da dachte ich: Deshalb schreien die so.

PERELLA: Ich habe nichts gehört.

PAOLINO: War da wirklich gar kein Blumentopf, als Sie sich hinauslehnten?

PERELLA: Nein, da war kein… Dort sind sie ja, die Töpfe *(deutet auf das Blumentischchen)* – alle fünf.

PAOLINO: Waren es immer fünf?

PERELLA: Ja, fünf. Sehen Sie nicht? Mehr hätten da gar nicht Platz.

PAOLINO: *(wie zu sich, schmerzerfüllt, verzweifelt)* Ja, dann… dann… dann ist es also nichts…

PERELLA: *(betrachtet ihn von oben bis unten)* Ja und? Das ist ja das Schönste! Sie scheinen richtig darunter zu leiden, daß hier kein Blumentopf runtergefallen ist!

PAOLINO: *(fängt sich sofort wieder)* Nein! Ich? Wo denken Sie hin! – Es ist nur, ich… ich hatte mir eben gedacht, daß… daß da dieser Blumentopf im Spiel war, das ist alles!

PERELLA: Weil die Leute unten schrien?

PAOLINO: Ja, eben… Kennen Sie das, wie das ist, wenn man sich etwas einbildet? Ich habe wie an etwas ganz Reales daran geglaubt, als ich vorüberging und die Leute schreien hörte. – »Na, da war sicher ein Blumentopf«, habe ich mir gesagt. »Ein Blumentopf auf dem Fensterbrett beim Kapitän, und der ist heruntergefallen…«

PERELLA: Aber nein! Was für ein Blumentopf denn? Komisch, daß ich da drinnen nichts gehört habe von dem Geschrei auf der Straße.

PAOLINO: Reden wir nicht mehr davon! – Aber Verzeihung, Sie… *(Unterbricht sich, als hätte er in Perellas Gesicht irgend einen besonders beeindruckenden Zug entdeckt.)*

PERELLA: *(verwirrt, versteht nicht)* Ich… was?

Paolino: Ja, ich meine … Sie … *(Unterbricht sich neuerlich, um das zerknitterte Gesicht des Kapitäns genauer zu inspizieren.)*

Perella: Was denn? Hören Sie, Sie haben wirklich eine seltsame Art mich anzusehen!

Paolino: Ach wo … Das ist nur, weil … weil ich Sie sehe … ja, ich sehe Sie.

Perella: Wie sehen Sie mich?

Paolino: Nichts … nein … ich sehe, daß … daß Sie sehr früh aufgestanden sind, das ist es …

Perella: Ja, aber Sie auch, scheint mir – noch viel früher als ich, wenn Sie schon um diese Zeit unterwegs sind und schon an der Mole waren.

Paolino: Ja … ich … ich … ich war tatsächlich auch früh auf den Beinen …

Perella: *(sieht ihn an und bricht in Gelächter aus)* Hahahaha! Sie sind vielleicht sonderbar heute morgen!

Paolino: Ich bin ein bißchen nervös …

Perella: Und da sind Sie also an die frische Luft gegangen. – Das tut gut, das tut gut … Gesund ist das, gesund, so ein Spaziergang in aller Herrgottsfrühe!

Paolino: Gesund ja. *(Zu sich, sobald der Kapitän sich kurz umdreht:)* Ich bring' ihn um! Heiliges Ehrenwort, ich bring' ihn um!

Perella: Es gibt nichts Besseres, wenn man nervös ist. Draußen an der frischen Luft, da vergehen einem die dummen Gedanken.

Paolino: Richtig, ja … Ich … ich habe heute nacht nicht gut geschlafen, und da …

Perella: Ach Sie auch nicht? Was Sie nicht sagen!

Paolino: *(befriedigt, voll ängstlicher Erwartung)* Sie … Sie haben also auch schlecht geschlafen?

Perella: *(wütend)* Kein Auge zugetan hab' ich!

Paolino: *(dessen ängstliche Erwartung sich noch steigert)* Ach … und?

PERELLA: Was – und?

PAOLINO: Ja, ich meine… ich sehe… ich habe Sie vorhin so angeschaut, weil Sie so abgespannt sind… ein bißchen… ja, ein bißchen zermatscht.

PERELLA: *(wie oben)* Wenn ich doch kein Auge zugetan habe! Ich sag's ja! Eine Höllennacht war das! Vielleicht die Hitze… ich weiß nicht!

PAOLINO: Ja, die Hitze… diese Nacht war es wirklich sehr heiß, sehr, sehr heiß war es…

PERELLA: Zum Aus-der-Haut-fahren!

PAOLINO: Und da werden Sie… da werden Sie wohl aufgestanden sein?

PERELLA: *(sieht ihn an, dann)* Ja, das auch…

PAOLINO: Ja, das kann ich mir vorstellen! Wenn… wenn das Bett zu glühen beginnt… Bei dieser Hitze… da drinnen… *(deutet auf Perellas Zimmer)* da… da muß es Ihnen ja vorgekommen sein wie ein Backofen, Ihr Zimmer, denk' ich mir!

PERELLA: Wie ein Backofen, genau, wie ein Backofen!

PAOLINO: Ja, da werden Sie wohl rausgelaufen sein, was? So stell' ich's mir vor…

PERELLA: *(verwirrt, nachdem er ihn eine Weile angesehen hat)* Ja… tatsächlich… ich bin ein bißchen rausgegangen… weil… – weil ich plötzlich das Gefühl hatte, ich ersticke wirklich… *(Er sieht Grazia mit einem Tablett eintreten, auf dem eine Tasse Kaffee steht.)* Ah, da ist ja der Kaffee… Danke, Grazia… – Ja, was heißt denn das? Nur eine Tasse? Und was ist mit dem Herrn da?

GRAZIA: *(mit finsterem Gesicht, besonders grob)* Was weiß denn ich, ob ich ihm einen Kaffee bringen soll oder ob ich keinen bringen soll, wenn mir niemand was sagt.

PERELLA: Du sollst mir nicht so antworten! Muß man dir denn alles erst sagen? Das ist doch unglaublich, was die sich für Vertraulichkeiten herausnimmt!

GRAZIA: *(mit bösem Blick, an einer Antwort kauend)* Vertraulichkeiten... Vertraulichkeiten... Also jetzt bin ich es, der sich Vertraulichkeiten herausnimmt, was?

PERELLA: Unverschämt, dieses Weibsstück! Paß bloß auf, ich jag' dich stante pede aus dem Haus.

GRAZIA: Sie mich jagen? Wen jagen Sie aus dem Haus? Passen Sie lieber selbst auf, ich könnte ja auch mal loslegen, und wenn ich damit loslege, was Sie getan haben...

PAOLINO: *(beinahe zu sich selbst gewandt, fast ohnmächtig angesichts des schrecklichen Verdachts, der ihm heraufdämmert, während er bald den Kapitän, bald die Haushälterin ansieht)* O Gott... o Gott... Ist denn das die Möglichkeit?

PERELLA: Hören Sie das, Professor?

PAOLINO: Ich höre, ich sehe... Jaja...

PERELLA: *(zu Grazia, wütend, um die peinliche Szene zu beenden)* Geh und bring sofort noch eine Tasse Kaffee! *(Zu Paolino:)* Hier, nehmen Sie inzwischen diese, Professor... *(Er bietet ihm die Tasse an.)*

PAOLINO: Nein... nein, danke!... *(Zu Grazia:)* Machen... machen Sie sich nur keine Umstände...

PERELLA: Ach was – Umstände! – Nehmen Sie!

PAOLINO: Nein, nein, danke. Ich will wirklich keinen! Er... er würde mir nicht bekommen...

PERELLA: Was heißt nicht bekommen! *(Zu Grazia:)* Bring die zweite Tasse!

PAOLINO: Ich bin überreizt, Herr Kapitän, um Himmels willen! Überreizt bin ich... überreizt, nervös!

GRAZIA: Was denn nun – ja? Oder nein?

PERELLA: Scher dich zum Teufel! *(Grazia geht wütend ab, und er schreit ihr nach, bis sie durch die Tür verschwindet:)* Und Schluß mit diesen Allüren, verstanden? Sonst treibe ich sie dir aus!

PAOLINO: Tja, das kommt davon: Entschuldigen Sie, aber

wenn man dem Personal zuviel Vertraulichkeiten gestattet…

Perella: Man sollte es eben nicht zu lange im Haus behalten, das Personal!

Paolino: Ja, aber erlauben Sie mal! Nein! Wenn das Personal weiß, wo es hingehört… daß es nicht den Herrn spielen darf…

Perella: *(überrascht über die unwillige Haltung, die Herr Paolino plötzlich einnimmt)* Hoho, was sagen Sie da, Professor?

Paolino: *(bremst sich mühsam)* Ich sage, daß… daß ich… daß ich wirklich verwundert bin, ja… ja, das bin ich wirklich… ich weiß nicht, wie ich sagen soll… entsetzt…

Perella: Über die Unverschämtheit dieser Person?

Paolino: Jawohl! Und darüber, daß Sie…

Perella: Daß ich… ?

Paolino: Daß Sie… ja, daß Sie das so hinnehmen! Für mich… für mich ist das unbegreiflich, was soll ich Ihnen sagen! Unwahrscheinlich, jawohl: unwahrscheinlich, daß man es… mein Gott… daß man es so weit kommen lassen kann! – Ist denn das die Möglichkeit?

Perella: *(sieht ihn verwirrt an, dann schlägt er die Augen nieder)* Tja… es… es ist unglaublich!

Paolino: Unglaublich!

Pause.

Perella: *(fast demütig)* Aber hab' ich Ihnen nicht gesagt, warum? Sie ist einfach zu lange im Haus! *(Gerät in Wut.)* Und daran ist meine Frau schuld!

Paolino: *(aufbrausend und sich sogleich wieder bremsend)* Ach so? Auch daran? Daran ist auch Ihre Frau schuld?

Perella: Jawohl, Professor, jawohl, das ist sie! Sie läßt ja dieses Weib noch immer hier herumlaufen! Weil sie schon da war, als Nonò zur Welt kam! Weil sie mit allem Bescheid weiß im Hause! Der Teufel soll sie holen, alle miteinander!

Paolino: *(kochend)* Aber verzeihen Sie, ist das ein Grund, daß Sie...

Perella: Was heißt, ist das ein Grund? Hören Sie, Professor, manchmal führen Sie sich in einer Weise auf, wissen Sie, die ich mir nicht bieten lasse!

Paolino: Nein, es ist nur... entschuldigen Sie, aber mir... mir scheint das ein bißchen übertrieben, ja, daß Sie sich nun auch noch deswegen mit Ihrer Frau anlegen wollen.

Perella: Ich lege mich mit allen an, wenn ich will! Denn dieses verfluchte Haus hier ist zum Verzweifeln für mich! – Ich ersticke darin, ich ersticke! Ich verfluche jedesmal den Augenblick, wenn ich hier wieder den Fuß herein setze! Nicht einmal ruhig schlafen kann ich hier! Es kann ja auch die Hitze gewesen sein... wie eine Manie... Und wenn ich nicht schlafen kann, wissen Sie, wenn ich nicht einschlafen kann... dann krieg' ich eine Wut, sag ich Ihnen, eine Wut...

Paolino: Na schön, aber... aber was können da, entschuldigen Sie... was können da die anderen dafür?

Perella: Wofür?

Paolino: Na... wenn Sie sagen, daß Sie eine Wut kriegen... Auf wen denn? Auf wen kriegen Sie denn die Wut, wenn es heiß ist?

Perella: Auf mich! Auf mich krieg' ich die Wut! Auf das Wetter! Und auf alle anderen auch, jawohl! Denn ich brauche frische Luft! Ich brauche Luft! Ich bin die See gewohnt! *(Beruhigt sich wieder:)* Und das Festland, Professor, das Festland halte ich nicht aus, vor allem im Sommer nicht – das Haus... die Mauern... alles, was da rumsteht... die Frauen...

Paolino: Auch... auch die Frauen?

Perella: Die Frauen vor allem! Na ja, die Frauen und ich... Wissen Sie, wenn man auf Reisen ist... wenn man so lange Zeit unterwegs ist... Ich meine nicht jetzt, wo ich alt bin... Aber als ich ein junger Kerl war... Die Frauen... Aber das hab' ich mir immer zugute gehalten, wissen Sie – wenn ich will, dann will ich... aber wenn ich nicht will, dann will ich nicht. *(Lacht stolz vor sich hin.)* Und Herr der Entscheidung bin immer ich geblieben!

PAOLINO: So, immer? *(Zu sich:)* Ich bring' ihn um, ich bring' ihn um!

PERELLA: Immer wenn ich wollte, versteht sich! – Aber Sie nicht, was? Sie lassen sich wohl leicht einwickeln!

PAOLINO: Lassen Sie mich aus dem Spiel, bitte!

PERELLA: *(lacht laut auf)* Hahahaha! – Ein kleines Lächeln... ein Hüfteschwenken...

PAOLINO: *(kochend)* Ich bitte Sie, Kapitän. Ich bitte Sie...

PERELLA: *(neues Lachen)* Hohohoho! Ich stell' mir das so vor... ich stell' mir vor, wie das mit Ihnen sein muß... untertänig... ein bißchen verschämt... na, sagen Sie ehrlich, sagen Sie!

PAOLINO: Ich flehe Sie an, Kapitän, hören Sie auf... ich bin wirklich sehr nervös...

PERELLA: *(lacht noch immer)* Voll... voll idealistischer Skrupel, so werden Sie wohl sein in der Liebe... Sagen Sie doch die Wahrheit!

PAOLINO: *(zornig losbrechend)* Na gut! Ich soll Ihnen die Wahrheit sagen? Dann sage ich Ihnen also: Wenn ich eine Ehefrau hätte...

PERELLA: *(bricht in ein neues, noch lauteres Gelächter aus)* Hahahaha!

PAOLINO: *(der nun jede Beherrschung verliert)* Hören Sie auf zu lachen, sofort! Bei Gott! Hören Sie sofort auf zu lachen!

PERELLA: Was regen Sie sich so auf? Hahahaha! Was hat denn das mit Ehe zu tun, entschuldigen Sie? Wir reden hier von den Frauen...

PAOLINO: Ja, sind denn die Ehefrauen keine Frauen? Was sind sie dann?

PERELLA: Na gut, sie sind auch Frauen... manchmal wenigstens...

PAOLINO: Ah... manchmal wenigstens! Sie... Sie geben also zu, daß der Mann seine Frau manchmal auch als Frau betrachten muß!

PERELLA: Aber ja, sicher! Sicherlich! Aber machen Sie sich keine Sorgen, da denkt die schon selber dran, die Gattin, daß sie von anderen als Frau angesehen wird, wenn der Herr Gemahl das vergißt!

PAOLINO: Das heißt also, ein kluger Ehemann dürfte das nie vergessen!

PERELLA: Na klar! Aber der denkt schon daran! Sie hingegen, lieber Professor, Sie haben keine Frau! Und zu Ihrem eigenen Besten wünsche ich Ihnen, das möge immer so bleiben!

PAOLINO: *(sehr gereizt, sucht nach einem Vorwand, den Streit fortzusetzen)* Aber das widerspricht doch dem, was Sie vorhin über mich gesagt haben!

PERELLA: Was habe ich gesagt?

PAOLINO: Daß ich voller Skrupel wäre... ich weiß nicht mehr, was für welcher...

PERELLA: *(verblüfft)* Ach, Sie wollen sich also verehelichen?

PAOLINO: Nein! Das hab' ich nicht gesagt! Ich sage, Sie täuschen sich über mich!

PERELLA: Ich täusche mich?

PAOLINO: Jawohl! Und zugleich begehen Sie das grausamste Unrecht, das man sich denken kann!

PERELLA: An wem? An Ihnen? An den Ehefrauen?

PAOLINO: Ja, an den Ehefrauen!

PERELLA: Die verteidigen Sie?

PAOLINO: Jawohl, das tue ich!

PERELLA: Hahahaha! Sie verteidigen sie... Wissen Sie auch, warum? Sie verteidigen sie, weil Sie keine haben! Und weil Sie – da möchte ich drauf wetten – die Ehefrauen der anderen mitbenutzen! – Deshalb verteidigen Sie sie!

PAOLINO: Ich? Ich? Mir sagen Sie das? Das wagen Sie mir zu sagen? Sie?

PERELLA: *(versucht verdattert, ihn zu beruhigen)* Aber, Professor! *(Und das versucht er während des nun folgenden Monologes, immer konsternierter, noch mehrmals.)*

PAOLINO: Sie beleidigen mich! Ich bin ein anständiger Mensch, jawohl! Ich habe ein Gewissen! Ich bin ein Mensch des Maßes und der Ordnung, der auch einmal, ja – aber ohne es zu wollen – in eine verzweifelte Situation geraten kann. Ja! Aber es ist nicht wahr, es ist nicht wahr, daß ich anderer Leute Ehefrauen »mitbenutzen« will! Denn wenn das so wäre, dann hätte ich Ihnen nicht gerade eben gesagt, daß ein Ehemann nie seine Frau vernachlässigen darf! Und ich füge jetzt hinzu: Ein Ehemann, der seine Frau vernachlässigt, begeht in meinen Augen ein Verbrechen! Und nicht nur eines! Eine ganze Reihe von Verbrechen! Ja, denn er zwingt nicht nur seine Frau, die eine wahre Heilige sein kann, ihre Pflichten gegenüber sich selbst zu vernachlässigen, gegenüber ihrer Anständigkeit, sondern er kann unter Umständen auch einen Mann, einen anderen Mann für sein ganzes Leben unglücklich machen! Jawohl, das kann er! Wenn dieser Mann das ganze Martyrium der unglücklichen Frau mitzuleiden gezwungen ist! Und wer weiß? Wer weiß? Am Ende kann ein solcher Mann, wenn er an die äußerste Grenze des Leidens gelangt, sogar die Freiheit verlieren, jawohl, die Freiheit! Das sage ich Ihnen! Ich sage Ihnen das, Herr Kapitän!

(Herr Paolino stößt all das in ständig wachsender Erregung hervor, wobei er sich beinahe auf den Kapitän stürzt, der ihm fassungslos zuhört. Von einem gewissen Moment an hat man den Eindruck, Herr Paolino könnte unversehens eine Waffe aus der Tasche ziehen und den Kapitän erschießen. Da geht die Tür

rechts auf, und Frau Perella erscheint, erschreckt und aufgelöst, die ganze Schminke über das ausdruckslose Gesicht verschmiert. Sie hat nicht die Kraft, sich zu bewegen oder zu sprechen.)

Vierte Szene

Die Vorigen und Frau Perella.

FRAU PERELLA: O Gott... Was ist los? Was ist los?

PERELLA: Ich verstehe überhaupt nichts mehr! Der Professor da ist explodiert vor Wut, als wir über Ehefrauen und Ehemänner gesprochen haben...

PAOLINO: Ja, weil ich sagte...

FRAU PERELLA: Ruhig, nur ruhig! Um Himmels willen... Sagen Sie... sagen Sie nichts mehr, Professor... Schauen Sie lieber... helfen Sie mir... *(sie geht zum Blumentischchen und greift nach einem Topf)*... helfen Sie mir, ich bitte Sie.

PAOLINO: *(strahlend)* Ach, ja? *(Nimmt den Blumentopf.)* Diesen Topf hier? Soll ich ihn auf die Veranda tragen? Soll ich?

FRAU PERELLA: Ja... aber den geben Sie mir... den trage ich selbst... Nehmen... nehmen Sie noch einen... wenn es Ihnen nichts ausmacht...

PAOLINO: *(verblüfft, verzieht das Gesicht)* Noch einen? Das soll mir etwas ausmachen? Aber im Gegenteil! Ich... ich bin überglücklich!

FRAU PERELLA: Na, dann... bitte... *(Geht und stellt den Blumentopf auf das Fensterbrett der Veranda.)*

PAOLINO: Bitte... bitte... *(Tut dasselbe.)* Stellen wir ihn hierher? *(Stellt ihn neben den ersten.)* Gut so?

FRAU PERELLA: Ja, danke. *(Sie nimmt nun allein einen dritten und vierten Topf und trägt sie zum Fensterbrett, während sich Paolino voll Verachtung und Sarkasmus auf den Kapitän stürzt, der verdutzt zuschaut, um ihn zu umarmen.)*

PAOLINO: Ach, entschuldigen Sie, lieber Herr Kapitän, entschuldigen Sie tausendmal!

PERELLA: Was denn?

PAOLINO: Den ganzen tierischen Unsinn, der mir da so herausgefahren ist! Ich war eben nervös! Ein richtiger Ausbruch! Aber der hat mir gut getan, jetzt bin ich das alles los... Jetzt bin ich glücklich... so glücklich... Entschuldigen Sie, Herr Kapitän, und danke vielmals... ich danke Ihnen von ganzem Herzen! Sehen Sie, da... was für ein blauer Himmel... was das für ein schöner Tag geworden ist! Und diese... *(Mit Staunen und beinahe Entsetzen in der Stimme:)* Hoiii!... diese fünf, ja, fünf Blumentöpfe dort drüben!

FRAU PERELLA: *(hält den fünften Topf, mit einer Lilie, in der Hand, zeigt ihn vor und schlägt die Augen nieder)* Die geben einem doch wirklich neues Leben..

PAOLINO: *(sofort)* Ja, so wird ein ganzes Haus von neuem Leben erfüllt. Danke, danke, Kapitän! Entschuldigen Sie, ich bin doch ein rechtes Tier gewesen.

PERELLA: *(wiegt sein Haupt, in gemessenem Tonfall)* Ja, mein lieber Professor, man muß eben immer Mensch bleiben! *(Schlägt sich mehrere Male mit dem Finger an die Brust.)*

PAOLINO: Ja, für Sie ist das leicht, Kapitän, mit einer Frau wie der Ihren: die Tugend in Person!

Vorhang

Bei diesem Stück, das eine Bearbeitung der Novelle *Richiamo all'obbligo* (»Mahnung zur Pflicht«, 1906; enthalten in Band 8 dieser Edition) darstellt, ist Pirandello mit seinen avantgardistischen Experimenten am weitesten gegangen. Er schrieb es im Januar und Februar 1919 für den auf die Autoren des »teatro grottesco« spezialisierten Regisseur und Komiker Gandusio und versuchte auch, die grotesken Elemente deutlich ausspielen zu lassen. So verlangte er in einem Brief, daß die in den Regiebemerkungen angedeuteten »tierischen Züge« der Figuren durch Schminke deutlich gemacht werden müßten. Die Schauspieler wehrten sich, die Uraufführung fiel durch. 1923 brachte Lamberto Picasso, 1926 Pirandello selbst das Stück mit seinem Teatro d'Arte neu heraus. Bereits in den frühen zwanziger Jahren wurde es mit großem Erfolg in Budapest, Krakau, den baltischen Staaten, Österreich und Deutschland gespielt; im deutschen Sprachraum gehört es auch nach dem Krieg zu den meistgespielten Werken Pirandellos, ebenso wie in Italien, wo es zuletzt 1985, 1989 und 1992 in vielbeachteten Inszenierungen aufgeführt wurde.

NACHWORT

Die Bestie und der Spiegel

Luigi Pirandello gilt insbesondere wegen seines Dramas *Sechs Personen suchen einen Autor** als Klassiker der Moderne im Bereich des Theaters. Dies verdankt er vor allem dem Erfolg der Aufführungen am New Yorker Broadway und in Paris 1923 sowie Max Reinhardts Berliner Inszenierung 1924. In diesem Text und den beiden anderen Stücken seiner »Trilogie des Theaters auf dem Theater«* hat er für das europäische Publikum programmatisch wenigstens eine Forderung der Avantgarde in eindrucksvoller Weise eingelöst: die nach Aufhebung der »Illusionswirklichkeit« der Bühne. Damit wurde er zum »Theaterrevolutionär«, der das »Spiel vom Ende des Theaters« ersonnen hatte.

Beim italienischen Publikum hingegen ergab sich durch die römische Uraufführung der *Sechs Personen* kein grundlegend neues Pirandello-Bild. Die Aufführung endete damals zwar in einem aufsehenerregenden Theaterskandal; dennoch mußte das Stück nach einer Woche mangels Publikumsinteresse wieder abgesetzt werden und wurde von dem verzweifelten Theaterdirektor in *Sechs Personen suchen nach Einnahmen aus Kartenverkauf* umbenannt. Als ein gemäßigter Avantgardist war der Autor schon längst bekannt; zudem galt er als Vertreter des »teatro nuovo« oder »teatro del grottesco«, das sich im Laufe des Ersten Weltkriegs allmählich die Bühnen eroberte. Pirandello wurde in den

* Band 6 dieser Edition

letzten Kriegsjahren und in der unmittelbaren Nachkriegszeit zum geistigen Führer dieser Bewegung, der auch Chiarelli, Antonelli und Rosso di San Secondo angehörten. Zwischen 1916 und 1919 avancierte er somit von einem nur lokal bekannten Autor sizilianischer Dialektstücke und amüsanter Kurzgeschichten zu *dem* zeitgenössischen Dramatiker Italiens schlechthin. Er gab der neuen Richtung »Pirandellismo« den Namen und war manchmal mit beinahe zwanzig Produktionen gleichzeitig auf den Bühnen des Landes vertreten.

Um das Phänomen der »grotteschi« und des »Pirandellismo« zu verstehen, ist zunächst die Organisation des italienischen Theaters der Zeit zu berücksichtigen. Es gab keine festen Ensembles, sondern »Compagnie«, mehr oder minder kurzlebige Truppen unter der Leitung eines prominenten »capocomico«, der durchaus eine Frau sein konnte und zugleich Schauspieler, Direktor und Regisseur war. Eine solche »Compagnia« schuf sich ein Repertoire von durchschnittlich vier bis fünf einstudierten Stücken und zog damit durchs Land, von Sizilien bis Triest, von Apulien bis Turin. Subventionen gab es kaum, also mußte in erster Linie dem Geschmack des Publikums Rechnung getragen werden. Pirandello und die anderen Vertreter des »teatro del grottesco« haben das auch getan, indem sie die Konventionen des spätnaturalistischen Melodrams, das heißt großbürgerliches Personal, Eifersuchts- und oft auch Ehebruchthematik, scheinbar beibehielten und dann von innen heraus aushöhlten und verfremdeten.

So hatte sich Pirandello in den Jahren 1916/17 mit seinen ersten »grotesken« Dramen *Professor Toti* und *So ist es (wenn es Ihnen so scheint)** allmählich einen Namen gemacht. Der große Erfolg stellte sich vor allem zwischen

* beide in Band 10 dieser Edition

1918 und 1919 ein, als die Zahl der gleichzeitig durchs Land ziehenden Pirandello-Inszenierungen von zwei (1916) über sechs (1917) auf fünfzehn (1919) Produktionen hinaufschnellte. Zugleich wurde der Professor der römischen Lehrerbildungsanstalt durch immer neue Zeitungsinterviews zur »öffentlichen Figur« und entwickelte sich durch seine nahezu ständige Präsenz bei den Proben allmählich zum autodidaktischen Co-Regisseur. Da seine Beamtenpflichten darunter litten, bat er nach einer Maßregelung durch das Ministerium wegen wiederholter Abwesenheit vom Hochschulort um seine Frühpensionierung für Ende 1922.

Auch in der Familie sind es Jahre des Umbruchs: die sich im Eifersuchtswahn manifestierende Geisteskrankheit seiner Frau Antonietta war im letzten Jahrzehnt immer schlimmer geworden; die Tochter Lietta, von der Mutter zu einem Selbstmordversuch getrieben, hatte sich vorübergehend nach Florenz geflüchtet. Pirandello wartete nur die Rückkehr seines ältesten Sohnes Stefano aus der österreichischen Kriegsgefangenschaft ab, um am 11. Januar 1919 endgültig die Entscheidung zu treffen, seine Frau Antonietta in einer Heilanstalt unterzubringen.

Die hier zusammengestellten Stücke repräsentieren die Phase des Aufstiegs, der unspektakulären »Theaterrevolution« – vor und während des Erfolgs der *Sechs Personen*. Es sind Stücke, die in einem auf große Schauspieler ausgerichteten Theater und vor einem bürgerlichen Publikum bestehen konnten, weil sie ausgezeichnete Rollen boten und die Rezeptionserwartungen der Zuschauer auf keine allzu harte Probe stellten. Andererseits konfrontierten sie jedoch in subversiver Weise eben dieses Publikum mit absurden Resultaten scheinbar gewohnter und logischer Abläufe. Die Technik, derer sich Pirandello dabei bedient, wurzelt in seinem »Umorismo«*-Konzept und in dem, was er selbst in *Heinrich IV.*** die »Logik der Verrückten« genannt hat. Diese Logik ist noch um ein Stückchen konsequenter als die gewohnte; alle, auch die absurden, entsetzlichen, widersinnigen Folgen unserer alltäglichen Denkregeln werden *zu Ende* gedacht.

In einem Interview aus dieser Zeit (*Corriere della sera* vom 28. 2. 1920) erklärt er diese Technik durch das einprägsame Bild eines Menschen, der im Wutanfall tierisch wird; er erstarrt, weil man ihm einen Spiegel vorhält. In Abwandlung der alten Komödiendefinition als »Spiegel der menschlichen Laster« nennt Pirandello sein Theater »Spiegel vor der Bestie«, der uns nicht bloß menschliche Fehler, sondern auch das Tier in uns selbst entdecken läßt. Am eindrucksvollsten umgesetzt ist diese Definition wohl in dem titelgebenden Stück *Der Mensch, das Tier und die Tugend*, in dem der skeptische, die Menschen als Tiere verachtende Humanist Paolino sich am Ende selbst als »Vieh« erkennt. Ausgerechnet er muß sich von dem »Über-Tier« Kapitän Perella sagen lassen, man müsse eben immer ein Mensch bleiben. Gerade darin zeigt sich aber, wie Pirandello avantgardistische Tendenzen auf dem Theater – die Animalisierung der Figuren und ihre Verwandlung in Marionetten – nicht nur aufnimmt, sondern zugleich wieder ironisiert. Die von ihm bis in die Tiermasken-Schminke der Darsteller geforderte Animalisierung der Personen, der sich – scheinbar – nur der Protagonist Paolino entzieht, kehrt sich letztlich gegen diesen selbst: er, der bei allen anderen die materiellen Interessen, Begierden und wahren, animalischen Regungen unter der Maske der Sprache und der Manieren zu ent-

* siehe dazu *Der Humor*, Band 3 dieser Edition
** Band 13 dieser Edition

larven meint, vermag sie bei sich selbst offenbar nicht zu erkennen. Auch in dem sublimierenden Gesäusel, mit dem er seine Geliebte als Hure und zugleich Jungfrau der Verkündigungsszene ausstaffiert, kommt das Tier in ihm zum Ausdruck, das er so lange geleugnet hat.

Allerdings war *Der Mensch, das Tier und die Tugend* – ein Stück, daß sich in den letzten Jahrzehnten einen festen Platz gerade auch auf deutschsprachigen Bühnen gesichert hat – bei der Uraufführung dem Starkomiker-Ensemble, für das es gedacht war, intellektuell zu anspruchsvoll; nur halbherzig umgesetzt, endete es 1919 in Mailand mit einem Mißerfolg. Geradezu kongeniale Realisierung fanden Pirandellos gemäßigt avantgardistische Stücke vor allem bei der Truppe von Ruggiero Ruggeri. Dieser erreichte 1918 mit *Das Vergnügen, anständig zu sein* und *Seine Rolle spielen* beachtliche Erfolge und wurde Pirandellos »erste Wahl« der folgenden Jahre. Angelo Baldovino, der Protagonist des ersten, und Leone Gala, die Hauptfigur des zweiten Stücks, zwei Glanzrollen Ruggeris, haben sich beide Pirandellos »Logik der Verrückten« verschrieben, sie denken die absurde Logik des gesellschaftlichen Rollenspiels als »Ragionatori« zu Ende. Soll Baldovino etwa einen scheinbar hochanständigen Ehemann darstellen, um den Skandal einer außerehelichen Beziehung und eines illegitimen Kindes zu vertuschen, dann nimmt er diese Rolle ernst – nicht etwa, weil er so anständig wäre. Im Verhältnis zu sich selbst sieht er darin nur eine selbstauferlegte Buße für sein vergangenes, keineswegs musterhaftes Leben. Aber um des Kindes willen, dem er ja ein tatsächlich anständiger Vater sein muß, steigert er sich in diese Rolle so sehr hinein, daß er den Ehebrechern das Leben zur Hölle macht. Als der Liebhaber daraufhin versucht, sich seiner mit einem schmutzigen Trick zu entledigen, ohne an die Konsequenzen für das Kind zu denken, ergreift die Frau plötzlich Baldovinos Partei, weil der sich als der wahrhaft Anständige in einer korrupten Welt erwiesen hat – und aus der Scheinehe wird Ernst.

Ähnlich konsequent spielt auch Leone Gala in *Seine Rolle spielen* die Rolle des Ehemanns, der, weil er der außerehelichen Beziehung seiner Frau im Wege steht, durch eine »Scheidung auf Italienisch« aus dem Wege geräumt werden soll. Er wird dazu »gezwungen«, den besten Fechter der Stadt, der seine Frau im Rausch beleidigt hat, zu einem Duell auf Leben und Tod zu fordern, weil nach den zeittypischen Ehrbegriffen in seiner Frau er selbst beleidigt wurde. Und das, obwohl er längst aus der ehelichen Wohnung ausgezogen ist und sich nur noch seinen Hobbys, der Philosophie und dem Kochen, widmet. Überraschenderweise weigert sich der dickliche, scheinbar friedfertige und im Fechten völlig unerfahrene Leone nicht nur nicht, sondern verlangt zudem die allerschärfsten Bedingungen für den Zweikampf. Am Morgen des Duells teilt er jedoch seinem Nebenbuhler und Sekundanten Guido mit, daß er nicht daran denke, das Duell selbst auszufechten, so daß nach dem Duellrecht Guido für ihn einspringen muß: Der Ehemann sei er nämlich nur nominell, also mußte er die Forderung aussprechen; die Rechte übe aber Guido aus, also habe der sich tatsächlich zu duellieren.

Angesichts der Dominanz dieser »Ragionatori« hatte die Kritik das Bild des »zerebralen, konstruierenden« Autors aufgebaut, in dem sich Pirandello selbst nicht wiedererkennen wollte. Waren denn Professor Toti, Signor Ponza aus *So ist es (wenn es Ihnen so scheint)*, ja selbst Angelo Baldovino nicht zugleich zutiefst leidende, menschliche Figuren? Um der Kritik zu begegnen, schreibt der Autor in diesen Jahren parallel zu seinem avantgardistischen, humoristischen Theater mit ähnlichen Motiven (wie Zersplitterung des Ich, multiple Wahrheit) arbeitende, aber psychologischere – »menschlichere« – Stücke, wie die

Kritik anerkennend feststellte: In diesen Dramen stehen vor allem große Frauengestalten im Mittelpunkt, die oft von Emma Gramatica verkörpert wurden. In *Heiraten, aber nicht im Ernst* brillierte die Gramatica etwa in der Rolle der Gasparina, einer frühzeitig gealterten, verhärmten Pensionswirtin, die ein Gast »zum Scherz geheiratet« hat. Zu einer Art »ewige Ferien« in einer Villa auf dem Land verdammt, blüht sie im Leben mit der Natur auf und wird zu einer Schönheit, deren Wirkung sich auch der »Scherz«-Ehemann nicht entziehen kann. Aus dem Scherz wird Ernst, sehr zur Verzweiflung des ewigen Verehrers Signor Barranco, der in bösen Zeiten zu Gasparina gehalten hat und nun doch verschmäht wird. Pirandello scheint sich hier in gewisser Weise über die archetypische Konvention der Komödie lustig zu machen, derzufolge die Jungen heiraten und der Alte enttäuscht abziehen muß – um so mehr, als der traurige Barranco im Abgehen »Sie sind jung, so wie er« stottert. Anders als in der Tradition ist hier aber gerade Barranco die moralisch integerste, wenngleich eine langweilige Figur, so daß die Schlußharmonie der traditionellen Komödie sich nicht so recht einstellen will.

Der junge Trieb gestaltet eine durchaus aktuelle Thematik, nämlich die Rebellion der Malerin Laura gegen ihren Mann und die von männlichen Moralvorstellungen geprägte Umwelt: Nach einer Vergewaltigung will ihr Mann sie verstoßen, weil sie »einem anderen gehört hat«, aber Lauras Ausstrahlung reicht aus, ihn von diesem Gedanken Abstand nehmen zu lassen. Nach einer Art »zweiter Flitterwochen« erweist sich ihre Schwangerschaft, und nun wiederholt sich der Konflikt des ersten Teils: Der Ehemann, der daran zweifelt, selbst Kinder bekommen zu können, will sie aufgrund seines Verdachts zur Abtreibung zwingen. In einer dramatischen Szene bringt sie ihn erneut dazu, nachzugeben und das Kind, wie auch immer es entstanden ist, als »Frucht ihrer

Liebe«, als eingepflanzten jungen Trieb anzunehmen – was bei der Uraufführung noch wütende machistische Proteste gegen den »Schlappschwanz von einem Ehemann« (Premierenzitat) hervorrief. Manches an dieser Handlung mag heute überholt erscheinen; der Konflikt zwischen der Malerin und ihrer nach männlicher Logik urteilenden Umwelt, die auch ihre eigene Mutter einschließt, ist es zweifelsohne nicht. Auch wenn Pirandello in diesen beiden Dramen auf die formalen Mittel des Avantgardistisch-Grotesken verzichtet, ist unverkennbar, daß es auch in *Heiraten, aber nicht im Ernst* und *Der junge Trieb* um dieselben Themen geht: um die Notwendigkeit und um die tatsächliche Möglichkeit, sich seine eigene Wirklichkeit zu schaffen, und um das Recht des Individuums, sich gegen soziale Zwänge und von außen festgelegte Rollen zu wehren.

Mit Ruggeri, mit der Gramatica, aber auch mit Virgilio Talli und seiner Truppe schuf Pirandello in wenigen Jahren einen Kreis von Interpreten seiner Werke, die allein schon wegen der Kunst der Darsteller das Publikum in sein Theater lockten. Auf diese Art gewöhnte man sich aneinander: der »philosophisch-zerebrale« Räsonneur gewann eine geradezu leidenschaftliche Anhängerschaft, die sich immer öfter mit ebenso leidenschaftlichen Gegnern regelrechte Saalschlachten lieferte – etwa 1919 bei der Mailänder Aufführung von *Seine Rolle spielen* –, was Pirandellos Popularität ebenso förderte wie ähnliche Krawalle bei den Futuristen.

In ihrem selbstironischen Avantgardismus bereiten die Stücke der Jahre zwischen 1916 und 1919 die große Provokation der mit *Sechs Personen suchen einen Autor* 1921 eingeleiteten »Trilogie des Theaters auf dem Theater« vor. Zugleich gehen sie auch schon wieder ein Stück über die reine Provokation der Avantgarde hinaus, denn die Entlarvung des Tiers im Menschen paart sich bei Pirandello immer mit der Erkenntnis des Leidens in ebendiesem menschlichen Tier.

EDITORISCHE NOTIZ

Der vorliegende Band vereint im wesentlichen alle Bühnenstücke Pirandellos aus der Umbruchzeit zwischen 1917 und 1919, in der Pirandello sich als führender Dramatiker Italiens durchsetzte. Neben den ausgeprägtesten Beispielen für seine humoristische Spielart der dramatischen Avantgarde, die die Kritiker »teatro del grottesco« oder »Pirandellismo« tauften, wie das titelgebende Stück *Der Mensch, das Tier und die Tugend, Seine Rolle spielen* oder *Das Vergnügen, anständig zu sein*, sind hier auch auf den ersten Blick konventionellere Gesellschaftsdramen zu finden. Obwohl diese den Erwartungen des Publikums mehr entgegenkamen, geht es hier ebenfalls um das Thema der Pluralität der Wirklichkeiten und der Veränderbarkeit der eigenen Identität.

Im deutschen Sprachraum, wo man Pirandello immer ein wenig gewaltsam auf die Rolle des Theaterrevolutionärs (neben Brecht) reduzierte, haben sich diese psychologischen Dramen zudem mangels adäquater Übersetzungen nicht im selben Ausmaß zu etablieren vermocht. Für den vorliegenden Band wurden auf der Grundlage der italienischen historisch-kritischen Ausgabe die alten Übersetzungen grundlegend überarbeitet und das bislang noch unübersetzte Stück *Der junge Trieb* neu übersetzt. Kurze Notizen zu jedem Drama erläutern Anlaß und Zeit des Entstehens und geben Auskunft über die Erstaufführung und das Nachleben der Stücke auf den italienischen und ausländischen

Bühnen. Bemerkenswert ist, daß das am meisten avantgardistische dieser Dramen, die animalisierend-groteske Komödie *Der Mensch, das Tier und die Tugend* in den letzten Jahren nach den *Sechs Personen, Heinrich IV.* und den *Riesen vom Berge* zu dem meistgespielten Pirandello-Stück im deutschen Sprachraum geworden ist. Es sieht also so aus, als würde an die Stelle des ewigen »Theaterrevolutionärs« Pirandello eine vielfältigere Gestalt treten, ein facettenreicher Autor, der die verschiedensten Strömungen der Moderne in seinem Werk vereinigt. Eine solche – wenigstens teilweise für das deutschsprachige Publikum noch zu entdeckende – Facette bietet der vorliegende Band an.

Michael Rössner

Die Deutsche Bibliothek - CIP-Einheitsaufnahme

Pirandello, Luigi
Gesammelte Werke : in sechzehn Bänden / Luigi Pirandello.
Hrsg. von Michael Rössner. – Berlin : Propyläen
Bd. 12/1. Der Mensch, das Tier und die Tugend
und andere Stücke. – 1999
ISBN 3 549 05541 2

Satz: Utesch GmbH, Hamburg
Druck und Verarbeitung: Wiener Verlag, Himberg bei Wien
ISBN 3 549 05541 2
Printed in Austria 1999

Gedruckt auf alterungsbeständigem Papier mit
chlorfrei gebleichtem Zellstoff